月光妈妈

袁敏 著

江西教育出版社

·南昌·

赣版权登字-02-2024-234
版权所有 侵权必究

图书在版编目（CIP）数据

月光妈妈 / 袁敏著. —— 南昌：江西教育出版社，2024. 10. —— ISBN 978-7-5705-4377-9

Ⅰ．I25

中国国家版本馆 CIP 数据核字第 20241WL487 号

月光妈妈
YUEGUANG MAMA
袁 敏 著

江西教育出版社出版
（南昌市学府大道 299 号　邮编：330038）

出 品 人：熊　炽	责任印制：朱贤民
策划编辑：桂　梅	美术编辑：董莹莹　谢　超
责任编辑：刘军娣　官结影　邱　童	摄　　影：张钟佳
营销编辑：黄　帆　刘莺倩	书籍设计：柏拉图

各地新华书店经销
江西千叶彩印有限公司印刷
710 毫米 ×1000 毫米　　16 开本　　22 印张　　350 千字
2024 年 10 月第 1 版　2024 年 10 月第 1 次印刷

ISBN 978-7-5705-4377-9
定价：58.00 元

赣教版图书如有印装质量问题，请向我社调换　电话：0791-86710427
总编室电话：0791-86705643　　编辑部电话：0791-86705589
投稿邮箱：JXJYCBS@163.com　　网址：www.jxeph.com

自序 月光下，牵过一群小羊

2018年，我在《收获》推出知青专栏《兴隆公社》，其中有一篇《乡村教师》，写的是半个世纪以前为北大荒农村孩子们奉献青春的一群知青教师。

文章发表后，传播的速度和广度完全超出了我的想象。之后不断地有人来和我探讨乡村教师的话题；也有不少热心的读者，主动给我提供当下仍在乡村从教者的新的采访线索；一家著名的大学出版社的社长深夜给我打电话，希望出版《乡村教师》一书。

为什么一群知青教师，在偏远荒凉的北方农村开展的乡村教育，在五十年以后的今天，依旧散发出不灭的光彩？为什么当时代已经跨入高科技、网络化进程，中国教育的各种软件和硬件设施早已今非昔比时，还会有这么多人怀念那些曾经在茅草棚和田间地头给孩子们上课的乡村教师？在中国的版图上，还有多少像当年的兴隆公社一样边远、落后的穷乡僻壤的孩子，睁着一双双渴望读书的眼睛？那些地方的乡村教育是不是仍停滞不前？

当这些问题一个接一个地冒出来时，我终于明白，从采写《乡村教师》开始，我的心就已跌落在中国贫困落后地区千千万万个孩子中间，我的目光再也无法离开中国乡村教育这块阔大深广的土地。

当年邀请我开辟专栏并亲自审阅专栏稿件的，是巴金先生的女儿、《收获》前主编李小林，当我向她讲述读者看了《乡村教师》的热烈反馈时，小林很动容。她说，父亲生前一直关注中国教育，晚年更是在多篇文章中谈到中国教育。中国大量人口在乡村，中国教育的重要根基也在乡村，而现在人们更多地追逐精英教育，似乎只有不断地培养出高精尖人才，才能体现出教育的成功。当这种执念被越来越多的学校和家长奉行时，我们的教育开始渐渐偏离教育的本质，教育的"内卷"也愈来愈甚，这是令人担忧的。

小林建议我接下来开辟一个关注教育的专栏，写一写那些真正具有教育情怀和奉献精神，能不为名利所动、不被钱财驱使，真正为中国广大乡村基础教育、为中华民族振兴的基石，奉献自己最温暖的爱心的人。

于是，2020年，我在《收获》推出了《燃灯者》专栏，写下了退休以后拒绝百万年薪，奔赴黔东南，为民族教育呕心沥血的"时代楷模"陈立群校长；写下了创建"山水田园课程"，并致力推广"家庭实验室"的"中国十大科学传播人物"陈耀老师；写下了先后在四川丹巴和青海直亥援建两所希望小学，并带领爱心团队十几年如一日地为边远藏地雪域高原的孩子们奉献爱心的月光妈妈。

《燃灯者》专栏的推出，不仅收到了读者的热烈反响，也引起了出版社的关注，专栏文章先后被浙江少年儿童出版社和人民文学出版社签约出版。

令我没有想到的是，2021年初秋，江西教育出版社的总编辑桂梅带着两位编辑专程来到我家，她们特别表达了对我书写的《燃灯者》专栏中《母羊的心》和《梦中的橄榄树》两部作品的喜爱，以及对月光妈妈的崇敬，希望将这两部作品交由江西教育出版社出版。

当得知这两部作品已经签约人民文学出版社时，她们在遗憾的同时，以出版人敏锐的思路和站在教育战线前沿者的角度，向我提出了一个大胆的建议：月光妈妈的教育扶贫之路走过了十几年，那些被月光妈妈的爱心温暖着的孩子如今怎么样了？能不能重返丹巴和直亥，寻访那些孩子，用他们真实的成长路线图，为读者描绘一幅教育扶贫的美好图景？

于是，我在初访丹巴和直亥多年后，又一次次地踏上那两片相距遥远，却同样美丽的土地。我在寻访孩子们的过程中欣喜地看到，那些曾经露出冷漠和自卑的眼睛，如今闪烁着阳光和自信；那些曾经透出怯懦和迷茫的面容，如今洋溢着勇敢和坚定！

十几年的教育扶贫之路，弹指一挥间；月光洒落之处，处处是风景。月光下，母羊牵过一群小羊；青涩的幼苗，转眼间长成了蓬勃的大树，年复一年的心血浇灌，让根须茁壮、绿荫浓密，温暖的月光藏在绿荫的背后，眼里满含着欣慰的泪水。

我在这泪水中，走进了月光妈妈的心灵深处……

袁敏

目录 /MULU

母羊的心

楔子·少年追梦　005

走进核桃坪　008

相遇直亥　030

丹巴·月光落境

东谷河畔的断臂女孩　053
党岭村的五大才子　075
梨花白　桃花红　095
永远的四年级　131
特例的羊　154
眼泪为谁而流　171
逆流而上的丹巴男孩　190

直亥·化为风景

诗歌里的游牧少年　213
仰望星空的牧羊女孩　233
晓风书屋的藏地女儿　248
我陪你慢慢长大　262
藏红花与绿绒蒿　282
雪山之歌　307

不是尾声

将爱进行到底　329

一

母羊的心

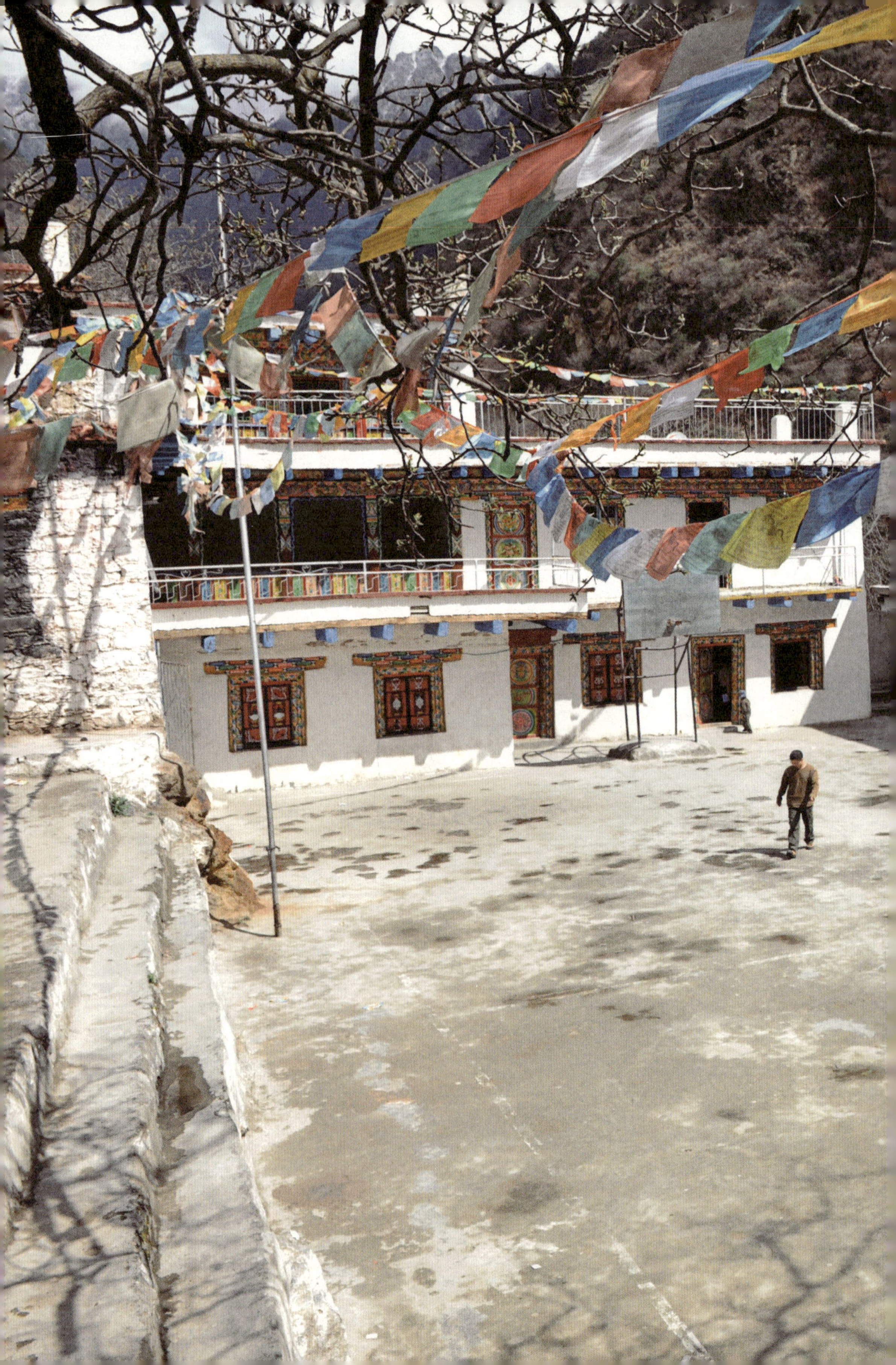

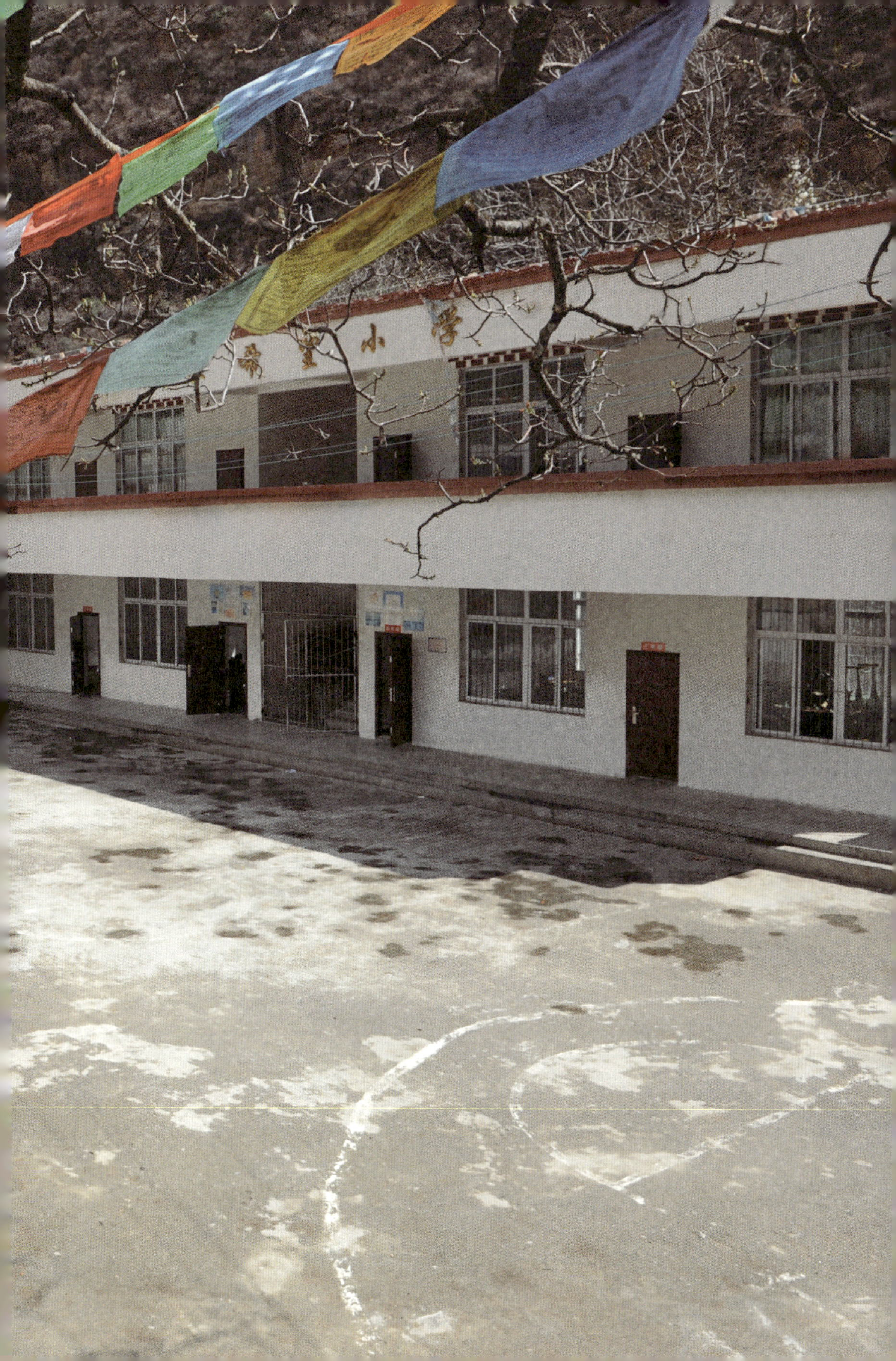
小學

有人说，老少边穷地区的孩子们生存都很困难，哪有什么梦想，我们不信；有人说，深山冷岙里的孩子们视野闭塞、头脑简单，很难像见多识广的城市少年那样，有深刻的情感表达和精神诉求，我们不信；有人说，贫困的孩子们或许更渴望用钱财来改变命运，不可能延续文学那柔软、抒情、宁为玉碎不为瓦全的魂魄，我们还是不信！

2011年初秋的一天，我追踪了很久的杭州一家教育机构的创办人月光对我说，她要去四川丹巴看望自己资助的一群藏族贫困孩子，给他们捐赠一批图书和学习用品，问我有没有时间一起去。

那正是2011年第4期《江南》杂志与广大读者见面之际，也是《江南》杂志社筹备已久的"少年追梦"文学行动暨征文大赛在全国启动之时。

我们选择青藏高原的一所土族中学作为大赛启动的第一站，一千五百多名土族孩子参加了大赛的启动仪式。

我们带去了几百本那一期的《江南》杂志，我在卷首语中写道：

选择青藏高原作为大赛启动的第一站，是因为我们衷心希望，这次面向老少边穷地区的孩子们发起的文学援助行动，真正能为缺少机会、缺少舞台、缺少成才通道的贫困孩子，打开一扇窗，推开一扇门。

我至今无法忘记，蓝天白云下，那些黑红脸蛋上一双双充满渴望的眼睛。

中国作协主席铁凝专程赶来，出席了"少年追梦"文学行动暨征文大赛的启动仪式，并作了热情洋溢的讲话。

月光妈妈

铁凝充满感情地回忆和讲述了一段动人的过往——

20世纪90年代,一个初秋的下午,在河北一个名叫小道的村子里,我顺着雨后泥泞的小路走进一户人家,看见堆着破铁桶和山药干的窗台上靠着一块手绢大的石板,石板上歪歪扭扭地写着三行字:

太阳升起来了,
太阳落下去了,
我什么时候才能变好呢?

我问这家的女主人,这是谁写的?女主人说是她九岁的儿子写的。
我又问,孩子是否在家?女主人说他上山割草去了。
我当时很想见见那个九岁的乡村少年,因为他写下的那三行歪歪扭扭的字打动了我。我觉得那是诗,诗里有一个少年的困境、愿望、情怀和尊严,有太阳的起落和他的向好之心。
那天我没能等到少年回家。多少年来,我一直记着那个农家窗台石板上的三行诗。如今那个少年早已长大,或许还在乡野种地,或许已经读书进城……

铁凝的讲述,让一个向往明天,梦想自己能变得更好的乡村少年,朝在场所有参加启动仪式的孩子走来。寻找"人什么时候、怎样才能变得更好"的强烈渴望,鲜明地写在他们每一个人的脸上。
面对着眼前这些黝黑的脸蛋上泛着高原红,眼睛却清澈见底的孩子,铁凝的脸上荡漾着笑意。她说:"在这个阳光明媚的早晨,在美丽的青海高原,在我宣布'少年追梦'文学行动暨征文大赛启动之时,我代表我的文学同行,祝同学们一切都好,我愿意以最诚挚的祝福,给你们最好的鼓励!"
短短的几句话,让台下的孩子们欢欣鼓舞,他们拍红了手掌,掌声持久而带劲儿。伴随着激昂的铜鼓乐声，孩子们笑得明朗又纯净。

铁凝把"少年追梦"文学行动暨征文大赛的明黄色旗帜，交到了青海省互助土族自治县第三中学校长的手里。从那一刻起，这面旗帜将在全国流动。

"曾经有多少次，我抚摸着我的铅笔盒，遥望漫天的繁星，编织着我那个五彩的似幻似真的梦。"一位正在读高二的土族女孩，代表她的同学们上台发言，她希望这次征文大赛，能成为装满铅笔盒的五彩笔，帮她画出那个斑斓的梦。

她的发言充满文学气息，让人相信，在那些遥远的、鲜为人所关注的偏远地带，藏着许多鲜为人知的孩子的梦想。

月光的邀约，让我有机会走进另一片被忽略的贫瘠之地，去那儿发动藏族的孩子们，也来积极参加"少年追梦"文学行动暨征文大赛。

在这之前，我其实早就听说月光于2009年在丹巴援建了一所希望小学。我很想知道，她为什么会将目光投向那片遥远而陌生的土地。

于是，我放下手头的工作，和月光一起远赴丹巴。

走进核桃坪

我们去的是位于四川省西部的甘孜藏族自治州丹巴县巴底乡（今巴底镇）核桃坪，那是横断山脉褶皱深处一片古老的村落，也是大渡河上游大金川峡谷腹地中嘉绒藏寨的聚集地。

从地图上看，丹巴被大山和河流环抱着——白嘎山、四姑娘山、白菩萨山、小墨尔多山、墨尔多神山，海拔均在四五千米；大金川河、小金川河、东谷河、革什扎河，宛如蓝色的缎带，游走在大山之间，最终一起汇入大渡河。

雪山上流淌下来的神水，源源不断地注入这些河流，让它们似乎永远也不会干涸。可是，也正是雪山河流的层层阻隔，遏制了丹巴与外部世界的联系，让这块景色如油画一般美丽的土地，像一颗被蒙上了尘埃的珍珠。

我们先乘坐飞机到成都，在一家客栈歇了一晚，然后从成都租了一辆结实、厚重、能装货的车，把随机托运来的十几箱书和给孩子们准备的其他物资全部装上车。由于东西太多，我们还拆掉了一排座位。

月光告诉我，我们这次走的路线，是她2009年第一次来丹巴考察时的路线。先翻二郎山，到达泸定后，再走瓦丹路，沿着大渡河，一路奔丹巴。

母羊的心

深山冷岙中的丹巴

月光妈妈

她想让我体验一下赴丹巴的路。

进入大渡河峡谷后,感觉一路都在崇山峻岭的腰间爬行,一边是峭岩陡壁,不断有警示牌跃入眼帘:飞石路段,注意安全;滑坡路段,不要停留;垮塌路段,小心驾驶……另一边是瞅一眼就觉魂飞魄散的悬崖深谷,横亘河床的巨石时不时激起一堆堆白浪。每到山道拐弯处,我都会紧张得闭上眼睛,总觉得轮子一打滑,车子就会坠入深谷。

"横断山,路难行,天如火来水似银……"耳熟能详的红色经典《长征组歌》中《四渡赤水出奇兵》的歌词所描绘的艰险,我是切切实实地体会到了。我没想到,当年红军闯过的天险之路,经历了大半个世纪,依旧如此险峻。

我问月光:"这样的路况,来一次实在是太艰难了!为什么你会选择到这么偏远的四川丹巴援建希望小学?你和丹巴有什么渊源?"

月光的讲述像爬行的车一样缓慢,她常常说几句就停下来望着窗外,好像她的故事全都藏在崇山峻岭之中,飘忽的思绪只有在那里才能拽住纤细的线头——

2003年,我带着儿子去丽江旅游,我们下榻的客栈后院住着一个瑞典来的小伙子。交谈后我才知道,这个小伙子在云南贫困山区已经捐建了好几所希望小学,他每年都会飞来中国。每次来,他都会在云南待三个月,用自己半生不熟的中国话给那里的孩子们上课,讲外面的世界和地球另一边的事情。

我问他:"建一所希望小学需要多少钱?"

他一边比画一边告诉我:"35万到38万。"

这件事让我很吃惊,也很感动。

这个小伙子穿着很朴素,一件T恤,一条牛仔裤,一双登山旅游鞋已有破洞,看上去也并不是富裕之人。

我想,一个普通的外国人,都能万里迢迢地来我国贫困地区援建希望小学,

母羊的心

我作为一个办学多年,想为国家教育做点事的中国人,难道还不如一个外国人?

从那时候起,我就在心里埋下一粒种子:等自己将来有条件了,也要在有需要的地方援建一所希望小学。30多万不是一个天文数字,努努力,我也可以办到。

至于将希望小学建在哪里,当时倒是没有具体想过。

2008年,汶川发生大地震,我从电视上看到好多学校在地震中倒塌,散落在废墟中的孩子们的书包、文具、衣服、鞋子,让人很心痛。

后来又看到有一所"史上最牛小学"没有倒,这也是汶川地震中唯一幸存,并且没有孩子伤亡的学校。我当时就想,我也要去灾区援建一所不会倒的希望小学。

我很快就打电话联系了四川的一家公益机构,说自己想援建一所希望小学,并给地震灾区的孩子们捐一批图书。没想到对方的回复很冷淡,说三四十万根本建不了一所学校,图书目前也不需要。

这让我很失落,也很疑惑,那个瑞典小伙子不是花三四十万就建成了吗?

我并没有因此放弃给灾区援建希望小学的想法。

我联系了自己在北京大学文化产业经营管理高级研修班进修时的同学刘院,和他说了自己的想法和遭遇的事,问他能不能帮我联系灾区有需求的地方。

刘院说:"感谢你对灾区人民的大爱!汶川地震给四川造成了惨重损失,国家救灾款和社会公益捐赠数额很大,目前这些救灾款和捐赠关注得更多的是重灾区。其实,次灾区的老百姓困难也很大,你愿不愿意去帮助次灾区?"

我一听,心中顿时重新燃起了希望,便说:"好啊!只要是真正有困难、需要帮助的地方,我都愿意尽自己的一份力量。"

一开始,刘院给我推荐了泸定和丹巴,范围比较大。几经讨论后,刘院着重对我提到了四川省甘孜藏族自治州丹巴县巴底乡的核桃坪。

月光妈妈

他说，那里有一所学校，叫核桃坪小学，学生来自阿拉伯村和培尔村两个村。虽然那一带是"5·12"大地震的边缘震区，但核桃坪小学以前的校舍，是村民自行修建的片石结构房屋，不具备抗震能力，地震使它遭受了严重的破坏。丹巴县没有被列入重灾区名单，救灾资金和捐款暂时也没有到该地区，那里的孩子至今还在帐篷里上课，条件很艰苦，特别需要给他们建一所新学校。

在刘院的支持和牵线下，我于2009年2月前往核桃坪考察。

我那时对丹巴没什么概念，对嘉绒藏地那个叫核桃坪的地方更是一无所知。我只是隐隐觉得，越是无人知晓的地方，可能越需要帮助。

我没有想到，这一步跨出去，从此自己就和那一片遥远的土地血脉相连，再也无法割断了。

从成都去丹巴，有四条线路，那一次我们走的就是今天这一条。

过了泸定，基本上就是这样颠簸不平、坑坑洼洼的泥石子路了。遇到雨季，路上还经常会有山体塌方，石头滚落，连根拔起的老树横卧在路面上。碰上这些情况，就只能下车搬掉石头、树干，清除障碍再前行。有时候，车轮陷进泥坑，车子开不动了，就得大家一起下车吭哧吭哧地推车。

那一次，我们早上六点从成都出发，下午三点多才到达丹巴县城，四百公里的路程走了九个多小时，坐车坐得人直犯恶心，我看着车窗外遥遥无尽的盘旋山路，心都绝望了。

好不容易到了丹巴，下车的时候，颠了一路的屁股都不敢往凳子上坐——疼啊！

说实话，有那么一刹那，我都有点想打退堂鼓了。这么远，路又这么难走，以后怎么来？身体也吃不消呀！

从丹巴县城到核桃坪还有三十多公里，刘院见我已经筋疲力尽，问我要不要在县城住一晚再进去。

我咬咬牙说:"不住了。不就是三十多公里路吗?再坚持一下,有大半个小时怎么着也到了。"

哪晓得这三十几公里的路更难走了,常常是轮子转着,泥浆四溅,车子就是动弹不了。我们只能下车往轮子下面垫石头、铺茅草,再绕到车屁股后面使劲儿推。

这一开又开了两个多小时,等我们进村的时候,已经快傍晚了。

那天云层很厚,天气阴沉寒冷,我看到的核桃坪小学处处透着凄凉。

校舍破旧阴暗,墙壁布满了裂纹,教室的天花板上有好几个黑咕隆咚的大洞。那个摇摇晃晃的木楼梯,踩上去嘎吱嘎吱响,好像马上就要塌了。

第二天上午,我又去了核桃坪小学。刘院之前说的赈灾帐篷已经不见了,取而代之的是一间临时搭建的活动板房,孩子们都挤在板房里上课。虽然活动板房比之前的帐篷可能略微宽敞些,但只有一间,无法分班上课,老师只好将孩子们按年级划拉成几堆,阶梯式轮流授课,孩子们也只能交叉混杂地听,效果可想而知。

缺胳膊断腿的课桌椅明显不够用,有的孩子只好坐在地上听课,有的则趴在墙上写字。我还注意到,学校原来的厕所已经坍塌,学生们上厕所,要跑到学校后面的山上去。女生更麻烦,还要找有树丛遮挡的地方,看着特别让人心酸。

我想起自己办学十几年,就算是起步阶段条件最艰苦的时候,学生也能够坐在窗明几净的教室里上课,而这里的孩子却连上厕所都要跑到山上去。

那一晚,我几乎彻夜未眠。我不是什么有钱人,也不是什么慈善家,但我一定要为这里的孩子们建一所宽敞、明亮、结实、有厕所的学校。

月光妈妈

回来以后，我和先生大元商量后决定出资40万，在核桃坪援建一所希望小学。

40万虽然不算多，但因为我们是直接通过丹巴县教育局和核桃坪小学对接，每一分钱都花在建造学校的刀刃上，各种费用都精打细算，所以实际费用并没有超出最初的预算。

学校建造的速度之快，大大超乎我们的意料。县教育局对希望小学的建造非常重视，不断派人来检查和指导；村干部对学校施工队有求必应，施工过程中也在现场监督、帮忙；老师则带着学生们在工地上义务劳动，人人都期待着新学校的诞生！

希望小学落成

母羊的心

几个月后，一所简朴但结实的新学校就建造完成了。

学校有两层楼，一共八间教室，按我的要求，另建有一间图书阅览室，图书由我提供。因为我觉得，除了课堂学习，课外的阅读对孩子们也很重要。

当然，新学校还为孩子们建造了厕所，男生、女生各一间，虽然不大，也很简陋，但孩子们再也不用跑到山上去方便了。

2009年9月29日，我们去验收建造好的希望小学，同时举行新学校竣工剪彩仪式暨开学典礼。我邀约了几个热心公益的朋友，加上我们在杭州的学校派出的师生代表，第二次奔赴丹巴。

秋阳下的核桃坪很美，蓝天高，白云近。新落成的希望小学，在蓝天白云的映衬下，显得特别神气。最让我喜欢的是，雪白的教学楼背后是一脉苍翠的山，一大簇蓬蓬勃勃的绿绽放在学校的屋顶，生机盎然。

同行的朋友们、师生代表们，看了新学校都很高兴。老朋友杨哥摸着教室里崭新的课桌椅，感慨地说："40万对你来说，不是一个小数目，但你说捐就捐了，半年不到，就在这儿建成了一所结实漂亮的希望小学，真叫人钦佩啊！"

开学典礼上举行了升旗仪式，穿着五彩藏袍的升旗手中，有一对表姐妹，一个叫德吉拉姆，一个叫卓玛拉姆，都是四年级的学生。知道是我援建了这所学校，她们亲热地扑到我怀里，看我的眼神就像小羊羔看着自己的妈妈。

德吉拉姆问我："阿姨，你以后还会再来吗？"

卓玛拉姆则将自己画的一幅画送给我，那是用红色蜡笔画的一座小房子，房子外面流淌着一条小河，房子右侧长着一棵树，左侧则用稚拙的笔画写着"我的家"。

那一刻，我心中最柔软的母爱被拨动了，一手一个搂着这两朵姐妹花。我意识到，学校的建成仅仅是个开始，不是千里迢迢跑来剪个彩、拍个照，就完事

月光妈妈

卓玛拉姆送给月光的画

了，这里的孩子对我产生了依恋，而我对这些深山冷岙里的孩子也有了一份责任。

之前我问过丹巴县教育局的办事员小段："结对帮扶一个核桃坪的贫困孩子上学，每年大约需要多少钱？"

小段算了算，告诉我："大约需要1500元。"

那一次，我们在活动期间，先后结对了八个孩子，我希望这所希望小学的建成，不是自己教育扶贫的终点，而仅仅是起点。

从丹巴回来以后，我一直和小段保持联系，让她再给我提供一份核桃坪其他需要帮扶的贫困孩子名单，继而又将名单的范围扩展到整个丹巴县。

小段很认真，为此走村访贫，做了深入细致的调研，前前后后提供过来的名单上一共有91个孩子，从小学一年级到高中的都有。这些孩子来自丹巴县的各个村：巴底乡的培尔村、阿拉伯村、水卡子村、沈洛村、牧业村、邛山村，半扇门乡（今半扇门镇）的阿娘沟村、团结村、阿娘寨村，岳扎乡（今属墨尔多山镇）的卡桠桥村、岳扎村、班古桥村、甲尔木村、柯金村、红五月村、大磨村，东谷乡（今东谷镇）的水子村、国如村、东马村、阴山村、井备村、三卡子村，梭坡乡的弄中村，章谷镇的三岔河村，边耳乡（今属丹东镇）的党岭村、亚科村，等等。几乎丹巴县每个村子里需要帮助的孩子，小段都找了出来。

我知道自己一个人的力量是有限的，便决心发动更多的人加入资助贫困孩子上学的爱心团队。

最初是在自己创办的学校里进行发动。我将自己考察丹巴，尤其是核桃坪的照片和视频整理出来，又将希望小学落成典礼上的视频，包括走访一些贫困学生家庭拍下的照片和视频，配上我的体会和感悟文字，制作成PPT，在学校的家长会上播放，我自己进行讲解。家长们反响挺大，他们说："我们的孩子从小长在蜜罐里，身在福中不知福，不知道珍惜自己拥有的幸福，而丹巴的贫困孩子们生活那么艰难，却那么渴望读书。"他们纷纷表示，愿意加入资助丹巴贫困生上学的爱心团队。

在家长们的积极响应和支持下，我以自己创办的教育机构品牌名为名，设立了爱心助学金。一开始是从每个学生的学费中提取10元；后来学校的教职员工主动从丹巴贫困生名单中认领结对贫困孩子；接下来，教职员工们又将接力棒传递给自己的亲朋好友，亲朋好友又联系各自的社会资源参与进来。我自己呢，除了带动身边要好的朋友们积极加入，还通过微博不断地发一些希望小学的信息，介绍丹巴的贫困生情况，展现他们如何需要帮助。慢慢地，人带人，像滚雪球一样，我们资助帮扶贫困生的队伍一天天壮大了起来。

月光妈妈

从2009年至2011年，我们累计帮扶丹巴贫困学生192人次，提供助学款282600元，物资价值5万多元。

但这些都不重要，重要的是，在坚持做公益的过程中，我慢慢体会到，教育的真谛是爱。那些贫困地区的孩子，固然需要社会各界的关注和经济上的援助，但他们更渴望的，是从心灵上传递给他们的那份爱、那份人间的温暖——让他们知道，自己并不孤单。

你也不要以为我去丹巴援建希望小学，仅仅是我在奉献爱，其实，丹巴给我的爱更多，那里的孩子们带给我的温暖更多！

也许，缺爱的人，一旦被爱点燃，往往会爱得更炽热、更绵长，恨不得把心都掏给你。很久以来，无论我遇到什么坎坷，内心有多少伤痛，只要踏上丹巴的土地，只要来到孩子们中间，一切烦恼都会悄然远去。

我说这话不是矫情，是发自肺腑。

您这次来了丹巴，自己去感受吧！

我们到核桃坪的时候，艳阳高照，天气出奇地好。可我们的车终究是敌不过坑坑洼洼的烂泥路，本来已经望得见山腰上碉楼藏寨里袅袅升起的炊烟了，希望小学也近在咫尺，可就在这时，车子陷进一个积满泥浆的深坑，抛锚了。

也许是车后面的十几箱书实在太重了，加上进核桃坪的泥路基本是上坡路，整个车屁股后倾，后轮几乎有一半卡在泥坑里，根本动弹不得。

我们全车人都下来推车，车子还是纹丝不动。最后只好给距离抛锚地最近的培尔村村民打电话。村民们纷纷扛着木头，抱着枯枝叶和草帘子赶来，撬轮子、挖大泥坑、垫石头、铺树枝草帘，折腾半天，再合力推车，这才把车子弄出深坑。

汽车再往里开的时候，核桃坪闻讯赶来的村民越来越多，我们索性也不坐车了，大家围着车子往里走，几个人高马大的村民一直在车屁股后面推着车。

母羊的心

孩子们拥着月光

月光妈妈

快到希望小学的时候，感人的一幕出现了：穿着五颜六色藏袍的孩子们，手捧雪白的哈达在学校门前的小路上迎候我们，还没等我们走上前去，他们就欢呼着跑上来，争先恐后地把哈达往我们的脖子上挂。

我注意到两个漂亮的藏族小女孩雀跃着扑向月光，然后挽着她的胳膊走向学校。

看着月光满脸幸福的神情，我猜想，那应该就是德吉拉姆和卓玛拉姆了。

走近月光口中的那栋两层的白色教学楼时，我有点恍惚。

教学楼背后那一脉苍翠的山，学校屋顶上蓬蓬勃勃的绿，都近在眼前，蓝天白云也一如月光描述的那般美丽。月光特意为孩子们建造的那间图书阅览室，显得有些空旷，里面只有几个东倒西歪的木头书架，上面也只有零零落落的几本书和一些杂志。

月光真是一个有心人，她坚持要托运十几箱沉重的书，显然是早就想到了。希望小学是建成了，但空心的房子，并不能带给孩子们真正的学习环境和知识，还需要天长日久、持之以恒的爱心付出来支撑。

学校门口有一棵巨大的核桃树，让我感到奇怪的是，秋天的核桃树本应该是一树金黄，而这棵核桃树叶子几乎掉光了，接近光秃地伫立在那里，老枯的枝丫上停满了黑色的乌鸦，和蓝天白云下苍翠的山、蓬蓬勃勃的绿，形成了鲜明的对比。

十几箱书和打包的其他物资，统统被搬进了教室。拆箱拆包时，孩子们一圈一圈地围着，看到五颜六色的书本，不断地发出兴奋的叫声。

当月光把崭新的羽绒服和各种学习用品分发给孩子们时，他们更是激动得涨红了脸，有的孩子忍不住当场就将羽绒服往身上套。

我注意到，月光一边给孩子们发放衣物，一边眼神好像总在四下里搜寻。当她望向窗外时，她的目光忽然不动了。

我从窗户里望出去，看到外面那棵核桃树下站着一个瘦小的女孩。女孩头发泛黄，梳着马尾，穿着一件橘灰条纹的T恤。

当我的目光落在女孩手臂上时，我震惊得张大了嘴。女孩的双臂都只有上半截，从袖口伸出的肘关节下，是一对小馒头似的肉球球。这是一个断臂女孩！

此时，核桃树上飞下来一只小乌鸦，落在断臂女孩的肩头，用尖喙啄着女孩的头发。女孩用像小馒头一样的胳膊肘把乌鸦搂到胸前，用自己的额头蹭着它的羽毛。

我问月光："那个小姑娘是谁呀？叫什么名字？为什么不进来领东西？"

月光径直走了过去，热情地叫着"方燕"，张开怀抱，将她拥入怀中。月光一边给她找东西，一边给我讲起了她的故事，让我认识了一个勇敢坚强的女孩。

这个孩子叫许方燕。2009年9月底，我们来验收希望小学时，不是决定跟丹巴县的八个孩子结对吗？许方燕是其中之一。

那个国庆节，我们是全程在丹巴过的。

希望小学剪彩仪式暨开学典礼结束以后，小段跟我说，整个丹巴县需要帮扶资助的贫困学生名单还在核对统计，这次恐怕带不走。但急需帮扶的五六个特困学生是比较确定的，问我们是否还有时间去这些孩子的家里走访。

听了小段的话，我当即决定留下来。

小段带我们去大、小金川峡谷和东谷河峡谷走访，几户贫困家庭的孩子中，许方燕是最让我心疼的。

许方燕的家位于东谷河畔。东谷河是大渡河上游一条美丽的峡谷山溪，一年四季奔流不息。河水很清，谷中的石头被冲刷得纤尘不染，浪花白得让人心颤。这户水边人家的几个女孩却正好相反，衣服脏，颜面不洁净，可又分明让人觉得，她们就像野地里风吹日晒的野菊花，健康、阳光。

四个女孩中，最瘦的那个就是许方燕，她脸上的笑容很灿烂，但当我注意到她的胳膊时，我愣住了。她的双臂都没有下半截，肘关节部位的肌肉全部萎缩，

月光妈妈

像断了柄的小棒槌，胳膊上戴着一条黄色的手链。见到生人，女孩有点羞涩和胆怯，我主动上前拉她的手。她那小棒槌似的肉球触碰到我的手臂时，那种凉凉的感觉刺痛了我，我又害怕又心疼，眼泪一下子就掉下来了。

我想，这孩子没有手怎么吃饭，怎么梳头，怎么上厕所？

没想到，她那两个小棒槌一样的肉球啥都能干，能拿笔写字，能夹住筷子，还能切菜、扫地、抹桌子……很多事情都做得非常熟练麻利。

她才十一岁，刚读四年级。我正在考虑让谁来和她结对，这时她扑闪着一双眼睛叫我"月光妈妈"。

这一声"月光妈妈"，叫得我心酸，让我再也放不下她。我当即决定，自己来跟这个断臂女孩——第一个叫我"月光妈妈"的孩子结对。

许方燕家在丹巴县水子乡（今章谷镇）水子二村，和核桃坪完全是两个方向。可希望小学在巴底乡，所以我关注的重点还是在巴底乡。

不过，我们每次去核桃坪的时候，小段也会通知附近我们结对帮扶的其他学生，得到消息的孩子们大多会从四面八方赶过来见我们。

记得有一次，方燕是晚上才得知我们到了丹巴县的，知道我们第二天就要走，她让家人陪着连夜赶到酒店和我见面。那次我之所以没有通知她，是因为我们第二天要去新都桥，会路过她家，我原本计划路过的时候去看她。但她不知道，怕见不到我，大晚上赶来见我，当时已经十点多了。

在那之前，我听说她要装假肢。但见到她以后，我发现她并没有戴假肢，还是那两截令人心颤的断臂。我问她："为什么不戴假肢？"她说："戴上去真的很痛！"她只要一用手，假肢上的金属物件就会和她双臂残端的皮肉发生摩擦，疼得她受不了。当时我还劝说她："不能怕疼，坚持过了磨合期就好了。"她不说话，只是哗哗地流眼泪。后来我才知道，假肢有很多种，质量越好的，痛苦就越小。许方燕装的是最便宜的假肢，她知道装假肢的钱都是爱心人士帮忙筹的，没有理由装最好、最贵的。

母羊的心

那一刻我意识到，最好的资助或许不是给钱，而是帮助她恢复健康明朗的心态，引领她建立自立自强的意识，让她从失去双臂的灰暗境地中一步一步走出来。而这，除了读书、受教育、长见识，让她的心智慢慢丰盈和强大起来，几乎没有别的路可走。

我告诉许方燕："山高路远，我不可能天天在你身边，但我每年都会来看你，会资助你继续上学，直到你大学毕业。你失去了双臂，学习会比别人困难得多，你要坚强面对，战胜这些困难！生活中，强者才能笑到最后。"

那一次，许方燕匆匆见了月光一面，就回水子乡去了。她走了几十里山路赶来，就为了给月光送一袋苹果和一袋山核桃。

我注意到她断臂上依旧戴着用黄色棉线编织的手链，看得出，她和任何一个爱美的女孩子一样喜欢这样的小饰品。

她依旧固执地不戴假肢，她已经不觉得自己的断臂有什么丢人的了。

我希望她参加"少年追梦·三行诗"征文大赛，我觉得她对月光说的几句话，已经具备了三行诗的雏形——

有工夫绝望，
还不如回去睡个好觉，
做个好梦。
醒来的时候，
也许阳光已经照在身上了。

因为时间关系，我没能和许方燕多聊，但她健康明朗的形象已经刻在我的心里。

除了两朵姐妹花和许方燕，还有一个叫拥忠斯姆的女孩，也让我印象深刻。

月光妈妈

最初知道拥忠斯姆，是在全国"善文化微散文"大赛的作品评审中，我当时是评委之一，有一篇参评作品文字很朴素，却深深打动了评委们——

又要离开希望小学了，艰难最是别离时。

拥忠斯姆低着头，只是流泪，送了一程又一程，抓着我的手始终不肯放。总算劝回去了，又哭着追回来。

同去的姐妹不知该怎么办，勤索性蹲路边呜呜大哭起来："那我们就回去再住一晚吧！"

那一刻，谁都心软了。

可是，如果再上山，家长们的热情又如何去承载啊！

后来我才知道，这其实不是为参赛而创作的微散文，而是月光去丹巴探望希望小学的孩子们后，在微博上写下的一段文字。有位评委无意中看到了，觉得好，体现了"善文化"精神，就推荐来参评。

这篇微散文当时获得了二等奖，至今都能在网上搜索到月光上台领奖的照片。

现在来到了核桃坪，我忍不住问月光："拥忠斯姆也是核桃坪的孩子吗？也是你资助的吗？"

提到拥忠斯姆，月光的眼眸里涌动着一股柔情，她给我讲起了这个特别的女孩——

这孩子是核桃坪阿拉伯村的，和德吉拉姆、卓玛拉姆是同学。在希望小学剪彩仪式上，她也是捧花球的小司仪之一。但她的性格和两姐妹完全不同，羞涩、内向，我第一次和她见面的时候，她怯生生地躲在人后，招呼她半天，才腼腆地走过来，低眉垂眼的，也不敢抬头看人。

我第一次走进她家的时候，小姑娘黝黑的脸上透着不解与好奇，她也许在想，这个在希望小学的旗杆下朝她微笑的阿姨，为什么会去她家。

我摸了摸她的头，将她搂在怀里，取出随身带的小梳子，一边给她梳好久没洗、有点结疙瘩的头发，一边跟她聊天，了解她家的情况。

拥忠斯姆慢慢丢开胆怯，对我说出了自己的心里话。

原来，这个孩子的父母，在她很小的时候就离婚了。她父亲爱酗酒，没有心思管她，母亲常年在外打工，年幼的她只能与年迈的外公外婆相依为命。她长这么大不知道父爱是什么，也没有机会叫爸爸。

说起这些，孩子不停地流眼泪。我不由得紧紧地抱住这个可怜的女孩，心疼地掏出纸巾给她擦眼泪。

后来，我跟好朋友小来说起拥忠斯姆，她二话没说，要求我一定让她跟这个女孩结对。小来每年按时给孩子转资助款，每次知道我要来丹巴，都早早准备好礼物，托我带给拥忠斯姆。

这不，这回她又给孩子准备了新书包、新衣服、新鞋子……

月光从箱子里掏出一件又一件用心准备的礼物，在孩子中寻找着拥忠斯姆的身影。

这是一个瘦瘦的、皮肤黝黑的女孩，她扎着马尾，脸上泛着两抹高原红，面带羞怯地走到月光身边，紧挨着她站着。

"跟你结对的来阿姨是杭州一家银行的领导，平常工作很忙，单位有点什么突发状况，她都得在。她让我告诉你，这次不能来看你，很对不起你，等她有空了，一定来。你看，她给你准备了很多礼物，希望你好好学习。"

月光将资助者小来的心意，一样一样交到拥忠斯姆的手上。

这个腼腆的女孩认真地点了点头。也许是因为见不到她心心念念的来阿姨，眼神中流露出掩饰不住的失落和难过，让月光心疼不已。这个女孩是有多缺爱，才会那样渴望见到一个素未谋面的陌生阿姨呀！

月光望着远处巍峨的山，感慨道："我知道，我们的微薄帮助，不能一下子

月光妈妈

就改变拥忠斯姆的生活,但我们给缺失温暖的她带来了一点希望!"

而我,仅仅这几瞥,就深受触动。对于丹巴的这些孩子来说,温暖、细腻的感情交流,影响远比只给他们金钱和物质更深远、持久。把你心中的爱传递给这些孩子,比说任何大道理都更令他们信服人世间的美好,也更能让他们对这个世界充满良善!

那次在丹巴,我随月光认识了很多丹巴的孩子。他们各有各的故事,却都成了月光和她的爱心助学团队关注和资助的对象。这对他们来说,是一件多么幸运的事!从此,他们不再对外面的世界一无所知,不再有梦不敢做,不再受困于命运的起点。

从丹巴回来以后,《江南》杂志社举办的征文大赛正进行得如火如荼,来自全国各地的参赛者之踊跃,参赛作品数量之多,大大出乎杂志社的意料。尤其是边远地区的参赛稿件数量,几乎达到全部稿件的三分之一,远超我们的预期,这让编辑部所有同志都兴奋无比。

大家都觉得,大城市的孩子们享有的教育资源非常丰富,成才的通道和被发现、被选拔的途径也很多,他们拥有的机会,要远远超过那些边远地区的孩子。所以编辑部的同志们在审读参赛稿件的时候,不由自主地就对那些边远落后地区的参赛者多了一份关注。

几天以后,我先后收到了德吉拉姆和卓玛拉姆寄来的参赛作品——三行诗。

德吉拉姆写道:

我站在雪白的梨花树下听月光妈妈讲话,
第一次知道山外面的世界好大好大,
我想生出一双翅膀,飞上山冈,看看远方是不是我心中的图画。

母羊的心

那些曾经怯懦的目光开始透出希冀

月光妈妈

卓玛拉姆的文字则很具象：

一幢刷着白漆的教学楼前飘着鲜艳的五星红旗，
一个梳着麻花双辫的大姐姐在红旗下搂着我们的肩膀，
她的笑容像一道温暖的阳光，照进了我冰凉的心里。

看着两个女孩的作品，我心里突然有些酸楚。

我情不自禁地想起了在青海高原的蓝天下，铁凝对一千五百多个土族孩子讲述的故事，想起了故事中那个乡村少年写下的三行诗——

太阳升起来了，
太阳落下去了，
我什么时候才能变好呢？

两个嘉绒藏地女孩，一个河北乡村少年，他们相隔千里，相距多年，可各自写下的三行诗中呈现的心境，却是如此相似；他们的渴望竟然跨越时空，无声地融合在一起。

我立即将她们的作品交给了审稿编辑，并介绍了这两个孩子的情况。

这对姐妹花的文字当然还很稚嫩，情感却很真挚。为了鼓励她们，也为了让更多边远地区的孩子们燃起心中的希望，编辑部所有同志经过讨论，一致同意专门为这两个藏族女孩设置"希望奖"，并邀请她们来杭州参加颁奖典礼。

没想到，当时的丹巴连日降雨，许多地方山洪暴发，道路被冲垮，德吉拉姆和卓玛拉姆被困在培尔村，根本出不来，急得号啕大哭。

为此，我也难受了很长时间。

为了弥补和安慰这两个孩子，编辑部委托月光再赴丹巴时，将"少年追梦"文学行动暨征文大赛的奖牌、奖品和印有大赛徽标的T恤带给她们。

事后，月光告诉我们，两个女孩收到奖牌和奖品高兴极了，不仅拿给自己的亲人看，还拿给老师和同学们看。

月光特意给我们发来了德吉拉姆和卓玛拉姆身穿藏袍捧着奖牌的照片，照片上，两个女孩灿烂的笑容，让编辑部所有的同志都很开心。

相遇直亥

那次征文大赛，我们编辑部还收到了七个青海孩子的作品，其中一首小诗，出自一个叫更欠智华的藏族男孩之手。这个男孩是青海省海南藏族自治州贵南县过马营镇直亥村的一名小学生，他的诗是用藏文写的，文字看起来像游走的小蝌蚪，十分玄妙。编辑部没有人懂藏文，一时也没能找到熟悉藏文的人，无奈之下，我们不得不放弃。

对此，我一直心存愧疚，却也因此记住了过马营镇直亥村。偶然想起，总觉得在那个遥远的地方，有一双怨怼的眼睛看着自己，感觉自己像是冥冥之中欠下了一笔债。

多年以后的那个夏天，在一次偶然的聊天中，我才从朋友口中了解到，2011年，月光又在直亥村援建了一所希望小学。

这个消息让我激动又惊讶。我想，说不定可以通过月光找到这个叫更欠智华的男孩，当面跟他说明当年的情况！我一直以为月光和她的爱心助学团队的爱心只是播撒在丹巴，没想到月光妈妈们早已将爱延续到了一千多公里外的青藏高原。

我当即拨通了月光的电话："怎么前几年跟你去丹巴，都没听你说起过在青海也援建了希望小学？你也太低调了！"

月光笑笑，说："这有什么可说的，而且严格说来，真正在青海援建这所希望小学的是我父亲，学校也是用他的名字挂牌的。"

月光正忙着准备带去青海的物资，没有工夫和我讲太多。但是她告诉我，这些年她在青海做的事情，都断断续续记录在她个人微博里和学校的公众号上。

电话一挂，我就关注了学校的公众号，通过搜索关键词、翻看历史文章等，找寻月光与直亥的点点滴滴。当天晚上，我又找到月光的微博，查看有关希望小学的内容，我像追剧一样一条条看过去，看她在直亥援建希望小学的缘起，看她留在青海雪山脚下和大草原上的另一片爱心足迹……

"了不起！真是了不起！"就在我发自内心赞叹时，月光的电话打了过来，跟我讲起了她与直亥结缘的过程——

我在丹巴援建了希望小学以后，又开展了和那里贫困家庭孩子的结对帮扶工作。

已经退休的父亲了解了我做的这些事情后，很少夸人的他，第一次对我说："闺女，你这件事情做得好！爸爸小时候要是能上希望小学，遇到资助我上学的人，我的命运可能就……"

父亲话没说完，摆了摆手，沉默了。六十多岁的他，眼里居然流露出深深的怅惘。

我知道，父亲一定又想起了自己小时候因为家里穷被迫辍学的事。那是他心中永远无法抹去的痛。

以前别人问我是哪里人，我都说是杭州下沙农村的。其实我父亲的祖籍是浙江萧山，户口是城市户口。

早先因为钱塘江潮水日复一日冲击南岸，江边的堤坝常常塌方，一决堤，南岸的房屋田野就被洪水淹了。世代居住在南岸的萧山人，不得不迁移到其他地方谋求生路，当时大部分老百姓都迁移到了江北岸。

北岸的下沙起初是一片荒草地，一批又一批南岸的居民迁过来以后，就慢慢形成了一个个移民村。大家在钱塘江滩涂上围垦造田，安家种地。

月光妈妈

我爷爷是个铜匠，有手艺，他是不肯丢掉城市居民身份的。后来爷爷被招进乔司的一家棉花加工厂，每月能挣42元。虽然爷爷当上了人人羡慕的工人，但这点收入对一个八口之家来说，还是很微薄。

父亲学习很好，小学毕业时以优异的成绩考取了杭州乔司中学，可是还没读满一年，爷爷就要父亲退学，跟着自己学手艺，和他一起挣钱养活弟弟妹妹。

父亲当然不肯，他在班上学习成绩一直名列前茅，一心梦想将来考上大学，去北京那样的大城市。他哪里想得到，自己的亲生父亲会逼自己退学呢。

父亲跪在爷爷面前，恳求让他继续读书，爷爷就是不答应。父亲一气之下扭头就跑，一个晚上都没回家。

第二天傍晚，出走了一天一夜的父亲肚子饿瘪了，想回家找口吃的，路过河边时，看见爷爷一个人坐在那儿流泪。

那一刻，父亲明白了，爷爷不是不爱他，是他一个人真的养活不了一大家子人啊！

无奈之下，父亲退学了。爷爷也从棉花加工厂辞职出来，父子俩在乔司镇上租了一个棚子，开了一家钣金小作坊，打造诸如铁皮水桶、淘米箩、脸盆、铜暖炉等铁铜制品，然后父亲将它们背到周边的萧山、杭城、七堡、临平、塘栖等地去卖，收入比爷爷在棉花加工厂工作高得多，全家人总算没有再饿过肚子。

再后来，下沙公社开办了农机厂，爷爷和父亲都有好手艺，双双被招了进去。当时临平中学的高中学生到下沙劳动体验生活，有几个被分配住进我们家，其中就有父亲的初中同学。父亲虽然已经是被人羡慕的技术工人，还兼做着厂里的供销员，但看到自己的初中同学上了高中，心里还是很失落……

这么多年，父亲不管取得了怎样的成就，心中始终存有一份遗憾，一份没能正常完成学业、去理想的城市上大学的遗憾。

所以，父亲知道我在丹巴做的事情后，内心非常震动。已年过花甲的他，决定用另一种方式来弥补自己心中的遗憾。

没过几天，父亲就对我说，他也想出资援建一所希望小学，要我帮他在全国各地留意，看哪里真正有这样的需求。

我想，这或许是父亲晚年最大的心愿了，我一定要帮他实现！

2010年年初，我和大元以及几个好朋友相约，夏天去青海玉树旅游。没承想那年4月14日，玉树发生了七级以上地震，并且余震不断，造成大量人员伤亡和房屋倒塌，当地的一些学校也受到了严重的损坏。

看到这个新闻，我心痛不已，建议父亲到玉树援建希望小学。我说："这时候的玉树，就像2008年的丹巴，肯定急需各种援助。"

父亲同意了。

当时我们的朋友，青海作家风马先生正好在杭州，我便向他说了我父亲想在青海援建一所希望小学的愿望，问他能否联系到青海教育系统的人。风马介绍我认识了当时在青海省海南藏族自治州贵南县分管教育的女副县长。

副县长非常重视，在电话里客观地帮我分析："玉树作为地震重灾区，国家非常重视，援助力度也很大。其实，青海还有不少偏远地区也很困难。"

于是我向副县长提出去青海实地考察的诉求。副县长非常欢迎，建议我重点考察过马营镇。

我立刻通过互联网，搜索"过马营"做功课，了解到这是西倾山褶曲高原上的一个历史名镇，地处祁连山边缘至昆仑山的过渡地带，海拔3000多米，境内遍布滩涂、高山、丘陵、沟谷，镇东南部群山耸立，镇北缘黄河自西向东奔腾而过。下辖十一个行政村，尤以群山中海拔最高的直亥山山脚下的直亥村最为偏远、落后。

2010年5月，我飞赴青海，副县长到西宁接我，然后带我去了贵南，当地教育局的主要领导也来了，陪着我一起下去考察。

我们先去了过马营镇中心学校。学校很大，有两个校区，几千个学生——过马营镇所有牧区的学生都在这里上学。条件也确实很艰苦：一张1.5米左右的床要睡3～4个孩子，只好横过来睡；个子高的孩子，只能把脚垂下床睡觉。我父亲只

月光妈妈

是一位退休老人，手里并没有多少存款，他给我的预算只有40万，这对援建这么大一所学校来说，无疑是杯水车薪。

之后，我们又考察调研了贵南县城关小学、民族中学、仁爱智明孤儿学校以及沙沟乡中心学校，但由于种种原因，我觉得都不太合适。

副县长心很细，看出了我的沮丧。路过贵南县有名的陀乐寺时，她特意带我去看看。我们刚到陀乐寺，天就下起了雨。陀乐寺的住持阿旺嘉措很激动地对我说："你很有佛缘！我们这里半年多没下雨了，你把雨带来了。"

我不知道这是一种巧合，还是冥冥之中，这片土地对我发出了召唤。

那天晚上，我从贵南回到西宁，雨一直在下。晚上十二点，我休息之前，看了看窗外，雨还是没停。

那一刻，我告诉自己，不能放弃！

临睡前，我给副县长打电话，麻烦她带我去一趟过马营镇最为偏远的直亥村。

我记得我们是早上六点从西宁出发的，下午三点多才到。跟丹巴一样，路况不好，车跑不快，开了将近十小时。

直亥村坐落在直亥雪山山脚下，虽然偏僻，但它真的好美，山坡上开满了紫白相间的小花。

直亥村是一个很大的村庄，有几百户人家，几乎家家都是世代放牧——最早，牧民们背着帐篷放牧，拖家带口以草原为家。

村里唯一的一所学校——直亥小学，还是20世纪80年代建的。所谓校舍，其实是部队留下的营房，部队迁走以后，村里就将营房简单粉刷了一遍，改作校舍。由于年久失修，校舍已全部成为危房。

后来海南藏族自治州全面进行教育资源整合，各县的村级小学都撤并到镇上或县里的学校去了。直亥村小也不例外，被撤并到过马营镇寄宿制小学，原有校舍被改为幼儿园。

这样一来，直亥村偌大一个村，实际上就没有一所像样的学校了。对于98%

母羊的心

以上的村民都以游牧为生的直亥村来说，孩子上学就成了一个难题。直亥村小被撤并前，牧民们还能就近把孩子送到这里来读书；撤并后，孩子们就只能到近百公里外的过马营镇寄宿制小学去上学。山高路远，尤其是天寒地冻的时候，很不方便。渐渐地，村里辍学的孩子就多了起来。

尽管已经5月了，可站在直亥这片土地上，望着缭绕在直亥雪山上的云雾、漫步在山坡上的羊群，瑟缩在厚厚的冲锋衣里面对着迎面吹来的冷风，我不由得打了一个冷战。但我的心中，却涌起一股热流：直亥村应该有一所自己的学校——一所像样的幼儿园，一所至少能吸引小学低年级阶段的牧区孩子回来接受教育的学校。

在贵南县调研的时候，我就深深感受到了贵南县政府、教育局对教育的重视，从县长到教育局局长，再到乡镇村干部，都非常质朴、务实，没有虚头巴脑的花枪。记得当时到了饭点，我们就在路边的小饭馆里简单地点几个炒菜，再一人来碗辣子面条，喝碗羊杂汤，面条不够，再加几个馍。他们不大手大脚乱花钱，让我心里特别踏实。

分管教育的副县长，尤其让我感动、安心。她瘦瘦的，一心扑在教育上，带我考察的这一路，她也不忘做实地调研——学校的一切，她看得很仔细，问得也用心。对于我们想援建希望小学一事，她始终当作大事来抓，致力加大教育脱贫、振兴牧区的力度。

想到这些，我心中那以父亲之名在直亥村援建一所希望小学的意向，更加强烈了。但我还是很慎重，当时并没有轻易表露出自己内心的想法。

考察回来以后，我把直亥村的情况一五一十地告诉了父亲。没过多久，副县长又给我发来已成危房并弃用的直亥村小照片。父亲看后立马拍板，就在直亥村援建希望小学。很快，我就按父亲的意思，将他的40万存款汇给了贵南县教育局，委托他们在直亥村监督建造希望小学。

2011年夏天，直亥高宜钦希望小学落成。8月19日，学校举行落成典礼。父

月光妈妈

亲年纪大了,身体不好,加上直亥海拔高,容易高反,不能亲临现场,由我和大元代表他出席典礼。

此后,我又陆续捐赠了一批图书、电脑、投影仪和其他教学设备。看着学校渐渐变得有模有样,我很开心。父亲看到我拍的照片,特别欣慰。

学校建成以后,村里的幼儿们有了全新的校舍。看着孩子们的笑脸,我们满心欢喜,对未来也充满了憧憬。我们都以为,那些随父母游牧的适龄儿童,有了一所近在家门口的学校,应该都不会辍学了。没想到,愿意回来上学的孩子并没有我们预期的多,新学校并没有让村里的入学率全面提升。

这是为什么呢?我百思不得其解。

我决定去家访。深入一个个家庭去了解后我才知道,直亥村的村民大多没有文化,意识不到读书对孩子未来成长的重要性。他们普遍将孩子视作家里的劳动力,希望他们早早地帮忙干活养家。而这些孩子呢,从小在大草原上放牧,习惯了自由自在的生活,要他们重新坐到教室里上课、读书,也很困难。所以,即便新学校就在村里,仍有孩子处于辍学状态。

为了把孩子们吸引回来上学,我采取了"三步走"计划。第一步,加强爱心助学团队建设;第二步,请贵南县教育局和直亥村村委会统计需要帮扶的贫困生名单;第三步,参照丹巴的经验发动爱心助学团队、热心公益事业的朋友们,积极认领贫困孩子,一对一结对帮扶。

我向村民们承诺,孩子只要回来上学,每人每年补助现金1200元,还赠予不低于300元的物资,合计1500元。不来上学的,家里再困难,也不列入帮扶范围!

这个办法很有效,直亥村的入学率很快就提高了。因为在当时,当地村民家庭平均年收入不到3000元,可只要让孩子去上学,就能得到1200元现金和300元物资,村民们自然乐意。

当然也有村民专门冲资助款而来,先让孩子来上学,一拿到钱立马就让孩子回去放牧。我是怎么发现的呢?

每个孩子每年领取助学款时,我们会同步给孩子和资助者发一张"爱心结对卡"。有一个孩子，第一年如数领了资助款和物资。第二年，我拿到的助学名单中，却没有他的名字了。原来第一年他领完资助款后，中途又辍学了。发放助学款时，家长让孩子拿着上一年的"爱心结对卡"来认领。我很坚决地对校长说："无故辍学的，不能领资助。"

第三年，这个孩子又回到了学校，重新进入了资助名单——为了资助款也要持续地上学！

如此一来，辍学者越来越少。最后，没有孩子再辍学了。原来直亥村的入学率在整个贵南县排名是相对靠后的，那以后，却是100%。

我粗粗地统计过一次，从2011年希望小学建成投入使用至2019年，我和爱心助学团队累计结对资助直亥村的贫困生1392人次，帮扶资金达214.83万元。其中以我个人及我学校的名义资助的，达170人次。迄今，我还资助着21个孩子，时间最长的，已经资助了九年。

电话里，月光像聊家常、讲别人的故事一样，说得云淡风轻，我却早已被深深触动。从丹巴的核桃坪，到过马营的直亥，月光在教育扶贫之路上留下的每一个脚印，都和爱连在一起。做公益，发个兴不难，掏点钱也不难，难的是迎难而上，把工作做实、做透，是年复一年的坚持。此时已经是2019年，距她初次到直亥村实地调研，已近十年。这么多年，月光像一轮明月，默默地散发着自己独特的光芒，为边远落后地区家庭困难的孩子奉献爱心。

月光却说："主要还是因为当地政府重视。我发一篇文章给您看看。"

我点开文章一看，长长的一篇，阅读量不算高，但里面附着的青海省海南藏族自治州贵南县教育局副局长写的几段话却让人振奋——

2009年海南藏族自治州为全面解决农牧区村级学校学生人数少、基础设施差、师资力量薄弱、教学水平得不到提高等问题，在全州范围内实施教育布局调整，同年过马营镇原直亥小学被撤并至过马营镇寄宿制小学，而直亥村小原有校

月光妈妈

舍后来改为了幼儿园。

2011年,由月光父亲资助援建的希望小学落成。原以为,学校落成典礼的结束,可能也是和援建者缘尽的时刻,没想到,那只是我们缘分的开始。学校建成后,月光每年暑假都会带着她的爱心助学团队(爱心人士代表),到直亥村希望小学为贫困儿童开展捐资助学活动。她做事心细、有办法,在她和广大爱心人士的助力下,直亥村村民更加认识到教育的重要性,他们送子女入校接受教育的意愿逐年提高,教育观由原来的"要我上学"变为"我要上学"。直亥村的孩子入学人数逐年增加,希望小学原有的校区规模,已经难以容纳。

实践证明,"州办高中、县办初中、乡办小学、村办幼儿园"的整合方案,大方向是对的,但不能一刀切,还是要尽可能因地制宜,适度集中,灵活办学。像直亥村这样偏远的村庄,自然村小还是应该恢复。

贵南县委县政府为解决直亥村适龄儿童就近入学问题,积极向省里争取专项资金2000万元,新建直亥村寄宿制小学及附属幼儿园。校园占地面积16974 m^2,总建筑面积6460 m^2,主要建设教学楼、学生宿舍楼、学生食堂、幼儿园教学楼等,小学可容纳12个教学班,幼儿园可容纳5个保教班。学校教学条件得到全面改善,成为青海全省范围内最大的村级小学。

2017年11月,新学校落成的时候,月光再一次受邀代表她的父亲出席了落成典礼。新学校门口一左一右挂着两块牌子,一块是"直亥村寄宿制小学",另一块则仍然写着"高宜钦希望小学"。

我不敢说,月光背负着父辈的爱心去直亥援建希望小学,直接推动了当地政府对偏远乡村教育投资力度的加大,但我敢断定的是,高宜钦希望小学的出现和月光等爱心人士让孩子们回归校园读书的爱心举措,在一定程度上与贵南县教育局形成了合力,加快了改善乡村学校教育条件的步伐。当地教育局的同志和直亥村的老百姓,谁都不会忘记,是谁为原本落后的当地教育,添加了如此大的助力!

母羊的心

拥有新学校的孩子们

月光妈妈

"月光啊,算下来,今年是你在丹巴做公益的第十一年,也是你和爱心团队赴青海教育扶贫的第九年,这么长时间,你是怎么坚持下来的?"我感慨地问道。

"这可能跟我的教育情怀有关吧。我不希望我们这个社会,有孩子因家庭穷困而失学,更不愿意看到有孩子因失学而变得愚昧。"月光笃定地告诉我。

这份情怀令人钦佩。想到她白天说正在准备物资,即将飞往青海,我又问道:"你每年把资助款和物资寄过去,让当地有关负责人分发下去不就行了吗?何必每年跑那么远?一路舟车劳顿不说,到了那边,又是高海拔地区,容易高反,身体受得了吗?"

月光坚定地说,只有到现场按"名"索骥把钱和物交到孩子们手中,她才放心。更为重要的是,带着爱心助学团队的朋友们到直亥,和他们各自结对的孩子一对一、面对面交流,近距离将心中的爱传递给他们,比钱和物更有温度和撼动力。

"袁老师,我一到那里,看到孩子们的笑脸,就觉得一切都值得。您最近有没有时间跟我们一起去啊?"继走进丹巴核桃坪之后,月光再一次向我发出了邀请。

我欣然应允。我想去看看这位外表柔弱的女性,是怎么像犟龟一样,近十年如一日地把心中的拳拳爱意,一点一点搬到遥远的雪域高原的。

炎炎夏日,在月光的带领下,我踏上了前往直亥的路。

我们先从杭州直飞西宁,再从西宁驱车到贵德县落脚,歇息一晚,继而直奔直亥村。路途算不上遥远,但也不近;和丹巴相比,路况则又是另一种险恶。

月光告诉我,她第一次来考察的时候,这条路更难走。从西宁到贵德,要翻越拉脊山,得走上大半天。

拉脊山从前是"鹰飞不过去的地方"。它是祁连山东段南线支脉,也是贵德与湟中的分界山——东西走向"拉"起的一道山脊,大部分山峰海拔3500~4000米,最高峰马场山4484米。行车盘山，山坡险峻，山岩裸露，崎岖不平，山顶常年白雪覆盖，云雾缭绕。

听月光说，2012年冬季，总长度超过11公里的拉脊山隧道竣工通车，这对她和她的爱心助学团队来说是一个喜讯。这条隧道既大大缓解了他们翻山越岭的艰辛，又缩短了他们通往直亥的距离。

一路上，我总是把贵南与贵德两个县名搞混，也百思不得其解："直亥村既然为贵南县所辖，我们为什么要在贵德县落脚呢？"

"贵德县城比贵南县城更靠近直亥，从贵德县河阴镇去直亥村，不足五十公里，硬化后的路况好多了，差不多一小时车程就能到。而落脚到贵南县，就算是先到离直亥村最近的茫曲镇，再从那里去直亥村，也有一百多公里路呢。一开始我不知道，傻乎乎地把物资都寄到茫曲镇，后来我查地图，发现河阴镇更方便，打那以后，我们每次来直亥，就都在贵德落脚。这是最佳的选择。"月光像一位轻车熟路的向导，一边比画一边对我说。

这让我忍不住想要深入了解直亥村的地理环境特点，经过一番查询才知道，必须先弄清楚"黄河谷地"的概念。

人们通常认为，黄河谷地是指青海省东部贵德县以下至青甘交界处的黄河干流沿岸地区。其实，它真正的范围可能比这更广。

贵南之南，有两座神山：一座阿尼玛卿山，一座巴颜喀拉山。

黄河发源于玛多县西南、巴颜喀拉山北麓，被阿尼玛卿山阻断后，转而沿着东西横亘的阿尼玛卿山南麓一路向东奔袭600多公里，直至甘肃省甘南藏族自治州西南部的玛曲县。

神奇的是，黄河从玛多奔袭至玛曲，却受阻于大秦岭西部的高原及西倾山，于是又转身沿着阿尼玛卿山北麓一路往回流淌，并在玛曲形成巨大的天下黄河第一弯，玛曲县也因此被称为"黄河曲部"。

受阿尼玛卿山、西倾山、阿尼直亥山的影响，贵南县地势由东向西北倾斜，黄河顺势流窜，流到贵南县，在整个贵南县辖境外围形成一个更为巨大的黄河弧弯。从空中俯瞰，就好像黄河把贵南县拥入了怀中。

放眼整个中国，这也是独一无二的存在。

贵南县的一部分也属于黄河谷地，至少西北部是，中部是滩地，东部及南部才是高山、森林、草原和牧区。

直亥村就隐匿在青藏高原东部贵南边缘一个偏远荒芜的角落。村子散落在阿尼直亥雪山下的坡地及峡谷深处。这里有着贵南东北部最大也最偏远的牧区。生活在这里的牧民，属于安多藏族。

常年的雪融水流淌出一条黄河支流——莫曲沟河，曲里拐弯穿村而过，形成独特的峡谷、森林、草原、高山草甸及支流小谷地地貌。

高原深处，有四个湛蓝澄澈的海子，四周围绕着崇山峻岭，那里不仅生长着冬虫夏草、藏红花、绿绒蒿、小黄菇等我们耳熟能详的珍稀植物，还有雪豹、雪鸡、雪兔、天鹅、野狼、野猪、野山羊、羚羊、琵鹭等野生动物。夜间，野狼从山上冲进牧民家偷袭羊群的事时有发生。

千百年来，这里人迹罕至，独特的地理环境与气候，让这片藏在深山中的土地，恍如世外桃源。

当我们结束跋涉，终于抵达直亥村时，所有的文字都是苍白的。这里真的好美：山坡上开满了紫的、白的、粉的小花；蓝天下，白云恣意飘移……微风拂面，空气清新如洗，夹着花草的清香。

不过，第一次到直亥，我最想看的，当然是新建成的直亥村寄宿制小学。月光早就像回到了家一样，和热心的村民并肩行走，在前面带路。

学校好不气派！蓝天下，村口平坦处，高大的红墙校舍分外显眼。如果不是亲临现场，你难以相信这是一所村级小学。

和全国各地其他小学一样，此时的直亥村寄宿制小学也正值暑假，学校里空荡荡的，如果能亲眼见到孩子们徜徉奔跑在校园、欢欣雀跃的场景，想必会更令人兴奋吧。

月光似乎看出了我心中所想，告诉我："袁老师，明天学校就热闹了。所有的孩子都会来领资助款和物资，家长、老师也都会来。"

第二天我才知道，热闹是完全不足以形容的，那场面堪称壮观。孩子们、村民们，像迎接重大的节日一样，盛装打扮，不约而同地朝月光和她的爱心助学团队奔来，献上他们早就准备好的哈达。

我站在校园里，感受着这一场声势浩大的双向奔赴，静静地看着一个个阳光灿烂的孩子，以及月光和她的爱心助学团队忙碌的身影。

突然，月光领着一个皮肤黝黑的男孩走到我跟前，说："这就是您心心念念的更欠智华。来的路上您问我认不认识他，我当时还跟您卖关子。其实这个孩子就是我自己结对的，有些年头了，我带他来见见您。"

我惊喜地拉起了更欠智华的手，向他做了自我介绍，又对他说出当年的事情原委，表达诚挚的歉意。

他腼腆地笑着摇了摇头，说："没关系的。"紧接着，他将一直藏在身后的右手伸到我面前，递给我一本他自己的诗集——当然不是公开出版物，但封面设计得颇为素雅，内文也印得很清爽，薄薄的一本小册子，拿在手里让人赏心悦目。

诗依然是用藏文写的，我依旧看不懂。我问他："你能直接用汉语写诗吗？还是要先写成藏文再翻译成汉语？"

他用流利的汉语回答我："能的。但我们从小就说藏语，我觉得用藏文写诗能更好地表达自己的情感。"

他的回答让我吃惊，也让我感受到他对自己民族的热爱。

令我感动的是，这个细心的男孩很善解人意，他很快又从裤兜里掏出另外一个小本子，上面用汉语抄录了两首诗。他说："袁老师，这本诗集中，有两首诗我自己比较喜欢，我翻译成了汉语给您看。"

我高兴地接过来一看，两首诗都很长，但只读了一部分，我就有点惊着

月光妈妈

了。其中一首是《蹉跎岁月擦肩而过》,部分诗句完全超出了我对这位少年的想象——

  我戴着哲学的帽子,
  不停地询问自己,
  你是哪位岁月的孩子?
  你一直沉默寡言,
  像是亚里士多德说的那个女人,
  我依旧奏起影子的回声,
  唤醒着对未来的憧憬。
  …………

另一首《雨季·六月》,风格截然不同,轻柔,但美丽——

  六月,
  是阳光和细雨的天堂。
  绿荫沐浴着阳光,
  细雨滋润着小草。
  在时光的留念里,
  浓雾渐渐隐入了远处。
  此时的天空,
  湛蓝、清幽、欣慰!
  五颜六色的彩虹随着晚霞开幕,
  在黄昏里呈现,
  燃烧了青春的年华,
  融化了直亥雪山的颜面!

母羊的心

梦想当一位诗人的更欠智华

更欠智华告诉我,他给自己的诗集取名"海枯石烂",他知道自己写的诗恐怕还远远达不到出版的水平,但他决不会放弃,他的梦想是当一位诗人,"海枯石烂"代表了他的决心。

我看着眼前这个戴着眼镜,穿着休闲外套、牛仔裤,阳光笃定的小帅哥,无法将他和诗歌中有点忧郁和沧桑的形象重合起来。

那天,我还见到了一个特别的女孩,她身材瘦削,个子比直亥村寄宿制小学的女孩更高。很显然,她不是小学生。她静静地站在月光的身旁,试着帮忙,又像是在等月光忙完。

月光妈妈

我问月光:"你身边的这个女孩是学校找来的工作人员吗？"

月光看了看身旁的女孩，然后一边忙着手里的活，一边笑着对我讲起了她和这个女孩之间的故事——

她叫宗吉。我是2014年开始资助这个孩子的，到今年，已经六年了。

按规定，宗吉是不在资助范围内的。因为当时我们规定，受资助的孩子必须是在直亥村希望小学上学的孩子。我第一次见到她的时候，她已经在镇上念初中了，读初三，很文静，也很漂亮。村委会的人跟我说，这个孩子的成绩很好，但家庭条件很差。我想，在这样一个偏远牧区，女孩子能坚持读到初中，本身就是一件不容易的事。成绩好，更加要想办法支持。那一次忙完资助款和物资发放以后，我就让村干部带我去宗吉家做家访。走进他们家，让我印象最深刻的是她家的红砖墙房，整个房子只有一间屋子，放着一张床，全家好几口人都挤在一起睡。

他们家三代同堂，两个女儿大了，再和父母睡在一起，不合适。宗吉爸爸在红砖墙房子外面另搭出了一间斜顶屋。也许是玻璃比砖墙便宜吧，斜顶屋是用玻璃搭出来的。说是屋子，其实也就是一条加了玻璃的走廊。玻璃墙很单薄，冬不挡寒，夏不避暑。我一看宗吉家里情况这样困难，当即就决定资助她了。

第一年发放助学金的时候，我把助学金交到宗吉手上，她的泪水一直在眼里打转。我要走的时候，她一直攥着我的手不放。

宗吉非常了不起。2014年，她以优异的成绩考上了海南州的重点高中；2017年高考，她考了531分！这个分数对少数民族考生来说，是非常高的，她完全可以去北京上中央民族大学，但她填志愿时还是选择了青海师范大学。她说，她毕业后想回到自己的家乡当一名老师，教书育人。

月光说到这里时，我看得出来，她是非常动容和欣慰的——她播撒的爱的种子，已经在宗吉心里生根发芽。

一旁的宗吉抿了抿嘴，想说什么，又没有说。这时，一个魁梧的男人朝宗吉走来，他手里拎着一袋东西，看着不重，但精心包装过。他们用藏语简单地交流了一下，男人示意，那是他给月光的一点心意。

月光像介绍老朋友一样，对我说："这是宗吉的爸爸。他又给我准备了牦牛肉干。"

"爸爸说他来晚了，一路上，都担心跟您错过。"宗吉当起了翻译。

月光笑着说："不会的，我没有这么快走。"

宗吉满脸歉意地告诉月光，家里出了点事，她叔叔从山上把她家的三头羊送了下来，那三头羊都被狼咬了，她爸爸刚去叫了兽医。

在牧区，牛羊对牧民们来说不只是饲养的牲畜，更是珍贵的朋友。三头羊遭到狼的袭咬，这可不是小事。

"你们快去忙。我一会儿忙完也去看看。"月光望着宗吉爸爸说。

当月光结束手头的工作，带我走进宗吉家时，兽医也才到。被咬伤的是三头母羊，腿脚、脖子、臀部都遭到了狼的攻击，被咬得血肉模糊。尤其是最大的那头母羊，臀部被咬了三个洞，汩汩流血。

月光很惊讶："直亥村四面环山，坐落在峡谷中，怎么会有狼呢？"

"山上是有狼的，狼怕人，不敢伤人，见人就跑，但它们会欺负羊。"宗吉用普通话复述了一遍她爸爸的话。

月光又问："你说你家有六十多头羊，为什么偏偏是三头母羊被咬呢？"

"因为母羊要护着小羊，冲锋陷阵跑在前面，狼自然会先咬母羊。那头母羊是头羊，它一定是为了保护家族成员、保护自己的孩子，才伤得最重。狼很聪明，把它咬死了，小羊就跑不了了。"

兽医动作非常麻利，一会儿就给三头母羊上了药，也包扎好了。宗吉家的羊群也都从山上下来了。狼最终还是没有得手，是该为羊感到庆幸，还是鄙视狼？

月光看着三头惊魂未定的母羊，突然很想拍几张母羊和小羊的照片，但她一靠近它们，羊圈里的羊就四处跑开了，很害怕的样子。

月光妈妈

她说她在草原上行走，经常遇到大片的羊群。为了近距离拍到母羊和小羊依偎在一起的照片，她想过很多办法，比如：趁它们不注意的时候，轻手轻脚地靠近；采一把鲜嫩的牧草递到它们跟前……可是，距离一近，警觉的母羊就会带着小羊跑开。

宗吉说："我带你们去我家草场拍。"

我好奇地问宗吉："为什么你能拍到离羊很近的照片？是不是你们家的羊跟你熟悉，所以不怕你啊？"

宗吉咧嘴笑了笑，说："您要是在山上和羊待得久，它们也不怕您。小羊是非常依恋母羊的，尤其是在它们弱小的时候给它们喂过奶的母羊。而母羊呢，是母性非常强的动物，一旦有生人靠近，带着小羊跑开是它们的本能。但是，主人跟它们待的时间长，彼此熟悉、信任，很亲的。"

月光如愿拍到了母羊带着小羊的照片。照片中，那头母羊的神情让人动容，它眼睛里流淌出来的光，温柔而坚定。

望着这张照片，再想想月光和直亥村的孩子们，我的脑海里忽然跳出四个字：母羊的心。

那个夏天，我在直亥村认识了很多孩子：腼腆的美朵吉、爱思考的仁青拉毛、纯朴的德吉卓玛……土生土长的他们，被高原上的强紫外线赋予了古铜色的皮肤。7月的阳光，刺得眼睛无法睁开。可只要说到月光，他们眼里就都闪烁着光芒，那分明是被母爱浸润过的孩子才会焕发出的光。

丹巴·月光落境

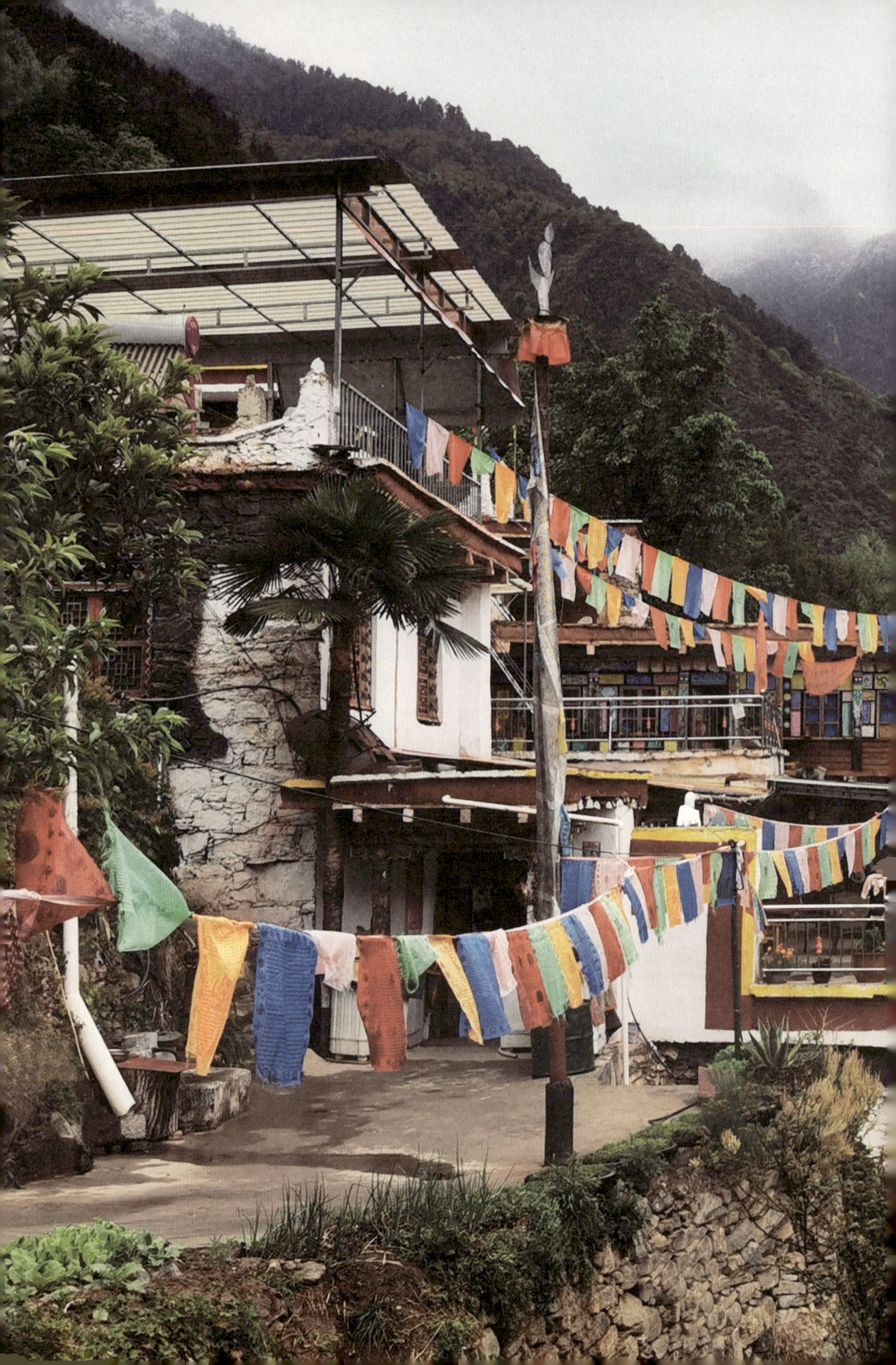

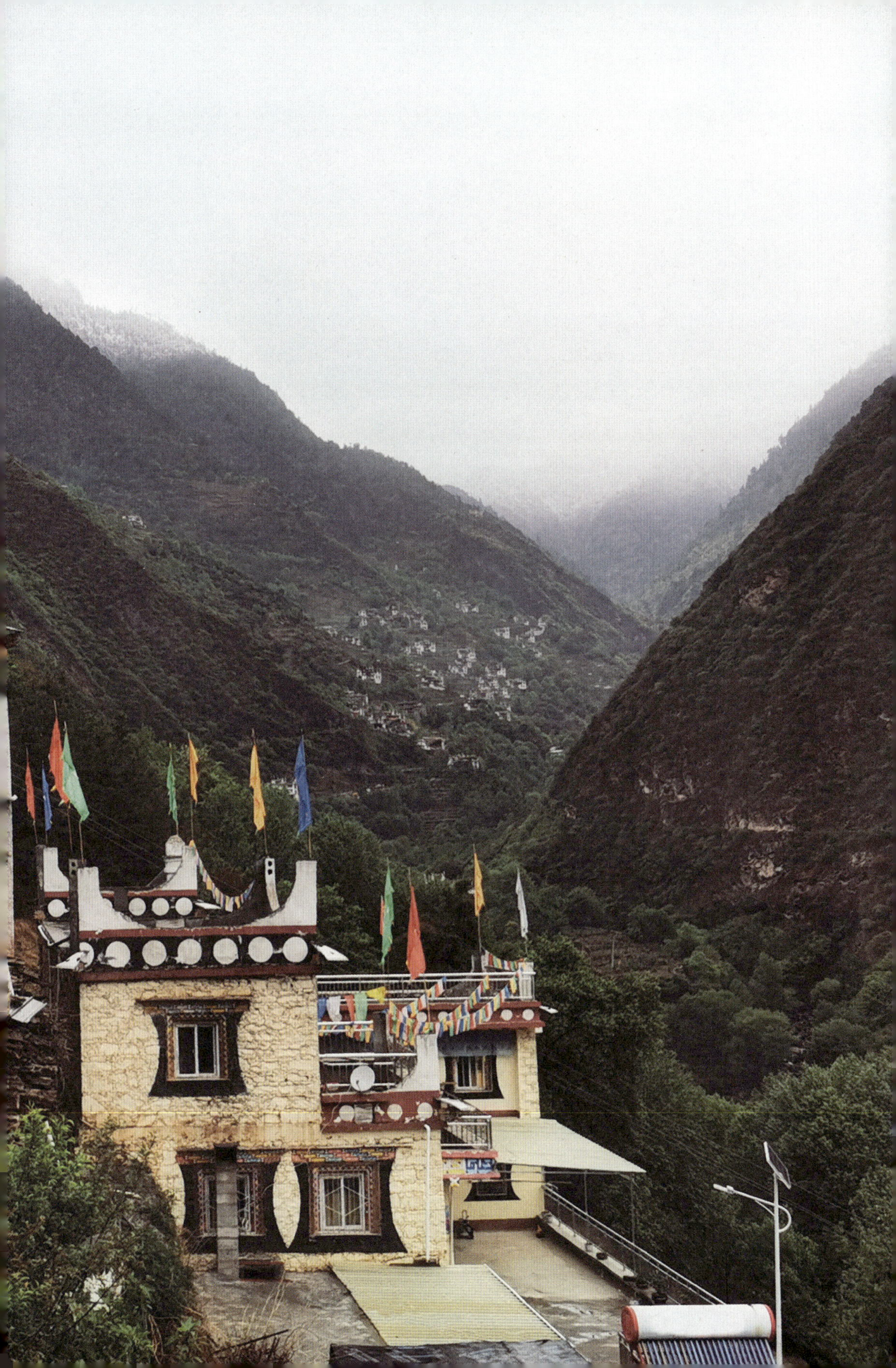

我们不是救世主，我们只是向往一份神圣而崇高的感动。有人说，是我们的援助像嘉绒藏地的白绒花，温暖了丹巴的孩子们；而我们却觉得，是孩子们的成长，一路感动着我们，让我们从未想过放下点燃的灯。

东谷河畔的断臂女孩

2019年的直亥之旅，让一直关注教育话题的我深受震撼。月光这样一个普通的基层教育工作者，多年来通过自己的力量，组建爱心助学团队；以她对教育和公益的理解，以她的执着和坚韧，默默地践行着教育强国战略，为党育人、为国育才，不求回报。长年累月的坚持，若非心怀大爱不能为。

此后，我的心中始终萦绕着一个想法：孩子们在长大——尤其是丹巴县核桃坪希望小学里的那群懵懂少年，如今一个个都走出大学的校门，走向社会，走向更广阔的天地——月光十余年的心血究竟结出了怎样的果实呢？为了一探究竟，我决心重返丹巴，回访那些孩子。

2022年深秋，重返丹巴之路正式开启。此时距离我第一次去丹巴采访，已经过去了整整十一年。十一年能为一个孩子带来的改变，一定是巨大的，我第一个想见的，就是生长在东谷河畔的许方燕。

路上，得知我的想法后，月光笑着对我说："许方燕变化大了。当年你见到的那个双臂都失去半截的女孩，不仅顺利地从大学毕业，进入上海一家公司驻成都的分公司实习，还因工作努力、表现优秀，实习期满后，便被这家公司破格录用。"

这真的是大大出乎我意料，原本我还在为她能否独立生活担忧，没想到这个女孩孤身一人，跑到成都闯荡了。

月光妈妈

还没见到她本人，我就迫不及待地问月光要来了许方燕的微信，先在线上试着跟她交流。

她的微信名叫"海绵宝宝"，她说自己喜欢动画片里的这个卡通形象，喜欢他的乐观，喜欢他总能给人带来快乐。海绵能包容，吸收快，快乐的、不快乐的都能容纳，可能她想成为这样的人，才会对海绵宝宝情有独钟吧。

介绍自己并说明来意后，我在微信中向许方燕提了一堆问题，我问她："能跟我说说你的故事吗？还记得你第一次见到月光妈妈的情景吗？这些年，月光妈妈给了你什么样的帮助？听说你已经工作了，现在的工作你喜欢吗？平常工作顺利吗？你现在最大的梦想是什么？"

一堆问题甩出去后，我心中有些忐忑，觉得自己可能还是情不自禁地流露出了对一个双臂残缺的女孩的担忧，我不知道这是否会伤了她的自尊心。

没想到许方燕很快就回复我了："想说的话太多了，但是我组织语言有点困难，可能回复会比较慢。"

我想起月光跟我说过，许方燕虽然有一个汉族名字，却是个羌族女孩。我不知道她的汉语水平如何，当即对她说："你不用组织语言，想到什么说什么。有话则长，无话则短。"

等到她陆陆续续发过来一条又一条长长短短的微信，我才知道自己低估了这个女孩。流畅的文笔，淡淡的讲述，清晰地勾勒出月光在她心中的形象。

我妈妈是在我四岁那年出车祸没的。说"没"，是因为谁也没见到我妈的尸首。为这事，我爸把肠子都悔青了，他觉得是自己害了我妈。

我爸初中没毕业就辍学了。但他脑子活，心气高，不能上学了，就想早点挣钱养家，后来，进了一家木材厂做小工。二十出头的时候，经长辈介绍认识了我妈。婚后不久，我爸就从木材厂辞职出来，自己搞木头运输了。

这以后，我妈就陪着我爸在深山老林里拉木头，虽然很辛苦，但挣得比厂里多。我妈说："咱俩这辈子就这样了，可咱们的孩子必须上学！"

丹巴·月光落境

一开始,我爸妈用拖拉机拉木头,等到家里条件稍微有点起色了,就省吃俭用买了一辆小货车。他们想着汽车比拖拉机速度快,每天能多拉几车木头,没想到很快就发生了意外。

那天,他们一起开车去街上买菜,妈妈提出要学开车,爸爸就答应了。没想到我妈一打方向盘,脚下没有刹住,车子直接开到我家门前那条东谷河里去了。

当时正值雨季,东谷河的河水暴涨,水流浑浊。加上风急浪高,东谷河就像一个裹着泥浆的巫婆,枯爪尖利,目露寒光,虎视眈眈地等着吞噬猎物。

后来,爸爸幸运地被人从离家很远的河下游救了上来,妈妈却一直没有找到。

相比于尸骨全无,我更愿意相信妈妈是被河水冲到一个我们不知道的地方去了,她可能失忆了,忘记了我们,但是她还活着。

我不知道妈妈的离开对爸爸的打击有多大,我只知道那天我爸被人救上来送回家的时候,身上一直在流血,他伤得很重,但他嘴里、心里念叨的全是我妈!

没有了妈妈,爸爸比以前更忙碌了,他拼命地挣钱养家。一开始隔一两个月还能见他一面,后来半年都很难见到他!

我从小就天不怕地不怕,没有了父母的管束,就更野了,整天疯在外面不着家。有一天我又跑出去玩,看到离家不远处的变电器上,有一个瓷片在太阳底下闪闪发光,亮晶晶的,很好看,我就忍不住去摸,没想到一下子火花四溅,我被高压电击中了双臂。

那一年,我才七岁。

为了给我治疗,我爸变卖家产,借高利贷,和变压器所属单位打官司,在成都和甘孜两个地方来回奔波。前后治疗了三个多月,我的双臂最终还是没能保住。

爸爸瞬间就老了,忙活了半辈子,一切重归于零,还欠了不少钱。

那个时候的我,情绪异常低落,极度自卑,从未留意过爸爸的处境有多么艰难。反而是爸爸坚持不懈地引导我要坚强,他总对我说:"你妈妈在天上看着

月光妈妈

你,如果你不好好活下去,妈妈会心疼死!"

现在回想起来,是记忆中妈妈眼睛里的爱,照亮了我那段灰暗潮湿的日子!

我常想,假如我的妈妈还在,我们家不可能会落到一贫如洗的地步。

那时候,我特别想念妈妈!

爸爸总说,妈妈一直在天上看着我。可我为什么看不见妈妈呢?

就在我最无助、最迷茫的时候,月光妈妈出现了!

听说有位爱心阿姨要来家里看我,我兴奋得一宿都睡不着觉。

东谷河畔的断臂女孩

头一天夜里，我盯着妈妈留下来的那个老旧的樟木箱，发了很长时间的呆。箱子里面叠放着我们姐妹几个的衣服，我把里面的衣服全都翻出来，一件一件在身上比，最后选择了一条天蓝色的裙子。

说是裙子，其实就是一件别人送给姐姐的长袖卫衣，我穿着没过膝盖，再系根破旧的皮带，就变成裙子了，这样就可以露出自己健美的小腿。我虽然没了半截手臂，可我的腿很挺拔。

第二天，我早早就起床了，心情一直紧张不安。我脑海里一直想象着爱心阿姨的模样，盼着早点见到她，总是隔几分钟就去门口张望。

那天我说了什么、做了什么都想不起来了，只记得当一群人走进我家时，爸爸大声地对我喊："方燕过来！方燕过来！"

人群中有个声音告诉我，她就是月光。

那是我们的第一次见面。

我看着她，她和我想象中完全不同，穿着普通，扎着两根麻花辫，目光很温柔，说话很亲切。我一下子就放下了心中的不安，忍不住想靠近她、亲近她！

爸爸拉着我走到阿姨面前，向她请求："这孩子妈妈没了，能不能让她叫你一声'月光妈妈'？"

我紧张地看着她，当她抚摸着我的脑袋，点头说"好"的那一刻，我觉得全世界都亮了！

大人交谈了一会儿后，爸爸说月光妈妈要带我走。听到"带你走"三个字，我突然就慌了，我没有明白这是什么意思，我也不知道这个"走"是去哪里，去多久。爸爸说："你别问了，快去收拾收拾东西。"我稀里糊涂地开始收拾，内心却害怕起来，担心爸爸要把我送人。姐姐悄悄告诉我："爸爸怎么会不要你？是月光妈妈和大元叔叔要带你去一个叫红石滩的地方玩。"我这才放下心来，高高兴兴地换上月光妈妈送我的新衣服。

刚出发的时候，我心情很激动，因为除了去医院治疗手臂，我没有去过其他什么地方。可惜我没有高兴太久，就晕车了。恶心、头疼、胃里面倒海翻江。月

月光妈妈

光妈妈看出我不舒服，想转移我的注意力，问我会不会跳舞。我说会。月光妈妈说，到了红石滩给大家跳一段，我满口答应。

我正琢磨着跳什么舞，要不要自己唱歌，突然一阵恶心涌上来。等我跑下车吐完抬头时，看到月光妈妈满眼心疼地看着我，又给我递水喝，又帮我拿纸巾擦嘴。那一刻，我觉得她就像我的亲妈妈，能成为她的孩子，真是一件幸福的事情！

当红石滩出现在眼前的时候，我愣住了。以前我从来没有见过这么奇特壮观的景象，河谷里布满了大大小小颜色鲜红的石头，像漫山遍野盛开的红杜鹃。

我好奇地问月光妈妈："这些石头为什么是红的？"

月光妈妈耐心地告诉我："相传红石滩的石头，是当年红军和敌人打仗的时候洒下的鲜血染红的。这可能是人们敬仰革命先烈而编的美好故事，但红军为老百姓能过上好日子，曾经在这片热土上抛头颅、洒热血，这是真的。"

月光妈妈还告诉我，这些红石头，其实是自然形成的，石头上布满的红色

亲近大元叔叔

物质，是一种特殊的藻类，只有在高山特有的生态环境中，才能繁衍生存。

我永远也忘不了那天月光妈妈对我说的一段话："你一定要好好读书，读书可以学到很多知识，让你了解许多自己不知道的事情。慢慢地，你的世界就变大了，你的人生就可能改变。你没了妈妈，以后我就是你的妈妈……"

从红石滩回来以后，我像变了一个人，做什么事情都觉得特别有劲儿，因为我又有妈妈了！月光妈妈每年都会定期给我寄钱、衣物、学习用品……

我是在她和大元叔叔的陪伴下长大的。他们几乎每年都会来丹巴看我。我有了手机以后，月光妈妈常常给我打电话、发短信，关心我的身体，鼓励我好好学习。

爱笑的许方燕

月光妈妈

从小学到初中,我渐渐接纳了与正常人不一样的自己,恢复了以前的开朗。

后来,我从丹巴中学毕业,考上了康定中学——甘孜州最好的重点高中。再后来,我又考上了成都东软学院,学习人力资源管理。

现在我已经顺利毕业,在成都一家单位从事人力资源方面的工作。我相信以自己的能力,不仅能够自立,还可以帮到家里。

您问我将来的梦想是什么,我觉得自己的梦想很简单,就是挣很多的钱,将来可以像月光妈妈帮助我一样,去帮助更多需要帮助的人!

我告诉许方燕,我们去丹巴必须得先飞成都,计划飞机降落成都后,先去看她,我也想借此机会去看看她在成都生活的小窝。

许方燕知道月光要去看她,欣喜不已。她和月光热切地通着电话,就像一对真正的母女。

从月光的口中,我才得知,许方燕在工作之余还经营着自己的视频账号,粉丝已经有六万多了。

我当即去看她的视频账号,想就此了解一下她的近况,以便接下来的采访更有针对性。

许方燕的视频账号有着"没有双手也能舞"的标签,可以看出她内心的坚韧。

"方燕还直播带货。毕竟刚刚参加工作,收入不高,在大都市生活可比在丹巴县生活消费高多了,租房、上班通勤、吃饭,偶尔买点漂亮衣服和化妆品,光凭工资是绝对不够的。"说到许方燕的现状,月光一清二楚。

我好奇地问她:"你怎么知道她还直播呢?"

"她注册视频账号的时候,估计用的是她的手机号,我有她电话,刷视频的时候刷到了,就进去看。"月光笑呵呵地说。

"她直播,都卖什么东西呀?"

"卖卖日用品、女孩子喜欢的小配饰什么的。这孩子脑子活,一点也不怯场。我经常偷偷在她直播间下单买点东西支持一下。"

"那她有没有发现你呀？"

"应该发现不了，我用的是别人的收件地址。"月光压低声音说，"我不希望方燕有心理负担。"

我浏览起了许方燕的视频账号，看到了一幅温馨的画面：满脸含笑的许方燕倚靠在父亲的肩头，而穿着紫色背心、蓝色西装外套的帅气父亲，则爱抚地搂着女儿，脸上的笑容和女儿一样阳光灿烂。

没想到在这样温馨的画面下，却配着一段令人心悸的文字：

与你相见于1997年，2021年4月14日送你回归苍茫大地。
有幸成为你的女儿，感恩你对我不离不弃！
你长眠，我长念！

回归苍茫大地？长眠？发生了什么事情？我大吃一惊，立刻一条条地翻看2021年4月前后的视频。我没有找到关于许方燕父亲的其他信息，却看到了一个令我感慨万分的视频。

视频中的许方燕，剪了一个清爽的童花头，穿着一件白色的T恤，画面一帧一帧地展示着她平凡的日常生活：用电脑、打篮球、滑滑板、写字、看书、淘米、洗菜、做饭……

而她做每一件事情的背后，都可以看到她父亲高大的身影。许方燕用平静的口吻讲述着——

大家好，今天我要向大家隆重介绍一下我心目中的超级英雄。

从小到大，无论是写作文还是做演讲，我一定会提及的，就是他——我的爸爸。

因为是他带给了我一切，成就了今天的我。

月光妈妈

我的爸爸是一个特别特别爱面子的人。但从我的双臂被高压电击中的那一年开始,爸爸就没有了所谓面子。他开始四处借钱给我筹集医药费,还第一次给别人下跪,只是希望医生能够保住我的双手。

可是,即使他竭尽全力,我还是失去了半截手臂。

对于此事,爸爸一直都觉得很愧疚。

但对于我来说,其实是他拯救了我,给了我第二次生命。

当时的我,接受不了双臂各失去半截的打击,多次想过自杀,我觉得我的人生,整个都塌了。我变得暴躁,易怒,敏感又自卑。可是爸爸却对我说:"你是我的女儿,是爸爸一生的骄傲。"他一直鼓励着我,赞美着我,支持着我,把我从深渊里拉出来,带给了我无限的阳光。

我在学校里面被欺负了,他总是会为我出头;甚至我被狗咬了,他都会冲上去和狗干架。我上高中了,他去拜访所有的老师,只是为了让他们多照顾我一下;我们一同出门的时候,他会自豪地告诉别人:"这是我的女儿!"我给他写的信件,他也一直随身携带,视为珍宝;大学毕业后,我处处碰壁,一时找不到工作,他说:"没关系,你到爸爸的厂里来,爸爸给你开工资。我这么优秀的女儿他们不要,是他们的损失。"

就这样,在爸爸的影响下,我不再自卑,不再在意别人异样的眼光,我开始接受自己的不完美。我学会了生活自理,也不会再想自杀,仿佛看到了生命的意义。我暗暗下定决心:等我成才了,一定要报答我的爸爸!

可是……他却……没能等到我的报答。

老许,很荣幸能成为你的女儿,得到你一生的守护。

今天是你的节日,愿你在天堂能够快乐!

我会带着你的期许,像个天使一样,骄傲、自信地活下去。

我爱你,爸爸!

虽然没有一个字提到父亲去世,但一句"愿你在天堂能够快乐",已经说明了一切。

"许方燕的爸爸去世了？"我震惊地问月光。

"嗯。出意外了。"月光红着眼告诉我。

看来，此行我要去寻访的、隐匿在都市一角的断臂女孩，并不是我想象中正在描画自己美丽人生的海绵宝宝，命运的劫难，可能又一次残酷地将她推进了灰暗的境地。

我更加急迫地想见到许方燕。

可是，疫情打乱了我们的计划。我们不得不飞机一落地就驾车直奔丹巴。嘉绒藏地那么辽阔，月光和她的爱心助学团队资助多年的孩子们分布在四面八方，就像藏匿在山间草坡上的小羊，但是只要到了丹巴，我们一定可以左突右进，绕过重重艰难险阻，飞到他们身边。

"既然进不了成都，见不到许方燕，那就先去丹巴看看那条当年吞噬了许方燕母亲的神秘莫测、众说不一的东谷河，见见许方燕的家人吧！"我对月光说。

东谷河是在黄昏的金色余晖中，一下子袒露在我面前的。

夕阳下，东谷河就像敞开丰润怀抱的母亲，河两旁黝黑的泥土夹着绿色的小草匍匐在她的臂膀上，像要沉沉睡去；晚霞的红晕渐次由深入浅，洇染开来，慢慢渗透到天边，和远处逐渐暗淡下去的灰蓝色天空悄悄融合在一起。缓缓流淌的河水，将夕阳散落下来的余晖投射到河边的灌木丛上，像是给东谷河镶上了秀丽的毛发；平静的水面上，几只正在打转的野鸭，惹起了粼粼涟漪。

许方燕的家就坐落在东谷河畔，背山面水石木结构的三层楼，红檐白墙，屋顶上飘着风马旗，和当地的藏民居没啥两样。显然，许方燕家已经不是十三年前月光见到的那个穷家破户了，不过，屋里的陈设依旧简陋，甚至有点凌乱，不过不乏温馨，暖意融融——厨房里飘出蘑菇炖鸡的香气，堂屋的大圆桌上摆着切好的熏肉、腊肠、时鲜水果。

一个系着围裙的中年女人正在灶台忙活，闻声从厨房里走出来，有点腼腆地

月光妈妈

招呼我们："坐，快坐呀！老大，给客人泡茶！"

这应该就是许家姐妹们的继母了，她和许方燕的姐姐对话时亲如母女，自然融洽，完全没有半点生分。

还没等我们坐下来喝茶，一个十三四岁、穿着蓝白校服的女孩子从里屋冲出来，一下子抱住月光。

"这是方燕的妹妹。"月光见我一脸疑惑，一边抚摸着女孩的头一边告诉我，"方燕妈妈去世后，她爸爸娶了现在的妻子——就是刚才招呼我们的那位，生下这个女孩。她现在在半扇门中学上学，今天正好放月假在家。"

小姑娘自来熟，一点也不怕生，快人快语，跟姐姐许方燕爽朗明亮的性格很像。

我告诉女孩："我认识你的姐姐许方燕，为她失去半截双臂后顽强坚毅、乐观向上的精神所打动。这次我来丹巴，就是想对她进行采访，听她说说自己的故事，了解她现在的生活、工作状况。因为成都现在情况特殊，我们没能见到你姐姐，所以专程来你们家，想从家人这里侧面了解一下她的近况。"

"另外……"我犹豫了一下，心里很纠结。此时此刻，我心里最想知道的，是她们的爸爸是怎么去世的。但面对眼前这个小女孩，我不知道怎么开口。

女孩很懂事，她看了我一眼，轻轻地说："您问吧！我已经上初中了，家里的事、二姐的事，我都知道。"

我看了看一旁的月光，从杭州出发之前她就一再告诉我，许方燕是一个让她心疼得不得了、牵肠挂肚的女孩，采访的时候，尽量不要触及她的伤疤。

月光搂了搂女孩，示意她可以拒绝我。

"没事，月光阿姨。"女孩像大人一样，平静地对月光说。

许方燕失去双臂后，是她爸爸一步一步鼓励、支撑着她重新站立起来的，爸爸就是她心中的大树。月光的出现，又给了她憧憬未来的信心。现在她一毕业就找到了工作，原本日子越过越好了，可她爸爸怎么突然去世了？

还没等我将这些话委婉地问出来，女孩就直接说到了那场令人揪心的意外。

丹巴·月光落境

爸爸是2021年4月14日走的。

正是春天，地里全是绿色，我最喜欢的颜色。

我们家对面的东谷河也是春天最美，水最清！

可是，爸爸却偏偏倒在春天的绿地里。

我当时在学校上学，半扇门中学，很远的，住校。二姐在成都，大姐在幼儿园上班，三姐也不在家。我们姐妹几个谁都没有在爸爸闭眼前见到他。

听大人们说，爸爸为了给二姐治手臂、装最好的假肢，欠了一大笔钱。

在我们家最困难的时候，正好县里给几个穷村子下拨了一批扶贫资金，我们村有一百万。村干部召集全村人开大会，讨论这批资金怎么用，最后决定投资创办一个木材加工厂。村里人都觉得我爸能说会道，见过世面，要他来创办并承包这个木材厂。条件是我爸每年上交九万利息给村民分红，三年期限满后，再归还本金。爸爸没有推辞，真把木材厂办起来了，生意还不错，四乡八村的人盖房子都需要木材，木材厂的营收除了上缴利息，还掉一部分债务，还有结余的钱给我们交学杂费，给家里添置一些生活用品，过年时给我们买新衣服。那时候，我们都觉得生活有了盼头！爸爸还说，如果生意再好一点，就多给村里交点钱。没想到疫情来了，大家挣钱都难，盖房子的人少了，木材厂的生意也不好做了。

爸爸和妈妈商量，不能在一棵树上吊死。他们在木材厂后面搭了三个猪圈，养了几十头猪，想等到过年卖个好价钱。猪圈后面是妈妈种的一大片菜地，除了家里人吃的，也能卖点钱贴补家用。菜地后面就是山了，妈妈常常去山上割猪草。

出事那天，爸爸和妈妈先去了木材厂，看着堆在那里卖不出去的木板叹气。妈妈对爸爸说，今年只有靠猪了，她去割猪草。爸爸说，猪圈的粪堵满了，他先去抽猪粪。农家的猪粪是块宝，我们家的菜绿油油的，长得比别人家好，就是猪粪的功劳。聪明的爸爸从猪圈接了一根又长又粗的管子通到菜地，这里一抽粪，那边就流到菜地里变肥料了。

月光妈妈

妈妈割猪草回来后，看菜地里没有粪，觉得不对劲儿，就跑到猪圈想看一下是什么原因，结果看见爸爸倒在猪圈的地上。

妈妈去拉爸爸起来，却被电猛击了一下，全身发麻。她赶紧叫木材厂的工人来帮忙，把爸爸送到医院，可最后还是没能把爸爸抢救回来。

女孩说到这里眼圈红了。我很抱歉自己勾起了小姑娘的伤心事，赶紧转移话题："能带我去看看木材厂、猪圈和菜地吗？"

女孩擦了擦眼睛，说："那得赶紧去，再过一会儿天就要黑了，天一黑就什么也看不见了！"

木材厂不远，就在门口那条东谷河的对面，猪圈、菜地，都和木材厂挨着，在暮色下连成一片。可是，许方燕爸爸在这里操劳忙碌的身影，却再也看不到了。

也许太累了，他想歇一歇。他带着生活的艰辛，从这里回归了苍茫大地，隐入了远处剪影一般墨黑的山林，但他的气息似乎仍然在这里飘荡。

我站在绿色的菜地旁，忍不住给许方燕发了一条微信：

方燕，我去了你家的木材厂、猪圈，现在在你家的菜地里。这里处处留下了你爸爸的印迹。你爸爸虽然走了，但我想他的气息一直会在你身边温暖你！来丹巴之前，我看了你的视频，你在视频中依旧很阳光，笑容很灿烂！你是怎么走出来的？

回去的路上，我在木材厂捡了一小块褐色的木片，也许是想给这个不幸的家庭留下一点见证吧。

当我和女孩一起回到家时，我收到了许方燕发来的一条长长的微信：

我没想过，爸爸那伟岸的身影会从我的世界突然消失！我始终觉得，他其实就在我身边，从未离开！

得知父亲出意外的时候，我正在公司上班，听到消息后都傻了！等反应过来，连忙请假往家里赶。当时只是听说我爸碰到电了，我以为和我当年被高压电击中一样，可能需要截肢。一路上我心里想的是，我爸那么骄傲的人，失去了双手一定备受打击。我要赶紧回到家，将他以前鼓励我的话通通对他讲一遍！

可还没到家，我姐来电话了，她在电话那头哭着说："二妹，我们没有爸爸了，我们没有爸爸了……"

挂了电话，我并没有号啕大哭，我看着车窗外的风景一幕幕飞闪而过，脑海里浮现的全是爸爸幽默风趣逗我时的笑容。他说我是他最棒的女儿，他说我是他的骄傲！可我还没挣到大钱让他享福，还没让他看到我结婚……我所有的承诺，一个都还没有兑现。

从成都到丹巴，经过煎熬的五个小时，我终于到家了！远远地，我就看到家门口挤满了人，心彻底沉到了谷底。一切都是真的，我亲爱的爸爸真的离我而去了！

办丧事的那些天，我麻木地听从大人们的安排，烧纸、叩头、下葬、上坟……

我总觉得这一切都那么不真实，好像是我做的一个很长很长的梦，甚至是我爸和我开的一个巨大的玩笑。

我对着苍天大喊：爸爸！爸爸！你不要吓唬我，不要让我这么手足无措啊！

爸爸走后很长一段时间，我发现我每天都可以见到爸爸——在梦里。爸爸开着大巴带我们全家去旅游；爸爸说他现在每天都很忙，因为除了办木材厂，他又开了一个面馆，和妈妈、奶奶一起经营，五块钱一碗的羊汤面，配上我家菜地里种的碧绿的青菜，物美价廉，大家都爱吃……

那段时间我真的不愿醒来，梦里爸爸一直都在，可一醒来就要面对他已离开我们的事实，难受到窒息。我一度分不清梦境和现实，总在恍惚中。

您说我在视频中很阳光，脸上的笑容很灿烂，问我是怎么走出来的，其实我

月光妈妈

感觉自己的心里缺了一块，表面看一切如常，正常上班、下班、社交，可实际上我的内心早已满目疮痍。

爸爸去世的事我没有跟月光妈妈说。我不希望自己是一个充满负能量的人，更不希望月光妈妈多年来的付出，也和爸爸一样得不到回报——甚至等不到我的一声"谢谢"。但是我知道月光妈妈一直在关心我。她给我打电话，怕我伤心，不问爸爸的事情，只问我的近况，问我工作顺不顺利、有没有什么压力；她还发微信叮嘱我，有什么心事或困难都可以跟她说。我直播的时候，总是可以看到"主播你是好样的"之类的弹幕，有时候，店铺的销量会比平时好很多，我知道，是有人在用她的方式默默地帮我……

从小到大，在我最绝望、最低落的时候，总有月光妈妈的影子、声音。她就像一束光，柔柔地照在我的身上，照进我的心里。

父亲以前一直说，我是他最坚强的女儿；月光妈妈也总是说，方燕是最能干的女孩。可我现在变得超级爱哭了。我不敢看父亲的照片，不敢想父亲的好，我怕我会哭瞎眼睛；我不敢面对和承受失去，我怕我会心碎。

未来的路该如何走，说实话，我很迷茫。但我知道，我必须坚定地走下去，带着爸爸妈妈的遗憾，好好看看他们没看完的世界；带着月光妈妈十多年来的期许，努力创造属于自己的奇迹！

我把信息拿给月光看，月光不禁红了眼眶，说："在丹巴这么多孩子里面，许方燕是最让我放心不下的。一方面是因为她的身体，作为一个女孩子，双臂都缺失了半截，生活上不方便的地方太多了；另一方面是因为她的经历和遭遇——四岁没了母亲，七岁失去双臂，刚毕业踏入社会就失去了父亲。这十多年来，我是一步步看着这个孩子长大的，她的每一分收获都是付出比别人多好几倍努力的结果。我记得她上高中的时候跟我说，有一次跑步比赛，第一次她输了，硬是说服老师和同学让她重跑一遍，第二次她成功跑了第一名，大家为她鼓掌，她开心地笑了。她就是这样，从不向命运和现实屈服，发奋学习，考上重点中学，又考上大学，毕业后只身在成都闯荡。现在，瘦瘦小小的她又要承受生命不能承受之重，我真担心她……"

我安慰月光："这孩子身上有一股韧性，不枉费你这么多年来对她的资助和惦念。猛然失去至亲，心中悲痛是人之常情，但是你看看，方燕对生活、对未来还是满怀憧憬的。"

月光欣慰地点了点头。

吃晚饭的时候，许方燕的家人几乎都聚齐了：继母、姑姑、姑父、大姐、姐夫、小妹，还有大姐的两个孩子……一张大圆桌，围坐得满满当当。桌上摆着热腾腾的蘑菇炖鸡汤、香喷喷的腊肉蒸芋头，女主人还炒了绿油油的青菜和黄灿灿的土鸡蛋，煮了一大盆甜糯的玉米和红薯……

"要是今天方燕也在，就更好了。"月光静静地说。我知道，她还在担心许方燕。这世间，还有什么能比一家人在一起更能抚慰许方燕满目疮痍的心呢？

我问许方燕的大姐："你们有没有想过让方燕回丹巴呢？一个女孩子在外面闯生活，很不容易的，何况她情况特殊，会比别人更艰难！"

许方燕的大姐说："您小看我们二妹了。爸爸走了以后，二妹是动过回家的念头的，但不是因为外面生活艰难，而是她想回来帮家里分担压力。我和妈妈都不同意，二妹好不容易找到一份她喜欢也适合的工作，有固定的收入，公司给她交着五险一金，多好啊！家里再难，也不能耽误她的前程。妈妈的态度很坚决，家里有她，二妹只管走好她自己的路！"

许方燕大姐的话，让我和月光对面前这个瘦小坚韧的女人充满了敬意。我忍不住又给许方燕发了微信，问她能否说一说自己心中的继母。

许方燕很快就回复了我，从她的讲述中可以看出，她早已把继母当作了自己的亲生母亲：

和温柔的月光妈妈不一样，妈妈是个刀子嘴豆腐心的人。不过，她也有和月光妈妈相同的地方，既善良又坚韧！

月光妈妈

我们大家内心都清楚彼此的关系，包括我妹妹。小的时候，妈妈对我很严格，每当我想用没有双手的借口来逃避家务活的时候，她总是会毫不客气地要求我必须完成。一般是妹妹洗碗，我抹桌子；妹妹扫地，我扔垃圾；妹妹洗衣服，我来晾晒……谁都不能偷懒。这极大地锻炼了我的动手能力，长大了我才知道妈妈的良苦用心！

高考的时候，我的考场在离家一百五十多公里的康定。妈妈提前几天就赶到了，考试还没开始，她就和同学的妈妈一样，早早地在校门外等候。见到我的时候，一个劲儿地对我说："不要紧张，正常发挥，妈妈就在外面等你。"可我分明感觉她握着我的手一直在抖，其实她比我还要紧张！

走出考场时，有记者来采访，我自己说了什么全忘了，但妈妈讲到我的时候泪流不止的画面，让我至今都忘不了。采访结束后，妈妈的眼睛早已哭得红肿，我感到很心疼。一旁的记者采访结束后，语重心长地对我说："你有一个好妈妈！"我当然知道，妈妈这些年为我做的点点滴滴，我全都看在眼里。我很庆幸，除了月光妈妈，我还有这样一位好妈妈在身边。

我和妈妈年龄差距只有十五岁。我今年二十五岁，她在我这么大的时候，已经成为我的妈妈了，要管三个孩子，还要操持一个家庭。我无法想象，如果是我，能不能做得像她一样好！

我知道，光靠家里的几十头猪和一片菜地，能维持日常生活就不错了，真正要想还清爸爸留下的外债，还得把木材厂重新经营起来。以前爸爸在的时候，木材厂的订单、销售渠道的开拓，都是他在做，妈妈一个村妇，对这些是两眼一抹黑，只管具体干活，落实加工生产。我想辞职回家，帮妈妈分担一些。可妈妈死活不同意，她说："你走你自己的路！"我知道她是为我的长远发展考虑。

从血缘上讲，妈妈和我没有关系，但是在我心中，她早就是我妈妈了，陪我长大，为我遮风挡雨。

我的亲生母亲给了我生命，月光妈妈点亮了我的生命之光，而妈妈，则是让我有机会一点点向光而行的人。

"月光，你看，这孩子是一个明白人，非常懂得感恩。"我不由得赞叹起来。

我想，这也是月光多年来，非要不远千里，来到孩子们跟前看他们的原因之一吧。也许每次见面只是短暂的相聚，聊几十分钟天，将一份礼物从一双手上传递到另一双手上……但从相隔千山万水，到心与心的靠近，那超越血缘的牵挂与期待，早已让彼此建立了某种默契。十余年的相依相守，也让孩子们早已长出了一颗颗感恩的心。

每个人在人生的不同阶段，都会遇到不同的难题。变的是难题的名字，不变的是面对难题时展现的品格与态度。许方燕或许还有她的坎要过，但月光了解她的孩子："过了这一关，方燕一定会有更好的未来。"

吃完晚饭，月光向许方燕的大姐打听起了党岭雪山："党岭离这里有多远？海拔有多高？现在的路况怎么样？"

党岭是当年红军长征时翻越的最高的一座雪山，而党岭雪山上也有月光和她的爱心助学团队默默资助多年的孩子，她想去看看。

没想到，这个话题不经意间牵扯出了这一家人深藏多年的秘密——

听爸爸和姑姑说，太爷爷叫许志国，是贫苦人家出身，老家在四川省苍溪县元坝镇重家坡。1930年，他在成都加入共产党。1933年，受组织委派，他回到家乡组织游击队，并担任队长。在一次游击队和国民党地方武装的战斗中，太爷爷和游击队员们被围困在山上，最终弹尽粮绝，全部牺牲。杀红了眼的敌人还不甘心，又追到山下把太奶奶抓起来，残酷地用大刀将其砍死。太爷爷和太奶奶死后，爷爷许昌发就成了孤儿，只好靠给地主家捡柴火混一口饭吃，受尽白眼和欺凌。

1934年，红军长征路过重家坡时，爷爷从地主家跑出来参加了红军，当时他

月光妈妈

才15岁。参军后,爷爷被分到新兵独立连,在一个叫白庙场的地方训练了一段时间,就和老兵一起打仗了。

从鸡山梁一直打到合七关,大大小小的战斗爷爷参加过几十次,先后五次不同程度受伤。后来爷爷被整编到红三十军九十师二六九团二营四连一排三班任班长,又从合七关打到中坝、江油、剑门关,战斗中多处受伤,身上伤痕累累。最后在甘孜的一场战斗中,爷爷被敌军的子弹打穿手掌,失血过多,不能随大部队继续长征,只好留在甘孜一户人家养伤。

我知道当年红军在丹巴留下了很多故事,很多地方也成了后人瞻仰革命历史的遗址。党岭的海拔很高,据说因伤无法跟着大部队翻山越岭而被组织上安排在当地老百姓家里养伤的战士人数不少,有一段时间,敌人还挨家挨户搜查过红军伤员。

没想到许方燕的爷爷就是红军伤员之一!这个重大发现,让我在吃惊的同时,也有点困惑:为什么这样一个革命烈士和红军后代的家庭,多年来宁肯艰难度日,也没有向政府开口?

许方燕的大姐说,她的爷爷从来没有对家人说过自己的革命历史,他们以前也根本不知道爷爷是红军。直到20世纪80年代,她爷爷已经是花甲老人,年轻时在战场上受的伤让他的身体每况愈下。他或许想对自己的前半生有个交代,这才给组织上打了一份报告,请组织查证自己的红军身份。

我当即问她:"这份报告是否还能找到?"许方燕的姑姑立刻回家取来了报告的复印件。复印件早已破烂不堪,斑驳的字迹记录着许昌发父亲牺牲的经过及他自己参加红军并多次在战斗中受伤的情况。报告后面,有一段加了括弧的文字:

核实:上述战役中所有受伤的战士都留在当地老乡家里养伤,但大部分伤病员都被地方反动派搜查出来处死了。许昌发能活下来，是因为他养伤的那户老乡为了保护他，让他把所有红军的徽章、军帽、军服、绑腿等相关可以证明他是红军的东西都烧了，也是担了责任冒了风险才护住了他……

这段文字的笔迹明显和许昌发的不同，"核实"应该就是组织上出具的证明许昌发是红军的有效依据。

我不敢说，太爷爷和爷爷的血脉，让许方燕继承了红色基因；但我相信，一个革命烈士和红军的后代，思想觉悟肯定不一般！

果然，我又从月光口中得知，许方燕上大学不久就入了团，很快又当了团支部书记，2017年成为预备党员，一年后成为正式党员，2019年还获得了学校的"优秀共产党员"称号。

这时候，许方燕的大姐也有感而发："爸爸在世时，总是以二妹为荣。他用国家下拨给村里的扶贫资金办了木材厂以后，日子一天天好起来，他发自内心地感谢共产党——共产党的政策好，真心爱护老百姓！没有共产党，他都不知道怎么办！他一直希望自己能入党，遗憾的是，他一生也没能如愿。是妹妹替爸爸完成了这个心愿！"

我忍不住又给许方燕发微信，说："我都不知道你入了党，你爷爷是红军，太爷爷是革命烈士……你还有多少秘密没有让我知道呀！"

她很快发来一段语音："我不觉得这些有什么可炫耀的。当我经历了不少事情以后，我才真正明白，为什么爷爷从没有对我说过自己是红军，爸爸也从未对我讲起爷爷当红军的故事。太爷爷和爷爷的革命经历并不能改变我的人生，我的人生靠自己！我想，这也是爷爷和爸爸所希望的。"

我把许方燕的这条语音转成文字，发给月光看。

"我很欣慰，方燕比我想象中更独立、坚韧。好样的！我可以放心了！"月光骄傲地说。

月光妈妈

　　这次来到东谷河畔，我心中虽然酸楚，但更感慨：那个生于斯、长于斯的断臂女孩，正在逐渐走向成熟。她一再被命运折断翅膀，又一次次振作起来。也许在不远的将来，等待月光的，是一个个更大的惊喜。

党岭村的五大才子

当年月光和她的爱心助学团队在丹巴县边耳乡党岭村也资助了六个孩子，但从未与他们谋面。

这几个孩子住得太过分散，通往党岭村的路况又很糟糕，不少地方都是断头崖，根本无路可走。

十几年来，月光每次踏上丹巴这片土地，都惦记着去看看这几个孩子，但都因为交通问题而无法成行。

加之党岭村一年四季有三季会下雪，半年以上都是冰天雪地，大雪封山时，山上的人下不来，山下的人上不去，通信讯号极差，联络基本中断。所以，六个孩子中有五个资助了一年以后，就失去了联系。只有一个叫切拥卓玛的女孩，断断续续还有一些联系，但资助到第四年，也突然断了音讯。

这次重返丹巴，月光抱着一线希望，打听这六个孩子的下落。她说，如果现在路况改善了，车可以开上去，就去一趟党岭村，看看当年红军翻过的党岭雪山，看看雪山上的孩子们如今怎么样了。

我问月光："这六个孩子叫什么名字？都是什么情况？"

月光立刻从电脑中调出了助学资助名单，从中找出了六个孩子的信息。

六个孩子中，只有切拥卓玛的资料相对完整，另外几个孩子除了姓名、性别、地址，其他栏里的信息都是空白。

月光妈妈

姓名	性别	地址	联系人
切拥卓玛	女	边耳乡党岭村	唐开荣
曲拢	男	边耳乡党岭村	
登龚	男	边耳乡牧区	
多吉泽让	男	边耳乡牧区	
拥忠夏姆	女	边耳乡牧区	
郑银强	男	边耳乡牧区	

决定去党岭前的整整一个晚上，月光都在不停地给丹东镇（2019年，边耳乡被撤销，并入丹东镇）镇政府的工作人员打电话联络，但情况不太乐观，由于没有家长的名字，找这些孩子如同大海捞针。

月光将唯一的希望寄托在仅有的一个家长——唐开荣身上。她说："这个切拥卓玛我们资助了四年，已经种在我心里了，她就像跟我失去联系的女儿，我一定要找到她！"

临近深夜，镇政府的工作人员给月光打来电话，说总算通过党岭村的村干部联系上了唐开荣，并要来了他的电话号码。但唐开荣的手机很难打通，因为他住的地方海拔太高了，经常没有信号。

月光说，没关系，只要有联系电话，就一定能找到。哪怕只能见到一个孩子，去党岭也不虚此行！

司机师傅仔细打听了路况，得知去党岭村的盘山公路修好已有一段时间了，但是路很窄，据说两车交会时，靠悬崖的那一边，轮胎几乎是可丁可卯地掐着山沿，稍有差池，后果不堪设想。若不是经验丰富、走惯了山路的老驾驶员，根本不敢上山。

好在司机师傅从小在山里长大，也有七八年的山路驾龄，还算让人放心。但他描绘的上党岭的盘山公路的密度和弯道的弧度，还是让我有点心生畏惧。况且到丹巴后，随着海拔的不断增高，我出现了缺氧迹象，气喘明显。

到目前为止，党岭村的六个孩子都没能联系上本人，虽然拿到了一个家长的手机号码，但月光拨打了两次都没接通。在能否找到这些孩子完全是未知数的情况下，冒着可能危及身体的风险上党岭，我不免有点犹豫。

再者，后面还有数个已经约好的采访对象，有的甚至远在康定、宜宾等地，万一我们在党岭出了问题，会不会得不偿失？

夜深人静，我躺在床上斟酌再三，还是下不了最后的决心。

月光理解我的担忧，不再打电话催问，只是在午夜过后发来一条短信：身体为重，不要勉强。明天我和佳佳（爱心助学团队的核心成员）上党岭，您在旅馆好好休整。

我其实没有睡，看到月光的短信，我明白，她这次是下定了决心要找到这几个孩子的下落，什么也阻挡不了她。

敬佩的同时，我也不再犹豫，立刻给月光打电话，明天一起上党岭！

党岭雪山系横断山大雪山脉的北段，位于墨尔多山西北面，主峰夏羌拉（藏语中，意为美女神仙山）高耸入云，海拔5000多米。夏羌拉四周群峰林立，雪脉相连，那种气势磅礴的壮阔，与香格里拉梅里雪山的神奇瑰丽、稻城亚丁雪山的美不胜收截然不同，恢宏中透出苍凉。

我们上山时，阳光正好，湛蓝的天空中飘着白云，雪山一直就在眼前移动。深秋的蓝天被金色的太阳染上了光彩，成为雪山的背景，像一幅徐徐展开的油画。

雪山上的雪似乎不是很厚，间隙裸露出灰黑、棕褐和白垩土质的岩石峭壁。茂密的松柏挺拔伟岸，松枝和树干交错，墨绿和金黄相间，层层变幻的色彩，像打翻的颜料在山间隐隐约约晃动。

越往高处走，气温越低，路边溪涧里倒映的金黄和墨绿渐渐稀疏，参天大树不知何时变得低矮，不经意间又被各种灌木替代，草丛茎叶上跳动着晶莹透亮的水珠，雪水潺潺流淌下来，越过溪涧石头上的苔藓，水声像远古的琴音。

深秋不是花开的季节，但去党岭村的山路上，却有一种白色绒花时不时冒出来，和我们一路相伴。这种白绒花远看像一朵朵洁白的棉花，汇成银海雪原；走近了，却发现它不像棉花那么紧致，花球被秋风吹得蓬蓬松松，毛茸茸的花絮仿佛散发出一阵阵温暖，驱散了雪山上飘落下来的寒意。

我问月光："我在丹巴其他地方好像没见过这种白绒花，这种花只有党岭村

月光妈妈

汇成银海雪原的白绒花

才有吗？以前怎么没有听说过你们在党岭村还资助了六个孩子？"

月光说："资助的孩子太多了，没能一一向您介绍。丹巴其他有被资助孩子的地方，我几乎都跑到了，唯独党岭村一直没有来成。现在想想，对党岭村那几个孩子，我心里还是蛮愧疚的。其实，这些孩子从小生活在封闭的大山里，很少和外界接触，光给他们钱是远远不够的，还要给他们爱！让他们感受到，除了爸爸妈妈，在这个世界上还有许多人关爱他们，爱的温暖才会赋予他们持久的能量。就像这漫山遍野的白绒花，当地人也叫它野棉花，它们生长在山野，很美，对吧？如果将它们采摘下来，用心做成棉袄、棉裤、帽子、手套，穿戴在孩子们身上，那会怎样？会不会很暖和？当然，我这是瞎想，我也不知道这种白绒花是不是真的能当棉花用。"

月光的这些话让我心里非常触动，我想，她这次之所以坚持要上党岭，一定是想找到那些孩子，亲口告诉他们，月光妈妈心里从来就没有放下过他们！

我们的车缓慢地在蜿蜒曲折的山路上爬行，随着海拔的升高，逶迤连绵的雪山也由远处向我们走近。我不知道这中间哪一座是党岭雪山，只是目光下意识地追逐着最高的山峰。

一路上，我们经常可以发现山崖峭壁上留有保存完好的红军石刻标语，那些激动人心的口号，今天读来，仍然让人热血沸腾！可以想象，当年红军长征翻越党岭雪山时，衣衫褴褛，断炊断粮，在风暴大雪中一步一个脚印地艰难跋涉，前面的战士为鼓舞后面队伍的士气，是如何用尖利的岩石，一点一点凿出这些点燃人心中斗志的标语的。

看着红军的遗迹，我不由得想起自己年少时读过的一个故事：《最后一次党费》。这个故事就发生在漫天飞雪的党岭。

1936年2月，红军长征途中，有一位名叫吴先恩的"粮草官"，时任某兵站部部长。他带领着一群红军战士翻越党岭雪山。一路上，他们看到很多冻僵了的红军战士遗体，都被厚厚的冰雪掩埋，形成一个个凸起的雪包。他们在这些雪包前肃穆敬礼，向牺牲在雪地里的战友告别。在一个雪包上，他们发现了一只手

月光妈妈

臂，冰雪覆盖了这位红军战士的遗体，但他的手臂却露在外面高高举起。吴部长走上前去，见那手紧攥着拳头，他就把拳头掰开了，看到里面有一张党证和一枚银圆。吴部长打开党证，上面写着：刘志海，中共正式党员，一九三三年三月入党。在场的人一下子就明白这位叫刘志海的红军战士在生命的最后时刻想要干什么了，大家都默默地流下泪水。吴部长感动地说："志海同志，你的党证和最后一次党费，一定替你转交给党。安息吧，同志！"

大半个世纪过去了，今天我们来到了当年红军翻越党岭雪山的现场，仿佛还能看见那位长眠于此的红军战士高举拳头的手臂，那是一个有坚定信仰的革命者对党的忠诚！

也许是这些穿越历史、壮怀激越的红色标语和革命故事感染和激励了我们，我居然没有因为海拔增高而出现不适。

这时，佳佳看着自己的手机屏幕，突然大声叫起来："哇！海拔已经3000多米啦！我怎么没感觉呢？"

我们都不由得为自己神奇地跨越了高原反应而兴奋不已，反倒是月光面色有些苍白，她打开保温杯，使劲儿地喝水，水里泡着可以抵御高原反应的红景天。

我们这才知道，其实月光这次出行身体状况不太好，口腔一直溃疡，她的高原反应也比我们厉害，只是一来怕影响我们的情绪，二来怕我们阻止她上党岭，所以一直忍着没说罢了。

就在我们担心月光的身体，商量着是否还要继续往上走时，突然看到前面有一片坡度缓坦的土丘，一簇簇蓬蓬勃勃的白绒花扑面而来。

白绒花花丛旁，竖着一块两三米见方的铁架子支撑的广告牌，上面写着民宿的店名、具体服务范围及民宿老板的联系电话等。

月光盯着牌子看了半天，说："我怎么觉得这个电话那么眼熟呢？"她掏出手机一阵划拉，突然激动地叫起来："这不是切拥卓玛爸爸唐开荣的手机号码吗？我说呢！"

她立马拨打电话，嘴里念着号码。

通了，嘟嘟地响了几声，断了。再拨，又没信号了。

我们再看广告牌，"五大才子之家"，看得出来，这是一家民宿的名字。难道这是唐开荣开的民宿？"五大才子"是谁？"五大才子之家"，这口气不小啊！

什么也不用商量了，继续往上走是必须的。既然电话号码是唐开荣的，那么他应该就是这家民宿的主人。

踏破铁鞋无觅处，柳暗花明又一村！

这块从天而降的广告牌，让我们峰回路转，有了找到党岭村六个被资助的孩子的希望！被盘山路整得晕晕乎乎的司机师傅也好像兴奋了起来，他猛踩油门，车速骤然加快了一倍。

在一个分岔口，同样的广告牌又一次出现，很显然，这是在给自驾者和背包客指路呢！

顺着广告牌指示的那条道，车又开了两三公里，爬了一段坡后，一大片开阔的平地赫然出现在我们面前，石砌的围墙，在这块平地上圈起了一个不小的院落。

走进院子，迎面就是一栋石木结构、高大方正的三层小楼，灰白色的石墙厚重、坚固，木质的窗框上，绘着色彩绚丽、颇具藏地民居风格的雕花图案，窗框两边涂抹的上窄下宽的黑色装饰条，显示出典型的嘉绒碉楼特点，使窗户的外观呈富有立体感的锥梯形。

小楼坐落在蓝天下，既有风情，又很沉稳，个性十足，又美又飒！

小楼左上角，横卧着一块鲜红的背景板，上面有几个雪白的大字——五大才子之家，在蓝天的映衬下显得格外耀眼。下面两排鲜黄色小字，则清楚标明了这家民宿的服务内容。

显而易见，这家民宿已经不是小打小闹，而是具备了一定规模。

月光又一次拨打唐开荣的电话，这一回，很快就接通了。看得出来，有Wi-Fi的地方，信号很强，主人显然对通信设备做了特殊的处理。

民宿的主人果然是唐开荣，他说他正在附近的山上采药材，十几分钟就能赶

月光妈妈

回来。

趁这工夫，我们不请自便地参观起这栋很有藏族风情的小楼来。

厅堂有二三十平方米，很敞亮，原色松木装修的天花板、墙壁、地板，散发出一种原始森林的味道，四周板壁和门柱上画着色彩鲜艳的唐卡，几张硕大的木质茶几和两排宽座高背靠椅，跟原木装修风格的挑高厅堂很匹配，粗犷中透着敦实。

厅堂中门两边的木板壁上叠挂着很多彩旗，有"驴友"感谢的锦旗，也有自驾车队和户外驿站写满签名的队旗，还有旅行团标识鲜明的团旗……一面"越野摄影爱好者联盟"的红旗，一幅"探寻人生边界——勘路中国"的黑黄挂旗，都显示出这家民宿接待的不仅仅是普通的游客，还有不少有特殊身份的团队。

最抢眼的，则是中门圆柱上方一张镜框装裱的

笑容灿烂的五大才子

彩色照片，照片上是五个笑得很灿烂的年轻人，三男两女，一派阳光。

我在心里猜想，莫非这就是五大才子？

月光指着照片左边的第二个姑娘，有点犹豫地说："这个笑得很开心的女孩，好像就是切拥卓玛，我之前看过她的照片，有点印象。不过，那时她还小，照片中变化蛮大，但眉眼轮廓还是在的。"

我们正说着，一个高大的男人从门外风风火火地走了进来，肤色黝黑，脸上布满沟壑般的皱纹，身穿一件脏旧的棉服，肩上扛着一个沾满土的大麻袋。

男人一进门就把麻袋撂在地上，大声喊：月光！是月光来了吗？镇政府通知我说你要来，但我不知道哪天来，也没去接你，真是抱歉！

这个满脸沧桑的中年男人，想必就是切拥卓玛的父亲唐开荣了。

月光一步上前，握住唐开荣粗糙得像树皮一样的大手，使劲儿摇晃，连珠炮似的发问："是切拥卓玛的爸爸吧？切拥卓玛在哪里？她应该上大学了吧，还是已经工作了？我们今天能见到她吗？你的电话为什么老打不通呢？"

看着两人的手紧握在一起久久不愿松开，我明白了，十几年来，月光心里时时挂念着未曾谋面的切拥卓玛，而切拥卓玛的父亲则一刻也没有忘记远方的恩人！

月光向唐开荣介绍了我，说了我们此行的目的，希望能采访切拥卓玛和党岭村其他几个当年被资助的孩子，也想了解他们现在的学习、工作情况。

唐开荣说："党岭村太大了，村民住得也很分散，你说的其他几个被资助的孩子现在情况怎么样，我也不太了解。不过，你们资助了四年的切拥卓玛已经长大了，个子比你都高，现在在成都上大学，读大四了！当年要不是你们资助，切拥卓玛很可能就辍学了，因为那正是我家里最困难的时候。后来虽然联系断了，但我已经挺过了难关，家里的经济状况也慢慢好起来了。现在我的另外几个孩子也都去了外地上学或工作，只有在拉萨的医院上班的老三梅朵正好回家休假，这会儿正帮她妈给客人做饭呢！"

我问唐开荣："你的民宿看起来已经有点规模了，收入应该不错吧？怎么还要上山采药材呢？"

月光妈妈

唐开荣没回答我的问题，而是从茶几下拿出一个袋子，捧出一大把核桃搁在茶几上，大手咔嚓一捏，核桃壳就破了，搓几下，皮儿掉了，露出白生生的核桃仁。

他一边咔嚓咔嚓地剥核桃，热情地请我们吃核桃仁，一边神情满足地告诉我们："秋天是党岭村最美的时候，也是采药材的好时节。往年这个时候，游客最多，我家客房几乎天天爆满。我每天都会上山采些药材，客人们想买的，我会尽量满足他们。现在游客少了，但我每天上山采药材的习惯已经改不了啦！"

知道了切拥卓玛在成都上大学，其他五个孩子一时也打听不到下落，看来这次真正能采访到的，恐怕只有切拥卓玛的父亲唐开荣了。

采访自然而然地就从这家民宿的名字"五大才子之家"开始。

"为什么给自己的民宿取这么一个名字？'五大才子'是指你家的五个孩子吗？"我问。

唐开荣开心地看着照片上笑成花的五个孩子，一个劲儿地点头，自豪溢于言表："孩子们挺努力的，读书都很用功，成绩一个比一个好。在我眼里，他们就是我家的五大才子。他们一个个考上大学的时候，真的让我这个当年想读书读不成的老爸，有一种扬眉吐气的感觉！民宿建成的时候，'五大才子之家'这个名字，一下子就从我的脑海里蹦出来了。"

唐开荣的话匣子一打开，滔滔不绝，收都收不住。

我今年刚过五十，可别人看我，都觉得奔六十了！显老。

人这一生遭没遭罪，从样貌上就看出来了。

我不是党岭村人，老家在原来的岳扎乡。小时候家里穷，父母要我帮着一起种地。到了上学的年龄，别的孩子都背着书包进学校了，只有我还在地里干活。

一直到九岁，父母才咬牙让我去读书。小学毕业时我已经十五岁了，个子比班上的同学们要高出一大截。因为害臊，我那时常常驼着背走路。

我初中是在半扇门中学上的，学校离家有十几公里，路远，只好住校。周末回到家就赶紧下地帮父母干农活，很晚才能坐下来写作业。周一天没亮就得起床，饿着肚子往学校走，赶着去上早自习。

那时候，住校要自己带口粮上交给学校。我妈会在前一天晚上蒸一锅玉米面馍馍让我带上。路上饿得慌，有时我忍不住偷吃两个，上交学校时数量少了，就会挨老师训。家里没钱给我买作业本，我就去垃圾堆里捡别人扔掉的水泥口袋——那时候的水泥口袋都是用牛皮纸做的，裁剪成作业本大小，用针线缝在一起，就可以做成本子写作业。

初中毕业时，我一心想考中专，认为考上中专就能分配工作，就能挣工资。那时候哪敢想考大学啊？能考上个中专，就心满意足了。

落榜、复读；再落榜，再复读。考到第三年，我已经二十岁了，知道这是自己最后一次机会——过了二十岁，就不能再报考中专了。那一次我考了483分，比前两次都好，心里充满了希望！但命运就是那样残忍，那一年中专的录取分数线提高到500分，我的求学生涯就定格在了这相差的17分上！

读了十一年书，最后还是回家种地，我心里那个不甘啊！虽然窝火得要命，但我无话可说。我知道，从此以后，读书对我来说就是遥不可及的奢望，学校的大门也永远对我关上了。

回到家，我人在地里干活，心却飘在天上，整天神情恍惚。父母眼里满是担忧，他们说："儿子，你咋就没个笑脸呢？"

记得是1993年，大约在我最后一次落榜半年后吧，我一个在边耳乡当乡长的表哥来我家，问起我的情况，看我郁郁寡欢的样子，问我愿不愿意去党岭村小当代课老师。表哥说，这个村小刚刚成立，却是普及九年义务教育的正规设置。不过学校条件差点，校舍破、学生少，四十几个孩子刚刚凑成一个班。开学已经一个多月，却一直找不到老师，因为学校山高路远、条件艰苦，没有人愿意来，只好先找个代课老师。

我听说是当老师，立刻眼睛放光！代课也好，山高路远也罢，我愿意。我喜欢学校，喜欢课堂，喜欢教书！

月光妈妈

表哥说我没有大学文凭,考不了教师资格证,今后恐怕也转不了正。而且代课老师和正式老师待遇不同,工资很低,每月只有100块,也没有其他补贴,要我想清楚。

我说,无所谓,我不为钱,我就想在学校工作。

父母不愿意我去那么偏远的地方,他们说,每月100块钱地里还刨不出来?干吗跑那么远?可他们拦不住我!

这一去,我就在党岭村小当了九年代课老师,九年教书生涯,依旧转不了正,进不了编,但我无怨无悔!

所谓学校,就是一排低矮的土木结构平房,两间教室、两间寝室、一间教师办公室,拢共五间房。边上搭出一间小披屋,就是厨房了。

一开始,学校就我一个老师,政治、语文、数学、音乐、美术、体育,所有课都是我一个人教。虽然只是个代课老师,但我备课很认真。我去城里的图书馆看书,查资料,丰富教材;去正规的好学校听好老师讲课,学习别人的教学经验。我从自己的切身经历中体悟到教学质量对学生意味着什么,我得对这些孩子负责,尽可能让他们在这个小学校真正学到知识,而不仅仅是为了完成上面要求的义务教育。

后来学生慢慢多了起来,分成两个班,我一个人教不过来,上面又派来一个老师。我们一起垒起了小操场,搭起了篮球架、乒乓球桌,学校慢慢有了点模样。

除了在学校给孩子们上课,我还把党岭雪山当成天然的课堂。我讲得最多的,还是党岭雪山的红军故事。我带着孩子们寻找当年红军长征时在这里留下的痕迹,告诉他们:"也许你们的脚下,就埋藏着红军战士的骸骨,你们只有好好学习,掌握知识,将来才能走出大山,建设国家,让长眠于地下的红军战士觉得自己没有白白牺牲!"

说实话,这九年的日子苦不苦?苦!挣没挣到钱?没有。每月100元的工资从未涨过，勉强够我一个人最基本的生活开销。有人问我图啥，说实话，我也不知道，我只是觉得和学生们在一起，给他们上课，让他们学到知识，我就很开心！我希望他们将来能够走出大山，去看看外面的世界；我没能做到的事情，在他们身上能够实现。

那时候，只要听到学生们叫我一声唐老师，我心里就有一种满足感！这或许就是我拿着100块钱的月薪，却在这个破旧的小学校里坚持了九年的原因吧。

2002年，党岭村小撤并到边耳乡中心学校，我的代课教师生涯彻底结束了。虽然我热爱教师这个职业，也有了九年教龄，但乡中心学校是不会要一个没有文凭、没有教师资格证的代课老师的，我只好无奈地离开了学校。当时真是心酸啊！

我虽然不能再当老师，但九年的党岭村小教书生涯，让我爱上了这片土地，我发现自己已经离不开这里。我在这里成了家，娶了一位善良贤惠的藏族姑娘，生了五个孩子，三个男孩，两个女孩。

村民们知道我已经扎根党岭，也看到九年来我为村里的孩子们付出的心血，选举我当了村支书。这一当，又是九年。我也从一个青春热血的小伙子，变成了一个满脸沧桑的中年人。

五个孩子慢慢长大，先后到了读书的年龄，我当时心里只有一个念头：一定要让他们从小受到好的教育。我把老三梅朵和老四切拥卓玛送到边耳小学上学，孩子小，只好把外婆接来陪读，这样一来，就要花钱给老人和孩子在学校旁边租房子。到了三年级，孩子稍微大一点了，为了省下租房的钱，我又把两姊妹转学到可以寄宿的杨柳坪小学。老四小学毕业后，去了丹巴中学，我又把她弟弟老五腾周多吉转学到丹巴水子小学寄宿。丹巴中学和水子小学离得不远，方便姐姐周末放假时照顾弟弟，接弟弟一起回家。那时候，从丹巴回党岭交通很不方便，为了不耽误孩子们读书，省去在路上折腾的时间，我又咬咬牙在丹巴县城租房子，让几个孩子住，还把我妈从老家接到县城，帮我照顾几个孩子。

我当村支书工作很繁忙，收入却不高，一年只有四五千块钱，连全家人的

月光妈妈

生活费都不够,更不要说给五个孩子交学杂费、在县城租房子了。无奈之下,我忍痛辞去村支书的工作,什么能挣钱就干什么。我上山采草药、砍柴、挖冬虫夏草,走几十里山路挑到山下去卖,路不好走,经常摔得鼻青脸肿。有一次砍的木柴多,挑不动,搭了村里的拖拉机下山,结果雪深路滑,拖拉机翻到沟里,我的腿也被压断了骨头。我舍不得花钱去医院,就这么瘸着,硬扛,等着它自然愈合。那种苦,现在回想起来都会掉眼泪。即使这样,我们还是常常为凑不够五个孩子的学杂费唉声叹气。

大概是2005到2006年之间吧,全国旅游开始升温,到党岭村来的游客也逐渐多起来。那时候党岭村还没有修公路,车开不进来,游客徒步上山走累了,也没有任何交通工具可以乘坐。我就牵了家里养的马给游客代步,帮游客驮行李、背包,运气好的时候,一天能挣五六百。游客上山后玩得带劲儿不想走,山上又没有旅店,我就请游客住到我家,我老婆给客人做饭。客人多的时候,我家老房子的地上铺上席子、毛毡,睡得满满当当。

春秋两季客人多时,每天多少都有点进账。

我就和老婆商量,盖一栋房子,做个小旅店,也就是现在人们常说的民宿。当时我老婆很反对,她问我:"钱呢?供五个孩子读书的钱都凑不齐,哪来多余的钱盖房子?"

我说:"正因为没钱,才要挣钱!就像我当年没书读,才要去教书,教了书才又会去读书,读了书,才会有见识,才有胆魄盖房子、建民宿,才知道这里面有商机,能挣钱!"

我这一番慷慨陈词,把她说服了,老婆答应让我盖房子。

开始盖这栋房子的时候,家里只有两千多块钱,买砖都不够。我和老婆就每天上山采石头、砍木头,借了一辆拖拉机,像蚂蚁搬家一样,把石头和木头一点一点运回家。前前后后折腾了大半年,才终于攒够了造房子的石头和木料。

有了建筑材料,我心里就有了底气。然后我就用仅有的两千多块钱付了定金，把木匠、石匠都请来了。

房子修完第一层的时候，匠人要工钱，否则就停工。家里没钱，我就让老婆去借钱。我有七个姊妹，我计划每家借个三五千，起码能凑个两三万。可我万万没想到，老婆花了一周时间，到我七个姊妹那里转了一圈，竟然一分钱都没借到。估计她们都不看好我建民宿这件事，怕借给我的钱打了水漂。

老婆回来的那天晚上，匠人们知道我们没弄到钱，要撂挑子走人。我就向他们拍胸脯保证，明天一定给钱！其实我心里一点底都没有，根本不知道上哪儿去弄钱。但我相信天无绝人之路！对自己认定的事情，我从来就没有打过退堂鼓。

第二天天没亮，我就顶着满天星星，徒步到20多公里外的乡镇信用社贷款去了。那时候，村里人连贷款是什么概念都不知道，我就敢迈出这一步！我把我所遇到的困难向信用社说了，苦苦哀求他们给我支持，也尽我所能向他们描绘民宿的美好前景。最后他们终于被我说动，同意贷款给我了。就这样，我付了匠人们的工钱，把房子盖完了。

房子盖完后，并没有如我所愿，马上挣到钱。2008年汶川地震，2009年不法分子闹事，天灾人祸都让我赶上了，党岭村几乎没有游客来，民宿自然也没生意可做。

民宿接不到客人，但每天都在消耗成本，每个月我们还要向信用社还贷，那也不是一个小数目，而五个孩子一年的学杂费、生活费、房租又得好几万。那段日子我真的走投无路，实在撑不下去了。

就在这个时候，丹巴县教育局的小段来边耳乡调研，特意到了全县最贫困的党岭村。她带来一个好消息，浙江有一对夫妻特别关注地震后的次灾区的教育问题，他们给丹巴核桃坪援建了一所希望小学，还让县教育局提供一份丹巴县各村家庭贫困的孩子的详细名单，以他们为代表的爱心助学团队将给这些孩子每人每年提供1500元的助学金，一直供到孩子上完大学。

听到这个消息我很兴奋，就像一个掉在深井里爬不上来的人，看到井口有人放下来一根绳子，我一定要抓住这根绳子，那是救命的绳子，是希望！1500元对

月光妈妈

别人可能算不了什么，可是对我们这样陷入困境的贫穷家庭，却能解决一个孩子一年的上学开支。

小段走访了我们家，详细了解了我们家的实际情况，对我说，全县像我们家这样因家庭贫困子女面临辍学的情况还有，不可能五个孩子都解决，但她一定给我争取一个名额。

不久，资助名额下来了，给了五个孩子中成绩最优秀的切拥卓玛。

很久以后，我才知道资助牵头人名叫月光，受资助的孩子们都叫她月光妈妈。虽然我们从未见过面，但每当开学前，助学金被送到我们手里时，我都会想象她长什么样，我觉得她一定像党岭雪山上雪白的野棉花一样温暖；我也会向党岭雪山的夏羌拉主峰默默祈祷，希望这座美女神仙山保佑她平平安安，希望切拥卓玛懂得感恩，将来若能成才，也做一个用爱心去帮助别人的人！

听说月光和她的爱心助学团队在丹巴县无私地资助了近百个孩子，她承诺每年的资助款都会一次性打给县教育局，但必须由县教育局分管这块工作的同志亲自送下乡，当面交到被资助孩子的家长手里。

我们党岭村这一片，一直是县教育局的小段分管的，她很负责，切拥卓玛被资助的那几年，我们每年都会在开学前收到助学金，从未断过。正是这份资助和它带给我的支撑，让我没有在最艰难的时候倒下。

过了几年，全国旅游才重新兴旺起来，四川地震灾区周边一带，游客也慢慢多起来。我们的五大才子之家，也在这个时候正式开始接待客人。

我的民宿总共有25间房，实际用于接待的客房有19间，平时客流量基本稳定在8~9个房间，旅游旺季时，房间全部住满，可以接待40人。一年下来，刨去成本，可以有十几万的收入。

没过多久，我们提前还清了信用社的贷款，孩子们的学杂费、生活费和房租也都有了着落。

我老婆夸我有眼光，说若不是当年我坚持盖这个房子，家里也不会有现在这样的收入。而我说："你忘了房子盖好那两年，没客人、没收入，因为凑不够钱，差点供不起他们上学？"人说"一分钱难倒英雄汉"，我是深有体会的。吃穿用度可以节俭，但供五个孩子上学必须用真金白银！那时，要不是月光他们的资助，我们家还真有可能过不去那道坎。

说实话，这个民宿是我和我老婆吃尽了苦头拼命撑起来的，而它能有今天，还是靠社会和像月光这样的好心人的帮助。我们心中只有一个念头，那就是要把五个孩子培养成才，让他们将来能够回报社会。这也是我做这个民宿最大的动力！

好在几个孩子都很争气，老大成来俄热在丹巴二中读的初中、高中，高考考上了遂宁职业技术学院；老二丹巴泽让在丹巴中学念的初中，毕业后又考上德阳中学读高中，最后考上了四川理工大学法学专业；老三梅朵中考时直接考上了宜宾卫校中职护理专业；老四切拥卓玛是五个孩子中成绩最优秀的，拿过很多奖，县里、省里、全国的奖都有，她小升初时考了全县第二名，现在在西南民族大学读大四，学动物科学专业，正准备考研究生；最小的老五腾周多吉最调皮，读书时也最让我操心，可他并没有让我失望，从丹巴中学毕业后，考上了康定中学（直播班），高考考上了他自己喜欢的四川司法警官职业学院，学刑侦技术专业，他说他的梦想就是当一名破案的警察。

现在你们应该明白，我为什么给自己的民宿取名为"五大才子之家"了吧？我觉得我的五个孩子，哪个都是才子，哪个都让我骄傲！

唐开荣说到这里，站起身，说要带我们参观一下客房，还说如果今天我们不走的话，就可以住在这里。

参观客房时，我们发现几乎所有房间都敞着门，只有一楼走廊尽头的一间房间锁着。我有点好奇，问道："这间房间不开放吗？是保留给VIP的吗？"

唐开荣有点神秘地对我们说："这间房子是不对外开放的，就是游客爆满时，我也不会拿出来。我们这里哪有什么VIP，这间房是留给我自己和孩子们的。孩子们不在时，我常常睡在这里。当然，今天你们来了，就是贵宾，房间对你们自然是开放的。"

月光妈妈

唐开荣一边说，一边用钥匙打开房门。

房间门一推开，我们都愣住了，整整一面墙的金红色奖状映入眼帘。

我们走进房间，认真地看了这满墙的奖状，五个孩子的名字分布在一张张奖状中。许多奖状的分量明显不轻，有省级、市级、县级、校级的各类比赛的一二三等奖，有各年级的三好学生奖，还有文明学生奖、优秀青年奖、优秀队员奖、学习进步奖、优秀共青团员奖，等等。而获奖最多的，正是月光心心念念要找的孩子——切拥卓玛。

我注意到，奖状墙下，有一张简陋的单人床，枕头被褥一应俱全。

我问唐开荣："你这个父亲躺在孩子们满墙的奖状下睡觉，是不是感觉特别幸福？"

走向全国的切拥卓玛

唐开荣点点头，笑得合不拢嘴："是的是的，我干活再苦再累，只要在孩子们的奖状下睡一觉，精神就好了。"

我能理解，这间平时闭门谢客的房间，对唐开荣而言具有无法替代的重要意义。一个躺在孩子们的奖状中睡觉的父亲，如何舍得让陌生人侵占他幸福的领地呢？

我再一次走近奖状墙，突然发现墙中央开了一扇小小的窗户，窗楣上并排挂着的几张奖状都镶了镜框。我仔细一看，这几张奖状，都是切拥卓玛获得的荣誉，其中一张中英双语的奖状格外醒目——

切拥卓玛同学：

你在2017年全国中学生英语能力竞赛（NEPCS）中，成绩优异，荣获高中二年级组**全国二等奖**。特发此证，以示表彰。

Qie Yongzhuoma,

You have obtained the ***National Second Prize*** for Senior Two in 2017 National English Proficiency Competition for Secondary School Students. This certificate of commendation is hereby awarded to you as an encouragement.

国际英语外语教师协会中国英语外语教师协会　　国家基础教育实验中心外语教育研究中心
　　（IATEFL·TEFL China）　　　　　　　　　　（NBFLTRC）
　　　二〇一七年十二月十日　　　　　　　　　　二〇一七年十二月十日

颁奖单位上盖着两枚主办方鲜红的印章，像两朵盛开的红梅。

我注意到月光在这张奖状前站立了很久，脸上露出了欣慰的笑容。那一刻我突然明白了，月光为什么会不顾身体的不适，坚持上党岭，因为不找到他们资助了四年，却突然断了联系的切拥卓玛，她心里不放心呀！

我猜想，此刻月光的脑海里，或许正想象着切拥卓玛在大学校园里意气风发的模样。她绝不仅仅是看重这张奖状的分量,更是赞叹一个长在高原雪山的孩子,有勇气走出大山,参加这样的全国性英语大赛,敢于和那些一直享受着大城市优渥教育资源的孩子一决高下!

是呀,面对眼前这满满一墙的金红色奖状,面对五大才子的成长和切拥卓玛的优秀,月光终于可以感到欣慰了。这样的孩子,今天可以走出丹巴,明天可以走向全国,未来为什么不能走向世界呢?

我不知道,这扇奖状墙中间的窗户,是不是眼前这位满脸沧桑的五大才子之父有心为自己的孩子们打开的通往外面世界的门,但我相信,已经成长起来的切拥卓玛和她的兄弟姐妹,不仅是唐爸爸的骄傲,而且是月光妈妈们的骄傲,或许有一天还会是党岭雪山的骄傲!

梨花白　桃花红

抵达丹巴之前，我就通过月光推送给我的德吉拉姆和卓玛拉姆的微信名片，分别添加她们为好友了。

我问她们是否还记得我，记得"少年追梦"文学行动暨征文大赛，记得各自写的三行诗……

无论这两个藏族女孩是否还记得这一切，我对当年的事都记忆犹新。往事历历在目，德吉拉姆和卓玛拉姆却已不再是当年的懵懂少年。

德吉拉姆已经从成都中医药大学西医临床医学专业毕业，进入宜宾市人民医院实习，离自己的梦想又近了一步；卓玛拉姆考入宜宾职业技术学院人文社会科学系就读文秘专业后，又在四川师范大学文学院修读了本科，取得了本科文凭。

一直和这两个孩子结对，并倾力陪伴她们长大的月光，对德吉拉姆比较放心，她说这孩子很自律，对自己要求也很严格；而对没心没肺的卓玛拉姆，月光花的心思就要多一些。她说："卓玛的理想像天上的云彩一样飘忽变幻，她既想当老师，又想当作家，我对她敦促得多一些。"

两个女孩得知我想了解更多月光妈妈资助核桃坪贫困孩子求学的事情，都给我发来了长长的微信，讲述了月光在核桃坪的很多善举。

卓玛拉姆更是发挥自己的特长，写了一篇题为

月光妈妈

《阳光照进来的那一刻》的短文——

2008年5月12日的那场地震，成了压垮原本就破旧不堪的核桃坪小学的最后一根稻草，我们彻底失去了读书的校园。

为了不耽误我们学习，学校在废墟前的空地上搭起了帐篷，让我们在里面继续学习，后来又搭建了铁皮房代替帐篷。炎炎夏日，铁皮房里的温度比外面更高，我们就像火炉里的小鸟，汗流浃背，奄奄一息。

终于熬到了放暑假，我们冲出铁皮房，把书包扔向空中，觉得像被解放了一样。

可是放假没几天，我又想念学校，想念和同学们一起在铁皮房里发出的琅琅读书声。

假期里，我忍不住跑回学校，发现原来的铁皮房居然不见了，地震后的废墟也被清理干净，有施工队在那里修建新学校。

我兴奋地跑回家，把这个消息告诉我的家人，他们也跑出家门，望向学校。看着那边人来人往，我似乎看到一幢崭新的教学楼在向我招手，我激动极了。

2009年9月29日，新学校要举行剪彩仪式和开学典礼啦！

我穿上家里为我精心准备的藏服，戴上鲜艳的红领巾、精美的头饰，激动地奔向新学校。平常要走二十多分钟的路，那天却只用了十多分钟。

走进校门，果真是一幢崭新的教学楼，教学楼前的旗杆上飘着鲜艳的五星红旗，一切都显得那么生机勃勃，充满希望。

那一刻，仿佛有一束阳光照进了我的心里，照亮了我未来的路！

走进新教室，宽大的黑板不再是木制的，墙壁洁白如雪，明亮的窗户、崭新的桌椅、六盏日光灯整齐地排列着，再也不用担心阴天和下雨的时候光线不好了。

看到新教室这么漂亮，我激动的心情都无法用语言形容。

过了一会儿，老师走进教室，她说为我们建造新学校的阿姨来看望同学们了。

我们十分开心，跑出去迎接。

只见一个扎着双麻花辫的阿姨十分热情地和我们打招呼，笑着给大家分发书籍、文具。她对我们是那样亲切，笑容是那样温暖，好像我们都是她的孩子一样。

看到同学们那么高兴地围着她，她更开心了，笑眯眯地问我们有什么理想，将来想去什么地方，长大了想干什么……

以前从来没有人问我们这些问题，我们也从来没有思考过这些，她这一问，就像给幽闭在一个昏暗的小房子里的我们，洞开了一扇大大的窗户，蓝天、白云、太阳、飞鸟，世界上许多美好的东西向我们扑面而来。

快乐的时光总是过得很快，下午阿姨和她的朋友们就要走了，她给了我一张自己的名片，让我有事随时联系她，并告诉我，以后她会常来看我们。

望着越开越远的车子，我不由得担心：浙江离丹巴应该很远很远吧，阿姨真的会再来这里看我们吗？

没想到，阿姨没有食言，那以后，她真的一次又一次地回到了丹巴，每次她都像外出归来的母亲一样，给我们带来新奇的玩具、漂亮的衣物、我们见不到的书籍和好吃的零食。

我早就不叫她阿姨了，而是叫她"月光妈妈"。

这些年，月光妈妈不仅一直资助我上学，还引导我们家靠自己的劳动改善经济状况。

我阿爸会画唐卡，阿妈擅长藏绣，月光妈妈说，这些都是艺术品，她可以帮我们联系商家购买。阿爸阿妈每年都会上山挖冬虫夏草、天麻，摘花椒，采高山雪菊，月光妈妈说这些东西都是宝贝：冬虫夏草和天麻都是昂贵的药材，花椒是

月光妈妈

很好的作料，雪菊安神助眠……城里人可喜欢了，都可以卖钱。她还鼓励村民们用牦牛毛编织围巾，说这样纯天然的围巾拿到大城市去一定会受欢迎。

月光妈妈知道的东西真多啊！她让我意识到，虽然我们生长在偏远的山村，但我们周围的大山里遍布宝藏，只要有了知识，开阔了眼界，我们靠自己也能改善生活，过上好日子。

上五年级的那年，我得了一场病，状态很不好，上学也提不起劲儿，成绩一直往下掉。那段时间我很迷茫，常常把自己关在房间里流眼泪，还一度厌学。

就在我情绪最低迷的时候，月光妈妈好像与我有心灵感应一般，又来到了核桃坪。

当时正值雨季，从丹巴县城到核桃坪的路况很差，坑坑洼洼的，车子陷入泥坑是常有的事。听说月光妈妈已经到了县城，我又高兴又担心：高兴的是，月光妈妈没有忘记我们，她是真的把我们这些远方的孩子放在心上；担心的是，车子开过来会很不安全。

我和阿爸阿妈商量，别让月光妈妈进山了，我们去丹巴县城看她。但是月光妈妈依旧坚持要来核桃坪看我们。

月光妈妈的到来，又一次温暖了我。我意识到，原来在我心里，月光妈妈是在冰冷的黑夜里照亮我的一轮金灿灿的月亮！她给了我阿妈给不了的另一种母爱。

月光妈妈来核桃坪的那几天就住在我家里，和我谈学习，谈未来，谈外面的世界有多精彩。从来没有人和我说过那么多的话，我也从来没有听到过那么多有趣的事情。

那时候，我的汉语水平不太行，普通话也不标准，但是月光妈妈还是会认真倾听我的心声，帮助我解开心中的烦恼和困惑。她告诉我，生病只是人生中小小的坎坷，人只有不断跨过坎坷，才会慢慢成长。

那一次，月光妈妈还给我带来了书和一本带小锁的笔记本，她鼓励我除了

丹巴·月光落境

一次次温暖卓玛拉姆的月光妈妈

月光妈妈

在学校课堂上听老师讲课，还可以慢慢学着自己阅读课外书，用笔记本写下自己读书时的思考。她说，写完以后，可以把笔记本锁上，把自己心里的小秘密藏起来。她还说："书本里的天地很大，你读进去了，就会知道你生活的核桃坪，只是广阔天地中的一个小山包，你甘心一辈子只看到一个小山包吗？将来你学了更多的知识，就能有机会走到更广阔的天地去看世界！"

后来，月光妈妈还给我看了她的手机相册，通过相册里的一张张图片，我看到了世界各地的文化、艺术，不同风格的建筑，不一样的风景。我还看到她在青海也援建了一所希望小学，看到她在那里也资助了一群孩子，看到她一直以来的努力和善举。她从来没有停下自己奉献爱心的脚步，总是在不断寻找那些需要光的角落，用自己的心和行动照亮它们，照亮一个个像我一样来自贫困山区的孩子的前路。

长大后，在月光妈妈的朋友圈，我发现，虽然月光妈妈一直都是以一个"超人"的形象出现在我们面前，但其实她也是一位普通的母亲和妻子，她在生活中也会遇到种种不如意，她也会流泪和忧伤。每当觉察到这些的时候，我好希望自己是她的女儿，能在她身边，给她擦去眼角的泪水。

现在，我已经大学毕业了。回过头来看自己当年在月光妈妈送我的笔记本里记下的年少时的忧伤、迷茫，看自己在思考中慢慢变得坚强，最后走出困惑，我真替自己感到庆幸，得亏自己当年听了月光妈妈的话，没有放弃读书！

德吉拉姆发来的文字更长，写得也很动情，字里行间都能让人感受到，一个大山里的小女孩，遇到一个来自远方、素不相识，却像妈妈一样关爱自己的阿姨后，从心里喷涌出来的激动和感恩。

2008年的地震，让核桃坪本就苍老的小学校变成了D级危房。之后，我们先后在帐篷、铁皮房和村里一位叔叔的家里上过课。

一开始，大家都在猜测，核桃坪小学会不会被并入镇上的小学。家长们都很担心，孩子们那么小，到镇上去上学，路那么远，刮风下雨怎么办？路上的安全怎么保证？

直到有一群人在原来搭铁皮房的地方开始造新房子，大家才停止猜测。

听村里的老人们说，新学校是浙江杭州一个大老板捐钱盖的。我心想，这个大老板是怎么样一个人呢？为什么心地那么善良，大老远地跑到核桃坪来给我们盖新学校呢？

核桃坪的小孩几乎都没有走出过大山，对外面的世界没有什么了解，现在居然有人从大山之外跑来给我们盖学校，这让大家都充满了好奇。那些天，我和同学们每天都会跑去看施工进度，盼着工人们早点造完房子，我们能去新教室上课。

日盼夜盼，房子终于造好了，搬进去的那天，同学们的心情就跟过年穿新衣服一样兴奋！

我还清晰地记得，月光妈妈来的那一天，我们在新教室里学《巨人的花园》这篇课文。

上完课，老师告诉我们，为我们学校捐款造房子的人要来了。

我心里有点紧张，因为电视里出现的大老板，常常是西装革履，戴着墨镜，冷漠威严，让人觉得很难接近。给我们盖新学校的人会不会也是这样呢？

车子缓缓开到校门口，同学们夹道欢迎。

我站在队列中间，看到车上下来的人穿着都很随意，脸上都洋溢着和蔼可亲的笑容，让人感觉温暖。

他们中间有一个阿姨笑得最灿烂，她好年轻哦！阿姨梳着两根麻花辫，戴着黑框眼镜，亲切地跟我们打着招呼。

我的心被这个阿姨温暖的笑容融化了，当别人告诉我，她就是捐款给我们建

月光妈妈

新学校的人时,我很吃惊!因为她和我在电视里见过的大老板完全不一样,在我眼里,她更像是一个邻家大姐姐。

剪彩仪式现场,我成了麻花辫阿姨结对资助的贫困生之一。我当时都蒙了,不知道幸运之神怎么会突然降临到自己的头上。

接下来,麻花辫阿姨走进了我们的教室,她走上讲台,说要和我们互动一下。她让我们每人都画一幅画,画出自己心中的梦想。

我睡觉时虽然经常做梦,但梦境里看到的大多是山野、河流、花草、牛羊……我从来没想过自己的梦想是什么。有一次,老师让我们用"梦想"造句,我写"我的梦想是当一名科学家",可其实我连什么是科学家都不清楚。可以说,我没有接触过"梦想",所以我不知道自己该画什么。

我咬着铅笔头想了半天,依稀记得以前老师给我们看过一张明信片,上面有图案,我只好照着记忆中的图案瞎画一通。老师看到后批评道:"不能依葫芦画瓢,重画!"可我仍然想不出画什么,脑子里一片空白,于是躲到后排,在老师说我"依葫芦画瓢"的图画周围写下四个字——心心相印,又在画面中心写上了"叔叔阿姨收"。

我不知道这算不算我的梦想,但我当时心里想的,就是能和帮我们建新学校的阿姨、来看我们的叔叔阿姨"心心相印"。

不知什么时候,麻花辫阿姨走到了我身边,轻声地问我:"阿姨能看看你的画吗?"

她的声音很温柔,让我没法拒绝,任她拿起了我的画。

麻花辫阿姨认真地看着,表扬我画得不错,但她告诉我,我画的内容不能说是梦想,"梦想"也可以说是"理想",就是我长大后,想成为什么样的人,做什么样的事情。

我摇摇头,说:"我从来没想过。"

麻花辫阿姨说:"那么,从今天开始你可以想,只有想了,你才会去努力争取！"

这时有其他叔叔阿姨走过来，三三两两地问我话。我更紧张了，不知道该怎么回答。

麻花辫阿姨牵住我的手，护着我说："别吓着孩子，她比较害羞。"

麻花辫阿姨牵我手的时候，我下意识地想躲开，因为我的手又黑又脏，指甲缝里还有泥，我感觉很不好意思。我这样一个山里面的小孩，看到大城市里来的人，莫名地有一种自卑心理。

可是麻花辫阿姨一把就牵住了我的手。她的手很软，还有点潮湿，带着一股暖流，暖意从她的掌心一下子传遍了我的全身。

接下来，我一刻也不愿意离开麻花辫阿姨，一直和卓玛紧紧跟在她身边。我慢慢地发现，麻花辫阿姨真的是一个很温暖的人，哪怕是要一起照相，她都会先问我们愿不愿意，得到肯定的答复后，才会让人给我们拍合影。

虽然那次我最终也没能告诉麻花辫阿姨自己的梦想，但"梦想"这个词像一颗种子，种进了我心里。

分别时，我心里依依不舍，就像每次阿爸阿妈出门打工时舍不得和他们分开一样。

麻花辫阿姨告诉我和卓玛，只管好好读书，追逐梦想，其他的事情有她在，不用担心。

我以为，当时发生的一切，可能都是一场梦，以后都不会有了。谁知没过多久，老师就告诉我们，麻花辫阿姨给我们寄来了冬天的衣服，还给结对的同学汇来了助学金。衣服穿在身上异常合身，助学金也很快发到了同学们的手里。

那一刻，我突然明白，麻花辫阿姨人虽然离开了，但她心里惦记着我们这些山里娃，她不是说说而已，而是真的把我们当作了自己的孩子。

从来没走出过大山的我，从那时起，对遥远的浙江杭州多了一份牵挂，因为我知道麻花辫阿姨住在那里。

月光妈妈

后来，大家听别的叔叔阿姨都叫麻花辫阿姨月光，就都叫她月光妈妈。但因为羞于表达，我从来没有当面喊过一声月光妈妈。可从她十几年前扎着麻花辫温柔地牵起我又黑又脏的小手时，我就在心里认定了她是我的另一个妈妈。

每一次得知月光妈妈要来，同学们都很激动，大家会穿上藏袍，捧着哈达，踮着脚焦急地朝着通往村口的大路张望。

有一回，月光妈妈和其他几位叔叔阿姨因工作来到丹巴，他们想方设法挤出时间到核桃坪看我们。因为是周末，他们时间又紧，不可能一家家去跑，就让学校通知大家，想见面的同学就来学校。当时月光妈妈还特别强调："千万别勉强不愿意来和不方便来的孩子，我们只是过来看看孩子们好不好。"哪知所有的同学都来了！大家看到月光妈妈和叔叔阿姨们，完全没有了初见时的羞涩，一个个热情地扑上去抱住他们，开心地围在一起。

他们拎着大包小包，像是拎来了百宝箱。果不其然，月光妈妈和叔叔阿姨们，带来了我们从没有见过的东西：跳绳、羽毛球、乒乓球、跳棋、精致的美术本……

我尤其喜欢跳棋，一颗颗透明的玻璃球，里面有着五颜六色的小花瓣。月光妈妈耐心地教我们怎么玩，我们反应慢，一时半会儿学不会，她也不着急，耐心给我们讲解，反反复复手把手地教，直到大家都学会了才肯罢休。

一般老师讲课是很严厉的，所以同学们常常不敢多问，听的过程中心里也很紧张。老师问："听懂了吗？"同学们都是一个劲儿地点头，即使没听懂也不敢说。

但听月光妈妈讲的时候，大家都很放松，没听懂时也敢摇头，如实说没听懂，甚至还敢大胆提出问题。

我心里想，如果月光妈妈是一位老师，该是一位多么优秀的老师啊！

后来的事情，证实了我的想法。

月光妈妈和其他的叔叔阿姨在学校与同学们见完面后，我和卓玛舍不得让他们走，硬是把他们拽到了家里。

第一次到我们藏族人家里，他们担心冒犯我们这里的习俗，小心翼翼的，总是问我们"可以吗？"，逗得我们直乐。

晚上月光妈妈和我们睡一个房间，上床之前，她问我和卓玛："愿不愿意写一篇关于家乡的微散文，去参加全国'善文化微散文'征文大赛？"

听到这个问题，我心里的第一感觉就是不可能。我说我连什么是散文都搞不清楚，怎么写？写什么呢？

月光妈妈说："你可以写自己的家乡啊！"

家乡？从上学被要求写作文开始，我写得最多的就是我的家乡。我的家乡确实很美，美人谷有雪白的梨花、粉红的桃花、漫山遍野的树木草地、白色的羊群、黑色的牦牛，还有金灿灿的阳光下，飘着五彩经幡的藏寨民居……

但是，这些在我眼里很美的景色，能变成散文吗？

卓玛说，她觉得家乡最美的景色，是她勤劳的阿爸阿妈干活的样子。阿爸像家门口那一棵大梨树，用浓浓的树荫为自己的家遮风挡雨；阿妈在自家房子前的地里种土豆和其他作物，她蹲下来刨土豆，弯腰拔蔬菜，给一家人做出好吃的饭食的样子，让人感觉好幸福！

月光妈妈听了我和卓玛的讲述，鼓励道："你们口中的家乡和爸爸妈妈都很美，写下来就是很动人的散文呀！"

在月光妈妈的引导下，我学着用心去观察家乡、描写家乡。从前在我眼里习以为常的景色——被微风吹得哗哗作响的龙达（印有图案和经文的纸片，也叫风马旗），有时乌云密布有时万里无云的天空，清晨第一缕阳光和叽叽喳喳的鸟叫，傍晚燃烧的红霞和挥动着鞭子归家的牧人——仿佛都有了生命。

那次月光妈妈说得最多的话就是：你们的家乡好美啊，就像人间仙境！

那晚，我和卓玛各自写出了一篇不超过三百字的微散文。我们都觉得自己写得很稚嫩，但月光妈妈还是说写得不错，她还引导我们修改了一两处细节，帮我

月光妈妈

们纠正了几个错别字。

第二天到了上课时间,我和卓玛只能先去上学了。坐在教室里,我们没法全身心投入听课,不时想着还在核桃坪的月光妈妈。

突然,校长把我和卓玛叫了出去。一出教室,我们就看到站在操场上的月光妈妈在向我们招手。我们知道,她要离开了。

离别总让人伤感,我一下子酸了鼻头,眼泪失控地流了下来。

月光妈妈紧紧抱住我们,也红了眼眶。

看着月光妈妈离去的背影,以及时不时不舍地回头的样子,我的眼泪愈发肆意,最后我和卓玛哭得眼睛都肿了。

参加了微散文大赛后,我和卓玛又在月光妈妈的鼓励下参加了"少年追梦"文学行动暨征文大赛,编辑部还给我们颁发了"希望奖"。虽然当时因为山洪暴发,我们没能去杭州领奖,但这次参赛,打开了我的眼界,让我心里燃起了希望!

我们读小学的时候,没有人强调读书的重要性,能读就读,不读也行,所以总有想要松懈的时候。我的阿爸阿妈因为受时代和家庭的影响,读书也不多,虽然他们一直努力供我和哥哥读书,但仅仅是希望我们文化程度高一点,以后好找工作,不用像他们那样辛苦。

月光妈妈了解了这种状况后,语重心长地对我父母说:"上学读书不仅仅是为了让孩子识字、将来找一份好工作,更是为了打开孩子的视野,引导他们追逐自己的梦想。只要孩子心中有梦想,就一定要坚持让她上学,不要放弃!我会和你们一起供她。"

最让我难忘的一次,是2012年阳春三月,月光妈妈来核桃坪。

美人谷的梨花正开得茂盛,满眼雪白的梨花像无数个张开嘴的小喇叭,吹出春天最欢快的乐曲。

风儿吹过,雪白的花瓣就落在我和月光妈妈的头上和肩膀上。

那一年,我读六年级,马上就要小学毕业了。

在我们丹巴藏地,女孩子读到小学或初中毕业,一般就不再往下读了,要开始下地,帮家里干农活,做各种家务。再大一点,就要被家里张罗嫁人了。

可我不想过这样的生活,我想和男孩子一样,继续读书。

月光妈妈很支持我的想法,并对我说,女孩子并不比男孩子差,同样可以从小学、初中,读到高中、大学,再去读硕士、博士。

我问月光妈妈:"什么是硕士?什么是博士?"

月光妈妈告诉我:"硕士是比大学本科高一级的学位,博士是比硕士再高一级的学位,只要你努力,也许将来你也能成为一个女博士。"

我感到很振奋,当时也不知道是哪里来的底气,笃定地对月光妈妈说:"我一定会努力,再难也要继续上学,

谈理想之路

月光妈妈

决不放弃,将来争取读博士!"

我还告诉月光妈妈:"山里人要看病,需要翻山越岭走很远的路去县城。有一次,我陪奶奶去看病,医院的医生态度很不好,奶奶非常委屈。那时我就想,自己将来要学医,毕业了当医生,最好能当上院长,那样的话,我就可以好好管管那些对病人态度粗鲁的医护人员了。"

月光妈妈夸我有志气,她对我说:"一定要坚持把书读下去。家里经济条件困难不要紧,我会一直供你上学,只有学到知识,将来才能改变自己的人生,主宰自己的命运。"

后来我去外地读高中,月光妈妈几次来丹巴,都到我家里来探望,虽然我们没能见面,但她一直向家里人询问我的情况。

放假回家能用手机和月光妈妈联系的时候,我们在电话里总有说不完的话。

也许是第一次离家去外地上学不适应,也许是受别人总说"高中知识很难学"的影响,读了没多久我就想打退堂鼓了。

我向月光妈妈诉说心中的苦闷,说我想回家,不想在外面读高中,功课太多、太难了,有点跟不上。月光妈妈没有责备我,而是柔声问我自己心里是怎么想的,一步一步引导我看清现状、认真思考未来,带我重拾信心和勇气。她还再三跟我阿爸阿妈强调,要多关心我,陪我渡过心理难关。

在月光妈妈的耐心安抚和悉心开导下,我慢慢地在陌生的环境里安下心来,意志坚定地朝前走。哪怕后来成绩一直起起伏伏,我也总能很快地调整好心态;即便是紧张备战高考的那段时间,我也没有出现因压力大而失眠甚至病倒的情况。

最后的高考成绩虽然不算优异,却也符合我对自己的期望。填报志愿的时候,我的耳边时常响起月光妈妈说的"在追逐梦想的道路上要有主见",我遵从内心的想法,选择了医学,家里人也支持我。录取结果一出来,我马上就跟月光妈妈联系。听到我被成都中医药大学西医临床医学专业录取的消息，月光妈妈开心地说："我都不敢问你填志愿的事，怕误导你做自己不喜欢的事情。"

进入大学后，面对背不完的知识点和临床实践时看到的人体复杂多变的神经、毛细血管，我常常发怵，压力很大。

尤其是第一次上解剖课，我心里真的好害怕。按照我们藏族的习俗，当我们面对一具遗体的时候，是不能随便去碰的。而我学的是西医外科，解剖课是一门基础课……第一次上手的时候，我紧张得全身发抖。我戴着手套，战战兢兢地跟在老师后面。老师说，第一节课就是练胆子，克服恐惧心理，后面再慢慢去适应。

后来我们学习认骨骼，走进那个教学实验室的时候，一具骷髅挂在门边上，我一进去就吓了一大跳，尖叫起来，大家都笑我胆小。

我攥着手心里的冷汗，后脊梁直冒寒气。那一刻，我开始怀疑自己不适合干这一行，再次迷茫了起来。

正好月光妈妈来学校看我，我就忍不住向她抱怨："学医好难，之前人家说学医容易学秃头，还容易得抑郁症，我不信，现在深有体会了。"

我以为月光妈妈会说一些鼓励的话，或者用遇到困难不能打退堂鼓之类的大道理教育我。没想到她眼里满是心疼，搂着我的肩膀，抚摸着我的头发，轻轻地对我说："我理解的，我也听说医学很难学，尤其是女孩子，学医很辛苦。"

听了月光妈妈的话，我内心的情绪翻腾得更厉害了，鼻头酸酸的。所有的委屈和迷茫，在月光妈妈面前都不用再掩藏。这么多年了，月光妈妈怀抱里的温暖从未减退过半分，让我觉得踏实、有依靠，就跟我每次考砸时怀着忐忑的心情回到家，听到阿妈跟我说"没关系，阿妈知道你努力了"一样。

月光妈妈紧接着又问我："2012年那个春天，我们在美人谷看梨花，我在梨花树下和你聊梦想，你还记得自己当时说了什么吗？"

月光妈妈说着，拿出手机给我看她当时发的朋友圈，上面写着："德吉拉姆

月光妈妈

在同一条路上，回顾最初的梦想

说，看到病人在医院受了委屈，她长大想当院长，去管理那些不友好、没耐心的医生和护士。"

我当然记得！面对被病痛折磨得痛苦万分的患者，本应该积极为病人治病的医生却刻薄冷酷，内心的愤懑让我想成为一个有能力的医生或院长，去阻止那些不能善待病人、有愧于"白衣天使"称号的人。

因为内心小小的正义感，当时的我说出了那样的话，没想到月光妈妈不但记录了下来，还留存至今。

月光妈妈对我的心疼和无声的激励，让我重新燃起斗志，希望的火苗又开始燃烧，我再次感受到梦想带来的蓬勃的力量！

我对自己说，没有一种成功，可以轻而易举获得。学医再难，我也决不能放弃！既然选择了自己人生未来的方向，那就不能言败，一定要一步一步坚定不移地走下去。

自从2011年在丹巴核桃坪第一次见到德吉拉姆和卓玛拉姆后，多少年过去了，虽然一直没有机会再见到她们，但这对姐妹花美丽的面容，常常会伴随着美人谷雪白的梨花和粉红的桃花飘入我的梦境。

这两个让月光一直惦念的女儿——她在丹巴结对了那么多孩子，德吉和卓玛的名字，我经常听她念叨——用行动给了她最好的回应：德吉拉姆一步步朝着"白衣天使"的梦想靠近；而小时候就经常被老师夸赞作文写得好，有着一身文学细胞的浪漫女孩卓玛拉姆，也在不断提升自己……

这次到丹巴，为了采访方便，我们没有住县城的宾馆，而是借住在卓玛拉姆家。虽然我们知道卓玛拉姆在离家几百公里的外地工作，德吉拉姆也远在宜宾实习，我无法在她们的家乡见到她们，但我想见见养育她们的家人，看看她们从小生活的环境，弥补一下2011年因为匆忙，没能去姐妹俩各自家里走访的遗憾。

隐藏在丹巴大山深处的核桃坪周边，有三个美丽的村落：阿拉伯村、培尔村、牧业村。三个村子被包围在山峦中间，一座座高低错落的碉楼民居，散落在层层叠叠、幽深茂密的丛林里。

早先，当地人将这一片山地称为"骆驼沟"。谁也不知道，这个形象的地名是否源于这里的山峰地貌形似骆驼；也无人考证过，是否曾经有一群骆驼迁徙栖息于此。

这里有最蓝的天、最白的云、最醉人的风、最嫩绿的草，最温柔的羊群、最肥美的牦牛、最英武的骏马、最灵动的飞禽，甚至偶尔还会出现最矫健的雪豹、最笨拙的黑熊、最可爱的土拨鼠……

可是，偏偏谁也没有在"骆驼沟"见到过骆驼。

倒是漫山遍野的梨花白、桃花红，装点着"骆驼沟"如诗如画的美景。更有满坑满谷的核桃树，春夏翠绿、秋季金黄，满树乒乓球大小的核桃，像绿色的小灯笼一样挂满枝头，它们是当地老百姓主要的经济收入来源，所以人们更愿意将"骆驼沟"唤作"核桃坪"。

月光妈妈

德吉拉姆和卓玛拉姆的家在海拔2500多米高的培尔村，这里有七十五户人家，掩映于高山树荫中，住得很分散。卓玛拉姆家在山腰，德吉拉姆家在山顶。站在德吉拉姆家的阳台上，可以看到卓玛拉姆家屋顶上飘扬的风马旗和园子里高大的果树；而在卓玛拉姆家的菜地里，也可以瞧见德吉拉姆家门楣前猎猎起舞的五彩经幡和做饭时飘出的袅袅炊烟。

然而，看似近在眼前的距离，却需要走好长时间。我们在卓玛家住了一晚，第二天一早就上山去德吉家。山路很陡峭，我没走几步就气喘吁吁，但是山路两边令人惊艳的美景，让我忘记了不适。风吹草动，阳光把颤动的光影投射到色彩斑斓的树叶上，树脂清冽的气息伴着甜馨的果香随风飘来，沁人心脾。

我想起卓玛拉姆曾在朋友圈发布的家乡美景照片和她在照片下写的一句话：回家的路上，风都是甜的。

现在，身处姐妹花家乡如梦如幻的美景中，我才切身体会到，卓玛拉姆为什么能写出这样感性、诗意的文字。

德吉拉姆的爷爷奶奶知道我们要来，已经等候在家门口。

门口的栅栏旁有一棵高大的雪梨树，金秋季节，正是雪梨成熟的时候，但这棵梨树上的雪梨大多已被采摘完，留下满树金灿灿的繁茂树叶。也许是我们的脚步声惊动了躲藏在雪梨树上的生灵，几只灰雀扑啦啦飞起来，很快就不见了踪影，只有几只亮闪闪的小甲虫，在粗粝的树干上爬来爬去。

德吉拉姆的爷爷奶奶比我想象中要年轻一些，爷爷是个"闷葫芦"，不太说话；奶奶则很开朗，热情地招呼我们进屋坐下。屋里的茶几上，摆着一大盆皮色黄绿的雪梨，奶奶拿起梨，一个个塞到我们手里，嘴里叽里咕噜地说着一连串我们听不懂的藏语。

陪我们一同来拜访的卓玛爸爸多吉充当了临时的翻译。他告诉我们，德吉奶奶说，这是家门口那棵雪梨树上摘下来的最后一批果子，那棵雪梨树还是德吉拉

丹巴·月光落境

美如仙境的核桃坪

月光妈妈

姆出生那年种下的,和她的孙女同龄。德吉拉姆现在在外面实习,奶奶看到这棵梨树就会想起孙女,每年她都会将梨树结的最后一批雪梨给德吉拉姆留着,等她回来吃。今年孙女工作忙,已经有很长一段时间没和家里联系了,也回不来,这些梨就正好招待我们了!

我问奶奶:"怎么不见德吉拉姆的爸爸妈妈?听说她还有一个哥哥,也没在家吗?"

多吉将我的问题翻译给奶奶,奶奶又叽里咕噜说了一大通。多吉将奶奶的大体意思告诉我们:

德吉拉姆的阿爸阿妈和哥哥都外出打工了。他们不像我和她爷爷,这辈子就这样,守着家里的一亩三分地过到老。他们还年轻,应该到外面去闯闯。不光是挣钱,也是去见见世面,人不能一辈子总窝在一个地方。

德吉阿爸小时候家里穷。小学毕业后,他考上了初中,但我们没让他读,要他去学画画。我们这里的人家造房子,都会请画师来画门框、窗框、墙壁、天花板上的五彩图,画些花鸟、龙凤、祥云什么的,德吉阿爸就去给人家打下手,拜师学艺。

德吉阿爸人挺聪明,又好学,很快就画得有模有样了。后来他讨了老婆,两口子到处给人去画画,可是画画的地方大多是牧区,挣不到多少钱。加上画画的颜料可能对身体有影响,接触时间一久,就经常头疼,连嗅觉都下降了。牧区一般在高山草原地带,气温低,两口子都得了严重的鼻炎。

没法子,为了谋生,两口子去了昌都,有亲戚在那里开了一家餐馆,好歹是熟人,他们就在人家的餐馆里打工。

德吉的哥哥懂事,知道家里供两个孩子读书难,读到初中,就主动提出不上学了,他说男孩子应该早点出去打工,给家里减轻一点负担。后来他自己了解到,县里有一所职高,开设了一个学厨师资助项目,如果能被选上,不用交学费，就可以去学。他被选上了，学了三年中餐厨师，毕业后也在昌都那家餐厅后厨干，他的目标是成为一个烧得一手好川菜的大厨。

最幸运的就是德吉了，碰上了月光这样菩萨心肠的好人。德吉上小学四年级的时候，月光就和她结对了。这娃娃也争气，学习成绩一直不错。从小她就说将来要当医生。都说医学院分数线高，很难考，德吉还是考上了，我们全家都为她骄傲！

我不知道多吉在翻译的过程中，有没有自己加工整理，反正听完这位生活在深山冷岙里的藏族奶奶的话，我觉得她是一个蛮有见地的人。

当我们准备离开的时候，德吉拉姆的奶奶很自豪地带我们去了孙女的房间。房间虽小，但是很干净、整洁，一看就是天天有人收拾的样子。

我注意到房间的一面墙上镶嵌着一个木质的小书柜，书柜虽然只有三格，却做得很用心，外框雕刻出花边，刷了绛红色的油漆，内框还勾勒了一圈金边。

我仔细看了一下小书柜里的书，几乎全是教材，还有几本厚厚的字典和词典，唯一算得上课外书的，大约只有一套《中国少年儿童百科全书》。让我没有想到的是，最上面一格，赫然摆放着当年我们委托月光带给德吉拉姆的木质奖牌。十年过去了，奖牌上的字迹依旧清晰：

"少年追梦·三行诗"征文大赛

小学组　希望奖

德吉拉姆

我问德吉奶奶："这个小书柜是谁做的？好漂亮！"

一直在旁边不怎么说话的德吉爷爷突然开了口：这个小书柜原来是个小窗户，正好对着外面的那条山间小路，德吉打小就喜欢趴在窗前看外面的路。她阿

月光妈妈

爸告诉她,这条路可以走到山外面去。后来德吉的书多了,没地方放,她阿爸就将这扇窗户改造成了小书柜,给德吉放书。德吉说,做了小书柜,就把窗户堵上了,看不到外面的路了。她阿爸说,通往山外的路,就在你的书里呢!

我这才发现,"闷葫芦"爷爷其实心里跟明镜似的,他比谁都清楚,收到了中学录取通知书,却没能去上初中,是德吉爸爸这辈子都无法抹去的痛,这个遗憾只能在孙女德吉身上弥补了。

一扇小小的窗户改造成的一个小小的书柜,或许就寄托着一个失学父亲当年未能实现的读书梦想!

捧着奖牌的德吉拉姆

当我们从德吉拉姆家出来的时候,德吉奶奶一直拉着月光的手不放,她们在雪梨树下嘀嘀咕咕说了半天话。

多吉见状,又当起了翻译。

原来,丹巴今年大旱,村里许多人家的庄稼都遭殃了。德吉拉姆家地里的玉米,是一年中全家人畜的主要口粮。往年风调雨顺时,能收三四千斤玉米;今年大旱,玉米枯死了一多半,地里剩下的玉米估计最多也只能收一千多斤。

旱情还没有结束，这一千多斤口粮能否保得住还不好说。为了应对旱情，从山上引泉水浇灌庄稼，村里让家家户户挖沟渠，按顺序将山泉分配到各家各户。

因为德吉拉姆家里的壮劳力都外出打工了，只剩下爷爷奶奶两个老人，挖沟渠很费劲儿，这两天才刚刚完工，紧接着又忙活引水浇灌玉米地，老两口累得差点趴下。现在，这一千来斤的玉米基本算是保住了，但耽误了摘花椒，赶不上当地收购的时节了。

月光一个劲儿地安慰德吉爷爷和奶奶，让他们不要着急上火，她一定会想办法，帮他们把花椒卖出去。

看得出来，儿子、媳妇、孙子、孙女都不在身边，老两口十分无助，他们完全将月光当作了自己的亲人。

以前，我知道月光一直在帮助丹巴和直亥的贫困家庭卖冬虫夏草。一根中等大小的冬虫夏草，当地的收购商把价格压到7~8元，月光调研了东部地区的市场后，帮他们卖到20~25元；个头大、品相好的冬虫夏草，甚至能卖到40~45元。这是货真价实的高原雪域的冬虫夏草，在大城市里不容易买到。但当地的藏族同胞苦于没有销售渠道，只能任由二道贩子随意砍价，赚点辛苦小钱。而月光直接架起了一座桥梁，既让城里人能买到真正优质的冬虫夏草，又为藏地百姓开辟了一条几乎没有成本，仅靠双手就能勤劳致富的生财之道。

在月光的帮助下，丹巴和直亥有不少人家，靠挖冬虫夏草改变了家里的贫穷状况。而月光做这一切，完全是义务帮忙。为此，她要投入许多看不见的劳动：收件、登记、清理、分类、装盒、统计客户、逐一邮寄，最终将收回的钱分别汇给挖冬虫夏草的人家。在这个过程中，月光不仅要付出时间和精力，甚至还要自己往里搭钱，但她无怨无悔。

多吉说，月光也帮自己家和德吉家卖过冬虫夏草，让他们都挣到了钱。现在德吉的阿爸阿妈外出打工，没人挖冬虫夏草了，德吉爷爷奶奶就想着，月光是不是也能帮他们把花椒直接卖到城里去。

月光妈妈

月光问爷爷奶奶大约能摘多少花椒,爷爷奶奶说两百来斤没有问题。月光一口答应下来,给爷爷奶奶留下了地址和电话,让他们到时候把花椒寄过去就行了。

德吉爷爷奶奶舒展开了深深的皱纹,脸上笑开了花,他们愁了好久的花椒出路问题,月光一来就解决了。

类似这样的事情,我相信月光一定做过很多。这么多年来,从丹巴到直亥,几百个孩子,无数个家庭,她和她的爱心助学团队奉献的不光是金钱,更多的是金钱无法衡量的爱心。

我们下山的时候,走出很远了,回头时,仍看到德吉的爷爷奶奶站在雪梨树下向我们挥手。

路上,月光突然接到了卓玛拉姆打来的电话,说她已经从外地赶回丹巴,现在正在回家的路上。她知道月光来一趟不容易,所以向单位请了假,一定要陪月光好好待几天,唠唠心里话。

月光就像世界上任何一个终于等到女儿归来的幸福妈妈,眼里的开心藏都藏不住,才上山时因走得急而出现的不适和疲惫顿时一扫而光,脚步也变得轻盈起来。

等我们回到卓玛家的时候,卓玛妈妈已经准备好了热气腾腾的火锅,我们一走进院子,就闻到了浓郁的麻辣鲜香,长长的餐桌上摆满了各种涮锅的食材。

月光说,卓玛已经在回家的路上,我们等她到了一起吃。

因为昨天到卓玛家时已是傍晚,大家都很累,吃完饭就早早休息了,今天一早又去了德吉拉姆家,所以,直到这一刻,我才仔细打量卓玛的家。

卓玛家的条件显然比德吉家的条件要好得多。月光说,她总在琢磨,除了结对资助贫困家庭的孩子们,如何能从根上帮助这里的村民寻找到脱贫致富的路径。卓玛爸爸多吉聪明能干，脑子又活络，接受新鲜事物也比较快，月光常常有意识地和他探讨这方面的话题，引导他们充分利用当地的天然资源，搞多种经营。

这些年，多吉除了养牦牛、挖冬虫夏草、种核桃和花椒，还在月光的点拨下，琢磨开发一些特色产品，比如牦牛产品。一开始夫妇俩做牦牛肉干卖，后来慢慢地用牦牛毛编织围巾，甚至做成毛呢面料，做藏族衣服、帽子。多吉的弟弟一直在外面做买卖，见多识广，两兄弟联手，一个在家做产品，一个去外面搞推销，挣了一些钱，家里的日子也就慢慢好起来了。

不久前，多吉刚刚翻新改造了家里的房子，现在有上下两层，我们住在二楼对着楼梯的一间大客房，可以睡六个人。对着走廊的两个并排房间锁着门，多吉说是留给卓玛哥哥和表姐泽让娜姆的。而右拐角头上的一间，是卓玛拉姆的闺房。

卓玛哥哥是一个厨师，在成都工作。卓玛表姐的父母离异，父亲不管她，母亲改嫁，小小年纪，形同孤儿。在她很小的时候，身为舅舅的多吉就把她接到家中，像自己孩子一样抚养。在这个有爱又温暖的家庭中，泽让娜姆得以健康成长。多吉一直供她到中专毕业，毕业后，月光又把她带到杭州，让她在自己创办的国际学校当生活老师。虽然月光结对资助的只是卓玛拉姆，但她已经把卓玛拉姆的家人都当作了自己的亲人，她的爱心不仅仅滋养了卓玛拉姆，也温暖了卓玛拉姆全家人的心。

显然家里已经知道卓玛拉姆要回来，她的房间已被打开门通风。房间布置得十分精致，墙壁和天花板上绘满了鲜艳的藏画，床上的被褥都是新的，一个可爱的粉红色娃娃坐在床头睁着大眼睛。

家里这么温馨，条件也越来越好了，卓玛拉姆一个年轻的女孩子，为什么不愿意回到父母身边，而偏要在离家遥远的外地一个人闯荡呢？

月光妈妈

那天晚上,卓玛拉姆回家后,我们在清澈明亮的月光下,一边涮着火锅,一边听这个思想独立的女孩,讲述自己大学毕业以后的故事。

现在工作其实不太好找。我从大学毕业以后,首先面临的是如何找到一份能让自己立足社会的工作。

我最先去了成都,在一家宠物医院担任客户经理,主要负责接电话、挂号、预约宠物手术及财务等工作。在那里的六个月,虽然专业不对口,但我学到了很多东西,尤其是在待人接物方面积累了一些社会经验。更重要的是,这份工作挣的钱足以让我留在成都生活。

成都是一座安逸休闲的城市,麻将桌遍地、美食处处飘香,人人都很会享受生活。我虽然从小在丹巴大山里长大,小时候家境也不好,但说实话,由于家人和月光妈妈的疼爱,跟同龄人相比,我没吃过什么太大的苦。月光妈妈开玩笑说我没心没肺、大大咧咧,过去我不觉得,可现在想想,确实是这样的。我骨子里真的很喜欢成都那种闲适慵懒的生活,却从来没有想过,自己才刚二十出头,正是应该奋斗拼搏的年龄。

记得有一次回家过年的路上,我在朋友圈发了一条动态,配的照片是家乡美人谷盛开的桃花,文字是"回家的路上,风都是甜的",收获了一波点赞,作家大元叔叔也在下面留言,说"写得特别好",这让我备受鼓舞。而月光妈妈的一句回复——无论在哪里,无论做什么工作,都不要放弃自己的梦想——突然点醒了我,让我瞬间有一种醍醐灌顶的感觉。

于是我想,我是不是应该做出改变,把自己手中的笔捡起来,重拾自己的梦想?每天在宠物医院和猫猫狗狗打交道,挣的钱是够花,日子过得也还算安逸,但这难道就是我想要的生活?

过年后,我回到成都,辞掉了原来的工作,准备考公务员。但我觉得自己没有什么优势和胜算,想去参加考前培训。

就在这时，我在网上看到招聘信息：甘孜州新龙县招聘十名城区工作人员。

我了解到，这份工作是在县委政法委上班，有较多机会接触公文写作，和我大学所学的文秘专业十分对口。于是我报名参加了招聘考试，通过笔试、面试后，以第五名的成绩被成功录取。

这是我第一次凭借自己的实力，战胜众多竞争对手。我十分激动和开心，立刻将这个喜讯告诉了月光妈妈，希望她能和我一起分享这份喜悦。

月光妈妈一边祝贺我，一边又提醒我："这只是你人生旅途迈出的重要一步，不可沾沾自喜，后面的路还很长，工作中你也会遇到许多意想不到的困难，需要你一个一个地去克服。假如你遇到了什么迈不过去的坎，随时都可以和我说，我永远都会在你的身后支持你。"

到新龙县委报到以后，我被分配在政法委办公室，平时除了巡护辖区，还需要归类存档各种信息、写公文、写简报以及制作视频等。在那里我工作得很投入，也很开心，内心觉得特别充实。在老同志的带领帮助下，我也学到了许多和课本上不尽相同的公文写作技巧。我在工作实践中体会到，大学里学习的知识只是最基础的内容，真正想要在工作中如鱼得水、游刃有余，还要在实践中慢慢磨炼提高。

工作了一段时间以后，我觉得自己不应该满足于此，我还想接触更多的社会面，拓宽自己的视野。我从小就喜欢写作，作文也常常被老师夸赞；大学读的专业，虽然和我心目中的写作相去甚远，但毕竟是和文字打交道；进入机关后，尽管大多写的是公文，我也不觉得枯燥乏味……我心里的写作梦是五彩斑斓的，是有温度和感情的，是讲故事和塑造人物的。我现在不敢说我的梦想是当作家，但我想做的事一定是我心目中的写作。

月光妈妈是最了解我的，在很小的时候她就和我谈理想、谈人生。她知道我的梦想，曾对我说，搞写作的人，一定要读万卷书，行万里路。我经常看月光妈妈的朋友圈和公众号，她写的文章很打动人，让我看到了世界上很多地方，学

月光妈妈

到了许多学校里学不到的知识，了解了不少书本上没有的东西。当我和月光妈妈聊起我的感受时，她告诉我：行走也是一种阅读，而且是更感性、记忆更深刻的阅读。

我就想，我是不是也能像月光妈妈那样，走很多地方呢？我现在当然不可能走向世界，但第一步是不是可以走遍甘孜呢？

甘孜州分东路、北路、南路几个区，我的家乡丹巴县和康定、泸定、九龙县属于东路；我当时所在的新龙县和炉霍、道孚、甘孜、色达、白玉、德格、石渠县属于北路；而理塘、巴塘、稻城、乡城、得荣县则属于南路。同是高海拔藏地，但不同区域的民风完全不同，我想在条件允许，也能结合工作的情况下，尽可能多去一些地方，接触和感受不一样的风土人情。

所以我在做好本职工作的同时，一直很关注甘孜州的招聘信息，我已经基本熟悉和了解了北路，便想到南路去闯闯。

后来我看到南路的乡城县林业和草原局在招聘，招聘岗位又刚好和我的专业对口，于是我又报名参加了考试。经过笔试、面试，最后以第一名的成绩考进了这个单位。

这里的工作涉及森林资源保护、野生动物保护、所辖区域内的林业生态规划建设、林业产业指导与管理，对我来说，是一个全新的、富有挑战性的陌生领域，但我就喜欢这样能促使自己不断进取的工作和生活。

之前有人问我："你一个女孩子，为什么不考虑回家乡丹巴，在父母身边过安逸的日子，而偏偏要去离家几百公里远的外地工作呢？"

我想，可能还是因为我心中揣着一个更为浪漫的梦想吧！

结束在丹巴的采访后，我们去宜宾和德吉拉姆会面。

月光特意联系了一家离宜宾市第二人民医院较近的民宿，司机师傅七弯八拐才找到这家民宿。这让我有点纳闷，这不是在市中心吗？为什么不找一家便利的

丹巴·月光落境

长大后的卓玛拉姆和德吉拉姆

月光妈妈

酒店投宿,却偏偏要找这么一个弄堂里的住所呢?

等到这个名叫"谧境"的民宿出现在我们面前时,我的心一下子就被这个沉浸在一片绿意中,透出清凉和静谧的小旅店打动了。

穿过一个砌着古旧砖墙的拱形甬道,迎接我们的是一座开阔敞亮的庭院,几株高大翠绿的阔叶芭蕉在庭院里投下浓重的绿荫,芭蕉叶下星星点点的小黄花,随着甬道里吹来的穿堂风,俏皮地摇晃着鲜嫩柔软的花瓣。

客房是一排绿色的二层楼,木质的门窗也都是绿的。更让人心生欢喜的,是庭院里一架宽大的藤编空心花摇椅,上面爬满了碧绿的枝叶,铺设着厚厚的坐垫和靠垫,坐上去瞬间就可以卸下一身疲惫。

我对月光说:"你真是找了个好地方——'谧境',对人很治愈啊!"

月光笑道:"说实话,这次找到'谧境',我确实花了点心思。这不仅是为我们自己找的,更是为德吉拉姆找的。"

"为德吉拉姆找的?为什么?"我诧异地问道。

还没等月光回答,我就看到拱形甬道里走来一个红衣女孩,扎着马尾辫,穿着牛仔裤,蹬着旅游鞋,又酷又时尚,若不是戴着一副细边眼镜,显得文静,同时又透出几分书卷气,你一定以为来了一个都市潮女孩。

她难道会是……

没容我缓过神来,月光就激动地扑向女孩,一把抱住她,大声喊:"德吉拉姆!你好吗?我可想死你了!为什么一个多月都不联系我?"

真是德吉拉姆?月光要是不说,我都不敢认。十多年没见,长成大姑娘了!她身上散发出温婉和自信的气质,已看不出当年那个害羞、胆怯的山里女孩的半点影子。

我也上前抓住德吉拉姆的手,激动地问她:"还认识我吗?2011年我们见过面,还一起拍过照片,那时候你还是个小学生呢!"

德吉拉姆没有说话,只是使劲儿地点头,脸上笑眯眯的,眼里却闪着泪花。

月光和德吉拉姆就这样互相搂抱着，久久不愿松开。

好一阵子，双方才平静下来，打开话匣子聊了起来。我们这才知道，德吉拉姆在没有和月光联络的日子里，有了一段让她陡然成熟起来的经历。

我是2022年5月30日到宜宾市第二人民医院开始实习的。

因为我学的是全科，所以一进医院就分别在骨科、胸外科、肝胆外科实习。

跟着有经验的一线带教老师直接和病人接触，和在学校里学医学知识完全不同。我最大的感受就是，患者真的不按教科书生病啊！当活生生的病例出现在我面前时，以前学校老师教的东西好像都无法应对，要不是有带教老师带着，我想自己根本就不知道该怎么处理。

实习让我明白学医为什么需要那么长时间——专业学习三年，医院实习两年，医院培训再三年，一共要学八年才算真正毕业，才能有资格接诊病人——因为面对真正的病人，容不得出一点点差错，稍有不慎，后果就会不堪设想。

所以在实习期间，我每天都绷紧神经，一刻也不敢松懈。带教老师的每一句话，每一个动作，采取的每一项医疗措施，开出的每一种药，我都不敢错过。

实习的收获很大，我有时候甚至觉得，课堂上学一年，或许都不及在实操中跟带教老师接诊治愈一个病人学到的东西多、有价值。

然而，不期而遇的疫情，将我的实习计划打乱了。

2022年9月，我在胃肠外科实习。9月6日早上七点，正准备去上班的我，接到科室的通知，让我暂时居家，因为胃肠外科有人感染了。

我心里咯噔了一下，稍作镇定后，立即把情况告诉了室友们，她们也立即向自己所在的科室说明了情况。

上午十一点，我们都采样做了检测，等待结果的时间突然变得非常漫长。一想到室友们，我就不由得开始担心起来，如果我也感染了，那她们岂不是会被我

月光妈妈

传染……

下午五点的时候，检测结果出来了，是阴性。我长长地嘘了一口气，如释重负。

谁知才轻松一天，第二天采样检测，结果却是阳性。原本还抱有侥幸心理的我，顿时慌了神，心乱如麻。

没过多长时间，我就开始感觉不舒服：头昏脑涨，嗓子干干的。开始还以为只是紧张、喝水少导致的，谁知没过几个小时，我就开始咳嗽、流鼻涕、发烧、头痛……

室友们有点不知所措，我让她们无论如何都不要出自己房间，避免被我感染。

迷迷糊糊中，我接了个电话，是疾控中心打来的，告知来接我去医院。救护车是半夜十二点到的，正是夜深人静的时候，绝大多数人都进入了梦乡，街道也没有了白天那样的热闹景象。

看到这样的情形，我的心突然有点怅然，相比于现在需要被照顾的状态，我多么希望自己仍在一线，尽己所能地为病人们做些什么。

上了车，我心里才稍微平静了一些。我躺在担架上，细细回想这段时间的报道，虽然有阳性病例，但并没有死亡病例，这让我感到心安，觉得自己应该也不会出什么大事，我一定会尽快回到自己的岗位的……

9月8日凌晨一点多，我正式进入定点医院，一下车我就能感觉到，虽然气氛有些紧张，但一切都很有序。

后来，我反反复复发烧，浑身难受，在医院整整躺了三天。这期间，除了按时吃药，不断给自己降温，我总是不由得想起和我密接的老师和同学们，心里内疚极了，我的带教老师家里还有个两个月大的婴儿，我的室友们万一也被我传染了，怎么办？……

身体的不适、内心的自责、疾控中心的密切关注和辅导员的担心……想到这一切，我心里涌起一股莫名而巨大的难受感，它跟狂风暴雨似的席卷全身，让我毫无招架之力，在病房里失声痛哭。

我真的好想休息一会儿，我真的不是故意的！

没过多久，一位来查房的医生知道我是医学生，找我商量，把一个十二岁的小女孩安排在我隔壁床。她希望我学以致用，照顾好小女孩。一开始我是有点打退堂鼓的，这是多么大的信任和责任啊，我能行吗？

可转念间，我想起自己不仅是一个感染者，还是一名医学生。我心里立刻升起了作为一名医生的责任感和神圣感，我忘记了自己也是病人，毫不犹豫地答应了。

很快，小女孩被送了过来。她的脸烧得通红，我摸了摸，她的额头很烫。我顿时忘记了自己身体上的不舒服，也顾不上胡思乱想了，脑子里想的只有如何照顾我面前这个小女孩，她可以说是第一个需要我单独处理的病人，也是突如其来的状况给予我的一个考验。

小孩子发烧时体温总是要高一点，我先尝试用物理降温的方式给她降温：用冷水浸湿毛巾，拧干后将毛巾敷在她额头上；然后打来一盆温水，轻轻擦拭她的脸部、腋下、四肢，促使其散热；接下来又不停地喂她喝温开水，小女孩有时咬紧牙关不肯喝，我就给她讲故事，分散她的注意力，让她不经意时喝一口……

也许是小女孩脸上慢慢绽放的笑容，给了我强大的动力；也许是因为医生神圣的使命感，让我突然觉得自己勇敢了许多。尽管心里也有各种担心和害怕，但当我看到小女孩的体温慢慢降下来，烧得通红的小脸蛋恢复了苹果般的红润，一天天好转起来，我还是挺有成就感的。

除了照顾小女孩，密切关注她的状况，我每天盼着复查，等待新的检测结果。可等来的却不是我期盼的结果，这让我一度陷入了沮丧当中。更要命的是，复查CT显示我肺部感染。有一天晚上，我居然还咳出了一口血痰，医生看到后立马说要给我上监护，怕病情发展太快，突然恶化而影响生命安全。

月光妈妈

我知道什么情况才一定要上监护、上监护意味着什么，也非常清楚自己的身体状况，完全没必要上监护。我决定用学过的医学知识阐述自己目前不必上监护的理由，那一刻，我觉得自己平时在学校似乎说不清的医学概念，被我表达得一清二楚，无可辩驳。

经过激烈的讨论，医生最后还是决定不上监护，再观察观察。我松了一口气。但理性分析归理性分析，没有上监护，我还是有些担心的，晚上不敢睡觉，怕自己突然停止呼吸没人发现……

幸好后来这种情况并没有出现。过了几天，我再做CT复查时，肺部感染已经明显好转，白肺阴影完全消除，其他指标也都正常，顺利出院！

走出医院的那一刻，我觉得有点恍惚。外面的阳光一如既往地和煦温暖，街上行色匆匆的路人，神色都很安详，生活依旧像流水一样缓缓地流淌，病魔已被勇敢的人类击退，人世间的一切依旧那么美好，仿佛什么也没有改变。

回想起在医院的那段日子，我想过要给家人报个平安，但最终还是忍住了，谁也没说，我怕自己控制不住沮丧的情绪，哭出来，让家人担心。

其实当时我最想联系的人是月光妈妈，我想给她打电话，向她倾吐自己经历的一切，诉说自己心中的委屈和担忧。但我最终还是忍住了，没打这个电话。

我想起了那年在家乡美人谷的梨花树下，月光妈妈对我说的那一番话。我如果连眼前这点困难都克服不了，将来怎么当一个优秀的医生，又怎么做一个能服众的出色的院长？

后来，情势完全得到逆转，室友们、同学们、老师和他的家人都平安无事。医院给实习生放了返乡假。我原本是想快点回到自己实习的医院，追赶被夺走的时间，补上耽误了一个多月的实习课程，但一想到有段时间没跟家人联系，我还是决定先回一趟老家。

丹巴·月光落境

我特意去了美人谷。

那一年,月光妈妈来丹巴的时候是春天,美人谷的梨花开得正盛,漫山遍野一片雪白。当时我还在读小学五年级,第一次在梨花树下听月光妈妈和我谈人生、谈理想,我也是第一次告诉月光妈妈,我想当医生,做一个像梨花一样洁白无瑕的白衣天使。

这一次回来,时值深秋,美人谷的梨树一片火红。阳光越过雨雾缭绕的山峦破空而来,不见了千树万树无垠的雪白,却燃烧透亮了满山红叶。

人们总爱用"梨花一枝春带雨"来形容春天的梨花娇俏柔美,其实,你若见过美人谷深秋里火红色的梨树,那又是一番别样的景色呢!

我徜徉在漫山遍野的梨树丛中,任由红叶哗啦啦地拂过我全身,温暖我的心灵。那个在我的照顾下一点点好转直至痊愈的小女孩仿佛在红叶深处向我招手,对我大喊:姐姐,你要坚强哦!

那一刻,我释然了。

我想,生活中总有挫折,要紧的是,自己不能被挫折打败!前面的路还很长,这么一道小小的坎,有什么过不去的呢?

那天下午,我们在"谧境"的庭院里听德吉拉姆讲述她的经历,可谓是和她一起体味了与疾病斗争的惊心动魄。一个二十出头的小姑娘,能在身体受侵、自顾不暇的境遇下,以医者的清醒和冷静,照顾和治愈一个同病的小女孩,这真不是一件容易的事。

我想,德吉拉姆除了显现出一个医学生沉着冷静的心态和优秀的专业能力,还很好地传承了月光妈妈身上的那种爱心与良善。而这些,恐怕才是一个白衣天使最应该具备的品格吧?

此时,我才有点明白,月光为什么说"谧境"更是为德吉拉姆寻找的。独自

月光妈妈

面对并走过这么一场惊心动魄的考验，再坚强的人，内心也难免受无形的伤。

静而无痕的疗愈，是要用心去感受和体悟的。

好在德吉拉姆的身后，有体贴入微地爱着她的月光妈妈，那是她的幸运。

噢措这个名字是和"永远的四年级"一起在我脑海中点燃一束火把的。

这次我和月光专程赴丹巴回访受助的孩子们，住在卓玛家里时，听到月光一直在向卓玛的爸爸多吉打听噢措，其间几次提到噢措为什么一直在上四年级，这引起了我的注意。

"噢措是谁？一直在上四年级又是怎么回事？"我忍不住向月光询问。

"噢措是甲斯关牧业村的一个藏族小女孩，也是我们资助的孩子之一。至于她为什么一直在上四年级，也是我心里的一个谜团。"

月光先前没有向我提起过噢措，我也没有注意到这个普通得像掩埋在雪地里的一棵小草一样的女孩。也许，在揭开这个谜团之前，月光希望这棵小草隐藏在厚厚的白雪下面，不愿意别人惊扰到她吧？

月光陷入回忆中，向我讲述着与噢措和牧业村结缘的经过——

2012年早春时节，一个雨后初霁的清晨，天空像被水洗过一般，瓦蓝瓦蓝。

我在自己家的阳台上看着青黛色的远山，突然没来由地想起了丹巴的孩子们，想得心疼。我给自己最要好的闺密皮皮打了一个电话，说自己要去丹

永远的四年级

月光妈妈

巴看望那里的孩子们,问她愿不愿意一起去。

我和皮皮的默契,就在于我们彼此从来不用问什么,就能感受到对方在想什么。

那一次也同样,我没有说原因,皮皮也没问,她像半点没有觉察我的情绪,只是收到一次平常的旅游邀约似的,毫不犹豫地回答我:"当然愿意啦!什么时候出发?"

"明天,行吗?"

"没问题!"

登上飞往成都的飞机,看着窗外的蓝天白云,我感到都市的喧哗和尘烟正在迅速地远去,令人愉悦的希望也随之升起。我不是第一次有这样的感受,无论我在生活中遇到多大的坎坷和磨难,只要踏上丹巴那片遥远的土地,只要回到那些阳光灿烂的孩子中间,糟糕的心情瞬间就会变得舒畅美好。

坐在一旁的皮皮仿佛能够体会到我的感受,我曾无数次对她说起美丽的丹巴,那些嘉绒藏地的孩子,不知何时也已经悄悄地走进她的心里。

在此之前,她曾经结对过一个丹巴女孩,但只是每年通过我给对方汇助学金,平时没有什么联系。她当时的想法是,受资助的孩子内心可能会比较敏感,过多的联系,可能反而会让对方有压力。但现在她的想法发生了变化。她说,她从我和受助孩子们的相处中,感受到了一种温暖亲情的流动,它似乎能带给人心灵的抚慰。这次去丹巴,她很想再结对资助一两个孩子,做一个温暖异地孩子的母亲。只是她心里没底,这些藏族孩子能听懂汉语吗?能和一个想做他们妈妈的陌生人交流吗?

我提前给卓玛爸爸多吉打了电话,到达丹巴核桃坪时,多吉已经带着卓玛和德吉在村口等我们了。

见到我的那一刻,两个孩子像小鸟一样欢快地扑到我怀里,亲亲热热的。

皮皮说,她看着这动人的一幕,更加坚定了决心,一定要尽自己所能,再结对资助几个丹巴的孩子。

我告诉多吉，这次来是想看看丹巴的孩子们，尤其是想对核桃坪被资助的孩子做一次深入的家访，了解一下他们各自家里目前的状况，看看他们还需要什么帮助。为了节省在路上奔波的时间，就不回县城住酒店了，想住在卓玛家里。

多吉一听高兴坏了，说："只要你们不嫌家里条件差，想住多久住多久！"

吃过晚饭后，月亮升起来了，又大又圆的玉盘洒下银色的光辉。卓玛、德吉围坐在我和皮皮身边，听多吉一一介绍核桃坪被资助的孩子们这两年家里的变化。

多吉说，村里的乡亲们也想靠自己的双手改变贫穷的现状，大家想来想去，觉得还是要靠山吃山。核桃坪最多的就是漫山遍野的山核桃和红苹果，但是丹巴的路况不好，核桃再香，苹果再甜，也运不出去，只能烂在地里。

多吉在村里是比较有见识的人，他觉得还有一条路或许能让乡亲们挣钱——挖冬虫夏草，那是上好的药材。

挖冬虫夏草，核桃坪不是最理想的地方。冬虫夏草喜欢高海拔、高寒的生活环境，在海拔4000～5000米的雪山高原上，往往长得又多又肥硕。核桃坪海拔还不够高，冬虫夏草有，但很少，个头也不大。从核桃坪再往上走二十多公里，从农区到真正的牧区——高山上的牧业村，冬虫夏草比较多，但因高寒、闭塞、终年积雪，居住在雪山上的村民们很少下山，也很少接触外界，他们并不知道冬虫夏草是珍贵的好东西。

我们一听来劲儿了，问多吉能不能带我们去牧业村看看，如果那里真的是冬虫夏草的天然宝库，我们可以想办法把冬虫夏草卖到大城市去，说不定能帮助村民们找到一条致富的路。

多吉说："那太好了！我明天就带你们去牧业村，那里还有很多高山海子，美极了，像仙境一样，你们一定会喜欢。"

多吉告诉我们，从核桃坪去牧业村，二十多公里路都是蜿蜒曲折、坑坑洼洼的山路。牧业村全年只有五、六、七、八这四个月不下雪，村民们没有可以耕

月光妈妈

作的土地,主要靠养羊和牦牛为生。夏天,村里的青壮年都去很远的高山草甸放牧,等进入秋天,天气转冷,才会回到村子里。这期间,他们的孩子多半只能由家中的老人照顾,如果家里没有老人,那孩子基本上就交给老天了。全村一共有六十多户人家,三百多人口,其中适龄学童就有近百个。

村里原来没有学校,孩子们上学要走七八个小时崎岖的山路,到山下的巴底乡中心小学就读。若碰上暴雨大雪天气,路上走十几个小时也不稀奇,条件十分艰苦,孩子们的安全也让人担忧。

鉴于这种情况,当地村干部便想方设法自筹了一部分资金,又得到了一个喇嘛的捐助,在村里办了一所学前教育学校。虽说是学前教育学校,但还是以小学一年级至五年级的教学内容为主。由于学前教育不属于国家九年制义务教育范围,加上牧业村地处高海拔地带,环境、气候严峻,难以吸引外面的教师,村委会要维持这所小学校最基本的教学活动的开展都相当困难。至于教学条件的提升,如教学用具、学习用品、运动器材的配备等,主要来源于社会捐助。总之,非常不容易。

听了多吉的介绍,我和皮皮更想早一点去牧业村。

第二天,多吉一大早就带着我们出发了。

三月的天还很冷,雪很厚,一脚踩下去,没过脚脖子。费劲儿地拔出来,鞋袜都湿了。

等我们深一脚浅一脚地爬到山顶,看到眼前的雪坡上出现零零落落的破木板房时,已经是午后了,多吉说那就是牧业村。

我和皮皮憋了一路,想尽快上厕所。多吉指了指远处一个一米见方的小板房,说:"那就是厕所。"

乡间厕所简陋,我们早已想到,但上厕所居然要蹚过一条湍急的溪流,这让我们没有一点思想准备。溪流上没有搭木板,可以踩踏的石头也几乎都淹没在水里。被雪濡湿的鞋袜还潮乎乎的,我和皮皮面面相觑,不知道怎么蹚过去。

丹巴·月光落境

从核桃坪通往牧业村的路

月光妈妈

我们四下里张望,周围全是白茫茫的雪地,连一棵可以遮挡的大树都没有。

多吉看出了我们的尴尬,找来一块长木板,在溪流的石头上临时搭了一座晃晃悠悠的"独木桥",我们这才小心翼翼地跨过湍急的溪流,上了所谓的厕所。

知道整个牧业村只有这么一个用烂木板围起来的小破厕所时,我和皮皮的心情变得很沉重。显而易见,牧业村的落后和贫穷超出了我们的想象,我甚至觉得,这里比2009年我第一次到丹巴,初见核桃坪时,更让我惊心!

我对多吉说,先不去挖冬虫夏草了,也不去看海子了,带我们去看看村里的小学校,看看孩子们上学的地方。

多吉看出我心情急迫,找到自己在牧业村的朋友德千,让他领路,带我们去了小学校。

说是学校,其实就是两间灰白色砖石垒砌的房子,有几扇木头的门窗,但是房子中间一块白底黑字的汉藏双语校牌却显得十分正规,名头也不小:丹巴县巴底乡甲斯关牧业村学前教育学校。

我们去的时候正好是下午课间休息,几十个孩子在教室前的空地上跑跳笑闹,很开心的样子。这些孩子看上去年龄差距比较大,小的四五岁,大的似乎可以上中学了。

德千不会说汉语,多吉充当了临时翻译。

德千告诉我们,学校的这两间房子,是2008年修建的,后来村里又将旁边一间废弃的破屋改造了一下,作为教师的办公室。现在最大的那间房做教室,孩子们不分年级都在这间教室里上课——复式班,按年龄分成几排,老师先给这一排讲,再给那一排讲,但学生都在一个教室里,其实只能混听。给这排讲,那排的眼睛也跟着转;给那排讲,这排也只能竖着耳朵听。

教室内光线昏暗,窗户上没有玻璃,只是把塑料布蒙在窗框上遮挡寒风雨雪。地上铺了厚厚一层木渣,多吉说这是为了隔断地下渗出来的寒气,让孩子们的脚不要太冷。

丹巴·月光落境

牧业村天真烂漫的孩子们

月光妈妈

学校只有两位老师，一位教汉语，一位教藏语。因为不是国家正式办学，老师没有工资，都是村民们凑钱给他们每人每个月几百块钱的补贴。有时凑不出钱，村民们就给他们送点青稞糌粑和牦牛肉干。

那一次，我们没有看到那两位令人尊敬的老师，但孩子们开心的模样，却给我们留下了极为深刻的印象。贫穷抵挡不住温暖的阳光，偏僻落后的雪山脚下，依然有一群渴望读书的孩子，他们在一所简陋的小学校里上课，在阳光下快乐地奔跑！

我们感动得无法言说，招呼孩子们集中在校门前，用相机给天真烂漫的他们拍下了一张令人难忘的照片。

我和皮皮商量暂时不去看有冬虫夏草的山头了，先去德千家，让德千和多吉详细说说牧业村孩子们的家庭情况，选出其中最困难的家庭，结对资助他们的孩子。

来到德千家时，太阳已经西斜。我和皮皮踩着德千家颤巍巍的木楼梯上到二楼阳台，想看看家里的情况。这时，我们看到楼梯下站着一个六七岁的小女孩，斜阳的光晕正好打在她身上，给她灰突突的藏袍镶上了金边。

小女孩手里拎着一个木桶，里面装满了水，水里倒映着一朵小小的云。

她仰起头，望着我们，脸上露出灿烂的笑容。

小女孩真好看啊！脸蛋上两团胭脂般的高原红，让她的笑容像两朵绽放的小红花，我觉得自己的心都要被她花一样的笑容融化了。

我笑着向小女孩招手，问她叫什么名字，是谁家的孩子，为什么没有去学校上学。

小女孩没有回答，依旧看着我和皮皮一个劲儿地笑。

皮皮也被小女孩明媚的笑容吸引，一下子就喜欢上了她。

小女孩腼腆地笑着，看上去很想回应我们，但是听不懂我们的话，纵然心里有千言万语，却一句也说不出来。

多吉告诉我们，小女孩名叫噢措，是德千的女儿，今年刚满七岁。

德千家有三个孩子，噢措是女孩，又是老大，小小年纪就已经是家里的主要劳动力了。

牧业村没有自来水，村里人的生活用水，必须到我们在村口上厕所时经过的那条溪流去提。

噢措家里共有六口人：奶奶、阿爸、阿妈、她和两个弟弟。爸爸德千患有严重的腰椎间盘突出，并且压迫到了腿神经，干不了重活；奶奶中风瘫痪，常年卧床不起，需要人照顾。全家的生活全靠妈妈一个人放牧支撑，她一去放牧就走得很远，一走就是两三个月。两个弟弟还年幼，七岁的噢措就得挑起家里几乎所有的家务活。

虽然噢措已经读一年级了，但因为要干很多家务，去学校上课只能时断时续。

德千虽然觉得对不起女儿，但他还是和噢措商量，能不能等几个弟弟长大一点再去上学？

噢措哭了，但她很倔强，坚持一定要上学，说自己不会耽误干活。

那天，因为惦记着家里的水用完了，没水做晚饭，噢措趁课间休息时间从学校跑回家，拎上木桶去村口提水，

脸上绽放出两朵花的噢措

月光妈妈

刚刚回来。而且马上就要给家里做晚饭,她已经没有时间再回学校上课了。

后来,我们又在村里走访了几户人家,回到德千家时,已经是晚上了。德千邀请我和皮皮吃晚饭,虽然只是简单的糌粑、酸奶饼、酥油茶,还有一小盘辣椒炒牦牛肉,但我们知道,这已经是德千家能拿出来的最好的食物了。

屋子里很冷,德千在屋子中央的地上挖了一个火塘,火塘里烧着炭火,炭火上吊着一个盆,盆里的水咕嘟咕嘟冒着热气,但这点热气要温暖一间泥地泥墙的大屋子,显然不可能。

多吉告诉我们,这顿饭是噢措在这个火塘上做出来的,我和皮皮心疼不已,鼻子泛酸,我们都不知道小噢措是怎么弄出这一顿晚饭的。

多吉知道我口腔溃疡,吃不了硬的东西,而牧业村在雪山高原上,根本种不活蔬菜,所以上山时特意背了一棵大白菜,这会儿拿出来煮了一锅白菜汤。

家里没有桌子和凳子,食物就直接放在火塘边的地上,大家也只能围坐在火塘边的地上就餐。那情景,让人不由得想起人类祖先的原始生活。

德千家的贫穷生活,完全超出了我的想象。

吃晚饭的时候,依然由多吉充当翻译。我对德千说:"你们家的困难我都亲眼看到了,但你还是要让噢措继续上学,一定不要放弃!尤其是女孩子,千万不能像牧业村世世代代的女人那样,除了干活,就是结婚生子。噢措应该有新的生活,而只有读书学知识,才能改变她的命运!"

我向德千表示,我会和我的爱心助学团队一起资助牧业村困难家庭的孩子上学,噢措是我确定资助的第一个孩子。

皮皮说,她愿意代表自己的姐姐和噢措结对,资助她上学,直到她考上大学。这次来丹巴之前,姐姐委托她认领结对一个贫困孩子,希望是个女孩。另外,她自己也想认领结对一个孩子,一直资助到对方考上大学。

德千让多吉告诉我们:"噢措有一个堂兄,名叫泽仁达吉,人很聪明,学习成绩也好,但因为家里困难,有可能要辍学了。"

皮皮说："那我认领了。泽仁达吉和噢措这两个孩子，我和我姐一人资助一个。"

晚饭还没吃完，村里的老支书得到消息赶过来了，他说村里还有其他几个家庭很困难的孩子，问我是否也能够给予资助。

我又详细地了解了这几个家庭的情况，最后大家一起商定了确认资助的孩子名单：噢措（女）、泽仁达吉、更绒西拉、扎西卓玛（女）、达瓦拉（女）、德青拉姆（女）、桑布东珠、吉美措主（女）。

八个孩子，三男五女。也许是提着一木桶水却笑得很灿烂的小噢措太让人心酸了，我和皮皮自己都没有意识到，我们心中的天平在不知不觉中就倾向了牧业村的女孩子。这八个孩子，皮皮和她姐姐分别资助泽仁达吉和噢措，我则认领了其余六个。

晚上，我和皮皮留宿在噢措家。我们不忍心用噢措提回来的水洗漱，就拿着牙刷、杯子和毛巾去溪流边刷牙洗脸。溪水冰凉，含在嘴里，牙齿生疼；泼在脸上，皮肤像被针扎了一样。

这一天，我在牧业村的感受，就像牙齿和脸上的皮肤此刻的感觉。我知道，牧业村的现状，远不是靠卖冬虫夏草就能改变的，只有唤起更多的人来关注这样的角落，伸出援手帮助他们，尤其是要让他们的孩子读书、学知识、长本领，将来靠自己的双手建设自己的家园，才是最好的办法。

这一夜，为了不给噢措家增加麻烦，我和皮皮拿出自己带来的睡袋铺在火塘边的地上。钻进睡袋，我们却久久没有睡意。虽然屋子里寒冷彻骨，但火炉里不熄的炭火温热了我们的心。

我对皮皮说："我很高兴这次你和姐姐认领资助了两个孩子，像牧业村这样的村子，在丹巴一定还有，一个人的力量是有限的，只有让更多的人参与资助贫困地区的行动，力量才会变得强大！"

皮皮说："回去后我也会跟我的朋友和同事讲噢措的故事，我相信一定会有

月光妈妈

更多的人加入我们的队伍。"

第二天,天刚蒙蒙亮,噢措一家人还在睡梦中,我和皮皮就让多吉带着我们悄悄地离开了噢措的家。临走时,我们在炉台边留下了3000元红包。

太阳升起来的时候,走在下山路上的我们听到身后传来嘚嘚嘚的马蹄声。回头一看,是德千带着女儿噢措骑马赶过来了。

噢措双手抱着一个布口袋,里面装满了香喷喷的酥油饼,一定要让我们带上。

我和皮皮婉言推却着,我们知道,这一袋酥油饼,可能就是噢措家好几天的口粮。

噢措急得涨红了脸,她不知道如何表达自己心里想说的话,只能一个劲儿地将装满酥油饼的口袋往我怀里塞。

朴实木讷的德千不会说什么,只是双手合十,腼腆地向我们鞠躬。

多吉说,这一袋酥油饼是小噢措特意为我们准备的。早上醒来,看到两位阿姨已经不见人影,她都急哭了。德千赶紧将女儿抱上马,急匆匆地追下山来。

我眼眶湿润了,面对眼前这对淳朴善良的父女,我们只好收下这一袋真诚的心意。

不知不觉,来丹巴之前缠绕在我心里的丝丝忧伤已经远去,取而代之的,是人世间坦诚透亮的美好情感带来的温暖。一个在逆境中依然快乐的女孩,用她像花一样绽放的笑容,愈合了我生命中的伤口。

在丹巴和直亥资助、帮扶贫困家庭的孩子,每年需要做许许多多具体的事情,工作量之大,需要投入的精力之多、时间之长,旁人难以想象。

每年三四月份,就要开始审核贫困生名单,对已经结对的孩子,要核实是否有退学、辍学、转校的情况;对新报上来的贫困生,既要请校、村、县三级审核情况是否属实,还要尽可能实地家访调研。名单确定后,需要逐个了解和登记人名背后的详细信息，包括性别、身份证号、学籍号、身高、体重、鞋码、家庭贫困状况、就读学校、年级等等。全部信息确认无误后，再一一落实新增贫困生的资助者。除此之外，还要筹备当年的捐助物资，如果是衣物，要先统计孩子们的尺码，再逐一采买；如果是学习用品，则需根据不同年级、不同年龄分别选购……

　　由于资助的孩子越来越多，涉及的家庭状况错综复杂，月光事无巨细都要过问、操心，虽然常常会想起噢措，却没有更多的精力详细了解她被资助后的点点滴滴。加上噢措又是被她最要好的闺密的姐姐认领，所以月光很放心。只是有时候，噢措花一般的笑脸，会在不经意间闪现在月光的脑海中，带给她一丝思念的惆怅。

　　十年来，我多次去丹巴，但由于牧业村的路况一直没有改变，我身体又不是太好，所以虽然心里一直惦记着那八个孩子，尤其想念爱笑的噢措，但我没能再见到她。八个孩子的情况，我都是通过村里的老支书了解的，每年的资助款，也是请他代为发放。皮皮和她的姐姐，以及后来参与进来，和我一起资助另外六个孩子的几个志愿者，每年都是将资助款转给我，再由我统一转给牧业村的老支书，由他发放给每个孩子的家庭，我也会向资助者反馈孩子们的学习情况。

　　噢措家里负担太重，我很担心她会因此辍学，每次和老支书通话时，总想问问噢措的情况。牧业村海拔太高，通信信号不好，电话很难打通，即便打通了，也是断断续续，听不清楚说什么。头两年，我还委托多吉进山去了解受助孩子特别是噢措的情况，到后来也不好意思总让多吉受累，每次只要在报上来的资助名单上看到噢措的名字，知道她还在上学，心里就会很踏实、很愉悦，仿佛又和小女孩隔空交流了一次。

　　2015年，在报上来的资助名单中，噢措的年级写的是四年级。我很高兴，噢措终于读完了初小，马上就要上高小了。看来这个坚强的小女孩并没有因为家庭负担重而辍学，德千也没有因为噢措是女孩就放弃她。当然，皮皮的姐姐每年汇

月光妈妈

的1500元助学金肯定也是噢措能坚持读书的重要保障。

2016年丹巴资助学生名单报上来的时候，我又看到了噢措的名字。然而表格上显示，噢措仍旧在读四年级。我觉得奇怪，2015年读四年级，2016年应该读五年级了，为什么表格上填写的还是四年级呢？

我知道噢措爸爸德千不会说汉语，问也问不清楚，就给多吉打电话，问噢措的情况。多吉说他也不是很清楚，平时他和德千也很少联系。

我只好给牧业村的老支书打电话。

老支书虽然会说一点汉语，但不是很流利，加上信号不好，交流也不是很顺畅。打了几次电话，我才从老支书断断续续的话语中拼凑出了一些信息：噢措学不好汉语留级了。可是老支书每次都有点支支吾吾，这让我不免心生疑窦：噢措是不是发生了什么事情？

尽管我的爱心助学团队在这些年的资助过程中，也发现过虚报和冒领的情况，但是我相信，这样的问题不可能会出现在噢措家。噢措是那么渴望上学，德千又是那么淳朴忠厚，我只要想起他们，眼前就会浮现噢措花一样明媚的笑容、德千像海子一样清澈的眼睛。所以，虽然心中有疑惑，噢措和其他几个孩子的资助款，我还是按时转给了牧业村。

令人意想不到的是，2017年的资助孩子名单报上来时，同样的情况再次出现了。表格中，噢措的"年级"一栏里，依旧赫然写着：四年级。

噢措这是第三年填写"四年级"了。从2012年初见噢措，屈指算下来，她应该已经十二岁，快上初中了。即便她因为家务重，常常缺课，功课跟不上而留级，但也不至于年年留级，连留两年，到了快升初中的年龄，还一直停留在小学四年级吧？

我再次给牧业村的老支书打电话，老支书告诉我，他已经退休了。当我问及噢措为什么连续几年一直在读四年级时，他支支吾吾了半天，还是没有说明白背后真实的原因。

我心里的问号越来越大，担心也越来越重。我们的资助，就是为了让那些因为贫困面临辍学的孩子能够继续坐在教室里，让那些因为贫困而已经辍学的孩子重新返回校园。如果达不到这个目的，我们的资助和捐赠就没有任何意义！

我很想再去一趟牧业村，弄清楚噢措究竟发生了什么事。然而，那段时间，我为自己新创办的国际学校投入了全部精力，实在是分身乏术。

老支书退休以后，我和牧业村的联系便中断了。我不知道资助款可以转给谁，无奈之下，只能暂停已经坚持了五年的结对帮扶。

直到2020年，国际学校的教学工作已经按照我的教育理念和课程设计进入了正常运行的轨道，我才松了一口气。

这时，我又想起了噢措，那花一样的笑靥再一次清晰地浮现在眼前。

原来这个小女孩的笑容，一直藏在我的心里，从未离开；而隐匿在她背后的谜团，我也从来没有放下。我有一种直觉，噢措永远在读四年级，一定还是和贫穷有关。

那一年的四月，我放下手头的工作再赴丹巴。这一次，我拖上爱人大元，希望研究植物多年、素来自诩是"植物先生"的他能研究一下雪域高原的冬虫夏草，为牧业村的村民们找到一条致富之路。

一到丹巴，我和大元便迫不及待地去了牧业村。在亲身体验上山采挖冬虫夏草的过程中，我再次切切实实地感受到了当地牧民生存的艰难。我和大元一起去牧业村受助孩子家家访，第一个就去了噢措的家。令人欣慰的是，虽然资助中断了三年，但八个孩子没有一个辍学，我牵挂惦念的噢措，更是去了离丹巴很远的一所汉藏双语学校上学。

因为八个孩子都在外面上学，我一个也没有见到，但为了鼓励这些坚持让孩子上学的家长，我再次为他们送上了资助款。

只是去噢措家时，由于德千不会说汉语，交流困难，所以我仍然没能问出噢措一直读四年级的具体原因。

月光妈妈

说实话，听完月光讲述的关于噢措的故事，我也还是没弄明白，那个流着眼泪渴望上学的女孩，为什么永远在读四年级。

我一向对生活中出现的谜团具有高度的兴奋点和探究欲，而月光其实也忘不了自己内心一直解不开的谜团，当然更忘不了那个脸上有着两团高原红，笑起来像花一样的女孩。于是，我俩一拍即合，决定第二天就请多吉带我们重访牧业村。

如今的牧业村，早已不是月光口中所描述的十年前荒凉破败的模样，泥泞崎岖的山道，也已经被通畅的盘山公路取代。司机师傅驱车载着我们毫无阻碍地上了山。虽然因为弯道多，车速不能太快，但从核桃坪出发，只花了不到两小时，就到了牧业村。

村前的溪水依旧清澈明亮，湍急的溪流之上已搭起了坚固的水泥桥，溪流对岸用破木板围起来的小厕所，已经变成了有雪白石灰墙壁的房子，和一般的乡村厕所相比，丝毫不差。

十年光阴过去，随着国家扶贫政策和措施的推进，偏远落后乡村的变化，从一个厕所的改进便能看出。

进村的泥石路虽然没有多大改观，仍然像十年前那样坑坑洼洼，但进到噢措家里时，月光还是感叹了一句："跟我们2012年来的时候比，条件明显要好多了！"

屋子里原先的泥地已经全部铺上了地板，四周冰冷的泥墙也都装上了温暖的松木板壁。倚墙摆放着两张画有鲜艳图案的靠背座椅，座椅前的一张木头茶几上，摆满了瓜子、酥糖、糌粑、核桃，还有苹果。最重要的是，屋子中间那个曾经让人想起原始时代的地坑火塘不见了，取而代之的是一个铁铸雕花装有烟筒的大火炉。

月光说，她想起当年大家围坐在火塘边的地上吃饭的情景，恍若隔世。

而真正让这间屋子发出光亮的，是墙上贴满的一张张金红色的奖状，有汉语的，有藏文的，令我没想到的是，获奖人的名字，几乎全部是噢措。

我仔细看了所有奖状，颁发时间从2019年到2022年不等，而这正是噢措到炉霍县卡娘乡降达小学上学的四年。奖状荣誉有"学习成绩进步奖""年级进步生""班级学习标兵""年级学习标兵""校级学习标兵""年级优秀学生""县级优秀学生"，可以说，噢措在炉霍上学的四年中，几乎拿遍了学校颁发的各类奖项。除此之外，还有因"2021年顺利完成SFAR（scene first aid rescue，现场急救）现场急救员认证模块课程"颁发的证书，"2022年青春之力运动会"个人赛季军奖状，等等。从这些体现了噢措学习以外能力的证书和奖状中，可以看出，噢措的视野和心胸，已经在四年的校园学习生活中完全打开。

那位已经退休的老支书听说月光又来牧业村了，特意赶了过来。月光看到已经谢了顶的老支书，笑着对我说，自己每次在电话里问他"噢措读几年级"，他总是回答"四年级"，这回面对面了，他不能再支支吾吾搪塞了吧？

月光又问老支书："听说噢措现在在炉霍上学，读几年级了？"

没想到老支书这一次回答得坦坦荡荡："四年级。"

月光笑了，她戏谑地说："都七年了，噢措怎么永远都在读四年级呀？她今年有十七岁了吧，这个年龄都应该上高中了！老支书您和我说实话，这到底是怎么回事？"

老支书不好意思地挠挠头，也笑了。他告诉月光，其实从2013年开始，甲斯关小学就没有复式班了，因为上面对办学师资有要求，根据甲斯关小学的办学条件和师资情况，只能开办学前班至一年级。村里的孩子们从二年级开始，就得下山去巴底乡中心小学上学。噢措因为要照顾奶奶和三个弟弟（2013年小弟弟出生），还要帮爸爸干家务，不能离开家，但她又是个好学的孩子，所以就一直在甲斯关小学旁听一年级的课，一听就听了六年。因为月光说过，辍学的孩子不能给予资助，噢措的情况和辍学没啥两样，但他们家又确实很困难，每年的这份资助对他们来说非常重要。总是读一年级实在说不过去，他就每年升一级填报上去，升到四年级，不敢再往上说了，没那个水平啊！到后来自己也搞不清楚，已

月光妈妈

经说了几次"四年级"了。

压在月光心里多年的疑惑和谜团，就在那一瞬间解开了。

我和月光商量，可否去一趟炉霍采访噢措，我很想见见这个了不起的女孩。没想到，噢措就读的卡娘乡降达小学当时严格封校，外来人员一律不准进校。我们只好联系了降达小学的校长，请他帮忙找到了噢措的班主任，通过班主任的手机，对噢措进行了视频采访。

出现在手机屏幕上的噢措，完全是个窈窕的美少女了，一头柔软的黑发扎在脑后，露出清爽光洁的额头。

月光说，噢措的笑容还是像当年一样灿烂，生活的艰难仿佛并没有在她身上留下沧桑印迹。

噢措已经能用汉语和我们交流，不过语速比较慢，我向她提问题的时候，她也不会马上回答，总是腼腆地笑；即便回答，也都很简短，有时只是一句话，甚至几个字。但她清澈的眼神里流露出真诚，嘴唇也总是在微微地抖动，看得出她其实很想和我们说什么。

月光出现在镜头前时，噢措很激动，显然她一眼就认出了当年朝自己温暖地笑的月光。月光告诉噢措，自己很想她，想去炉霍看她。噢措一会儿点头，一会儿摇头，嘴唇一直抖动着，就是说不出话来。

她的班主任也许在一旁有点着急，挤进镜头里向我们解释：噢措以前没有走出过大山，她来降达小学的时候，没有一点汉语基础，几乎开不了口。但是这孩子学习比谁都努力，进步也很快。她还是害羞，怕自己说不好汉语，太紧张了！其实，她的汉语写作已经达到一定水平，甚至超过四年级的同学了。你们可以把想问的问题发给我，我让噢措用汉字写下来，再发给你们，这样她可能会比较放得开。

第二天，我们回到卓玛家里不久，就收到了噢措发来的文字。正如她的班主任所言，噢措的汉语写作水平远远超过她的口语能力，文笔流畅，感情细腻，表达得十分清楚。虽然出于编辑的职业习惯，我订正了一些错别字，并对重复累赘的地方稍加删改，但以下基本上都是噢措的文字：

记得那是在2012年3月吧，那一天天很冷，但太阳很暖。我惦记着家里没水了，就一个人偷偷从学校跑出来，去溪流边提水。

回家的时候，我看到我家二楼阳台上站着两个陌生的阿姨，其中一个一直朝我笑，还向我招手。虽然我不知道这个阿姨是谁，从哪里来，为什么会站在我家阳台上，但我心里一点也不怕，因为我觉得这个阿姨笑起来很像我阿妈。

阿妈当时不在家，她去很远的地方放牧了。我很想阿妈，夜里梦见阿妈，我常常会从梦中哭醒。阿妈在家的时候，不会让我去提水，她说这么重的水桶会让我不长个；阿妈也不会让我缺课赶回家做饭，她做的饭比我做的好吃多了！

因为觉得这个阿姨像阿妈，她朝我笑，我也朝她笑。她对我说了好多话，但我一句也没有听懂。她向我招手，我上楼走近她，她轻轻摸了摸我的头发。我能感觉到，她是真心喜欢我。那时候我就特别想和她说话，但是我一个字也说不出口。

阿爸让我叫月光阿姨，但我想叫她月光阿妈。

那天晚上，两个阿姨住在我家，她们一直在说话。我问阿爸，为什么我听不懂月光阿妈的话？阿爸说，他也听不太明白，因为她们说的是汉语。阿爸还说，如果我听话，以后会让我去学汉语，这样我就能和月光阿妈聊天了。我当时非常开心，心想，将来我一定要成为一个懂汉语的人，等我学好汉语，我就能走出雪山，去看外面的世界，和月光阿妈这样的人交流了。

我还记得，那天晚上我梦到自己和爱笑的月光阿妈说了很多话，都是用汉语说的，月光阿妈也和我说了很多话，我居然全部听懂了。

可是，阿爸没有兑现他的诺言。虽然我很听话，干很多家务——提水、洗衣服、做饭，给奶奶梳头、擦身、端屎端尿，把奶奶照顾得很好……但他还是没有让我去学汉语。不过我从来没有怪过阿爸。

我在村里的甲斯关小学上了一年级，但家里活太多，我很少有时间去上课，

月光妈妈

有时去了,也总错过汉语课。

后来弟弟们长大了,到了上学的年龄,我看到弟弟们都能够去上学,为他们高兴,而没有因为不能和他们一样去学校感到委屈,因为我知道自己是家里最大的孩子,要为阿爸阿妈分挑担子。

弟弟们从学校回来了,会教我他们学到的汉字。我觉得汉字和藏文不一样,一笔一画写起来很神奇,像火柴棍搭房子,有趣极了。

除了跟弟弟们学汉字,我在干完活的时候也会去学校旁听,前前后后旁听了六年,都是听一年级的课,因为甲斯关小学只有一年级。若要升入二年级,就要去巴底乡上学,这对我来说是不可能的。

一年级课本上的每一篇课文,我都能一字不差地背下来,连我的几个弟弟都很惊讶。有一次我听到老师说背课文有助于学习汉语,就总是在心里默默地背,因为我想学好汉语。等我的汉语水平提高到让阿爸阿妈都大吃一惊的时候,我相信阿爸就会让我去上学了。因为我知道,阿爸其实是希望我读书学习的。

后来阿爸才告诉我,两位阿姨离开时给我们留下了3000元钱,还说她们以后会每年寄钱资助我上学。阿爸说,他不能让家里的活耽误我上学。我说没关系,我先跟大伯在家里学藏文,等以后家里情况好一点了,再去读书学汉语。

再后来奶奶去世了,我很难受。因为奶奶活着的时候是很疼我的,我从来没有因为奶奶瘫痪在床,需要我照顾,就怨她耽误了我上学。人活在世上,什么都抵不过亲情,没有奶奶就没有阿爸,没有阿爸就没有我。阿爸说,奶奶上天堂了,她会在天堂看着我学好汉语,做我想做的事情的。

2019年,阿爸兑现了他的诺言,让我到炉霍县卡娘乡降达小学来上学,这是色达的两个堪布(藏传佛教寺院或各个学院的主持人)捐建的学校,对家里有困难的学生免学杂费。学校用汉语授课,满足了我学汉语的愿望。那一年我已经十四岁了,仍然只能从一年级开始上,是班上年纪最大的学生。一开始我还有点难为情,但老师了解了我的情况以后对我说,不必为自己年纪比别人大而不好意思,而应该为自己永不放弃学习感到自豪!

我今年十七岁了,别人十七岁,高中都快毕业了,而我才读到小学四年级,但我现在一点也不害羞了,老师说我是班上最刻苦用功的学生。

我知道我原先一直读四年级,让月光阿妈很困惑。那是因为我想上学。现在我真的读到四年级了。我很感谢月光阿妈和皮皮阿妈,她们让我知道在一个遥远的地方,有人在关心我,希望我能够坚持上学,学好多知识。我不会放弃的!

我很喜欢现在的学校和老师,这里的老师肚子里都有学问,对我也很好。我的三个弟弟也在这里上学,他们的年级比我高,我不会的功课,弟弟们会教我,让我学到很多东西。我的各科成绩在班级里一直保持前三名。我拿了很多奖状,去年还当上

噢措(右三)代表班级上台领奖

月光妈妈

了班长。

以后我想当一个语文老师,教藏族孩子学汉语,给好多学生上语文课,用汉语给他们讲故事,让他们都做好学生。

我还想成为一个像月光阿妈一样的好人,将来也要帮助像我小时候一样困难的人。

月光将噢措的文字发给了皮皮,又和皮皮通了一个很长的电话,将噢措现在的情况详详细细地告诉了她。

皮皮在电话里很明确地表示:"只要噢措还在上学,我们就继续资助。姐姐不在了,但我会接着资助!她现在仍旧在读四年级,没关系,我还是会一直资助到她考上大学。"

我问月光:"皮皮的姐姐怎么了?为什么说不在了?"

月光告诉我,皮皮的姐姐叫慧益,慧益虽然从来没有见过噢措,但看过噢措的照片,很喜欢她,早就把她当作了自己的女儿。慧益说:"我已经有一个儿子,再认领一个女儿,儿女双全,多好!"其实,慧益在资助噢措的第二年就得了病,但她仍然没有停止资助。后来慧益病重,临终前依然牵挂着噢措和她的学业。

月光说,她和牧业村失联,资助中断的那三年,皮皮觉得没有完成姐姐的嘱托,心里一直很不安。现在得知了噢措还在坚持上学的消息,她很高兴,资助噢措的接力棒终于又回到她的手里了。

皮皮和慧益姐妹俩的故事让我很感动,我忍不住给皮皮发了一条微信,请她去祭奠姐姐慧益时,替我献上一束花。

几天以后,皮皮打电话告诉我,她在英国留学的外甥,也就是她姐姐的儿子大杨,得知噢措妹妹又联系上了,很激动。他说:"妈妈生前一直对我说,要永远关心噢措妹妹。现在妈妈不在了,噢措妹妹就由我来资助,我是哥哥,当仁不让。"

皮皮对大杨说:"你能这么说我也很欣慰,但资助不是一句空话,你既然承诺了,就要做到。妹妹的资助款,得从你的生活费里扣。"

大杨说:"没问题,我会压缩自己的日常开销,省出钱来,资助妹妹!"

看来,资助边地孩子上学的接力棒,已经传到了年轻一代的手上。慧益若是得知,也一定会感到欣慰吧!

特例的羊

在月光和她的爱心助学团队资助的众多丹巴孩子中，有一个名叫杨英的女孩，虽然名字普通得像一颗露珠，却让我念念不忘，十一载光阴也不曾磨灭我的记忆。她的名字，时常会跳出来，敲打我心灵的门窗。

初识杨英，是2011年秋天，我第一次走进丹巴时。那次，月光对我说，要带我到离核桃坪希望小学不远的巴底乡水卡子村去家访，那里有一个让她非常心疼的女孩。女孩名叫杨英，是他们结对资助的第一批贫困学生中的一员。

路上，月光向我介绍起了杨英——

希望小学落成前，我向丹巴县教育局提出，可以在丹巴县结对帮扶一批贫困生，杨英就是他们帮我筛选出的一个孩子。这个孩子两岁时，父亲于一场意外中去世，没过几年，母亲撇下她改嫁，后来她一直和爷爷相依为命，但她爷爷体弱多病，家境十分困难。

刚决定资助杨英的时候，她才七岁，刚上一年级。希望小学的事情忙完后，我专门去她家做了一次家访，那是我第一次走进贫困生的家。

第一次见杨英，看到的是一个黑瘦、脸色蜡黄的女孩，但她笑得很灿烂。孩子身着一件似乎是用黄、粉、白三种颜色的布拼成的薄长袖，穿着一条紫黑色的裤子，裤子的左右膝盖处绣着两只蝴蝶，展开的翅膀上伸展出柔软的枝蔓。裤子已经短了，短得露出了脚踝，两只没穿袜子的脚黑黢黢的……

9月底，丹巴已经很凉了，我们都穿上了冲锋外套，杨英不仅穿得很单薄，还光着脚。我心疼得跑过去抱住她，握住她的手——一双冰冷的手。

那天，杨英和爷爷热情地将我们迎入家中。嘉绒藏族特色民居几乎每年都会刷新白墙、褐檐，好让房子看起来新一些，但里面可能是家徒四壁。杨英家就是这样的，唯一的一间卧室里，除了一张破旧的床、一床旧棉被，一件像样的家具都没有。看到那样的情景，我的眼泪夺眶而出，如果不是亲眼所见，我无法相信会有那么穷的家庭。我本来是计划一边看看家里的情况，一边向爷爷了解他们家的生活状况的，结果一下哽咽得说不出话来。小杨英很懂事地把我拉到院子里的长条凳上坐，顺手抓起早就备好的核桃往我手里塞，她没说话，但脸上洋溢着笑。

月光初见杨英

月光妈妈

两年前，我的好朋友们得知我在丹巴援建了一所希望小学，并计划结对帮扶一批贫困生，一个个早早跟我预约了资助的名额。

佳佳就是其中之一。

回到杭州后，我当即把杨英交给她资助。佳佳性格阳光开朗，做事细心，有个和杨英差不多大的女儿，很适合。

我后来也打电话告诉杨英，以后跟她结对的，是佳佳阿姨；每年开学前，她都会按时收到佳佳阿姨汇来的助学金，她再也不用担心爷爷负担不起她上学的开支了。

我问这次同行的佳佳："佳佳，你见过杨英吗？"

"我跟您一样，这是第一次见。"佳佳回答道。

"佳佳已经资助杨英两年了。每年还没开学，她就急着给杨英汇资助款，生怕耽误了孩子交学杂费；过年她还悄悄给杨英汇压岁钱；买衣服、学习用品就更不要说了……虽然她还没有和杨英见过面，但她早就把杨英当自己女儿养了。"月光欣慰地告诉我。

两个相隔千山万水的人，素未谋面，原本毫无交集，现在因为特殊的缘分产生了奇妙的连接。

车子在蜿蜒的路上颠簸了很久，终于停了下来。

一下车，一座老旧的房子出现在我们面前。

旧房子砌有围墙，围墙和台阶的连接处，是一个院门。门柱是两根疤节横生的老树干，虽然被刷上了白石灰，但还是盖不住树皮纹路透出来的沧桑；小木门很窄，门面却被涂成了赭红色；门楣上画满了五彩祥云；门框上还贴着对联……

可以看出，这所房子虽破旧，但房子的主人对生活还是充满了美好向往。

一个瘦小的女孩和一位头戴白色毡帽的老人从木门里钻了出来，站在石阶上向我们挥手。女孩十岁左右，身穿一件暗旧的橙色羽绒衣、一条黑色牛仔裤，看上去有点腼腆。

当时的丹巴，天气寒凉。月光一眼就看出来了，杨英身上穿的，是佳佳第一次寄给她的羽绒服，近两年过去，衣服已经略显小了。

一见面，杨英就朝月光和佳佳跑了过来。佳佳张开手臂迎住杨英，一把将她抱了起来，宛如久别重逢。平日里让人觉得没心没肺的佳佳，在抱住杨英的那一刻，瞬间红了眼眶。原本还乐呵呵的杨英也喜极而泣。月光见状，擦了擦眼睛，连忙喊一句："佳佳，东西呢？"佳佳赶忙从包里拿出一件崭新的羽绒服，自信地说："我猜之前买的羽绒服肯定穿旧了，也穿小了。"新换上的金红色羽绒服把杨英的脸映衬得红扑扑的，佳佳看着满心欢喜，呼啦啦又拿出一堆东西来：书包、文具、旅游鞋、课外书，还有小孩喜欢吃的零食……

月光情不自禁地摸了摸杨英的头，说："杨英长高啦！但还是瘦了一些，要多吃点啊！"

杨英腼腆地笑着点头。

那天临走时，杨英爷爷拿出一袋事先准备好的核桃，一定要月光和佳佳带上。他让杨英用普通话告诉她们，核桃是他们自己在山上种的，不值钱，但是他的心意。

月光和佳佳婉拒了，小杨英急了，拉住她们的衣襟不让走。

这时，我在一旁注意到杨英的一双小手——黝黑、粗糙，裂着口子，有几处还翘着干硬的茧皮，皱巴巴的，和她苹果般红扑扑的小脸蛋形成鲜明的对比。那完全不像一个小女孩的手。

杨英身后的小院的一角，堆着小山般的紫褐色玉米芯子，旁边是一大堆枯树枝。屋檐的木廊上挂着的一串串红辣椒，正好落在小姑娘的头顶上。

这个场景，像一幅永不褪色的老油画，印在了我的脑海中。

多年以后，我终于想明白，为什么那一幕给我的印象如此深刻。是那双不像

月光妈妈

小姑娘的手——那双在无声岁月中浸泡、揉搓、磨砺过的手,在我心里刻下了一道深深的疤痕。

当我再次踏上丹巴这片土地,回访当年那些被资助的孩子的时候,那双沧桑的小手,又一次清晰地浮现在我的眼前。那个叫杨英的女孩,如今怎么样了?那双手的背后,到底藏匿着怎样的辛酸?她会敞开心扉,向我讲述自己的故事吗?

到达杨英家的时候,已过正午。车子还没停下,就见路边站着一个翘首以盼的女孩。佳佳兴奋地问我:"杨英长大了,您还认得出来吗?"

车门一打开,记忆中那个瘦瘦小小的杨英不见了,取而代之的是一个大姑娘——个子高高的,也长胖了些。假如不是在这里,而是在路上遇见,我绝对认不出她就是当年那个不敢抬头看别人、怯生生的小女孩。

杨英激动地走上前,拥住佳佳,又抱了抱月光。从外地赶回来的杨英姑姑,热情地将我们迎进了家。屋里摆着一张长桌,桌上放着热气腾腾的包子和几道精致的小菜;桌子的两侧,分别有一排长凳。杨英落落大方地喊我们入座,热情地招呼我们吃东西。

我四处张望了一番,问杨英:"爷爷呢?"

杨英面露忧伤地说:"爷爷年纪大了,身体不好。我上大学后常常不在家,不能守在爷爷身边照顾他,姑姑就把他接到一百多公里外的家里去了。爷爷知道你们要来,很想回来,但因为腿脚不好,行走不方便,实在过不来,最后他让姑姑赶了回来。"

月光和佳佳听得鼻酸。她们都给杨英带了礼物,佳佳知道杨英是大姑娘了,特意给她买了一块款式很新颖的时尚手表。我也赶紧掏出了给杨英准备的新书《燃灯者》,告诉她,我在书里写了一群"宏志班"的孩子,他们当年也都是家庭贫困的孩子,有的甚至还是孤儿,但他们很励志,勤奋学习,考上大学,走上社会后又努力工作,现在大多事业有成,他们成才后又反哺社会,用自己的能力

长成大女孩的杨英（中间）

去帮助那些像他们当年一样需要帮助的人。

杨英将书接过去的时候，我注意观察了一下她的手，已然不是当年那双裂着口子、翘着茧皮，让人看了心头为之一颤的手了。读了十几年书，捧书握笔的手和从前那双辛苦劳作的手，还是有了一些不同。

我说起了2011年第一次来这个小院时，杨英那双沧桑的小手带给我的巨大的心理冲击，然后将头转向杨英，对她说："当时我看你站在院子里堆得跟小山般高的玉米芯子和枯枝前，小小的身躯里好像蕴藏着一种看不见的能量。杨英啊，你能跟我讲讲你自己的故事吗？"

月光妈妈

杨英看了她姑姑一眼,脸上又出现了当年那样腼腆羞涩的表情,半天不说话。

姑姑常年在外打工,普通话说得很不错,她疼爱地看着杨英,缓缓地向我们讲述了十几年前那场让水卡子村人至今想起来依旧胆战心惊的灾难。

那一年,杨英才两岁,天真活泼,十分可爱,是我弟弟心尖上的宝贝。

我们家以前特别穷,上不起学,所以弟弟只读了一年就辍学了,但他聪明,又勤快,不是上山挖药材,就是给各家做木工活,帮人打家具。他认识的草药多,木工活又做得漂亮,挣的钱比做苦力要多得多。但他并不满足,总想干点大事情,挣更多的钱,让家里人过上好日子。

我们村背靠几座大山,村前有一条沟,叫"邛山沟",谐音就是"穷山沟",但它在藏语中的意思是"流水带酒香的山沟"。在外人眼里,也许这就是一条穷山沟,但我们水卡子村人却更愿意叫它"琼山沟",在我们眼里,邛山沟再穷,它也是一块美玉。

在邛山沟里,有一个著名的官寨,叫巴底邛山土司官寨,是嘉绒地区十八座土司官寨中保留得比较完好的。每到春秋旅游旺季,就有许多游客来这里游玩。官寨很大,一时半会儿看不完,等看完,天也黑了。官寨附近没有旅店,游客便常常到我们村子里来投宿。

来的游客多了,就有了商机,有个老板在官寨旁边建了一个山庄民宿。

那天民宿来了几个外地客人,老板很高兴,让我弟弟在村里召集一些人去民宿唱歌、跳锅庄舞,说要让第一次来这里游玩的客人见识见识地道的嘉绒藏族风情。

老板说,只要去民宿捧场,不分男女老少,每人一律发十块钱。这样的好事谁都不想错过,弟弟回村一吆喝,几十个人上赶着去,大多数是青壮年。

没想到,弟弟他们这一去就遭了殃!

丹巴·月光落境

那天晚上，山庄里面在唱歌跳舞，外面已经开始下暴雨，电闪雷鸣，动静很大。村干部跑来提醒大家早点散了，但玩昏了头的人们都没把村干部的话当回事。

午夜过后，雷电越来越猛，电线被刮断了，屋里一片漆黑，但村民和游客一点也没有意识到危险正在逼近，还在篝火边兴致高涨地对歌。他们哪里会想到，百年不遇的灾难已经像发疯的老虎一样扑了过来，山洪卷着泥沙、树木，变成几丈高的滔天巨浪从山谷中奔涌而下，几十个活生生的人霎时就被泥石流卷走了。自此，杨英就没了爸爸。

弟弟没了，家里的顶梁柱就倒了。我的父亲白天出去干活，回到家就阴着脸不说话；母亲一病不起，眼睛几乎哭瞎了；杨英妈妈那年也就二十出头，自己还没长大呢！家里老的老，小的小，她一个年轻的女人，哪里挑得起这个家？整天神情恍惚，一个人坐在家门口的石阶上发呆。

好端端的一个家说垮就垮了，杨英成了家里唯一的希望！她一会儿跑到奶奶床头，给奶奶擦眼泪；一会儿又拉着爷爷的手，和爷爷说东说西；有时也会在她妈妈身旁坐下来，陪她看外面的天。她没有问爸爸去哪儿了，但我觉得她心里什么都知道。

杨英五岁那年，我母亲还是因为太想念离世的弟弟，没熬过去，一闭眼，随我弟弟去了。母亲去世后没多久，杨英妈妈也走了，我和父亲都没有拦她。她还年轻，日子还得过下去，重新嫁人也没错，我们没有理由拦她。

开始我们怕杨英不让她妈妈走，把她锁在屋子里，后来想想，怎么着也得让孩子跟她妈妈告别，又把门打开了。我没想到，杨英那么小一个娃娃，看到她妈妈拿着包裹出门，不哭、不喊，也不追。

她妈妈的心肠真是硬啊！杨英一直站在门口看着她的背影远去，她愣是没回头。

杨英紧咬着嘴唇，眼里含着泪，却始终没有让自己的眼泪落下来。

月光妈妈

看到杨英这么懂事，我真的很心疼她，但我也知道，自己帮不了她。小小年纪，失去了爸爸，又失去了妈妈，她以后的路会很难，但这是她的命！再难，也只有靠她自己去走。

杨英姑姑向我们讲述那段痛心往事的时候，杨英一直静静地坐在一旁，没有插一句话。两岁丧父，五岁失母，疼爱她的奶奶也撒手而去了。也许是家中接二连三的变故和劫难，让杨英变得这么沉默的吧。她看上去比同年龄女孩要早熟一些，听着姑姑讲述自己亲生父母的经历，脸上虽然很平静，就像在听别人的故事，但眉宇间还是露出一丝不易觉察的忧伤。

我拿出手机，给杨英看我第一次到她家时，拍下的她和爷爷在家门口的照片。

我说："那时候你还是个小女孩，但你的手比我们这些大人的还粗糙。我当时就想，这个小女孩要干多少活，才会把手折腾成那样！虽然月光妈妈透露过一些你家里的情况，但我没想到你爸爸走得那么惨烈，你妈妈又离开得那么决绝。看到你和你爷爷都笑得很开心，脸上没有阴霾，我由衷为你高兴。"

杨英看着自己和爷爷的照片，若有所思，停顿了一会儿，遗憾地说："爸爸当初要是能给我留下照片就好了，我就知道他长什么样子了。"

这一回，没等我开口问，杨英就一扫刚才的腼腆羞涩，主动说起了自己的父亲。

在我的记忆中，没有爸爸的身影，也没有父女间的任何回忆。他走的时候，我才两岁，什么也不记得了。

对爸爸的印象，来源于周围人的描述。听爷爷说，爸爸小时候很调皮，不爱读书，一到要去学校上课的日子，他就跑，或躲起来。后来才听姑姑说，爸爸不是不爱读书，是因为家里穷，他想早点干活，帮家里挣钱。

姑姑说我和爸爸很像，不仅眼睛和脸型像，做事慢腾腾、不急不躁的劲儿也很像。

我问爷爷，家里面为什么没有爸爸的照片。爷爷说，那时候哪有钱拍照！

小时候，我会傻乎乎地看着镜子里的自己，对着镜子问："我是不是和爸爸很像？他是不是就长我这模样？脾气是不是也像我一样犟？"平时看到同村的孩子都有爸爸妈妈，我非常羡慕，觉得他们好幸福！

我有时候也会感叹命运的不公，一遍遍地在心里问："爸爸，你为什么会走？如果你没走的话，妈妈就不会改嫁，我也可以和其他孩子那样无忧无虑地生活，爷爷也不需要那么辛劳，我们的日子也不会这么苦！"

但这一切都是幻想，爸爸从来没有回应过我。现在我也长大了，上了大学，他没读过的书我都替他读了。

我妈妈也是邛山沟人，娘家就在隔壁村。爷爷说，她嫁给我爸的时候才十七八岁，像一只毛还没有长顺溜的小羊。

她走的时候我已经懂事了。记忆中，妈妈很少笑，也不爱说话，但她对我挺好的，给我织围巾、编发辫，把我打扮得很漂亮。

我对她的印象其实已经很模糊了，基本上就停留在她走的那一刻。当时的情景，至今想起来，都像是昨天发生的一样。

妈妈走了以后，家里只剩我和爷爷两个人。爷爷情绪低落，常常一个人喝闷酒，忘记给我做饭。饿了，我只好自己学做饭，个子矮，够不着锅灶，就拿一个小板凳站在上面，往锅里倒油，煎鸡蛋。不知道是锅里有水还是铲子上有水，锅里面的油溅到我脸上和手上，烫起了泡。

之后我就对做饭有点惧怕，但生活不会因为我惧怕就给我什么特权，我还是要自己面对。慢慢地，我就学会了做饭。

上小学的时候，学校中午是没饭吃的，要自己从家里面带饭。早上我要早早地起来做饭。每次忙完，都来不及吃早饭，喝杯白开水就去上学了。一上午的

月光妈妈

课,饿得肚子咕咕叫,旁边的同学都用奇怪的眼神看我,仿佛我的肚子里住着小鸟。等到中午吃饭时,带来的饭菜都冷了,也没地方热,吃得胃疼……

2009年秋天,我认识了月光妈妈,通过月光妈妈我又认识了佳佳妈妈,并成为她结对资助的幸运儿。最初的两年,佳佳妈妈并没有来丹巴,但她给我寄了很多很多东西:绘本、学习用品、衣服、鞋子、手表,还有一个漂亮的布娃娃。

那是第一次有人送我布娃娃,我很激动,很开心!我每天搂着布娃娃睡觉,写作业时也要把布娃娃放在一旁,甚至干活的时候也会把布娃娃带在身边,有它陪着我,我快乐多了!

可大人不懂这种快乐,我上初中后,他们竟把布娃娃送人了。我伤心了很久,和他们吵架,想把布娃娃要回来。可他们却说:"你都这么大了,还玩娃娃,羞不羞?"

直到现在,想起那个布娃娃,我依旧很伤心。没有人知道,是它陪伴着我度过了孤独的童年。

您刚才说到了我的手,其实我们山里人,谁没有这样一双手呢?

爸爸妈妈走了,日子还要过下去。爷爷和我在自家的地里种了玉米、花椒、土豆、核桃、苹果、桃子。我家自留地大部分在山上,路比较远,照顾不过来。山上猴子很多,常常把我们种的水果偷吃掉一多半。有时候猴子还会跑下山来,目中无人地跳进我们家的菜园子,大摇大摆地在园子里翻找它们喜欢吃的东西,赶都赶不走。

猴子很奇怪,不吃玉米,也许是挑食吧,这就给我们留下了口粮。玉米是我们的当家粮食,剥玉米粒儿基本是我的活,镇上的磨坊是不给脱粒的,要我们自己把玉米粒儿剥下来。玉米收割下来后先要晒几天猛太阳,然后再搓、剥,剥下来的玉米粒儿还得再晒,前后大约要一周时间。这样干燥的玉米粒儿,才能送到镇上去磨粉。

那时候我还很小，剥玉米很累，我都剥不动，手上全是玉米颗粒的印迹，但渐渐长大了，干得多了，就不像以前那么累了。

小时候，我的手很粗糙，裂着口子，主要就是剥玉米粒儿剥的。刚开始手很疼，手掌起了大水泡，我还要干别的家务，洗碗、洗菜、洗衣服，都是下水的活，水泡破了，常常会溃烂，钻心地疼。可是，再疼活也得干！爷爷年纪那么大了，还要出去做苦力——修路，去沙场搬沙，按天结算，能挣点钱。有钱，才能买点生活用品，置几件衣服，冬天可以添床被子。这样，家里的活就得我多干一点。还好时间长了，破皮的水泡，长成茧子也就不疼了，但茧子会起皮，所以我的手很粗糙，很难看。

虽然有时候我会羡慕村里其他的孩子不用像我一样干那么多活，但我知道我和他们不一样，我没有爸爸妈妈了，我得自己干。

有时候我会想爸爸妈妈，可想也没用，慢慢地就不想了。

有一年我生日的时候，妈妈突然来看我，带着我最爱吃的蛋糕。我们几乎没有说话，面对面坐着，彼此都不知道怎么开口、说什么，似乎很陌生了。妈妈在家待了一会儿，就走了。等她走了，我才想起来，我都没叫她一声"妈"！

还有一次六一儿童节，姨妈给我送来两套新衣服，说是我妈给我买的，让我节日里穿。我没穿，心想：你自己为什么不来看我？

后来我妈带我去外婆家生活过一段时间，但她不在家，去县上打工了。我觉得那不是我的家，我想爷爷。爷爷也想我，他去找我，把我带回了家。跟爷爷回家后，我妈很少来看我。

有一天，村里的一位叔叔在我家门口拉住我问："你晓得今天啥子日子吗？"我说："不晓得。"他说："今天你妈妈结婚。"我一听这话，愣住了。我说："我咋不知道？你骗我！"那位叔叔说："村里人都收到请帖了，周边四邻都发了，没给你们家发吗？"

那一刻，我明白，我是彻底没有妈妈了！

月光妈妈

好在我心里还有两个妈妈。

月光妈妈每次只要到丹巴,一定会来家里看我和爷爷,给我带学习用品,鼓励我好好学习;佳佳妈妈不仅每年给我汇助学金,还给我们寄衣服,连我姑姑穿的衣服也送。

佳佳妈妈经常给我打电话,嘘寒问暖,过年过节就不用说了,每次考试前后也很关注我的心态,久而久之,我也习惯了什么事情都跟她分享。

好几次,她还专程来丹巴看我。记得2014年那一次来,碰上暴雨,村口的路冲坏了,封道修路,佳佳妈妈进不了村,有村民在村口劝她回去,可是她不肯走,一直等了三四个小时,愣是等到道路解封,进村来见到我和爷爷才安心离开。我看到佳佳妈妈的鞋子上沾满了泥巴,裤子都湿了,很是心疼。她每次来,都会给我带各种各样的礼物,有一次她跟变魔术似的从包里取出一个布娃娃,我瞬间忍不住泪崩了——这个娃娃和之前被家人送掉的那个一模一样。难道佳佳妈妈的心和我的心连在一起吗?她怎么知道我在想什么呢?

月光妈妈和佳佳妈妈的到来,让我相信,这世界是充满爱的,我是有人爱的,我是那样的珍贵。

我心里一直在想,怎么报答月光妈妈和佳佳妈妈呢?我觉得,最好的报答就是努力学习,考上大学,用知识改变自己的命运。贫穷不可怕,安于贫穷就没出息了。

从丹巴中学初中毕业后,我考上了五年连读的大专院校——甘孜州卫校。我学的是护理专业,我心中的梦想是成为一个白衣天使。

这个专业要学的科目很多,一开始我压力很大。小学、初中我都是在丹巴乡镇学校上的,教育质量肯定不如大城市,到了州立大专院校,学的又是医学护理,专业性强,内容多,有点跟不上。尤其是医学英语,更是老大难,那些药物专用名词搅得我头晕眼花。但再难,我也没有打退堂鼓。

我知道自己的学习机会来之不易,佳佳妈妈也是工薪阶层,一直资助我上学，很不容易，我不能让关爱我的佳佳妈妈和月光妈妈失望。

上大学后，我平时住校，基本不回家，一来不想把时间耽误在来回折腾的路上——我得笨鸟先飞，比别人更努力地学习；二来不想花路费——爷爷年纪越来越大，身体也越来越差，他不能干苦力挣钱了，我得一个子儿分成两半花。

在学校的日子里，我特别想家，想爷爷，想邛山沟。

在邛山沟，太阳落山的时候最美，能看到晚霞。夜幕降临时，路灯和各家的太阳能灯发出亮光，天上满是繁星，夜景很漂亮。

春季梨花雪白、桃花粉红、油菜花金黄；夏季我常常去河边，坐在柳树下吹凉风；秋季落叶满地，像褐色的地毯，可以在上面打滚；冬季我每天上午干活，下午去河边晒得暖洋洋的玉米秆上躺着，太阳快落山时，就看夕阳，看天边的晚霞。

每当想起家乡的美景，我就想，等自己大学毕业，还是要回丹巴，丹巴生活虽然清苦，但是很惬意，很美。

大学期间，我有一段上网课的经历。我给自己制订了学习计划，除了上网课，我重点突击了英语。每天早上起来背单词，尤其是以前望而生畏的英语药物名和医用专有名词，我要求自己一天记住二十个。没想到，就在这枯燥乏味的背单词过程中，我居然爱上了英语，我可以为它不吃饭、不睡觉，我的英语成绩也突飞猛进。更让我开心的是，英语学习给我打开了另外一扇门窗，我眼中看到的世界，似乎一下子扩大了好几倍！

最后一个学期的实习，我选择了自己从未去过的大城市成都。我在成都一家三甲医院实习了整整八个月，有了临床的实践后，对自己所学的书本知识，理解都比以前深刻了。

要得到病人的认可，得有高度的责任心，不怕脏、不怕烦、有耐心、能忍让。除了尽量做到这些，我还在实习中充实自己的基础知识，把课堂上和书本里

月光妈妈

学过的又逐渐模糊的记忆唤醒，积极主动地多看、多问、多跑、多做，勤练各项操作：喂药、雾化、化药水、输液……每一件事都需要付出百倍的认真和细心。在学校时，无论是作业还是考试，做错了，还有改正的机会；而在临床中，一旦错了，连弥补的机会都没有。只有让自己的技术熟练了，无可挑剔了，才能把各种风险降到最低，才能让病人和家属更放心。

同时，对自己要做的事情条理要清晰，加强与病人及病人家属的沟通，有病情变化及时发现并报告，在医生不能及时赶到的情况下，还要能迅速做出准确判断和应急处理。说实话，在医院实习的那八个月，学到的实际本领和掌握的操作技术，远胜于几年来在课堂中和书本里学到的理论知识。

当然，实习过程中也会有烦恼。比如，病人见我们是实习生，可能会不屑、轻视、质疑，甚至责备和谩骂，我们不能反抗，受了委屈只能忍。可这不是我的性格，一开始，我觉得很压抑，我不怕吃苦，但我受不了不被尊重。

后来，在一位干了一辈子的老护士的开导下，我慢慢学会了换位思考，试着用一颗平常心去对待病人。

生活以痛吻我，我报之以微笑。既然我想做一个白衣天使，就要有天使一般的微笑和爱心。久而久之，心态就发生了变化。这个世界有黑有白，有的人把我们当工具，有的人认真教会我们知识技能，使我懂得了人心和人性。我也遇到了更多像月光妈妈和佳佳妈妈那样善待和温暖我的人，我希望以后自己也能成为善待别人、温暖别人的人！

大学毕业后，我凭借自己所学的专业和拥有的文凭，很快就被姑咱镇的镇卫生院录用了。卫生院离姑姑家不远，我可以经常去看年事已高的爷爷。

可是，后来爷爷生病了。一开始他一直在忍着疼，没有和我们说。等我发现爷爷经常疼得脸冒虚汗、直不起腰时，他其实已经病得很严重了，需要做手术。做手术需要有人陪护，姑姑要上班挣钱养家，其他亲戚也都有自家的事，我只好辞去卫生院的工作，陪爷爷治病。

爷爷那次生病让我想了很多。原先我觉得自己在镇卫生院上班，既能拿一份稳定的工资，又能在家门口守着爷爷，是一件非常不错的事。但现在我不这样想了，我还要学习更多的医学知识，掌握更好的医疗技术，让自己拥有独当一面的医务能力。

我不知道自己是不是有点痴心妄想，我也明白，自己虽然经过了五年的专业学习和一年多的临床实践，但充其量也就是勉强能够当一个合格的护士，想要给人治病，那是做梦！但有梦才会有追求，对吗？

我现在正在准备全国的护士资格考试，如果通过了，接下来我还会进一步自学相关的医学知识，再参加省里的关于医疗卫生的考试。考试不是目的，我是希望自己不要因为拿到了一张大学文凭就松懈下来，而是不断地提高自己，争取将来能成为像月光妈妈和佳佳妈妈一样有能力帮助别人减轻痛苦的人。

我听着杨英讲述自己的故事，心里有点恍惚。一个当年剥玉米粒儿剥得小手溃烂的女孩，在月光和佳佳的爱心温暖下，如今已经成了医科学校的毕业生，有了治病救人的基础知识和美好梦想。生活虽然对她很残酷，但从她嘴里却没有听到什么牢骚和抱怨。

离开杨英家时，我加了杨英的微信。

她的微信名叫"特例的羊"。

后来我在微信上问她："为什么给自己起这么个名字？我以为你想特立独行，而你不用'特立'，偏偏用'特例'，有什么特别的含义吗？"

杨英说："我之前看到一句话——读了十几年书，就是为了成为普通人，毕业后到社会上打工，日复一日。这句话给我的感觉，就是人要变得麻木才不会有烦恼。可我不想麻木地过一生，我能不能是芸芸众生中的'特例'？我想用这两个字提醒自己不要变得麻木，不要忘了自己要什么。"

月光妈妈

杨英的话让我有点吃惊,看来面前这个女孩远比我想象的要走得远。

这个世界上有许多人都很不幸,但真正不幸的,是那些用不幸来装饰自己、博取同情的人。而能够从不幸中站起来,不因苦难而妄自菲薄,勇敢地去追求自己人生梦想的人,一定会拥有五彩缤纷的未来。

"我相信你一定会与众不同,成为一个'特例'的人。你若是通过了全国护士资格考试,一定要告诉我!"我对杨英说。

眼泪为谁而流

不知道你的心门在哪里，想为你擦去眼泪，却又不敢触碰你那双柳叶般脆嫩而美丽的眼睛。

没有长夜痛哭过的人，恐怕很难体会那种默默流泪的哀伤。那种刻在骨子里、淌在血液中的疼，那种心里有话却无从倾诉的苦，那种在黑暗中想寻觅一束光、在干涸里想求得一杯水的渴望，全都藏在一双眼睛里。

现在好了，月光妈妈来了，你什么都不用说，月光妈妈全都懂。

拥忠斯姆就那样静静地依偎在月光温暖的怀抱里，眼神一刻也不愿意从她身上挪开，像干渴已久的小羊贪婪地吮吸着母羊温润的乳汁。月光也一直搂着拥忠斯姆，不停地抚摸着她的头发，偶尔将她垂下的发丝轻轻捋到耳后。

她们像一对久别重逢的亲母女，就这样静静地坐着，你看着我，我看着你，彼此目光中流淌的爱，仿佛穿过了日月星辰。

距离第一次见拥忠斯姆，已经过去了十一年。现在的她已经褪去了当时的幼稚，长成了亭亭玉立的大姑娘，身穿粉色羽绒服、牛仔裤，扎着高高的长马尾，一双充满故事的眼睛让人心生怜爱。

那天，我们从丹巴一路赶到康定。当天晚上，在康定的一家小旅店里，月光和拥忠斯姆在一起的

月光妈妈

温馨画面，始终在我脑海里拂之不去。

我在想，两个相距遥远，没有一丁点血缘关系的人，怎么会情同母女呢？拥忠斯姆已经大学毕业参加工作了，怎么还会这么黏人呢？

虽然从丹巴一路辗转到康定，已颇为疲惫；虽然我带着采访拥忠斯姆的任务而来，而留给我采访的时间仅剩这个晚上……但我真的不忍心打破这对母女之间那种无声的情感交流。

我曾经接触过一些因为家庭分崩离析而内心支离破碎的孩子，他们大多敏感、警惕，对人充满戒备，很少流露真情。

而这个名叫拥忠斯姆的女孩，柔软、透明，在月光面前甚至毫不掩饰自己的脆弱，任眼泪决堤，濡湿月光的衣襟。

我和拥忠斯姆的交流，伴着她哗啦啦的眼泪进行，于是便有了一种伤感的意味。她很少说话，回答问题也极其简短，几乎听不到她说出需要带标点符号的长句。

最后，我几乎要绝望了。我想：这个孩子我大概率是不会写了。既然我走不进她的内心，那她就难以成为我笔下的人物了。在月光及其爱心助学团队结对资助的众多孩子中，她大概是我最想了解，却又迫不得已只能选择放弃的一个。

那天晚上分别时，我甚至都没有添加拥忠斯姆的微信。

但很奇怪，从丹巴采访归来，当我在写其他孩子和月光妈妈们的故事时，拥忠斯姆泪眼婆娑的样子常常跳出来，打断我的思路。那双如柳叶般轻轻抖动，仿佛会说话的眼睛，时不时在我的脑海里浮现；那一颗颗滴落的珠泪滚来滚去，却不肯破碎。

后来，我终于明白，自己的内心深处其实从来没有放下过那个用眼泪说话的女孩。

我相信，女孩那双眼睛的背后，一定藏匿着令人揪心的故事。

我想弄清楚，她的眼泪究竟为谁而流。

通过月光的推荐，我加上了拥忠斯姆的微信。

她的微信名，竟是我们江南一带，被大人宠爱的小女孩常用的名字——丫丫。

一加上好友，我就收到她发来的第一条信息：我是丫丫。

紧接着，发来第二条：拥忠斯姆。

还没等我回复，她又发来第三条：袁老师，您好！我是拥忠斯姆。

我有点意外，她在线上表现出来的热切和沟通的效率，与我在康定时见到的完全不一样。当时的她，无论怎么问话，回答都像挤牙膏似的，跟现在给我的感觉，完全不像是同一个人。

我趁热打铁，跟她聊了起来："我可以叫你丫丫吗？丫丫是你的小名吗？这个名字在藏地似乎很少见，是谁给你起的这个名字？"

我们的聊天就是从"丫丫"这个名字的由来开始的。

线上交流居然十分顺畅，无论我问什么问题，她都会很快地回复我。有些问题我问得很直接，她回答得也很坦然，没有一点遮遮掩掩，就像我在嘉绒藏地大片的草坡上，常常见到的目光清澈纯净的小羊。

我们从一开始的文字来往，慢慢变成语音交流，最后甚至发展到视频通话。她的心门不知何时自然而然地向我打开了，好像我们之间从来没有半点生分和隔膜。

我一遍遍地读我们的来往文字，听我们的交流语音，回想我们的视频通话。一个从小父爱缺失、母爱缺席的小女孩的人生轮廓，就这样慢慢变得清晰起来。

丫丫这个小名，是外婆给我起的。

我出生以前，家里的重活都是阿妈干，怀孕期间也不例外，临盆的时候，她还挺着大肚子在地里摘花椒，结果闪了腰，我也因此早产。

提前来到这个世界的我，生下来的时候不会哭，眼睛也睁不开，瘦小得像一只发育不良的猫。

月光妈妈

阿爸酗酒，整天喝得醉醺醺的，什么正事都不干，除了喝酒，就是抽烟、打牌。阿妈生我的时候，他照样喝得酩酊大醉，甚至都没有到医院看我们娘儿俩一眼。

阿妈因为营养跟不上，没有奶水。外婆很心疼我，一边给我熬米汤，一边把我抱在怀里，不停地喊"丫丫"。在我们丹巴，丫丫就是宝贝的意思。外婆不善于表达，她爱我的方式就是叫一声"丫丫"。

后来，丫丫就成了我的小名。

我家在阿拉伯村，阿爸和阿妈都是这个村的，到了说亲的年纪，两边的大人觉得他俩合适，找人一说媒，他俩就在一起了。

结婚后，阿妈从来就没有感受过阿爸的好。阿爸只要喝醉酒，就会对阿妈动手。阿妈后来跟我说，她只要看到阿爸抱起酒瓶子，就会全身发抖。她不明白自己这辈子造了什么孽，会嫁给这么一个酒鬼，她也不知道如何逃离阿爸的拳头和棍棒，更没有能力保护因劝架也被殃及的外婆和太姥姥。

日子实在过不下去了，阿妈就跟阿爸提出分手。

可是，就算离婚了，阿爸仍然是阿妈的噩梦。他一喝醉就发酒疯，找阿妈闹事。从小我不断看到阿妈被阿爸打得鼻青脸肿，身上瘀青斑斑。因此，我打心底对阿爸充满了恐惧，根本不敢靠近他。

在我三四岁的时候，绝望的阿妈离家出走了。阿爸发了疯一样地到处找她。阿妈为了不让阿爸找到自己，只好背井离乡，去了成都。

阿妈出走后，阿爸也离开了。走的时候，他连看都没看我一眼。

直到现在，我跟阿爸也没有什么交流。从小学到大学，他几乎没有过问过我的生活、我的学习，更没有给我出过一次费用。

小学二年级时，阿爸破天荒地给我买了一本5块钱的字典、一双12块钱的白胶鞋，然后要我去帮他摘花椒，好像我是他雇佣的童工。等到我双手摘得起泡，才又给我买了一件15块钱的T恤。

这几个数字我之所以能记得这么清楚,是因为这么多年来,他给我的也只有这么多。

2015年,外公因患肺癌住院。为了给外公治病,家里不光掏空了积蓄,还借了外债,根本没钱给我交学杂费。就连这种境况,阿爸也没有出手相助。

我考上高中的时候,他也叫过我去他家,说要给我买新衣服、交学费。我喜出望外,没想到每次去都是空欢喜一场,他说的话从来就没有兑现过。

后来,我就不再期待了。

阿妈去了成都以后,很少回家,一年中只有过年时才回来一趟。每次回来,她都提心吊胆,待不了几天就匆忙离开,怕阿爸又会闹上门来。

我一年到头都在想阿妈。夜里躺在床上,想阿妈想得泪流满面,枕头都哭湿了。每次阿妈回来,我都会寸步不离地跟着她,害怕眼睛一眨,她又不见了。小的时候,每次她要走,我就抱着她的腿,死活不让走。阿妈虽然也抱着我流泪,但最后还是不得不狠心掰开我的手,默默离开。

在我成长的过程中,父爱我是不指望的,母爱也是飘在天上,可望而不可即。我觉得自己就像是一个被人抛弃的孤儿,有爸等于没爸,有妈却见不到妈。

从小到大,我的身体一直不太好,经常生病。最严重的那次,是高一的时候。那天学校开运动会,我疼得满地打滚,学校直接把我送到医院急诊,医生诊断出我是急性阑尾炎。阿妈在成都,家里只有外婆,我不敢跟外婆说,害怕她年纪大受惊吓。学校叫来了我表哥,表哥给我阿爸打电话,他并没有接。表哥只好又给我阿妈打电话,我阿妈总算在我进手术室之前赶到了。阿妈在我最需要她的时候,来到了我身边,为我支付了全部的医药费。做完手术的我,希望阿妈能陪陪我,照顾我,但她没待两天就要回成都,她说她也舍不得走,但多留一天,就少赚一天的钱,这次是借了钱赶过来的,得早点回去挣钱把债还上!

我拉着阿妈的手,眼泪流个不停,但我知道自己留不住阿妈,也不能留。

三娘知道阿妈不能一直陪着我,手术前就给我阿爸打电话,说:"你女儿病得很重,要立即动手术。"进手术室之前,我没有等到阿爸来。当我从手术室

月光妈妈

回到病房时，见到了我期盼已久的阿爸。他还是来了。他见到我，嘴唇嗫嚅了几下，想说什么，却一言未发。刚下手术床的我，也虚弱得说不出话。他在病床旁坐了一阵，我们都没有说话。后来，他从口袋里掏出了500元，递给我，离开了医院。

高二时，我耳朵发炎灌脓，引起并发症住院；读大学时，眼睛疼，继而脸上出现大片白斑，医生说是缺锌缺铁引起的免疫功能下降，又住院，之后长期吃中药，先后花费了3万多医药费。在这个过程中，每次都是阿妈赶回来，替我支付所有的医药费，再回成都去打工挣钱。

那几次，阿爸自始至终都没有出现，甚至连一条关心的短信都没有给我发，更不要说给我支付医药费或买营养品了。

我最难过的是高三那年，我和同村的安布、三兰拉姆，还有邻村另外几个同学，一起去乐山参加高考前的一个单招考试。我们都是第一次出远门，而且是面对关乎高考的人生大事。别人家的父母都会送孩子去，考试那两天也大多会陪着——在考场外面等着。可我阿爸呢，出发那天，他对我身边那几个同村的小伙伴都很关照，嘱咐他们出门注意安全，好好考试。我也在场，不知道为什么，他就像没有看见我一样，一句话也没和我说。当时我的心像被针扎一样，疼得滴血。直到我考上大学，拿到录取通知书，他也没有跟我说一句话。

这件事，像一座大山一样一直横亘在我心里，我不知道自己什么时候才能翻越过去。有时候我会想，是不是一切都是因为我是女孩，也许，他打心底就不喜欢丫头片子吧？但我是他唯一的孩子啊，又或许，阿爸只是不善于表达吧，想关心我、表扬我，又不好意思开口……

也许你会说，阿妈到底还是爱我的，只是迫于生计，没有办法陪我。我知道。但因为阿爸的冷漠，我更加渴望阿妈的爱和温暖。

可是，阿妈在我上小学之前就离开了家。我心里有时候也会怨她："难道我不是你唯一的女儿吗？你怎么忍心将我扔在家里，自己跑到遥远的成都去呢？"

但冷静下来想想，我也能理解阿妈。她一个人在人生地不熟的城市里打拼，其实也很苦。她没有什么文化，小学都没毕业，孤身一人，无依无靠，当然找不到体面的工作。她当过保姆、茶楼收银员，也做过饭店的洗碗工、服务员，干的都是最底层的体力活⋯⋯

当时也没有手机，一年打不上几次电话，只有过年的时候才能见面，但是阿妈回来没几天就又要出去。小时候不懂事，每次阿妈要离开，我就会追啊，闹啊，哭啊，不让她走。长大一点了，我知道阿妈出去也是为了我，为了这个家，所以每次她要走的时候，我就假装睡觉，默默流眼泪。

从小到大，阿妈终究缺席太多。尽管我们彼此深爱着对方，但我们的心却似乎相距遥远，看得见、摸不着。我心里想什么，她不一定知道；我渴望什么、需要什么，她也不一定清楚。

幸运的是，老天让我遇见了月光妈妈。

那是2009年9月，月光妈妈和她爱心助学团队的叔叔阿姨们来到我们学校，参加新落成的希望小学的剪彩仪式和开学典礼。

我和德吉拉姆、卓玛拉姆一起被学校选为升旗手，同时担任剪彩时捧花球的小司仪。

那是我人生中的第一个高光时刻，那一天也被我视为自己生命中的吉祥日，而那次走到我身边剪彩的，正是月光妈妈。

我想起去康定采访拥忠斯姆之前，月光曾经发给我一张照片，照片上是三个穿着美丽藏袍、戴着鲜艳藏族头饰的小姑娘，她们手捧装着红绸花球的藏彩托盘，嘴唇紧抿，表情有点紧张。

右边的两个小姑娘我认识，一个是德吉拉姆，另一个是卓玛拉姆。可是，左边那个穿着天蓝色藏袍的小姑娘，我当时没认出来，只觉得她鹅蛋脸上一双柳叶状的眼睛十分漂亮。

月光妈妈

"左边这个腼腆的小女孩是谁呀？"我问道。

"就是爱流泪的拥忠斯姆。"月光笑呵呵地告诉我。

我顿时想起来了，2011年我见过这个女孩，那时月光告诉我，拥忠斯姆是她在银行工作的好朋友小来资助的。

"你当初为什么替小来选中了拥忠斯姆呢？"我好奇地问。

月光的回答带我走近了拥忠斯姆。

最开始，我只是凭着一腔热情做公益，没有经验，一切都是摸索着前行。和贫困孩子结对，也没有像现在这样，走申报、筛选、调研、核查等一系

盛装出席剪彩仪式的拥忠斯姆、德吉拉姆和卓玛拉姆

列严格的程序。因为当时的核桃坪，家家户户都穷，可以说，每一个家庭的孩子基本上都符合结对的条件。

在这种情况下，就免不了有看眼缘和即兴的成分。

2009年核桃坪希望小学开学典礼上，有一个现场结对的互动环节。我首先把目光放在了三个升旗手身上。这三个孩子个个眉清目秀，我哪个都喜欢！全校那么多孩子，只挑选出三个当升旗手，她们还兼做剪彩环节捧红绸花球的小司仪，一定都是很优秀的。

当时，学校报上来的第一批申请结对的孩子当中，并没有拥忠斯姆和卓玛拉姆，但我还是主动和她俩结对了，因为我希望结对的孩子中有优秀的学生，将来能成为其他结对孩子的动力和榜样。我朋友小来委托我帮她选一个孩子结对，我就替她选了升旗手之一拥忠斯姆。

那次剪彩仪式，小来因单位有事走不开，没能到现场。我当时就觉得，我对这个没见到自己结对阿姨的拥忠斯姆，有一份无法推卸的责任。

学校的活动结束后，我们当天就走访了所有结对孩子的家庭。拥忠斯姆家里的情况是最让我震惊的。其他孩子虽然家里也都很困难，但大多并不缺少父母的疼爱。而拥忠斯姆呢，父母离异，父亲就在村里也对她不闻不问，母亲则远走他乡务工……她是一个典型的留守儿童。

走访结束，爱心助学团队的所有人又回到学校，和同学们交流。我特意到拥忠斯姆所在的班级，给孩子们发纸和彩笔，让他们画画。我给他们出了一个题目：我心目中的学校。

孩子们埋头画画时，我情不自禁地走到了拥忠斯姆的身旁。说实话，去了她那个千疮百孔的家之后，我心里对这个缺爱的小女孩，有了一种无法言说的心疼。

打那以后，我只要去丹巴，就会挤出时间去看拥忠斯姆，给她带点吃的、用的，陪她待一会儿；和她唠唠家常，听她说说女孩子心里的小秘密；问问她的生活和学习情况，尽力给她解决一些难题。

月光妈妈

每次我要走,拥忠斯姆都会送一程又一程,拉住我的手不肯放。那种依恋和不舍的目光,总是拖拽住我的脚步,让我不忍心离开。

当时听了月光的讲述,我对拥忠斯姆的缺爱程度还没有深切体会。现在拥忠斯姆坦露的心声,让我终于有点明白,那天晚上,在康定那家小旅店里,她为什么很少说话,一直默默地流泪。她长那么大,几乎没有机会伏在谁的怀里尽情地流过泪。即便生活压得她喘不过气,她也得打碎牙往肚子里咽。

但她毕竟只是一个孩子,沉重在心里背负久了,定然会觉得压抑,一定要寻找释放的出口。

幸运的是,她遇到了心细如丝、不用说什么就能懂她的月光。

我给拥忠斯姆发去信息:"你对月光妈妈是不是有一种像对母亲一样的依恋?平时你在丹巴,她在杭州,也没有太多相处的机会,你为什么看到她就会不停地流泪呢?"

"在我心里,她就是我的妈妈。她看我的目光,就像妈妈看女儿的目光,她甚至比我阿妈更能看到我的内心。这让我只想扑进她的怀里,靠在她温暖的胸膛上,听着她真切的心跳,痛痛快快地哭。在她面前,我不用撑着,我可以把心里所有的苦和委屈通通倒出来……"

很显然,说到月光妈妈,拥忠斯姆有一种抑制不住的倾吐欲。

在希望小学的剪彩仪式和开学典礼上,有一位看上去很年轻的阿姨,在人群中特别显眼。她戴着一副眼镜,脖子上系着红领巾,就像一个亲切的大姐姐。

我印象最深的是,这位阿姨来到教室,走上讲台,在黑板上写下"我心目中的学校"几个大字,笑眯眯地说:"这是我给你们出的题目,每个同学都画一幅画回答我,好不好?"

我性格比较内向,腼腆极了,也不怎么会画画。所以当这位阿姨走下讲台,看全班同学画画时,我心里异常紧张。

没想到她偏偏朝我走过来了，我下意识地用手把自己的画挡住了。

她很温柔地笑了，对我说："能给阿姨看看吗？"

我不好意思地挪开了手。

她拿起我的画看了一会儿，说："画得挺好的，颜色涂得也很漂亮。刚才为什么不想给我看呀？"

我愣住了，从小到大，我做任何事情，都没有得到过大人的夸奖，这是第一次有人注意我、夸我。我兴奋得不知道说什么好，只是傻傻地看着她，心里乐开了花。

见我不说话，阿姨又问我："喜不喜欢现在的学校？"

我使劲儿地点头，心想：这个阿姨好温柔、好漂亮啊！我要是有这样一个妈妈该多好！

当天，老师公布了丹巴县第一批和叔叔阿姨们结对的学生名单，我竟然名列其中。那一刻我激动得心都要跳出来了！我没有想到，丹巴县那么多贫困生，幸运之神竟然会降临到我的头上！以前我总觉得自己是野地里的一棵小草，没有人会关注我，可现在，我居然成了核桃坪第一批仅有的几名受资助者之一。

我偷偷问老师："为什么这么大的好事会轮到我？"老师指着那位梳麻花辫的阿姨悄悄地告诉我："咱们的新学校就是她捐款建的，也是她提出来要和丹巴县贫困家庭的孩子结对，资助他们上学的。她不希望核桃坪的孩子因为家庭困难而辍学，了解了你们家的情况后，就将你放入第一批受资助孩子的名单了。"

"阿姨叫什么名字？"我感动极了，忍不住问老师。

"大家都叫她'月光'。"老师告诉我。

"月光"，多好听的名字啊！记得小时候最开心的事情，就是夏天的晚上，阿妈把我抱在怀里，我们坐在玉米秸秆堆上，看天上的月亮。银白色的月光洒下来，拂去暑气，溢出清凉。阿妈哼着小曲，我在阿妈怀里睡去。后来阿妈走了，我再也没有心情看月亮了。

现在，这个叫"月光"的阿姨，让我想起了离家很久的阿妈，我好想叫她

月光妈妈

"月光妈妈"啊!

时间过得飞快,叔叔阿姨们马上就要走了。我突然很难受,心里涌起每次和阿妈分开时才会产生的依依不舍。我不知道他们这一走,是再也不会回来了,还是像阿妈一样,要隔很久很久才回来一次。

没想到过年的时候,卓玛拉姆姐姐打电话给我阿妈,说阿姨想和我通话。

我兴奋极了,原以为阿姨走了,就不会再有联系了,没想到她居然还惦记着我。还没等我向阿妈要手机,阿姨就先打过来了。我从阿妈手里拿过手机就跑出去了,跑到很远的地方,才和阿姨说话。

我跑得气喘吁吁的,阿姨一听我的声音,关切地问:"你怎么跑这么远跟我通话啊?"

我也不明白自己为什么要避开家里人,也许只想和阿姨说点悄悄话吧。

可当我拿着手机,听到电话那头传来阿姨的声音时,我竟开始紧张,磨叽好半天,才终于鼓起勇气挤出一句:"月光妈妈新年快乐!"电话那边传来月光妈妈乐呵呵的笑声,她对我说:"小拥忠斯姆,新年快乐!"我心里想说的话很多,却一句也说不出来。顿了一会儿,我傻乎乎地问:"月光妈妈,你们在干吗?"她温柔地对我说:"我们在看春节联欢晚会。你们过年都做什么呢?"我又不知道该说什么了。月光妈妈在电话那头对我说了很多鼓励和祝福的话。电话挂掉后,我才发现,自己手心全是汗,眼里满是泪。我恨自己太笨,想和月光妈妈说的话很多,却又不敢说,但那句"月光妈妈"我终于叫了,我很激动。

2012年,我又见到了月光妈妈。

那时我已经去巴底乡中心小学上学了。(因当地办学政策的调整,村级小学的学生全部转入乡镇中心学校上学。)课间休息时,我听说月光妈妈来丹巴了,等会儿可能要来学校看望大家。我心里很激动,跑到校门口去张望。上课铃响了,我只好又跑回教室。当时是语文课,课上到一半的时候,卓玛拉姆姐姐来喊我们,说月光妈妈来了。老师对我点头,示意我赶快去。我一下子就从座位上跳起来，飞快地跑出去。

一出教室，就看到月光妈妈在院子里向我招手。我情不自禁地奔过去，扑到她的怀里，眼泪又不争气地流了下来。

我还是和以前一样腼腆，见到月光妈妈，依旧说不出话，但就是想黏着她。其他同学也都围上来，大家都想和月光妈妈亲近。我赖在月光妈妈的怀里不肯起身，好像怕别的同学抢走她身上的温暖。

月光妈妈给我们带来了很多东西，图书、玩具、小零食等。她很亲切地问我们学习和生活的情况，嘱咐我们要好好学习，多看一些课外书，尽量看经典名著。她还说，有时间的话可以给她写信，也可以给资助我们的叔叔阿姨写信，写信可以很好地抒发自己内心的情感，是锻炼写作能力的好方法，也可以提升我们的汉字书写水平。

月光妈妈说的话，我全部记在心里了。

月光妈妈还特意带来了来阿姨写给我的信和给我买的漂亮新衣服。从2010年开始，来阿姨每年都会按时给我汇助学金，这让我那在外辛劳打工的阿妈减轻了不少压力。虽然我没有见过来阿姨，但我知道她是月光妈妈很要好的朋友。来阿姨在信里对我说，只要我的成绩能读上去，她就会一直资助我，直到我大学毕业。

我非常感激来阿姨，也很希望见到她。

有一次，月光妈妈让我和来阿姨视频，我在手机屏幕上第一次见到来阿姨，当时就忍不住哭了出来。

来阿姨在视频里对我说："对不起啊，这次本来要跟月光一起过去看你，但是因为哥哥马上要参加毕业考试了，走不开，下次一定去看你。"

那一刻，我什么也说不出来，只会哗哗地流眼泪。我心里想的是，原来这个世界上还是会有人在乎我的。

之后再和月光妈妈见面就是2013年了，那时我已经上六年级了。

月光妈妈

记得那天是周五，放学时有同学说，今天要早点回家，月光妈妈会来核桃坪。

从乡里回核桃坪有七八公里路，当时没有通车，我们都是步行，平时这段路我们要走一个多小时，但那天听说月光妈妈要来，大家一路小跑，很快就到家了。

到家后，我放下书包就朝希望小学奔去，不一会儿，村里的孩子几乎都到学校了。大家开始在校门口等，后来又跑到路口等，看到远处有车过来，我们激动得跳起来，嘴里大声喊："来了！来了！"

我们迅速地自动排好队，站在路两旁急切地张望。

我记得很清楚，月光妈妈下车后第一个就抱我了，问我最近怎么样，说我长高了，变白了。我接过月光妈妈手里的东西，月光妈妈搂着我的肩膀，我们一起走进学校，坐在教学楼对面的台阶上。

我给月光妈妈指那些同学，告诉她谁是谁。月光妈妈很惊讶，说："才一年没见，你们一个个就长大了，变化好大啊！"

月光妈妈交给我一大盒糖，让我分给每个同学，然后又和我们一起拍了好多照片。

虽然和月光妈妈在一起的时间很有限，但每一次短暂的相聚都很开心。月光妈妈就像一束照进我生命中的光，让我在成长的道路上多了一份心安，感受到了温暖。她是我生命中超越血缘关系的妈妈，让我不再哀叹命运的不公，反而觉得以往的苦难或许正是我人生成长的基石。

我初中、高中都是在丹巴中学读的，初中班上有60多个人，我的成绩排在前20名；高中班上只有40个人，成绩依然排在20名左右。这样的成绩不能说有多优秀，但也是我通过自己的努力取得的。

高考填报志愿的时候，我没有跟月光妈妈和来妈妈商量，我想，我不能老是依赖月光妈妈和来妈妈，是时候独立了。

我对比了内江、达州和乐山的七八所学校，将乐山的学校排在前面，因为我还是想选好一点的学校。我最终选择了会计专业。我的目标很明确，就是学一门实用的技能，将来能自立，养活自己的同时改善家人的生活。

等我收到录取通知书后，我才分别给月光妈妈和来妈妈打电话，告诉她们我的想法和选择，她们都很支持我。月光妈妈还表扬我学会了独立思考和勇敢地自己做决定，不再是那个只会哭鼻子的小姑娘了；来妈妈更是向我承诺，大学四年她仍然会一如既往地资助我。

我心里真是好感谢两位妈妈在我人生道路上对我的帮助和付出啊！

我和拥忠斯姆在线上聊得越来越多，虽然基本上是我提出问题，她作答，但交流还是一步一步地深入了。突然有一天，丫丫主动给我发了一段视频，让我看到了这个貌似软弱的女孩内心藏着的坚韧。

视频里播放的，是一个藏族特色用品商铺开业的场景，门口摆了两排写满祝福的花篮，最引人注目的，是一大捧金灿灿的麦穗，"年年丰收，岁岁大麦"的美好祝愿条幅，喜气洋洋地挂在上面。

商铺看上去不大，靠墙的柜架上陈列的商品，透出浓浓的藏民族风情：佛像、唐卡、念珠、藏香、香炉、手摇转经筒、藏式彩绘佛具、金刚铃、酥油灯、嘎乌盒……玻璃柜里展示着琳琅满目的藏族饰品：绿松石项链、天眼耳环、木珠手串、彩绸头饰、手工腰带，还有一些我没见过，也叫不出名字的小玩意儿。

我问丫丫："这是谁开的店？"

丫丫说："是我呀！我前不久辞职创业啦，和表姐合伙在成都市开了这家店，卖的都是我们藏地的工艺品，还有我们民族的服装、鞋帽、饰品什么的，5月才开始营业，生意还不错，上个月刨去成本，刚好赚回房租。这个视频是开业那天拍的。"

我很吃惊，立刻发去几个点赞的表情，说："真没想到，你一个小姑娘居然有勇气辞职，自己创业，很了不起呀！第一个月就赚回房租，旗开得胜啊，祝贺！"

月光妈妈

"能和我说说你的创业过程吗?"我问。

"当然可以。"丫丫回答得很干脆。

大学毕业后,我很快就被康定的一家公司录用,当上了会计。工作很轻松,收入也还可以。按理说,一个女孩子刚走出校门,就有一份稳定的工作,应该心满意足了。

可是干了一段时间,我发现自己其实对这份工作并没有什么激情,朝九晚五地和那些账目打交道,好像并不是我的兴趣所在。另外,阿妈在成都,我在康定,不能在一起生活,我感到很孤独。

我想离开公司,可别人都劝我慎重:这几年,各行各业都不景气,到处裁员,你还有地方领薪水,知足吧!其实我们公司的效益并不好,没什么业务,我当会计的最了解。与其不死不活地耗着,不如出去闯一闯。

一方面,我想去成都,离阿妈近一点。另一方面,我也想趁年轻,努力尝试一些新的东西,做自己想做的事情。而且如果自己创业,时间由自己把控,可能会有更多的机会去学习。

本来我是想和月光妈妈、来妈妈商量后再决定的,但后来我改变了想法。我已经长大了,许多事情应该自己拿主意,虽然两位妈妈是我精神上的支柱,但我不能将支柱当成拐杖,人生的路还是要靠自己去闯。等我闯出一点模样来了,再向两位妈妈汇报不迟。

于是我果断地从原来的公司辞职,拉上我的表姐,开了这家小店。我事先做过调研和考察,成都有不少藏族人,但专卖藏族用品的店却很少。我虽然不能算是填补市场空白,但是不是可以让藏族老乡来我店里,就有一种回家的感觉?

从选店铺位置、找店面、装修,我全都自己来。虽然店铺面积不大,但因为没有经验,很多东西都不懂,准备的过程还是很辛苦的。为了节省开支,我和表姐去买装修材料,一点一点搬运过来,然后再请装修的师傅和木工师傅。等店铺装修好、货架做好,我们又自己做清洁,把小店整得干干净净、漂漂亮亮的。接

丹巴·月光落境

不再流泪的拥忠斯姆

月光妈妈

下来我们又打听进货渠道，采购，拆箱整理货物上架。等到小店开张的那天，我觉得自己的骨头架子都要累散了，但很开心！

我现在不知道自己开的小店能不能赚钱，但我想试一试。从小到大，我穷怕了，我想赚钱，给我外婆和阿妈买她们想要的东西，带外婆出去旅游，把我们老家的房子翻盖装修一下，然后邀请月光妈妈和来妈妈去家里住几天。现在我们家房子太破旧了，我都不好意思邀请她们。

以后有能力了，我也想去帮助那些跟我一样需要帮助的孩子，让苦孩子有人爱，有人疼。

丫丫的话让我很感动，觉得她仿佛不是我在康定看到的那个伏在月光妈妈怀里默默流泪的小女孩，而是一个有理想、有抱负，而且能朝着自己的目标坚定不移地走下去的年轻人。

我不由得重新打开那段视频，再次观看的时候，我突然听出视频中的背景音乐，竟是那首不算太流行的藏族民歌——《一路有你》。

这首歌的词曲作者迦罗更松名不见经传，但这首歌却曾经在一个夜深人静的时刻，让我泪流满面。那素朴而平淡的歌词伴随着深情的旋律，直抵人心最柔软的地方——

　　一路走来

　　有你陪伴

　　从此我不再寂寞

　　因为有你

　　你是我前世修来的福

　　一路走来

　　不离不弃

从此我不再孤独

因为有你

你是我命中注定的缘

漫漫人生旅途

我们携手同行

走过风雨之后

定有彩虹相伴

…………

我想我是明白丫丫为什么会选择这首歌作为这段视频的背景音乐的,因为我已经知道了她的眼泪为谁而流。

逆流而上的丹巴男孩

最初我总把扎西和德加他搞混。

月光给我看过他俩的照片和视频，两位都是英气逼人的小伙子，穿上威武的警服，戴上神气的大盖帽，乍一看，就像一对亲兄弟。只不过，扎西皮肤黝黑，身材更加魁梧，像一座雄健挺拔的铁塔；而德加他更多地透出机敏，既有静若处子的沉稳，又有动若脱兔的矫捷。

月光说，当时核桃坪希望小学里有两个扎西，都是男生，很容易搞错。跟她结对的这个扎西，出生于1997年，可惜早就失去联系了。

没想到，采访完拥忠斯姆，离别之前，她突然问月光："月光妈妈，我的表哥扎西您也资助过，您还记得他吗？他现在在康定当特警。"

要不是拥忠斯姆无意中说起她的表哥，失联的扎西可能就一直失联下去了。

"我当时怎么就跟扎西失联了呢？失联后他肯定吃了更多的苦，日子更艰难了。"月光自责地说。

这让我想起自己两次走进核桃坪希望小学所见到的不同的情景。

2011年深秋，我第一次走进核桃坪的希望小学，就被学校门口那棵老核桃树吸引了。它的树干虬曲苍劲，枝杈牵筋连骨，细密的小枝丫，就像结成了一张巨大的蛛网。阳光拉着云朵的手，从蛛网的缝隙里钻出来，将金黄和雪白缠绕在黑黝黝的枝丫上，闪闪烁烁的光晕调皮地雀跃着，像无数只小蝴蝶在核桃树上跳舞。

我猜不出核桃树的年龄，也不知道它在这里伫立了多少年，我只是从它苍老的树干和沟壑一般龟裂的树皮上推断，它一定比村子里最高龄的老翁还要年长，它也一定见证了核桃坪小学每一道年轮的沧海桑田。

高大的核桃树下笑语欢歌，明亮的教室里书声琅琅，希望小学呈现出来的新鲜活力，像学校周围郁郁葱葱的青山，孩子们由此萌发的学习劲头，如学校上空的蓝天白云一般高远。

这一次，我跟随着月光的步伐，在一个黄昏，再一次走进希望小学。老核桃树虽然容颜依旧，却已不见跳跃在枝丫间的阳光和云朵；十一年前，那

回望初心的月光

月光妈妈

栋在灿烂阳光下白得晃眼的两层教室,早已人去楼空……

原来,为了让偏远乡村的孩子享受到更多的优质教育资源,获得更好的教育,当地对村小进行了拆并。核桃坪希望小学也随入学政策的调整而变换了角色——它建成后,从第四年开始,就只剩下学前班,小学生统一都转移到巴底乡中心小学去上学了。

月光坐在教学楼对面的石阶上,默默地望着面前这栋寂寥的教学楼,眼里流露出一丝掩盖不住的怅惘。当年的琅琅书声早就静寂,曾经的欢声笑语也已消散,她要去哪里寻找孩子们的身影呢?

那一刻,我不知道该对月光说什么,又觉得其实什么都不必说。

过去她是照亮孩子们的一束温暖的月光,未来她也会是继续陪伴孩子们成长的一盏不灭的灯。一座完成使命的小学的清冷,怎么能让那些孩子忘记,曾经在这里牵着他们的手,帮助他们点燃梦想的月光妈妈呢?

我默默地走过去,坐在月光身旁。

月亮不知何时升起来,悄悄地爬上了天空,像一个圆圆的金色大玉盘挂在核桃树的上空,皎洁的月光洒下来,穿过密匝匝的枝丫,在小学校楼前的空地上投射出斑驳的光影。

不知过了多久,月光坚定地说道:"希望小学完成了阶段性的历史使命,它让从这里走出去的孩子个个都不一样。这就够了!"

我能想象到,月光和她的爱心助学团队要一直追踪着这些孩子,随他们到不同的地方,持之以恒地帮扶是一件多么不容易的事。从一开始,他们的帮扶对象就不局限于希望小学本校的学生,而是辐射到了整个丹巴县。结对帮扶的人多了,加上山高路远、人员流动、入学政策的调整等,时间一长,保持联系就成了一个大问题。山里孩子那时候没有手机,家里也没有电话,若家访未能及时跟上,一旦与孩子失联,追踪难度就更大了。

纵然现实如此,月光却只觉得自己做得还不够好、不够多,提到失联的扎西，她愧疚不已。

"您资助了我表哥四年，他一直一直记挂着您，说那四年是他最困难的时候，要是没有月光妈妈的资助，他可能熬不到初中毕业，早就辍学了。"拥忠斯姆的话，把我们都从各自的思绪中拉了回来。

"你有没有他的联系方式？我很想知道他现在的情况，我们连线跟他聊一聊，好不好？"月光热切地问拥忠斯姆。

拥忠斯姆立即掏出手机，给扎西拨去了视频电话。

视频中的扎西，个子高高的，酷酷的，俨然标准的特警形象，见到久违的月光妈妈，有点害羞，又很激动。

寒暄了一会儿后，月光急切地询问扎西："扎西，告诉我，我们断了联系以后，你是怎么扛过来的？拥忠斯姆刚告诉我，你家里有五口人：爷爷、爸爸、妈妈、你，还有个弟弟。爷爷和爸爸身体都不好，爸爸需要长期吃药，不能干重活，全家就靠妈妈一个人撑着。"

扎西沉稳地回答月光："初中毕

找回扎西

业以后，我去了阿坝州师范学院上学，那边是免学费的，消费水平也相对低一些。"

"在汶川水磨镇？"

"我读的是'3+2'，前三年在马尔康民族师范学校，是高中中专阶段；后两年才转到汶川水磨镇，升入阿坝州师范学院，初等教育专业，属于大专。"

"那你的日常开销，又是如何解决的呢？"

"我的生活费都是自己挣的，我知道家里难，不敢伸手向家里要钱。节假日回家，除了帮阿妈下地干活，我还上山去挖冬虫夏草、天麻，摘花椒，采枸杞子，捡松茸……能挣钱的都干。几个暑假我都在外面打工，打各种零工。有时我去做雇佣球员，打球赛，也能挣钱。我喜欢打篮球，打得也还可以，出了名，找我打球赛的就多起来了。说起来，我打的第一个篮球还是您带来的，就是您和其他叔叔阿姨带到希望小学的第一个篮球。我就是那时候开始迷上打篮球的。"说到篮球，扎西显得尤为激动。

"都怪我。那几年，我要是腾出时间专门去找你，应该也能找到你的，找到了，你就可以继续接受资助。"

"但这不是长久之计啊，人总得靠自己！您那四年的资助一直激励着我。看到你们跨过千山万水地过来帮助我们，帮助那么多人，那时我就发誓一定要努力学习，活出个人样来，今后也可以像你们一样成为有能力的人，这样才对得起你们的血汗钱。"

"师范毕业怎么去当了特警呢？不喜欢当老师啊？"

"我想找一条更适合自己发展的路。当老师肯定好，但当警察是我的理想。我生在山里，长在山里，每天跑上跑下的，体能好，通过特警考试进入公安系统当警察，更能施展我的本领。我想好了，等时机成熟，我会申请调回丹巴，多为家乡服务，也可以照顾到家里，多为家里分一些忧。"

多懂事的一个好孩子！

视频通话结束后，月光很开心，失联的扎西又回来了。

刚挂完电话，月光立马就从电脑里调出了丹巴历年来结对帮扶的详尽清单，逐一核查。

她说："如果我们的工作能够做得更细致、扎实一些，像扎西这样的孩子就不会失联，在他奋斗的过程中，我们还可以多帮到他一些。要是多得到一些帮助，也许他可以像德加他一样，少吃一点苦，多一些选择的机会！"

说到德加他，月光的记忆闸门一下子又打开了，无边的往事奔涌而来，而且是如此清晰。

德加他比扎西小几岁，是2001年出生的，目前就读于四川司法警官职业学院。

这个孩子也是我们在丹巴结对的第一拨孩子中的一个，一开始，是我自己跟他结对的。那时候的他，小小的，见了面也不怎么说话。

后来，我姐姐玲玲加入了爱心助学团队，从我手里把接力棒接了过去。

我姐姐其实比我更细心。别看她来丹巴的次数没有我多，但是她比我更了解孩子。她常常对我说，要帮到一个孩子，必须先了解这个孩子，了解他生长的环境，了解他的家庭背景，了解他的个性、脾气和内心的真实想法，而且要全过程地了解，知道他的喜怒哀乐，这样才能心心相通，而不是一方干巴巴地说教，另一方无心交流。

我对德加他印象最深刻的一次是2012年——我第四次到丹巴的时候。那几天我住在卓玛拉姆家里，山里的清晨，云雾缭绕，让人舍不得睡觉，我早早起来呼吸新鲜空气，在周边拍照片。那天站在路边拍牛，远远地看到山上有两个身影沿着羊肠小道飞奔下来。我正担心他们会摔下来，没想到他们速度极快，一晃就到了跟前。我看两个孩子特别眼熟，便问："你们是希望小学的学生吧？"他

月光妈妈

清晨见到三更和德加他

们红着脸点点头，然后羞涩地喊："老师好！"再一问，竟是我姐姐结对的两个孩子——德加他和三更。真是巧了，两个人还是好朋友。我问："你们为什么跑这么快？"他们说："家里离得远，怕迟到呀。"我又问他们住哪里。他们指了指山顶，说："那边，那边再上边，再上边一些。"我和俩孩子合了影，心情特别好。我叮嘱他们："以后不要跑这么快啊，要注意安全。"他们使劲儿地点点头，跟我说了声"再见"，又飞奔而去。

2013年再去的时候，俩孩子显然跟我亲近了许多，主动凑到我身边来，问我："玲玲妈妈有没有来？她为什么没来？她什么时候会来呀？……"所有的问题，都表明他们很想很想见到资助他们的玲玲妈妈。

我姐姐是个大忙人，省级劳模，要她抽出时间远行丹巴几乎是不可能的。但因为孩子们太想她了，2018年春节——德加他当时上初三——她和我一起到了丹巴。那一次我们十几个人一同去的，热热闹闹地走进了卓玛拉姆家，姐姐还没坐下来，就被德加他和三更拉去他们家做客。山里的孩子真热情啊，我们都吃完了饭，姐姐还没下山。她终于下山时，手里满满当当地拎着山里的特产——核桃和苹果。姐姐说，无法拒绝，拿都拿不下了，还往她怀里塞。仅这一次见面，似乎就给了孩子们很多的能量。

那以后，德加他变得阳光起来，不再那么羞涩，和我们的联系也变得主动了，且越来越频繁。

德加他成绩一直不错，从希望小学毕业后，去了丹巴中学上初中，初中毕业后，他跟家里商量报考了职高，后来又考上了四川司法警官职业学院。现在在读大二呢。

他收到大学录取通知书的那天，还给我姐姐写了一封信——

敬爱的玲玲妈妈：

　　我已于昨日拿到大学录取通知书，未来的路也已不再茫然。您在我黑暗道路上点亮一盏明灯，打开我心灵的窗户，恩情之大难以言表，也怕是无以为报，只能铭记于心。

　　望您能代我向全体爱心助学团队的"爸爸妈妈"说声感谢，感谢你们十几年如一日的关爱，此后不论我走到哪里，达到何种地位，定不会忘记你们的恩情，也将追随你们的脚步，为生民立命。

德加他

我问月光："能不能跟德加他见面？"

月光说她先联系一下。警官学院基本和部队一样，采取的是军事化管理，早晨六点起床、出操、走队列、打擒敌拳、进行格斗训练，以及上课、自习、吃饭、睡觉、整理内务，每一项安排，几乎都争分夺秒，要接受我们的采访，还真不是一件容易的事情。

一直到我们在川西的采访行程临近收尾，月光才最终和德加他敲定了采访方式和具体时间。

那是在一个周日晚上的九点半,视频电话拨通了,德加他向月光解释道:"刚刚下操,一身臭汗,就去洗了个澡。和你们见面,我得穿上校服,我连衣服扣子都来不及扣好,就赶快上线,没想到还是让你们等了一分钟。真是对不起!"

德加他一边说一边整理着衣服。看得出来,他很在意自己的仪容仪表。

月光笑了:"哈哈!今天是礼拜天,怎么还要出操?"

德加他说:"我在带大二的队员,因为他们犯了点小错误,中队长要我带他们去加操。"

月光又问:"你不也大二吗?你给他们带操?那你现在是什么身份啊?是个小领导啦?"

德加他有点害羞地咧了咧嘴,说:"谈不上领导,大家都是同学。因为我是区队长,所以就要我带他们。"

考虑到德加他时间宝贵,我单刀直入,告诉德加他:"我这次到丹巴,采访了一批当年被月光和她的爱心助学团队资助的孩子,他们各自都发展得很不错。我也去了你家,还见到了你的父母,但我更想听你自己聊一聊,和月光妈妈结对以后你的成长过程。"

虽然是视频采访,但我还是清晰地看到了德加他脸上瞬间出现的变化。很明显,说到月光妈妈,他就动了感情。

我小的时候,村里根本没有正儿八经的学校。记得最初是在一户人家家里念书,教室还是露天的,遇到刮风下雨,课就没法上了。后来换地方了,虽然不再是人家家里,但桌子板凳都不够,有的同学只好坐在地上。老师也不固定,更换频繁,基本上是逮着个肚子里有点墨水的,就让他给我们上课,也没有正规教材,学生就像流浪儿一样,跟着学校四处漂流。

我不明白为什么要上学，甚至厌烦读书，厌烦上学。

直到2009年，突然有一天，一座美丽的小学校在我们核桃坪拔地而起。第一次看到新学校时，我真的是又兴奋又激动！

那是一座真正的、像模像样的学校，有两层楼、八间房，白墙红顶，屋顶上飘着鲜艳的五星红旗。

一楼的大教室宽敞明亮，课桌椅都是新的，大黑板如同一艘黑色的军舰，能载着我们这些山村孩子去乘风破浪。老师在黑板上每写下一个字，就像我们走夜路时，头顶上突然亮起的明亮的灯。

二楼是教师办公室和活动休息室，还有一间图书阅览室，里面有电脑和很多好看的图书、杂志……

我第一次对上学充满了向往。

更让我没有想到的是，不久，学校举行了希望小学落成典礼，还宣布了第一批结对学生名单，我竟然是八个幸运儿之一。

后来我才知道，和我结对的月光妈妈就是捐款建希望小学的人。她住在离我们核桃坪千里之外的杭州，却路远迢迢地来到我们丹巴，无偿为我们建了这所漂亮的新学校。

有了这所新学校我才真正开始读一年级，我的学习生涯从这时候起，才真正变得正规而有效，我对上学这件事情也彻底从厌烦变得渴望继而坚定了。

我上二年级的时候，月光妈妈告诉我，以后由她的姐姐——玲玲妈妈跟我结对。玲玲妈妈平常工作很忙，但每年我都能按时收到她给我寄的助学金，她还跟月光妈妈一起来丹巴看我，送我衣服、学习用品……在我的成长过程中，玲玲妈妈像母亲一般对我嘘寒问暖，从未缺席。

从希望小学出去后，我觉得自己有一种脱胎换骨的感觉。之后的一切都很顺利，初中考上了丹巴中学，成绩一直还可以。初三的时候，我面临着人生中的第一次选择：是去读高中还是去读职高？

月光妈妈

训练中的德加他

我心里是想选择职高的。因为我想试着离开丹巴，去外面看看；我想变得独立，遇到问题时可以自己思考、解决，而不是继续完全生活在父母的庇护下；我想掌握一门实用的技术，做一个有一技之长的人。

我将自己的想法告诉了父亲，他很尊重我的选择，这更坚定了我读职高的决心。

就这样，我报考了德阳市黄许职业中专，并被顺利录取，第一次走出丹巴。在校期间，我努力学习，积极参加各种社会活动。在玲玲妈妈的鼓励下，我加入了共青团，从组织委员升至班长；还参加了入党培训，获得了老师们的一致认可。

我学的是建筑专业，需要学CAD（computer-aided design，计算机辅助设计）这门课程，计算机玩得溜的同学学起来很轻松，但没怎么摸过计算机的我学起来却很费劲儿，不管我怎么努力，都没有什么成效。这让我有一种深深的无力感，觉得读建筑也许不是自己最好的选择。

我开始重新思考自己未来的发展

方向。

　　因为从小就有从军、从警梦，我想直接报名参军。我把这个想法告诉了玲玲妈妈，当时我很怕她觉得我心猿意马、好高骛远，没想到，她耐心听我说完自己的想法后，非但没有责备，反而像朋友一样跟我聊了起来。她问我一开始为什么会选学建筑专业。我告诉她，从我还没出生开始，阿爸就想建一栋像样的房子，把家从山顶搬到交通便利的地方去，但是苦于条件不允许、建筑知识匮乏，快二十年也没有建成；还有一个原因就是，漂亮的希望小学的出现，让我发自内心渴望成为一个会建造房子的人。

　　玲玲妈妈给我条分缕析调整方向的利与弊，帮助我想得更明白、透彻。我坚定自己的选择后，玲玲妈妈又告诉我："现代军人也需要有文化素养，你可以报考警校，将来做一名有文化的警官。"她的话让我豁然开朗。职高毕业后，我毅然报考了四川司法警官职业学院，最终如愿以偿，找到了全新的方向追逐自己的梦想，而且大一就担任了区队长。

　　如果没有月光妈妈和玲玲妈妈这样的人出现在我们的生命中，我们核桃坪的孩子是否还能像今天这样，一个个走出大山，走进更大、更好的学校，去学习更多的知识，学会更多的本领？是否会去思考自己的人生？像我这样一个曾经十分厌学的孩子，是否能成为穿上警服的武警战士？

　　这是不可能的！

　　德加他说到这里，突然站起身，挺直胸膛，行了一个标准的军礼。

　　我想，德加他的这个军礼，是在向他的月光妈妈和玲玲妈妈致敬吧！那一瞬间，我看到月光的眼眶湿润了。

　　平复了心情的月光感慨地告诉我，这十多年走来，像她和她姐姐一样牵挂这些边远地区的孩子的人，何止十个、百个！

月光妈妈

陪我在川西采访的日子里，月光很少说自己，她说得最多的还是那些默默无闻奉献着爱心的普通人。

她告诉我，发生在一位名叫初明的中学语文老师和她结对帮扶的男孩安布之间的故事，最打动她并令她难忘。月光说她无法想象，如果安布的生命中没有出现初明这样一位贴心的妈妈，他是否还能坚持走到今天，成长为一个真正的男子汉！

我和初明相识于嘉善，在全国"善文化微散文"大赛的颁奖大会上，我们一见如故，相见恨晚。

她听说了我们援建希望小学并结对帮扶贫困家庭孩子的事情，立刻主动提出要成为我们爱心助学团队的一分子。当她表示希望我给她找一个孩子结对时，我一下子就想到了安布。我向初明详细介绍了安布的情况，说这是我特别心疼的一个孩子，我希望给他找一个像她这样温柔善良的爱心妈妈。

就这样，结对帮扶安布的接力棒交到了初明的手上。

初明总是说，是我影响了她，跟我们整个爱心助学团队这么多年付出的爱心相比，她所做的一切连冰山一角都算不上。而事实却是，从她身上，我看到了一个普通女性的崇高品德。

安布是阿拉伯村人，也是2009年我们第一批结对帮扶的八个孩子中的一个。他是校长领到我面前的第一个家庭困难的学生，当时读二年级。

看得出那天安布的家长是精心给他打扮过的：他头戴一顶驼色的帽子，身穿橙色T恤、黑色运动裤。那天天气不错，安布将外套脱下，系在了腰间，即便这样，仍给人一种空荡荡的感觉，孩子很瘦。

当校长将他领到我面前时，他胆怯得不敢抬眼看我。

我说："安布，跟你结对的是戴阿姨，但她因为工作忙，这次没时间和我们一起来看你，她委托我给你带来了很多礼物。我们拍个照，让戴阿姨看看你长什么样子,好吗?"我期望他能朝着镜头笑一笑,但越是引导他,他越是往我身后躲,最后我搂着他的肩膀,他才终于不害怕了。

我把礼物给他后,他快速跑到不远处的台阶上,打开袋子看自己收到的礼物,脸上终于露出了开心的笑容。也许,那是他收到的第一份来自山外的礼物。不知为什么,他脸上的笑容反而让我心酸。

这是安布留给我的第一印象。

与安布的结对是一场接力赛。第二年,我从小戴手里将接力棒接了过来,等2012年传递到初明手上时,安布已经到巴底乡中心小学读五年级了。

2013年我们去看结对的孩子时,安布兴奋地朝我奔来,身上还是2009年第一次见面时穿的那件橙色T恤。个子长高了,衣服明显不合身了,但看得出来,人变得落落大方了,眼神不再躲躲闪闪。

我很庆幸把接力棒交到了初明手中。除了每年开学前给孩子汇助学款,过年的时候,她还给安布买新衣服、发压岁钱。平常也会写信联系,或通过校

第一次见月光的安布

月光妈妈

长、老师，给安布打电话，关注他的近况。有时候，甚至比对亲生孩子还上心。

后来，安布考上了重点高中，初明又给他邮寄高中必读书目中的图书，引导他一本本阅读，就像安布坐在自己的教室里，循循善诱，孜孜不倦。安布读高二时，他爸爸因病去世了，初明第一时间联系安布，安慰他。2018年，安布即将升入高三，他妈妈却病重，初明得知后，急得一面发动自己所有能发动的力量为安布妈妈筹款挽救生命，一面鼓励安布一定要勇敢、坚强，克服一切困难，争取考上理想的大学，让妈妈得到安慰，让妈妈快点好起来。

那一年的三八妇女节，在一个名叫"九六同窗情"的微信群里，初明二十多年前的学生们自发为师弟安布的妈妈募捐。一人率先提议：今天的节日红包，作为一个爱心包，给远方师弟患重病的母亲送一点温暖，由初明老师统一转给安布，让安布作为节日红包送给他的妈妈，祝愿她坚强，早日痊愈，同时祝师弟高考顺利！

紧接着，"九七师生情"又发出了募集令，群里的学生及他们的家人、朋友也纷纷奉献出自己的爱心，这让初明感动不已。

可惜，熬了半年，噩耗还是传来了，我在初明的朋友圈看到：

> 今天孩子们来报到并开始上课了，我好开心。可回家后看到山里孩子（安布）发来的消息，心情顿时跌落到谷底。
>
> 可怜的孩子，去年爸爸不幸离世了，哥哥因为上不起学，辍学去当了兵，前几天妈妈又去世了。小小年纪，两年中经历两次生离死别，成了没爹没娘的孩子，今年又到高三冲刺阶段了，这该如何是好！我的孩子啊，你要背着怎样的心灵重负！我的孩子啊，人世间其实很多人都经历着不幸，衣食无忧就是最大的奢望了。你一定要振作精神，坚强面对，发奋努力，明年考上大学，将来能有一份理想工作，这样你父母的在天之灵才得以安息。

我的孩子，我能为你做些什么，我还能为你做些什么呢？我好想能在这样的时刻见到你啊！

其实，在此之前，初明早就期盼着与安布见面了。她总是问我，什么时候再组织丹巴自驾探访活动，她一定报名参加！因为初明恐飞，所以她一直在等一次自驾的机会。但去丹巴的路都是绵绵不断的山路，且经常会发生塌方、泥石流等，所以十几年来，除了小范围的活动，我从未在丹巴组织过像直亥那样大型的爱心活动，我要对爱心人士的安全负责。初明对我说，每当她看到安布简短的信息，除了欣喜，更多的是牵挂。来自山里最诚挚的声音，总是这般真切。一旦长时间没有安布的消息，她心里就会发慌。

安布的父母去世后，初明更牵挂这个大山里的孩子了。

2019年1月，她说："今年过年我一定得去山里看看安布了。"

可惜那个春节我们自驾去丹巴的时候，她因为家里有事实在安排不开，没能了此心愿。

从2012年到2019年，遥遥相望了整整八年，初明和安布从未谋面，却像亲母子一样彼此牵挂。每次只要我有机会去丹巴，我一定会让他们视频，那种线上见面的激动与温暖，都溢出了屏幕。一次连线后，我在朋友圈看到了初明的文字：

一大早山里孩子来信息了，好懂事哦，每到节日，总是来问候我。听月光说，他小时候很害羞，从不多说一句话。

记得那次月光和大元老师在核桃坪山路上，月光说她不知道安布正好也在家里，得知他们还没有走，安布立马从家里奔出来，见面的那一刻，几乎是从山上冲下来的。月光视频连线到我时，我真的好激动。视频中的安布正好在和大元老师合影，个头已经超过大元老师半个头了，可安布还是不善言语，满面羞涩。

月光妈妈

初明就是这样，她像一位亲生母亲记录孩子的成长一样，几乎记录下了她和安布的每一次交流。

山里又下雪了。

山里的孩子给我发来了视频与照片，原来丹巴每年的庙会都好隆重。嘉绒锅庄舞、《格萨尔王》说唱、丰收舞蹈等都是盛大展演。我对锅庄舞、《格萨尔王》不太了解，孩子又发来解说图片。

今年有事又未能去成，真的好遗憾。

谢谢你，孩子，让我在山外了解了山里独特的人文风貌，感受到浓郁的藏族风情。

唯有祝福孩子。

也感谢我身边的亲朋对孩子的关心。

采撷一米阳光捎给远方的孩子，但愿能温暖到他的心。

初明从来不会说大话，但安布的故事很快成为她教育学生的励志案例。她

冲下山见亲人的安布

的许多学生都给安布写了信。记得有一次她知道我又要去丹巴看孩子们，给我寄来一个箱子，里面是厚厚的一堆信和明信片，满满一箱子！我忍不住抽出一封未封口的信来看——

安布哥：

　　虽然我们不曾见过面，但是我从初明老师的讲述中了解了你的许多故事。首先，恭喜你考上了一所很不错的大学，这份成功是属于你自己的，祝贺你！你现在可以说是我们全班人的偶像，也希望你以后的日子会越来越好，衷心祝愿！

盐城景山中学　孙师弟

远方一个从未谋面的大哥哥，成了全班人的偶像，这种励志教育在初明那里再正常不过了。

那之后，便是一路好消息：

安布提前去学校报到，做后勤服务工作了。

安布获奖学金了。

安布入党了。

安布去延安实习了。

安布尚未毕业就签约到国企了。

安布又回家参加劳动，上山摘花椒去了。

…………

说到这里，月光也绽放出欣慰的笑容。

像安布这样的孩子，命运让他经历了太多不幸，但他也是幸运的，因为他遇见了一份超越血缘的母爱，给予他无尽的能量。

月光妈妈

结对帮扶这么多年下来，我相信每个资助者心中都有一幅美丽的丹巴图景，都想听听大渡河的涛声，都想看看丹巴的梨花、甲居藏寨的碉楼，但大多数都未能遂愿。但不管见或不见，一旦结缘，便不曾分开。

直亥·化为风景

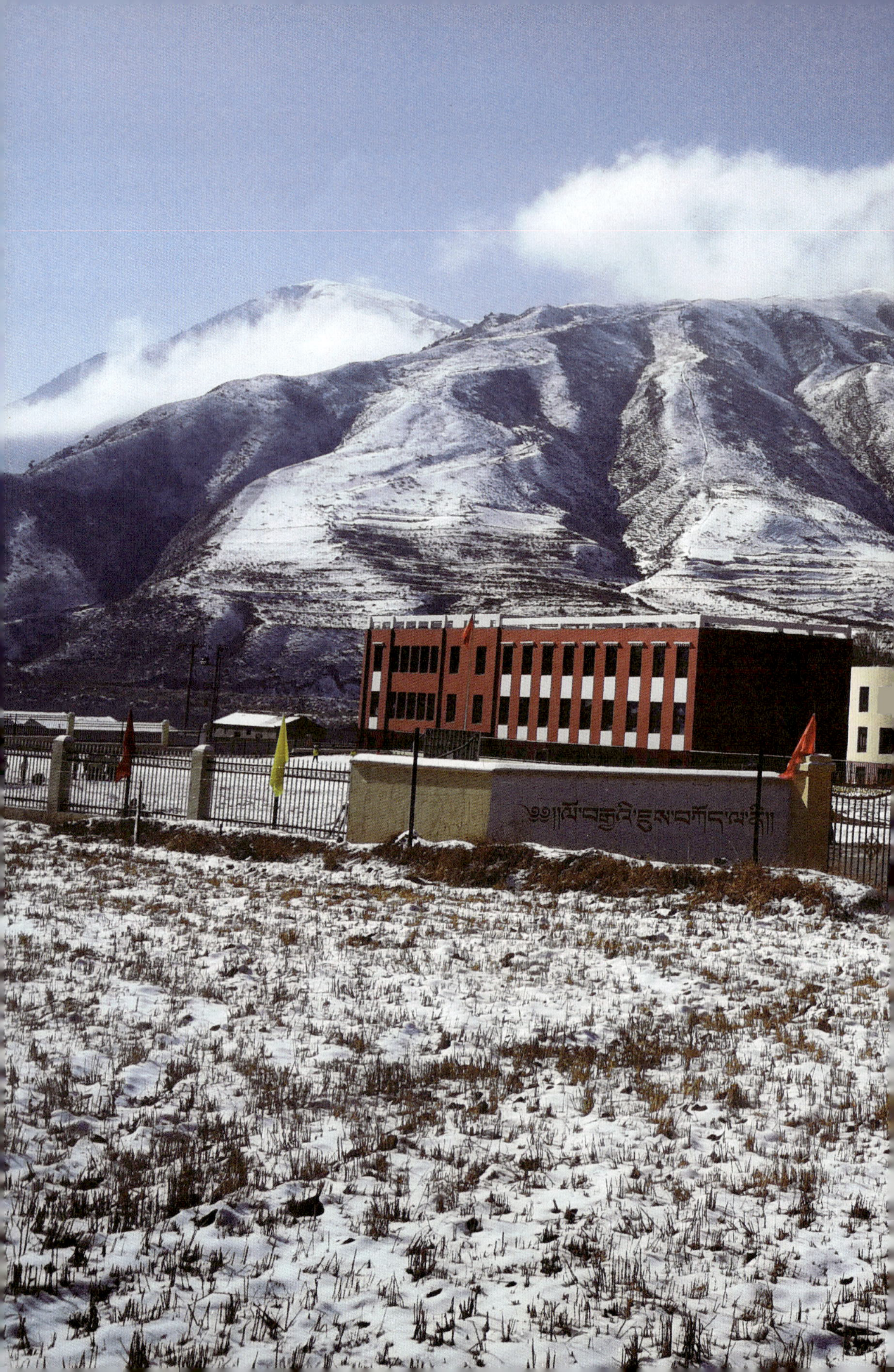

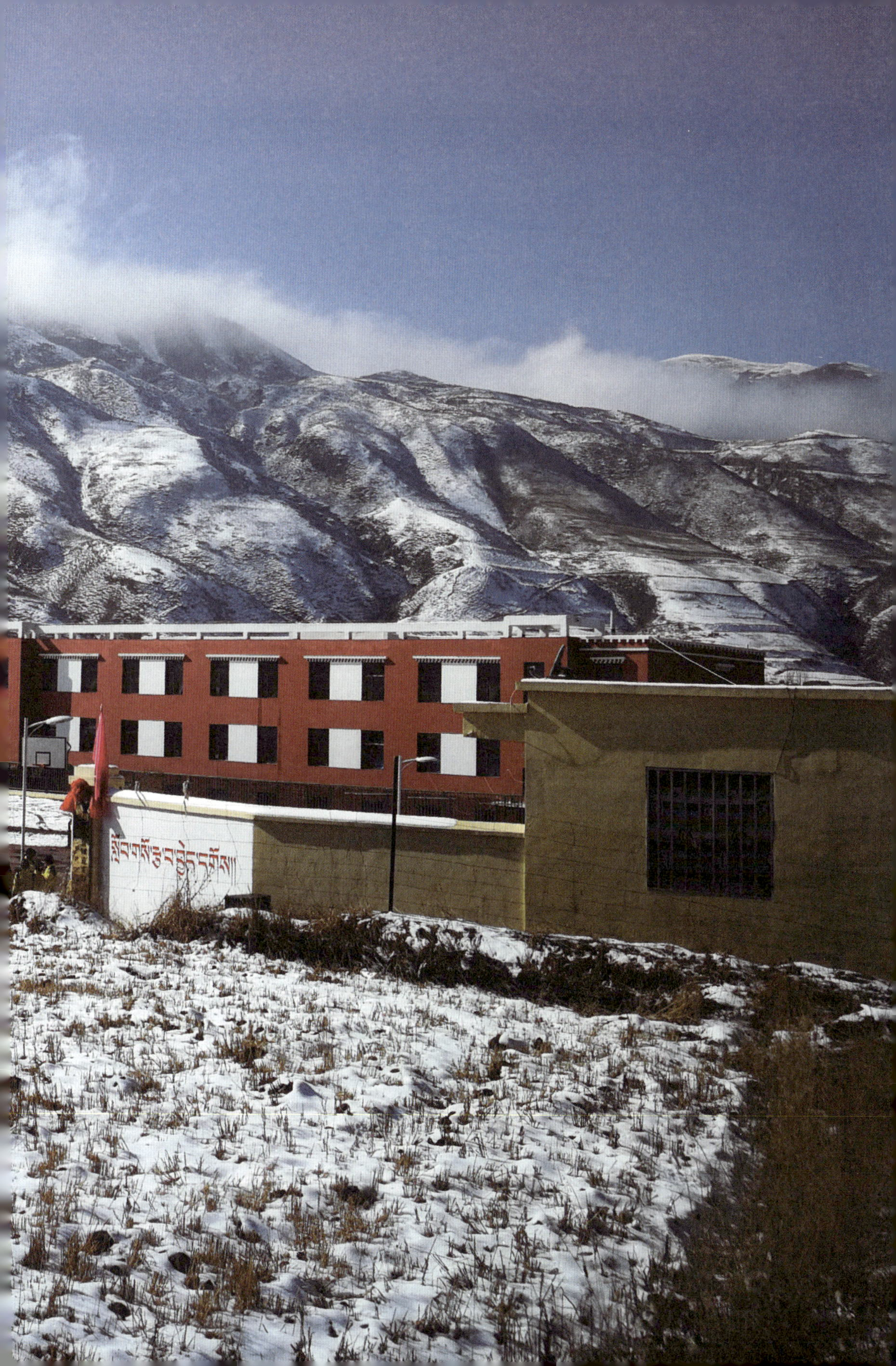

在那里，有一群被爱唤醒了美好理想的追梦少年。幼时，他们曾在雪山下栽种下自己的悲喜和奢望，在草原上栽种下自己的遗憾和迷茫；如今，他们开始栽种下自己的思考与自信，也栽种下自己的追求与向往。

自2019年夏天从直亥村回到杭州，我一直很关注那个爱写诗的叫"更欠智华"的男孩。

我很想知道，他是不是还坚持写诗；更想知道，原本不符合受资助条件的他，月光为什么会破例资助。

我也问过月光，她没有当即回复我，而是给我发了一首更欠智华用汉语创作的新诗——《噶尔巴》：

> 在故乡的原野上
> 我看见了一个噶尔巴
> 看见了犹如酸奶般的噶尔巴
> 我在噶尔巴里躺着睡觉
>
> 童年的记忆里
> 总是有一个噶尔巴
> 小时候的梦境里
> 经常出现一个噶尔巴
>
> 在噶尔巴里
> 我建起了游乐场
> 写下了点点滴滴
> 也算过日月星辰的数量

诗歌里的游牧少年

月光妈妈

在噶尔巴上
我仰视着头顶的天空
遥望着远处的山水
闻到了泥土的芳香

在噶尔巴上
我望着翱翔的雄鹰
对世间万物心存好奇
也幻想过山的另一边

在噶尔巴边
我拾起很多石头
捡起许多树枝
搭建过自己的避风港

在故乡的原野上
有如此多的噶尔巴
但难以忘怀的
保存在记忆深处的
唯独只有一个

"'噶尔巴'是什么意思?"我不解地问月光。

"我也问过更欠智华这个问题,他说是他们草原上到处可见的土沟,藏语发音是'噶尔巴'。"

在我有限的乡村记忆中,土沟是比较肮脏的地方,常常和污泥浊水连在一起。走在乡间田埂上,我们总是会提醒自己,要留神,千万别掉到土沟里去。

可是在更欠智华的诗歌里,被唤作"噶尔巴"的土沟,却是酸奶般的存在,洁白、温柔、清甜。他可以嚼着草原上带汁水的草茎，在土沟柔软的怀抱里睡去；他也可以站在土沟上仰望天空中翱翔的雄鹰，幻想着大山另一边的世界……

"您问我为什么会破例资助他，"月光的声音打断了我飘逸的思绪，她笑着说，"等您下次见到他的时候，自己问问他。"

2022年再赴直亥，我的心头是萦绕着许多"未解之谜"的。我已经不满足于听月光讲了。我迫切地想从那些已经长大、走出直亥村的孩子们口中了解，月光在他们心中是怎样的月光。

那一次，也是在贵德落脚歇一晚，第二天再奔赴直亥村的。出发的时候，天一直阴着脸，时断时续地下着雨。而进村的路，实际上是一条沟，叫莫曲沟。

莫曲沟是直亥雪山下一条很宽的河沟，大部分时间都处于枯水期——河床干涸，裸露的乱石滩，挤满了大大小小、高高低低的石头。从前村里人走莫曲沟，就踩着这些荒寂的石头；碰到雨季，河沟里的水涨起来，就用木头搭一座简易桥。后来村里有车了，就会定时清理一些挡道或者有隐患的大石头，让车能开得平稳些。天长日久，莫曲沟就被车轮碾压成了通往直亥村的一条主干道。

几天前，村里连续下雨，莫曲沟就变了脸，干涸的石滩，早已变成了一条泥浪翻滚的湍急河流。

月光和她的爱心助学团队是自驾来的。虽然开的是底盘高的越野车和商务车，但驾驶员毕竟都不是对当地路况了如指掌的老司机。我们这辆车，开车的是一位女同志，她胆子大，身上有一股女侠的豪气，但碰到这样凶险的路况，也说不敢再往前开。

来接我们的村干部担心我们的安全，劝我们："今天先别进村了，等莫曲沟的水流减退再说。"

月光不同意，说："孩子们肯定都在等我们呢，我们今天不去，他们肯定会失望的！"

这次赴青海的爱心团队，一共有十一位成员。最初，赴青海的公告一发出，有一百多名志愿者报名参加。这十一位，是月光劝退了近百名后最终留下的。一

月光妈妈

路上，大家闯过重重险阻才来到这里，现在都巴望着见到直亥村的孩子们，谁都不愿意被一条不期而遇的泥河劝返，坚决要求迎难而上！

领头的那辆车义无反顾地开进泥水翻滚的莫曲沟。车头剪开泥浪，湍急的河水飞溅起来，裹着泥浆的水花凶狠地扑打着每一扇车窗。没开出几米，它就被藏在泥河中的石头卡住了，河水没过了车轮，发动机熄火，车子像断了腿的老牛，匍匐在水里，一动也不动了。后面的车也只好停下来。

带路的村干部看着水势越来越凶猛，知道若不采取措施，莫曲沟真的会翻脸不认人，连车带人全部冲走。

他掏出电话赶紧求援，然后示意车上的人全部下车，站到高大平稳的石头上避险。

月光的先生大元，毫无畏惧地爬到一块大石头上，用手机拍下了现场的视频；月光则在一旁给学校的老师语音播报实况，并将视频转过去，让老师转告孩子们这里发生的情况，以免他们着急、失望。

半个多小时后，一辆明黄色的大吊车吭哧吭哧地开了过来。一到受阻路段，它就用长长的铁手臂带着铁铲畚斗挖起一块块大石头，慢慢地将石头挪位，使得汹涌的泥水开始分流改道，主路上的水流逐渐减缓、变小，原本被淹没的轮胎才慢慢露出水面。

当汽车终于重新开动时，大家都忍不住欢呼起来！

而那一刻，我面对眼前喜怒无常的莫曲沟，却突然有了一种困惑和迷茫。我不知道，在更欠智华的记忆深处，唯一的那个飘着泥土芳香的噶尔巴，是否就是今天翻卷着泥浪，凶神恶煞地向我们示威的莫曲沟。

为什么我所见到的沟，和他笔下的噶尔巴相距那么遥远？

等见到更欠智华，我想问问他。

高原的天气，一日四季。

当车子终于稳稳停在直亥村时，阴霾已经褪去，天空湛蓝，白云像一顶顶形状各异的帽子，戴在雪山的脑袋上。

月光曾经告诉我，直亥雪山每年的六七月是最美的，果然如此。

雨后初霁的雪山，露出了绝美的容颜，既有山顶的皑皑白雪，又有满坡葱郁的绿树。向阳的一面，静谧的森林密密匝匝，像一道道密不透风的树墙，飘着芳香的树脂金光闪闪，每一片树叶都散发出绿色的温暖；背阴的一面，树木仍然被永远不会融化的雪裹住，云杉、白桦、松柏，不同植物造型各异的枝叶，将洁白的雪衣穿出了不同的风格。

直亥村的孩子们和家长们穿起了节日的盛装——他们心中最美的服饰——藏袍，几乎人人手中都捧着金色、白色或蓝色的哈达，在操场上迎候我们。

孩子们看到我们从车上下来，呼啦啦地涌上前来。他们一个个眼里露出的急迫眼神，分明都是在寻找与自己结对的叔叔或阿姨。

最先下车的月光，脖子上一下子就挂满了层层叠叠的哈达。她一遍遍地向那些没有找到与自己结对的叔叔或阿姨的孩子解释，因为出行不便，叔叔或阿姨来不了。接着，又耐心地安慰道："但是他们都托我给你们带来了助学金、信和礼物。你们如果给和自己结对的叔叔或阿姨写了信，或准备了小礼物，就交给我。我带回去，转交给他们，好不好？"

"好！"孩子们大声地欢呼起来，簇拥着我们向大礼堂走去，里面还有更多的孩子等着我们。

看着这景象，一股久违的熟悉感扑面而来。2019年我随月光来这儿的第二天，学校也是这样热闹，孩子们像一群静待雌鸟归巢的小鸟，雀跃着，笑着，欢庆着。

但也有不一样的地方：很多孩子长高了，长大了。腼腆小子变成了阳光小帅哥；原本瘦小的女孩，个子蹿高了，留起了长发……还有什么不一样呢？身处欢乐的海洋中的我，一时也说不出来。

这时候，同行的人一句话点醒了我："这田径场，建得真是漂亮啊！"

原来的操场是泥地的，如今被重新改造了，还配上了塑胶跑道，完全是大城市现代化校园的规格。我问月光："这操场什么时候修的？真不错！"

月光妈妈

月光向我讲述了筹建田径场的过往——

直亥村寄宿制小学建成后，因后续资金仍存在缺口，田径场的建设工作没能立即开展起来。学生们上体育课或进行课外活动时，只能在高低不平、坑坑洼洼的泥地上将就，雨雪天泥泞不堪，晴好时尘土飞扬……这成了我的一块心病。

为了圆孩子们一个自由奔跑的梦想，我萌发了为学校建一个田径场的想法。跟贵南县教育局确定资金缺口后，我主动在朋友圈发起了"为直亥希望小学新校区建一个田径场"的爱心倡议。倡议很快就得到了各行各业爱心人士的支持。不到一个月，

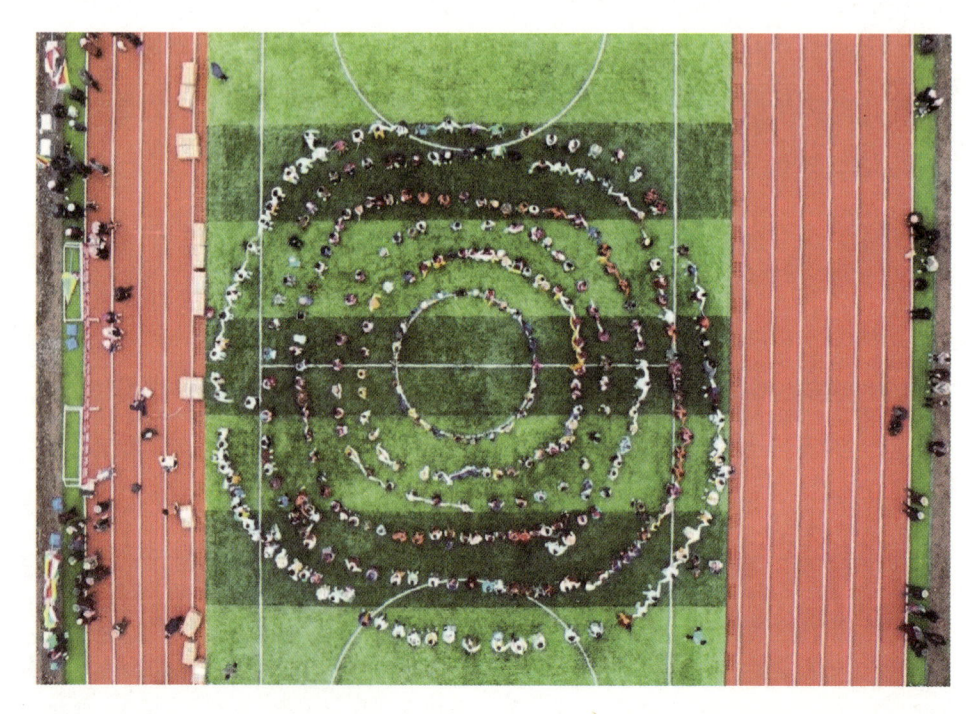

师生在田径场上围成同心圆

就收到132位爱心人士和5家企业共计40万元的爱心捐款。我把善款全部打到贵南县教育局，用来建设新校区田径场。

2020年7月25日，田径场落成，我们受邀来参加竣工仪式。一踏进校门，我们就欣慰地看到，原本高低不平、坑坑洼洼的泥地平整一新，红色的塑胶跑道在蓝天白云、雪山草原的辉映下，显得异常醒目而美丽。孩子们欢快地在跑道上奔跑、跳跃，大家都忍不住冲到新建成的操场上和孩子们互动。大家手拉手，以操场为中心围成几个大大的同心圆，所有人都展开双臂向着蓝天高呼，声音响彻云霄！

那天，不知是谁带头唱起了那首大家耳熟能详的歌：

> 我们要飞到那遥远地方
> 看一看这世界并非那么凄凉
> 我们要飞到那遥远地方
> 望一望这世界还是一片的光亮

月光总是这样，像灯塔一样照亮需要光的人，如母亲一般念着、想着这些高原上的孩子。她说："其实，我一直在思考教育振兴乡村之路的未来。接下来，我想看看有没有办法引进更好的教育资源到这里，让西部的孩子也能享受到东部的优质资源。"

看来，对于在直亥村的教育帮扶工作，月光的心中已经有了更深远更阔大的思考。如何提高经济上已脱贫的边地学校的教学质量，可能是她下一步会用心去做的事情。我由衷地为孩子们感到高兴——有母如此，何惧前路漫漫？

我继续在熙熙攘攘的人群中寻找更欠智华。

上一次见到他，他穿着休闲外套、牛仔裤，剃着一个小平头；但眼前操场上的学生几乎都穿着民族服装，汇成一片绚丽多彩的藏袍海洋。两种截然不同的形象，在我脑海中交织，一时间，我不知道目光朝哪里搜寻。

一直到助学款和物资全部发放完毕，还是不见更欠智华的身影。望着人群渐渐散去，喧闹声慢慢平息下来，我还在想：更欠智华在哪呢？

当我们就要离开学校的时候，突然，一个穿藏蓝色刺绣金银丝线挑花藏袍的男孩出现在我们面前，藏袍上立体的刺绣图案像腾飞的祥云，一下子拽住了我的目光。

月光兴奋地对着男孩说："你怎么才来？我们一直在找你！"

我这才注意看男孩，古铜色的皮肤在阳光下泛着点点油光，高高的鼻梁上架着一副黑色眼镜，镜片背后闪动着灵慧的光。

正是更欠智华。

"今天是我爷爷八十大寿，我在家里帮奶奶准备给爷爷庆生，所以来晚了。我想请你们去家里坐坐，可以吗？"

我们一行人欣然接受了更欠智华热情的邀请。

家里热闹非凡，亲朋好友齐聚一堂，给更欠智华的爷爷祝寿。

更欠智华的爷爷和奶奶都穿着喜庆的民族服装，春风满面地迎接每一位到访的客人，双手合十行礼，表达对客人到来的感谢。每一位来访的客人都得到了一份礼物，那是一个红绿图案相间的高脚小碗，里面装着花生、人参果，还有用五彩锡箔纸包装的小糖块。

我们的到来，让他们很高兴。一家人热情地给我们每个人都献上哈达，将我们迎进客厅，让我们坐在木沙发上喝奶茶，其间，更欠智华的爷爷奶奶还用藏语分别给我们唱了一首歌。爷爷虽然已经八十高龄了，声音却依然高亢洪亮；奶奶的歌声轻柔悠扬，就像草原上放牧的少女向心上人告白。

我问更欠智华："爷爷奶奶唱的是什么？"

"爷爷唱的是《欢乐幸福的家》，奶奶唱的是我们草原上最流行的情歌。"

坐了一会儿，月光从手提帆布袋里拿出了一个崭新的电子阅读器，说是给更欠智华的礼物，祝贺他考上大学。更欠智华激动地接过去，迫不及待地拆开包装盒，拿着阅读器爱不释手地左看右看。很显然，这个草原牧区的孩子，还没有见过这样的电子产品。

月光耐心地教他怎么开机、注册账号、阅读，并告诉他："这里面收藏了一千多本书，你想读的中外名著都有，以后就不受限于读纸质书了。"

说到书，更欠智华热情地将我们领进了他的房间。房间有一点凌乱，床上堆满了杂物，但是靠床头的那一面墙上却精心打造了一排不小的书柜，书柜上的书码放得整整齐齐，有藏语版图书，也有全文是汉语的书。我看了一下汉语书，大部分是小说，有不少世界名著，比如《百年孤独》《挪威的森林》《老人与海》《月亮与六便士》《屠格涅夫作品》等；还有一些中国当代著名作家的小说，比

更欠智华的书架一角

月光妈妈

如余华的《活着》、莫言的《晚熟的人》、霍达的《穆斯林的葬礼》、路遥的《平凡的世界》、曹文轩的《草房子》等；还有一部分看似是杂书，却也能让我们了解他的阅读视野，比如《全球通史》《世界地理全知道》《格萨尔传奇》《你所不了解的冷门知识》等；当然还有许多诗集，其中一本厚厚的《海子诗集》，以及那位被称为"俄罗斯诗歌的月亮"的女诗人阿赫玛托娃的诗全集，书皮已经快翻烂了，诗歌在他心中的分量由此可见一斑。

在书柜的一角，我看见了一把有点像马头琴的乐器。我好奇地问更欠智华："这是什么乐器呀？"

"这个是扎念琴，是藏地流行的一种古老的弹拨乐器，源自西藏阿里，有几千年的历史。"更欠智华大大方方地向我介绍道。

"哦，你是不是在朋友圈发过？"月光问道。

月光打开朋友圈，给我看了个微视频，视频中的更欠智华在弹拨一把扎念琴，目光专注，神情肃然。

视频配了字幕，是一行行缓缓流过的诗句，清雅美丽的文字伴随着琴声，格外打动人：

高原六月的灿烂，
倒映了人间的四月天。
无数只彩蝶和杜鹃，
匆匆地飞来，又轻轻地鸣叫。
在一场场悲欢离合中，
在山雾笼罩的蒙蒙细雨中，
我们仿佛听到了自己的心声。

高原六月的季节，
像蒙娜丽莎的甜蜜，

像雅典娜的优雅，
带飞了成千上万个梦的翅膀，
留下了难以忘怀的魅影。
在眨眼的时间里，
却散走了最天真的酒席。

高原六月，在蔚蓝的苍穹中，
在人间的花海里，
是阳光和细雨的天堂。
阳光沐浴着小牦牛，
细雨滋润着小青草。
在时光的留念里，
浓雾渐渐隐入了远处，
勾勒出了一幅草原美学的油画。

此时的细雨，
温馨、清幽、欣慰，
燃烧了青春的年华，
融化了直亥雪山的颜面！
五颜六色的彩虹随着晚霞的开幕，
在黄昏中呈现。
那是我们儿时的梦想，
也是我们永久的回忆。

这些流动的诗句，似曾相识。2019年，我第一次来直亥村，读过更欠智华的诗，其中的《蹉跎岁月擦肩而过》不仅让我印象深刻，也让后来有机会读到它们的读者赞叹："这哪像是一个没有走出过雪山藏地的游牧少年写出来的诗句！"

而另一首恰恰就是这首《雨季·六月》。

"你什么时候学弹扎念琴的？这首《雨季·六月》是你自己谱的曲吗？"我激动地问。

更欠智华挠了挠头，有点不好意思地说："我刚刚入门，还远没达到能弹唱自己原创歌曲的水平。以后应该会有的。"

我又问他："什么时候去学校报到？学的是什么专业？"

"等开学了再去吧。青海民族大学在西宁，离家远。以后肯定不能经常回家，我想多陪陪爷爷奶奶。"他顿了顿又说，"我最后填报的是社会学专业。"

"为什么没有选择文学专业？"我有点吃惊和意外。我没有想到这个热爱文学、喜欢诗歌的少年，却偏偏选择了相对冷门玄奥的社会学。

更欠智华沉默了一会儿，说："假如我连一些社会问题都没有搞明白，我怎么能写出具有社会意义的文学作品呢？"

更欠智华的回答让我不禁又想起了他的诗句："我戴着哲学的帽子，／不停地询问自己，／你是哪位岁月的孩子？"

这是个善于思考的孩子，但这样的对话似乎有点沉重，在这样匆匆走访的场合，也不是三两句话就能讨论清楚的。正好我想问他关于土沟的事情，便很自然地转移了话题。

我说："我挺喜欢《噶尔巴》这首诗的，选材独特，想象力丰富。而且藏语'噶尔巴'比汉语'土沟'要美丽，朗读起来节奏也更上口。我很想了解，是什么触发你关注到了乡野中人们司空见惯的土沟，激起了你的诗情？在你的家乡草原上，土沟随处可见，众多的土沟中，你记忆深处的只有一个，它是直亥村被叫作莫曲沟的那个吗？"

更欠智华回答得很迅速，看来土沟在他心目中的位置，确实非同寻常。

"在我们草原上，每一个牧民，几乎都有童年时留下的对噶尔巴的美好回忆。噶尔巴是孩子嬉戏的游乐场，也是孩子躲避大人呵斥时的避风港。我的童年，很多时候都是在噶尔巴度过的，土沟里的石头和泥巴，是最好的玩具。这几年，我一直在外面上学，常常会想家，但是放假回到家乡，又会想外面的种种好。这种感觉很奇怪，它让我重新思考自己和家乡之间的关系，也让我在抹不去的乡愁中，产生一种钝痛的撕裂感。"

他没有告诉我，他记忆深处的那一个噶尔巴是不是莫曲沟，而是直截了当地反问我："你们今天进村时，被莫曲沟的水流挡住道了吧？"

"你别看它那会儿凶神恶煞，其实它平时很温柔的。一年四季，谁没有发脾气的时候呢？在我心里，草原上的噶尔巴像母亲的怀抱，莫曲沟也一样。"

他说莫曲沟的时候，就像在说自己的妈妈。

临别前，月光又从车上搬下两箱东西，说是专程从杭州带来送给更欠智华的，并关心地问他："你的病现在控制得怎么样了？"

"目前还比较稳定，起码没有进一步发展。"

"智华啊，不瞒你说，我跟你患有类似的病，这东西我服用了很长一段时间，觉得很有效果。这次来，给你带了两箱，你试试。如果效果好，下次我再给你带。"

月光一边说着，一边从包里的笔记本上撕下一张纸，详细地写道：苹果味的30毫升+柠檬味的30毫升，一日三次，餐前喝。然后将纸片交给更欠智华，让他按上面的剂量和次数服用。

此时的更欠智华没有收到电子阅读器时的那股欣喜，他嗫嚅着嘴唇，想说什么，却又一言未发。他低着头，默默接过纸条和纸箱。抬头的那一刹那，我分明看见他的眼里饱含着泪水。

第一次来直亥，我就得知，更欠智华在念初二的时候就患上了过敏性紫癜。这是一种很难治愈的血液病，控制不好，身体的免疫功能会下降，最终将导致身体的各个器官受损。月光其实也患有免疫系统方面的疾病，久病成医，她非常清楚这种病的顽固程度和对患者生活质量的影响，所以一直以来，她非常心疼这个

爱上弹扎念琴的更欠智华

孩子。

几年过去，月光自己结对、资助的孩子数量早已成倍增长了，她所带领的爱心助学团队资助的孩子也超过了300人，她要操劳的事情太多太多了。我没想到，在这种情况下，她对更欠智华的关爱非但没有减少，反而增多了——不仅关心他的学习，还关心他的身体；自己吃了有效果的保健品，专程运来直亥，还细心地给他写下服用的剂量、次数和时间。对于很多边地孩子来说，就算是自己的亲生母亲，也不一定能做到这样！

那一瞬间，我觉得月光和同行的这些爱心人士，还有很多我尚未见到的关爱着直亥孩子的人，就像更欠智华诗歌中的噶尔巴，她们在这片大草原上洒下的乳汁，一定会滋润这些游牧少年的心，并在他们心中开出绮丽的花朵！

2023年夏季再次深入直亥采访时，我又一次见到了更欠智华。一年过去，这个孩子沉稳了不少，扎念琴也学得有模有样了。

我很想听他亲口说说他和月光之间的故事；我更想知道，进入大学读社会学以后，这个热爱诗歌的游牧少年，内心感性丰盈的诗情，会不会在相对理性的学科中消磨殆尽。

上大学后的更欠智华，更健谈了，汉语也完全掌握了，他的讲述非常流畅，且充满诗意。

在家上网课的那段日子，我过着无聊至极的生活。

每天睡到自然醒，起床洗漱后虽然可以享受妈妈做好的现成早餐，但吃到嘴里，味同嚼蜡。

家里没有电脑，网课只能用手机上。家里的网络信号不好，时断时续，听课效果大打折扣。有时候我一点也听不进去，即便盯着屏幕，灵魂一点也不安分，思维总是天马行空、四处游荡。

我原本以为，自己的大学生活，应该有美丽宽敞的校园环境；图书馆里的书汗牛充栋；讲台上，睿智的老师口若悬河，上知天文下知地理，带我们走进未知的世界；教室里，同学们都有独立的人格、深邃的思考、不同的见地，大家在一起辩论，碰撞出思想的火花，甚至会形成两军对垒的拼杀局面……

那才是我向往的大学生活！

而现在，我却被困在家里，面对一个小小的手机，听所谓网课，这还是上大学吗？

听了几天，实在不适应，我索性放弃了。

我像一个无所事事的人，打发着无聊的光阴。

上午，我会赶着家里的几头牦牛去草场上砸冰，因为牦牛要喝水；中午，我给家里养的鸡喂食，给马喂水；晚上，去草场上把吃了草喝了水的牦牛赶回家。每天都是日出而作、日落而息，虽然宁静，大脑却几乎处于空白的状态。

唯一能让我开心，或者说还会让内心觉得充盈的事，就是躺在草地上，看月光妈妈送给我的电子阅读器里的书，里面收藏的图书有许多都是我没有读过的，有的连听都没有听说过，这些书给我打开了一个广阔的世界，让我的心似乎找到

月光妈妈

了安放的地方。

有时遇到某种触动,或者来了灵感,我会写一点文字;有时也会躺在草地上枕臂看天,流动的诗句似乎在飘忽的白云里和我捉迷藏,我怎么也找不到它。

隐匿在世界屋脊一角的这个小村落里,我常常会想起月光妈妈。

有时候,我很想给她打电话,但又怕自己会打扰她。我知道月光妈妈工作很忙,而我又没有什么了不得的事情。

有两次,我已经忍不住拨号了,但号码没有摁完,又赶紧退出了。

有人说,耽于回忆是走向衰老的表现。而那段时间,我总是沉浸在回忆之中。

作为游牧民族的后代,从一出生,我就生活在草原上,我对自己民族的文化和精神文明有着深刻的感情。

我的爷爷是个民间说书人,他会用藏文说唱全本的《格萨尔王》。在爷爷的熏陶下,我的藏文水平和对藏文化的认知程度,可能比同龄人高一些。

我上小学的时候,村里只有一所用旧营房改造的小学校,没有正规的师资和教材。说白了,就是一个学前幼托班。

爷爷希望我能受到更好的教育,家里就倾尽全力将我送到过马营镇中心学校上学。我学习很努力,成绩在班上一直名列前茅。

初中我考上了贵南县第二民族中学,那是我们县里数一数二的中学。正当我准备奋力学习时,老天爷却和我开了一个残酷的玩笑,让我得了过敏性紫癜——一种血液病,很难治愈。

我刚上中学,人生的大书还没有打开,就得了这么一种不死不活的病,我的未来怎么办?

有一阵子,我真的有点浑浑噩噩,心如死灰的感觉。

就在我陷入人生低谷的时候,我幸运地遇见了月光妈妈。

一开始是我父亲找到月光妈妈的。

那时候，希望小学已经建成好几年了，她每年都会带着她的爱心助学团队来村里给结对的孩子们发放助学金和各种生活物资、学习用品。

村里的人说，月光妈妈肠胃不太好，不能多吃牛羊肉，高原又缺少蔬菜，每次来一趟，她都很受罪。

父亲听说后，就给月光妈妈带去了一串柏树珠。父亲告诉她："这是我用自己从柏树上采下的小果子手工制作而成的。听说你身体不好，佩戴这种柏树珠，能让身体变得强壮，提高抗病能力。"

月光妈妈当时问我父亲："你怎么知道我身体不好呢？"

父亲说："听村里人说的。"

月光妈妈又问："你的孩子是我们的资助对象吗？"

父亲说："没有，我的孩子不是希望小学的学生，不在资助范围内。"

这时一旁的村干部介绍说："今年我们破例报了几个情况特殊、学习成绩又非常优秀的孩子申请资助，其中就有他的儿子更欠智华。这个孩子前不久得了一种奇怪的血液病，为了给他治病，家底都掏空了……"

我不知道月光妈妈是不是在了解到我生病的事以后，决定资助我的。

那时候我的病时好时坏，反反复复，起起伏伏。病情糟糕时，我就得去西宁住院治疗；病情稳定一点，我又返回学校上课。医生说，这种病要忌口，饮食宜清淡，很多东西不能吃。可是在学校吃食堂，无法挑食，遇上辛辣油腻的食物，只好不吃。可能是缺乏营养吧，那段时间我的体重急剧下降，人瘦得不成样子，学习大受影响，成绩自然也是直线下滑。

后来我才知道，父亲去找月光妈妈，就是看到我学习提不起精神，心里着急。月光妈妈最让村里人感动，也最让孩子们依恋的，其实不是每年发放的助学金，而是她和她的爱心助学团队每年都会千里迢迢来到直亥村，一对一地看望每一个被资助的孩子。

说实话，那种被人关爱的温暖、被人惦记的幸福，是我们这些穷乡僻壤的草原孩子不常感受到的，大家已经将这看作是一种比奖状更让人向往的荣誉，它给

月光妈妈

大家带来的巨大的精神动力,可能比助学金更有力量!

显然,父亲希望月光妈妈也能关注到我,带我走出生病带来的阴霾。

有时候,精神的力量真的是很重要的。

月光妈妈决定破例和我结对,每年资助我2000元助学金,这当然极大地减轻了我父母的经济压力;但真正让我走出病魔的阴影,重新燃起生活的勇气的,还是月光妈妈在精神上给予我的鼓励和帮助。她得知我喜欢阅读、热爱写诗之后,给我寄了很多好书;她一再鼓励我大胆去追逐自己的文学梦想,还给我介绍了她认识的作家朋友和编辑朋友,让我把自己写的诗歌发给他们,获得他们的指点。

高二的时候,本已稳定的病情再度复发,而且发展态势似乎比先前还要凶猛。无奈之下,我只好休学在家。看着同学们都在为冲刺高考发奋努力,而我却被病魔困在家里,心里真的很崩溃!

临近高三,我向父母提出要返校读书,备战高考,但父母和亲戚朋友都劝我以身体为重,放弃高考,等病养好了复读一年。

可我不甘心啊!上大学是我追求人生梦想的一个重要台阶,我为什么要等待一年?

在我情绪极度沮丧和低落的日子里,月光妈妈给了我很多的安慰。她听说我病情复发休学了,给我打电话,安慰、鼓励我,用自己也患有免疫系统方面的病现身说法,告诉我病魔其实没那么可怕,心情郁闷,病情反而容易加速发展。她劝我转移对自己病情的关注,可以帮我阿妈干点家务,也可以去草原上放牛羊,和动物生灵说说话、聊聊天,释放心情,开心起来。

知道家里人劝我放弃高考,她又说,任何事情都不要轻易做决定,最好三思而后行。大人们说的都没错,身体肯定是第一位的,但是保护身体并不意味着就一定要放弃高考,可以再观察看一看,视身体状况而定。

月光妈妈还给我汇了1000元,让我买书,多看书。她告诉我:"书里面或许会藏有绝处逢生的路,但需要你自己在阅读的过程中去体悟和寻找。"月光妈妈还给我开了一份长长的书单,其中史铁生的《病隙碎笔》和《命若琴弦》,她加了着重号。

我用月光妈妈给我的钱，将书单上的书全部买了回来，史铁生的《病隙碎笔》和《命若琴弦》，更是成了我的枕边书。

在医院治疗的漫长日子里，我有了书的陪伴，内心不再焦虑，阅读不仅让我的心情变得明朗，而且让我不放弃高考的决心变得更加坚定！

在读这些课外书的同时，我还将学校各门功课的课本捡起来，认真地自学，虽然可能达不到面对面听老师讲课的效果，但我还是学进去了。

后来，月光妈妈还给我寄了一本珍贵的书，是大元叔叔创作的《植物先生》，这本书独特的设计和优美的自然风格吸引了我，让我爱不释手。

月光妈妈说："等你病好一点了，你可以多到大自然中去走走，你的家乡那么美丽，雪山草原那么巍峨辽阔，它们一定可以抚慰你的心灵。"

这样的话，父母、家人从来没有和我说过。月光妈妈在我病中给予我的精神支撑，让我至今都心存感激，我不知道怎么回报她的慈悲与爱心。

上大学后，我又被困在家里，但这和我病重住院的时候比起来，又算得了什么呢？网课效果不好，我可以听，也可以不听，但学习不能停，教材和书本就在自己手里，自学一样能达到听网课的效果，而且能逼自己更深入地钻进书本，去理解和思考。

自学了一段时间，脑子里存积了不少问题，自己想不明白，觉得或许还是听老师讲课才能打开思路。于是我又重新回到网课中，让自己慢慢进入状态，在线上和授课老师一起完成教学任务。我还专门安装了一个小无线路由器，自此，网速就好多了。

慢慢适应以后，我觉得在家上网课还是蛮充实的。除了上课和学习，老师还给我们介绍了不少有趣的图书和纪录片。让我没想到的是，专业课里还安排了人类学课。这门课很有意思，我甚是欢喜！

我后来看到网上有很多我们牧区的同学，在草原牧场上，因为没信号和网络

月光妈妈

而走很远的路,到有信号的山坡上去听课,或骑着马,冒着雨雪去有网络的地方看学习视频。在这种特殊的时期,他们依然克服种种困难,来完成自己的学习任务。对比之下,我对自己一开始放弃上网课,感到很惭愧。

学习充实了,我的精神状态也慢慢好了起来。我想起《植物先生》中描写的大自然的美丽和自然界对人类的种种馈赠,我也好想走进大自然中,亲近万物生灵,我还想给月光妈妈送一些我们高原雪山上才能生长的东西,比如高山雪菊,因为爷爷告诉我,用雪菊泡水喝能改善睡眠。我也想去大草甸子里挖小黄菇寄给她,那是一种极其鲜美的菌子,炖鸡汤喝营养又美味。

当我拍下壮美的直亥雪山和鲜花盛开的大草甸发给月光妈妈,告诉她我要采摘雪菊和小黄菇寄给她时,月光妈妈很开心,她知道我已经从阴霾中走出来了。

月光妈妈说,她多次去过大草甸看花,但还有一个未完成的心愿,就是登直亥雪山。她看到我登上直亥雪山的照片后,特别向往。她和我约定,下次再来直亥,一定要让我带她去爬直亥雪山,看高原神山的壮丽景色。

因为读书,看天地便宽了许多,知道苦难不是人生的唯一;因为遇到了月光,更欠智华真正懂得了爱为何物,也学会了用爱去拥抱这个世界!

懂得爱不易,学会爱更难!月光付出的心血,让一个曾经被疾病困住的雪地孩子,萌生了"用爱去拥抱这个世界"的想法,这是多么令人欣慰的改变啊!

仰望星空的牧羊女孩

宗吉是个安静的女孩，心思缜密，话少。一双清澈的眼睛像刚刚融化的雪水，透亮，映得出雪山，照得见草原，如同高原上蓝色的海子。她看上去不喜热闹，偏爱静静地倾听四周穿越林海的风吹过耳朵的声音。

你能感觉到，她的聪慧全都藏在那双透亮的眼睛里。你想让她讲述什么，她可能会寡言少语、惜字如金，但你若有耐性，让自己的心也安静下来，从她的眼睛里找到一扇门，走进去，里面会有你不曾见过的别样风景。

2019年从青海回来以后不久，我写下了《母羊的心》，文章标题的立意，最初萌发于宗吉家那头被狼在屁股上咬了三个大洞，汩汩流血的母羊；但真正对"母羊的心"有深切的感悟，却来自在西宁宾馆的那个温暖的夜晚。

那是我第二次随月光到青海。当时，宗吉是青海师范大学数学专业的学生，知道月光来了，专门跑到宾馆来看望她。

我和月光住在一个房间，再次见到了这个时常被月光挂在嘴边的牧羊女孩。

那天，她穿着一件紫色格子衬衣、一条窄腿的牛仔裤，装束和汉族孩子并无二致，若不是脑袋后面梳着一条乌黑的大辫子，透出几分草原姑娘的气息，我完全看不出她是一个青藏高原的藏族女孩。

月光妈妈

与那些一见到月光妈妈就毫不掩饰自己的依恋之情，恨不得黏在她身上的女孩子不同，宗吉情感内敛，脸上的笑容清淡如水，话也不多，但我注意到她的眼神一直没有离开过月光。

月光告诉我，虽然自己从宗吉初中毕业时就开始资助她，但因为她长期在外面上学，每年自己带爱心助学团队去直亥村的时候，宗吉往往不在家，月光也总是遗憾见不到她。好在宗吉家离希望小学不远，月光会尽量抽出时间去她家里，向她父母了解她的学习情况。

那一次从青海直亥返杭时，月光特意在西宁停留一晚，并提前给宗吉打了电话，约好时间，宗吉请假从学校赶来，这才有了母女俩彼此在心里都期待已久的见面。

见面的时间很短，但看得出月光思念宗吉的心意蕴积已久。她给宗吉带去了礼物，一件漂亮的新毛衣，一件厚实的羽绒服，还有一条图案别致的围巾。

本来，去直亥村的时候，是可以将礼物留在宗吉家的，但月光觉得天很快就要转凉了，而宗吉在学期中间不可能回家，所以回杭路过西宁时，特意把东西随身带着，为的就是要在降温之前，亲自交到宗吉手里。她希望亲眼看到宗吉穿上新衣服，看看样式是否喜欢，尺寸是否合适。

我注意到，月光给宗吉试穿新衣服的时候，宗吉的眼眶湿润了。她虽然没有说什么，但情不自禁地把脑袋轻轻靠在月光的肩膀上。

如今，宗吉已经在青海师范大学读研二。几年过去，宗吉的面容常常会在我的脑海里跳出来。我知道自己一直没有忘记这个与众不同的女孩，也一直希望有一天能了解她的成长故事。因此，2023年夏季回访直亥村被资助的孩子们时，我把宗吉排在了最前面。

宗吉是直亥村走出来的第一个研究生，也是直亥草原上唯一一个攻读数学专业的藏族女孩。

有人说，数学是科学之王，能在数学领域里钻研的人，几乎可以说是宝塔尖上的精灵。

我从小对数学望而生畏。虽然我知道数学是一门富有创造性和想象力的学科，引领着人类探索未知的领域，但由于天生对数字不敏感，我一直对数学敬而远之，不过内心依旧存有好奇。

现在，要和一个数学专业的研究生对话，还是一个从小就在草原上放羊的藏族女孩，我对将要进行的采访，既充满期待，又心生忐忑。

见宗吉之前，我在微信上将《母羊的心》这篇文章发给了她，并留言："里面虽然写到了你，但内容有限，因为2019年那次见面太匆忙，我当时也不想占据你和月光相聚的宝贵时间。这次我专门来青海回访直亥村已经成长起来的孩子们，你是月光资助的直亥村第一个研究生，她很为你骄傲，能否详细讲讲你和月光之间的故事？"

当时，宗吉飞快地回了我一个"OK"的表情。

我的直觉是，六年的大学校园生活，不仅足以改变一个来自草原的牧羊女孩的人生，可能也会让宗吉安静的性格发生些许变化吧？

我们在一个阳光明媚的下午去了她的学校。

青海师范大学的校园像一座美丽的花园，到处盛开着雪白的海棠花和栀子花，绿色的草坪上摇曳着波斯菊和蒲公英，金黄色的野菊花像亮晶晶的小星星洒落其间，在阳光下闪烁着璀璨的光。

宗吉在研究生院的门口等我们，带我们走进了研究生院旁一处清幽僻静的角落，这里没有摇曳生姿的花，只有高大挺拔的树、一张圆形石桌和几张桶状石凳。我们围着石桌坐下来。

挺长时间没见，宗吉的容貌似乎没有随着岁月的流逝而变化，还是梳着一根乌黑的大辫子，还是那么朝气蓬勃、青春逼人，白色的运动服和旅游鞋，黑色的棒球帽和牛仔裤，黑白两色的装束，更为简洁明快、英气勃发。最大的不同，是她安静如水的眼睛里，有了一道光，那是一种自信的、有底气的光。

月光妈妈

因为事先有过微信沟通，我们没有过多地寒暄，很快就进入了主题。

宗吉眼里的光告诉我，我的直觉没错，她不再像我第一次见到她时那样少言寡语、惜字如金。开阔丰富的校园生活，显然让她的性格在不知不觉中变得阳光开朗了，说起自己的父母、家庭，讲述自己的求学经历和人生故事，没有半点遮遮掩掩。

我从小就想当一名老师，很希望自己能如愿以偿。

我爸爸早先是个和尚，后来当了村小的老师。他小时候在村里的小学校读过几年书，学过一些藏文和数学，那时候小学校里没有语文课，也不教汉语。读到五年级，我爸虽然很想继续上学，但觉得自己没学过语文，不会汉语，考不上镇里或县里的中学，即便考上了，家里也没钱让他去读。他听说寺庙里可以继续学习藏文，还能学习经书和佛教文化，就去了寺庙。还俗后，他娶妻生娃，有了我和妹妹吉毛才让。我的名字宗吉，藏语中就是万事如意、吉祥顺遂的意思。爸爸对我和妹妹很好，在我们身上寄托了很多希望。

那时村里的小学校缺老师，村里觉得我爸读过几年书，又在寺庙里待过，多少有点文化，就聘他到村小当老师。这不是国家聘请的专职老师，是村里自行聘请的，工资很低，就是村里一年给个5000块钱左右，一个月还不到500块。

钱虽然少，但我爸喜欢老师这个身份，觉得自己好歹也是教书先生，算得上半个文化人了。教书先生的女儿，当然要读书，所以我和妹妹吉毛先后都进了村小上学。

2009年，我读六年级的时候，上面政策改革，原来的小学都合并到镇上去了，我就去了镇里上学。我当时已经十三岁，能照顾自己了，我也喜欢读书，就坚持下来了。

妹妹吉毛当时读三年级，还不到十岁，年纪太小，到镇上读书，她生活不习惯；离开爸妈，又不会照顾自己。读了一个多月，吉毛就回家不上学了。

我和妹妹感情很好，她不上学，我很难过。但那时我自己也是一个小女孩，不知道怎么劝妹妹。

记得是2010年吧,放假回家的时候,爸爸告诉我,政府引荐了浙江杭州一位老板到我们村里来捐建一所希望小学,大家可高兴啦!事实上,村里像我妹妹吉毛那样,因为年纪小、去镇上读书路又远,放弃上学的孩子还有呢。所以,有人来村里援建希望小学真是及时雨。

后来,听说援建学校的爱心人士要结对资助一批希望小学的贫困生。我们家虽然也是村里建档立卡的贫困户,但因为我已经在外面上中学,不是希望小学的学生,不符合条件,所以我心里并没有抱啥希望。

我初三毕业的那一年暑假,阿姨带着她的爱心助学团队来学校给孩子们发放助学金和物资。我们家离希望小学很近,学校里不断传来的锣鼓声和喇叭里不停播放的音乐声,挠得我心里痒痒的,我很想过去看看,但又觉得不好意思。

我心里很羡慕那些被资助的孩子,不仅仅是因为他们能收到可以减轻父母负担的助学金,还有各种学习用品及生活物资,更重要的是,他们每人都会结对一个远方的妈妈,不仅有了一份从天而降的关爱,还会在心里种下一份思念。

思念一个人,是一件很幸福的事情。我甚至想,假如时间可以倒退,我愿意重新从希望小学的一年级读起,那样我就有可能结对一位远方的爱心妈妈,她会惦记我,我会思念她,那样美好的情感体验,一定会是我学习的动力!

我没想到,上天仿佛听到了我的心声,幸福真的会从天而降!

那天,我爸和希望小学的一名老师,还有我们村的村干部,一起陪着一位和蔼可亲的阿姨来到了我们家。爸爸告诉我,这位阿姨就是给村里捐建希望小学的人,她会在高中三年里资助我上学,给我学习和生活上的帮助。

我当时完全蒙了,事情来得太突然,简直不敢相信,因为事先没有人和我说这个事,我没有一点思想准备。

阿姨笑眯眯地看着我,亲切地对我说:"以后学习上有什么困难都可以和我说,生活上有什么需要也可以告诉我,你就把阿姨当作自己的另一个妈妈。"

我当时激动得什么话也说不出来,只会使劲儿地点头。一切就像做梦一样,

月光妈妈

上天真的给我送来了另一个妈妈!

以前我在镇上读书,学校的规定是上11天课,然后放4天假。放假时别的同学都回家了,我从来不回,因为来回的路费对我们家里来说是一个不小的负担。妹妹已经辍学,我是家里唯一的希望,我知道家里的困难,能省就省。

月光妈妈和我结对以后,家里的经济压力小了许多,放假时,父母偶尔也能给我路费,让我回家了。

后来我才知道,月光妈妈其实并不是什么大老板,她以前也是老师,现在还办着学校。她来这里援建希望小学,又带领爱心助学团队结对资助村里那么多贫困生,就是希望这里的孩子们都不要辍学,都能读书学知识,将来改变家乡的面貌,也改变自己的人生命运。

我们初中的班主任也经常跟我们说,只要好好读书,将来就能自食其力,也能帮助改善家庭的生活。

老师的话和月光妈妈的心愿其实是一个意思,他们让我坚定了一个想法:只有读书才能改变自己的命运!我一定要坚持上学,上完大学以后找一份稳定工作,做个对社会有用的人,再难我也不能放弃。

从那时候开始,我更加觉得,当老师是这个世界上最好的工作,它能改变无数个学生的人生,将来我一定要当老师。

了解了宗吉当老师的理想,我更加好奇:"那么多学科,你为什么选择了数学呢?"于是,宗吉聊起了自己热爱的,而且沉浸其中、感到乐趣无穷的数学。

其实,刚上学那会儿,我并不喜欢数学,那些像小蝌蚪一样的阿拉伯数字,看着就让人头晕。我一开始学得也不好,数学从没考过高分。

我们班的同学中,有很多人都觉得数学难学,有人说上了中学以后,数学会更难、更复杂,很多女生都打算放弃数学,不学了。

幸运的是，我进入贵南民族中学上初中后，遇到了一位特别棒的数学老师，她是我们青海师大数学专业本科毕业的，教得特别好。

老师叫卓玛，也是一个藏族姑娘，个子高高的，长得很漂亮。最让我感到亲切的，是她和我一样，梳着一条乌黑的大辫子。

说实话，我们藏族孩子到外面上学，一开始会有些怯场。我们的汉语不好，听课就比汉族学生费劲儿，听不懂也不敢提问，日积月累，越听越蒙。以前上数学课，好像踩着棉花在云里雾里走，飘飘忽忽的，似懂非懂，半通不通。

卓玛老师来了以后，看到班上有不少藏族学生，上课时便经常和我们互动，不断地向我们提一些问题，她似乎从我们茫然的眼神中觉察到，我们并没有真正听懂。她很善解人意，虽然教材是汉语版本，但她用汉藏两种语言讲课，先用汉语说一遍，再用藏语说一遍。慢慢地，她讲的内容我们不仅能听得懂，还觉得很有吸引力，就像在听故事一样。她还会给我们介绍一些课外书，比如《数学传奇》《数学大世界》《数学家的故事》等等，她把枯燥的数学讲得像文学一样充满魅力。

最让我们觉得不可思议的是，她会不断地给我们找一些趣味数学题，写在黑板上让我们解。而我们居然在她的引导下，不厌其烦，解得津津有味。她教我们的不光是课本上的公式和题目，还有不少课本以外的内容，她甚至用数学以外的内容来印证数学本身。

全班同学都被这位数学老师迷住了，我更是将她视作自己心中的偶像，同时不知不觉地爱上了数学。我本来的理想只是当一名老师，自从听了卓玛老师的课以后，我下决心要学好数学，将来像卓玛老师一样，当一名中学数学老师。我还看到了，一个老师教得好不好固然重要，对学生爱不爱，可能更会影响其未来的人生。

那一年中考，我们全班同学的数学成绩都特别好。我考了118分，和第一名相差两分，心里还有点小得意，以为自己考了全班第二名。没想到后来一打听，

月光妈妈

班里考118分的同学很多。当时虽说稍微有点失落，但您可以看出，我们的数学老师有多厉害了吧？

我被青海师大数学专业录取时，特意向卓玛老师报喜，我说将来我也要像她一样，当个数学老师，她很开心！那一届我们班考上大学的好像有十几个人，我们的数学老师和班主任给我们摆了宴席，祝贺我们。我深知，假如我没有遇到卓玛老师，数学对我来说，可能到现在还是一片黑乎乎的小蝌蚪。

从宗吉的讲述中，我看到了一位智慧的藏族女教师的身影。这位年轻的女教师，可能自己都没有想到，她充满魅力的教学，竟然影响了另一个藏族女孩的人生，让一个曾经讨厌数学的学生，最终爱上了数学，并成为自己母校数学专业的研究生。

从某种意义上来说，这位名叫卓玛的数学老师，何尝不是在宗吉身后付出辛勤汗水的又一个月光妈妈？

高考的时候，宗吉考了531分，这个分数对民族生来说相当不错了，她可以有更好的选择，比如去北京，上中央民族大学。我想知道她是如何决定选择青海师范大学的。

填报大学志愿时，我给月光妈妈打电话，和她商量，是去中央民族大学还是青海师范大学？

当时的我很纠结。首都北京当然对我有极大的吸引力，我也很希望去看看外面的世界，但我内心深处最向往的还是当一名教师。一来中央民族大学里没有师范类专业，那一年我能选的也只有计算机和数学专业；二来自己受中学数学老师的影响，对老师的母校青海师大有一种向往，而且读了这么多年的书，我心里还是希望回报自己的家乡。

月光妈妈认真地听了我的想法，耐心地帮我分析。比如去中央民大、青海大学、西北民大等，我的分数都是够的，到首都北京去上大学，我能见的世面更大，发展的平台或许也会更广阔。但当她了解到我将来想回家乡当老师的愿望后，非常支持我。她说，这些年她在我的家乡做教育扶贫，那里的经济落后，许多老百姓生活困窘，归根结底还是因为教育落后、人才匮乏，特别需要接受了高等教育的人才反哺家乡、振兴乡村。所以，月光妈妈就鼓励我选择青海师范大学。

我读研究生是保送的，学校有推免的名额，我们数学专业有两个名额，按综合成绩排名，我就被选上了。

保送的时候，我们班主任给我找了三所学校——首都师大、兰州大学、青海师大，我也跟月光妈妈商量了，我觉得适合自己的还是青海师大。

从直亥村走出的第一个研究生宗吉

看得出来，宗吉对自己未来的职业方向非常明确，选择也很坚定。

现在大城市里面的不少孩子，在报考大学、选择专业的时候很迷茫，常常是家长在给他们把握，孩子自己却没有清晰的目标。

与之相比，我觉得宗吉很了不起，她的人生目标就是要当一名优秀的教师，为家乡培养人才。中央民族大学虽

月光妈妈

然是她向往的国家级名校，也是少数民族大学中的高等学府，但这个学校没有师范类专业。在这种情况下，宗吉宁可选择放弃，这确实是需要勇气和信仰的。

宗吉讲到读研又一次选择了青海师范大学的时候，突然停顿下来，视线离开我们，转向了不远处那一排高大挺拔的白杨树。

在青藏高原上，白杨树是最普通、最常见的树，它的树干笔直，枝丫一律向上，绝无旁逸斜出；宽大的叶子也是片片向上，没有斜生的，更无倒垂的；它不会婆娑弄姿，更不屑虬曲盘桓，它只保持一种昂首挺立的姿态，倔强努力地向上生长，参天耸立，不屈不挠，雪域的风刀霜剑，也压不弯它的腰。

在我看来，这种见风就长、生命力极其顽强的白杨树，似乎更适合广袤的旷野，但今天在书香飘溢的校园里看到这一排高大挺拔的白杨树，却有一番别样的感受，觉得它们的身上，似乎散发出一种质朴、坚韧、上进的精神，而这恰恰是今天不少学子缺失的。

树荫下，有两只不知从何处飞来的灰雀，一大一小，正围着一棵树皮在阳光下闪着银色光晕的白杨蹦跶。它们好像是在觅食，又仿佛是在玩耍嬉戏。

宗吉专注地看着白杨树下两只蹦跳觅食的灰雀，眼神追逐着它们轻灵的身影。我能感觉到，这两只相依相伴的灰雀，牵动了宗吉的某种思绪，她的心这一刻分明已经飘走了。

暖风吹过，绿色的白杨树叶发出沙沙沙的声响。好一阵，宗吉才回过神来，轻轻地叹了一口气，有点恍惚地对我们说："不好意思，我想起小时候和吉毛一起抓小鸟玩的事了。那时候吉毛可聪明了，她会用一根木棍支起一个竹筐，在竹筐下撒点碾碎的玉米粒儿，再用一根绳子，一头拴住木棍，一头拽在自己手里，小鸟飞来啄食，她一拉绳子，小鸟就被竹筐罩住了。"

停顿了一会儿，宗吉又说："这会儿，吉毛可能正在山上放羊。再过一两个月，到了夏季，她就要上山挖冬虫夏草了。"

我问宗吉："你妹妹三年级辍学后就没有再读书了？"

宗吉点点头。

我继续问："你现在读研究生了，吉毛心里有没有遗憾？"

宗吉没有正面回答我，却委婉地说："吉毛觉得我是最幸福的。"

我忍不住又问："既然吉毛觉得你是最幸福的，说明她是羡慕你的。一念之差，辍学了，心里还是会有遗憾，或者说后悔，对不对？"

这一次，宗吉的回答不再含蓄："对，遗憾肯定是有的。但如果她自己没有不想读书，没有说她不想上学的话，我觉得我爸妈应该不会不让她上学。"

"吉毛妹妹现在过得好吗？"

宗吉停顿了一下，说："还好吧，她已经当妈妈了，有一个三岁的宝宝。她现在带着孩子和我爸爸妈妈住在一起。"

"那孩子爸爸呢？"

"走了。"

"走了是什么意思？他们是离婚了吗？孩子爸爸是干什么的？他会回来看孩子吗？"我不解地问。

宗吉沉默了。

我很吃惊。我以为吉毛真的过得还不错，但事实上，年纪轻轻的吉毛，已经是一个单亲妈妈，带着一个三岁的儿子住在娘家。孩子的父亲就像娘儿俩生命中飘过的一朵云，随风而来，又随风而去，似乎这个家里从未出现过这么一个过客。

吉毛妹妹这样的生活，能说过得还好吗？

我想问，但不知道怎么问。我终于明白月光说的：不敢问，不好问，怎么问？

一直在旁边听我和宗吉对话的月光，这时开了口：

我在直亥做公益这么多年，与孩子们交流时，最需要问的是父母的情况，最不敢问的也是父母的情况，因为问着问着，心就疼起来，甚至不忍面对孩子们无

月光妈妈

奈和伤感的目光……

有太多的孩子在讲述父母情况的时候,都说自己没有爸爸,没有妈妈,跟着爷爷奶奶、外公外婆过。说到吉毛,恐怕也是这样的情况。吉毛和孩子的爸爸,无所谓结婚离婚,有了孩子,又分开了。

家里孩子多,牧区除了放牧也做不了别的营生,年老的祖辈又怎能扛起孩子们的学习和生活?贫穷是必然的。

来这里援建希望小学,并逐步结对资助一批又一批孩子以来,爱心助学团队的妈妈们每年都来看望与自己结对的孩子,尽可能地带给他们关爱。十几年来,我们的努力还是有成效的,我们看到了直亥的变化,更看到了孩子们的成长,我相信一切都会好起来的。

可能宗吉觉得,妹妹现在跟着爸爸妈妈生活,孩子跟外公外婆在一起,肯定比之前更好。

月光说到这里,转向宗吉,问道:"宗吉,是不是这样?我的理解对吗?"

宗吉点点头,她虽然没有说话,但从她的眼神里可以看出,说到吉毛妹妹的现状,她的心情还是很复杂的。

而我此时的心情更复杂。如果吉毛和宗吉一样,坚持上学读书,就可能见识更广阔的世界,开启自己更丰富美好的人生。然而,过早地离开校园,让吉毛本来可以拥有多种可能性的人生道路变得狭窄,一座大山就可能挡住她的视野,一片草原就可能阻断她的脚步。同一个家庭出来的两姐妹,一个早早辍学,一个勤奋读书;一个继续在草原放羊,一个却开始仰望星空。

宗吉和吉毛的人生路径,已然完全不一样了。

月光听到这里,忍不住说道:"那个时候如果吉毛想继续上学,村里一定会报上来,我也一定会资助的。有些孩子不符合我们资助的基本条件,但成绩好的,或者情况特殊,家里条件特别差,孩子又很想上学的,村干部都会向我反映,我也会酌情破例。比如宗吉你其实也是不符合我们资助条件的,但我看到你家里是真的困难，你学习又那么努力，我马上就决定资助了。"

我对宗吉说："你爸爸妈妈确实很不容易，在没有资助的情况下，也把你供到了初三。其他女孩子恐怕真的是没机会了，因为她们的父母可能会觉得，女孩子差不多就得了，反正要嫁人的。所以你的父母特别了不起！"

宗吉笑了，脸上露出一丝腼腆。她说："反正我爸觉得我就是他的骄傲，但是他不在我面前说。他一直很努力地放羊，家里的羊从十几只增加到几十只，现在我们家差不多有七十只羊了。以前，一只羊羔只能卖三四百块钱，现在能卖到将近一千块钱。"

宗吉说着掏出手机，给我们看她拍下的一些自家羊的照片，可以看出，她对这些羊充满了感情。其中有一张照片上是一只眼睛还没睁开的小羊羔，它匍匐在宗吉的怀里，像一团雪白的棉花球。

我小时候总想跟爸爸去放羊，但爸爸不经常带我，因为他觉得放羊很辛苦，风吹日晒，怕女儿受罪。大一点了，放学回家或者学校放假，我经常会和爸爸一起去放羊，有时候爸爸有事或身体不舒服，我就会自己去放羊。

我觉得羊很通灵性，可是以前我不懂羊的心思。印象最深刻的是有一年暑假，附近的草场都被羊吃秃了，我就赶着羊群去了离家较远的山上。山上的草坡一片碧绿，羊群在草坡上吃得很欢，我就枕着手臂躺在草地上看白云。没想到，就在蓝天白云下的绿草地上，一只母羊诞下了一只小羊羔。到太阳下山了，羊群还在山上不肯下来，我就去赶它们下山。刚出生的小羊羔还不会走路，我就抱着小羊羔下山，但是母羊一直追着我跑。我害怕母羊撞我，就不停地跑，母羊就在后面不停地追。到家后，妈妈告诉我："母羊是害怕你把小羊羔抢走，才那样不停地追，那是它的孩子呀！你不懂母羊的心，你应该和它并行，慢慢地一起走，它就不会那样追你了。"

宗吉就这样和我们聊着她的妹妹吉毛，聊着家里的羊群，聊着人和动物之间

月光妈妈

随羊群漫步草坡的日子

的隔膜……

  我很奇怪自己的思绪为什么一直会随着宗吉的讲述悠悠地走，似乎漫无主题、不着边际，和我希望了解的一个数学系女孩的校园生活与人生目标越来越远。但我却从中感受到，一个来自草原的牧羊女孩走进高深的数学殿堂后，内心依旧保持着原生态的丰盈，以及对生活的敏感和眷恋。这不仅改变了我对数学中人难免枯燥刻板的印象，更让我看到了这个女孩身上迸发出来的光彩，闪烁变幻着迷人的颜色，很多元、很炫目，让你觉得，她的未来具有无限可能。

晓风书屋的藏地女儿

杭州西湖的美丽和风雅世人皆知，而在杭州人心里，有着"湖畔晓风"美誉的晓风书屋，更是这座城市一道温暖的文化风景。书香伴随着晓风，吹遍了杭城。

2013年夏天，杭城的多家晓风书屋都贴出了一张海报。海报上是一个穿着粉红色短褂的女孩半身像，女孩头发枯黄，两根齐肩的麻花辫上扎着不同颜色的皮筋，脸颊上两团鲜明的高原红和她身后的蓝天、白云、雪山都告诉你，这是一个来自青藏高原的女孩。

海报上斜压着两行字：

2013"涓"一本书
给青海的孩子

海报右侧上方，注明了用这个"涓"字的缘由：

"涓"取其音通"捐"，取其义"细小的流水"。积少成多、细水长流，通过社会各界的力量汇聚，把一份知识的温暖传递。我们期待着你的爱心参与，让我们一起成为流水中细小的一滴。

海报右侧下方，则清楚地写着捐助对象、活动主办方、活动时间及活动地点。

我是在追踪采访月光的过程中,知道"涓"书这件事情的。月光向我讲述了举办"涓"书活动的缘由。

晓风书屋的创始人小朱是我爱心助学团队中的骨干成员,对我坚持做教育扶贫事业帮助很大。

海报上这个女孩是小朱以女儿晓风的名义结对的,叫美朵吉。结对的时候,美朵吉刚满七岁,是希望小学一年级学生。她两岁时,父亲因病去世,撇下她和一个姐姐、两个哥哥,四个孩子靠母亲放牧维持生活。母亲没有文化,却咬牙将四个孩子先后送去上学。无奈家里实在太穷,供不起四个孩子读书,哥哥姐姐先后辍学,只剩下最小的美朵吉还在上学,她是全家人心中的希望。两个哥哥说,他们可以出去打工,供妹妹上学;姐姐说,她可以帮妈妈干活,让妹妹安心读书。美朵吉因哥哥姐姐的疼爱和支持,幸运地留在了学校,但她上学的路依然很艰难。

那一年,我身边的朋友,先后与直亥村的贫困孩子结对,爱心的种子就这样静悄悄地撒开了。也就是从那一年开始,一个爱心妈妈,变成了一群爱心妈妈。

2012年7月,我第一次组织爱心助学团队赴青海爱心之旅,当时一共去了12个人,小朱也去了。

到了希望小学,我们给结对的孩子们发放了助学金和衣服、文具等,还带去了我们学校美术班的孩子给直亥雪山脚下的小朋友精心制作的各种爱心寄语卡。

东西发放完之后,由村主任带路,我们走访了七八个贫困家庭。这些人家,几乎都是家徒四壁,屋子里原始的泥地坑坑洼洼,凹凸不平的土墙连墙灰都没有刷一层,裸露着泥土的颜色。几乎每个家庭都没有一件像样的家具,除了一铺土炕,大多数人家连坐的凳子都没有。

中午回到学校食堂吃饭的时候,我发现小朱和几个朋友不见了。我一间一间教室找过去,最后在阅览室里找到了她们。

月光妈妈

小朱和小来她们几个坐在阅览室有限的几张凳子上，默默地流泪。

我问她们："怎么了，为什么哭啊？"

小来说："我知道这里穷，但没想到这么穷。这样的家庭，孩子辍学也就不足为奇了。"

小朱说："我也没想到，这里的条件比我想象的还要差。我终于明白，月光你为什么要做这件事情了。你一个人在这么偏远的一个地方，把援建希望小学这件事情做得这么好，让那些因为贫困而辍学的孩子重返课堂，太不容易了！"

其他几个朋友也纷纷向我表示，要和我一起来做这件事情，大家共同来关爱这些贫困孩子的成长！

小朱是个爱书的人，尤其关注孩子们能否读到好书。为了帮助直亥村的孩子们学习汉语，她曾经买了一批浅显易学的幼儿园教材寄过来。她说："学校阅览室现在只有一些杂志和课本，课外书太少了，可阅读的门类也太单调，更没有经典名著，孩子们读不到书，怎么开拓视野，如何增长知识？回去以后，我们能不能共同发起一个为青海贫困孩子捐书的活动？"

我知道小朱的能力和晓风书屋在书界的影响，如果由小朱来牵头组织为孩子们捐书，那一定会具有相当大的号召力。她的提议让我非常高兴，我一直觉得自己个人的力量太渺小，大家一起来帮我，人多力量大，我对把这件事情坚定不移地做下去，就更有信心了！

从青海回来以后，我和小朱就积极行动起来，除了我的学校和她的晓风书屋，我们又联系了几所学校和幼儿园，共同作为主办方，呼吁全社会关注西部贫困地区的孩子，倡议大家都来为他们捐书。

做海报的时候，书店的设计师最初拿出了几个方案，小朱看了后都不满意，虽然设计感很强，也有创意，但就是不打动人。

小朱和我商量，最能唤起人心柔软情感的，恐怕不是设计，而是遥远的雪山脚下，孩子们渴望读书的那一双双眼睛！最后我俩一致决定，什么也不用设计，就放上贫困孩子的真实照片，加上我们这次捐书活动的主题文字。

在直亥村众多被资助孩子的照片中，梳着枯黄发辫、两腮泛着高原红的美朵吉脱颖而出，她身后的蓝天白云和雪山，更说出了一种无言的期盼。

很快，印有美朵吉照片的捐书活动海报，在晓风书屋各家门店贴出。海报上的美朵吉，作为青海贫困孩子的形象代表，打动了无数人的心。"涓"一本书给青海孩子们的呼吁，不仅得到了社会各界的热烈响应，也获得了杭州市民的大力支持，反响之大，出人意料。

晓风书屋各家门店，每天从早到晚都有人上门捐书，甚至有外地人快递寄书过来，最后累计收到各类新旧图书五千余册。

小朱和我带领志愿者对所有图书进行筛选、清洁处理、分类打包，又在很短的时间内，将这些带着大家的爱心和温暖的图书运往青海直亥，让希望小学原本显得空荡寒酸的阅览室，瞬间丰盈起来，变成了一个名副其实的小小图书馆。

其实，我和小朱早就熟识。我当年就职的《江南》杂志社，就在第一家晓风书屋的对面。中午休息时，我常常会去晓风书屋逛一逛，总能在那里找到自己心仪的好书。一些市面上脱销，或者因为种种原因觅而不得的紧俏图书，小朱也总会想方设法为我找来。尤其让我心生感动的是，在当时文学杂志普遍不景气的情况下，由我主编的文学期刊《江南》，总是被小朱放在书店最显眼的位置。那一份对文学的尊重和厚爱，让我至今难忘。

但我没有想到，爱书、售书的小朱，不仅有读书人的见地和情怀，还有一颗仁慈善良的心。当我向小朱提出，能不能跟我说说她是如何参与月光的教育扶贫事业的时候，她并没有推辞。

一个斜阳温柔的黄昏，小朱接受了我的采访。

我和月光也是因书结缘吧！

记得是在2000年，她和她先生打算开一个书吧，经常到我书店来采购图书。我们很投缘，这以后经常来往。后来，月光出过一套教材，自创的作文教学模式

月光妈妈

既新颖又走心，我很喜欢，也更了解了月光在教育上的创新理念和实操能力。

2011年，我关注到月光在青海直亥结对资助贫困孩子，也想尽自己的一份力，就以我的女儿晓风的名义，结对资助了美朵吉。这样，不仅晓风有了一个妹妹，我和晓风书屋也有了一个藏地女儿。

月光做事情很细致，很有规划。希望小学基建完成以后，她已经把学校就读学生的档案全部建起来了，父母姓名、家庭成员、收入来源、经济状况、联系方式等，一清二楚。每个资助人和结对的孩子，月光都制作了信息详尽的表格；每年组织资助人赴青海直亥和孩子们见面的活动，也都安排得有条不紊、细致周到；去不了的妈妈们，都能收到设计精美、有受助孩子本人签名的回执，孩子们的照片，孩子们写的信，孩子们自己动手做的小礼物，等等。这些细节看着很琐碎、不起眼，却让资助人心里很踏实、放心，觉得自己的那一份爱心，实实在在地落到了贫困孩子的身上。

月光和她的先生曾经说过，他们并不是富豪，也不是慈善家，他们只是想为边远地区的孩子做一些力所能及的事情。月光遵照父亲的意愿援建希望小学的时候，觉得可以根据自己这边的条件和能力，逐步为学校增加一些东西。第一年先把学校建好，第二年添置图书，第三年增加电脑、投影仪等教学设备，循序渐进……每年爱心助学团队的朋友们都会按照她对学校的规划要求，捐钱捐物，去给她配套做一些事情。

2012年，我带着女儿晓风第一次参加了月光组织的赴青海的爱心之旅。那一年，晓风刚满十岁。和美朵吉结对，我用了晓风的名义，是有用意的。晓风是一个蜜罐子里泡大的孩子，从小生活条件太优越了，我希望她能了解，在遥远的青藏高原，和她一般大的孩子过着怎样的生活。

我告诉晓风，你在那里有一个妹妹，她叫美朵吉。

记得晓风那次背了个包，带了各种各样她喜欢的小零食、玩具、学习用品等，满满一大包。

直亥·化为风景

同在一片蓝天下唱歌

月光妈妈

我们到希望小学的时候,孩子们正好刚下课,学校没有体育设施,他们就在教室外的空地上跑、跳。他们没有玩的东西,唯一的玩具就是石头。孩子们在石头上作画、刻字,用石头搭小房子,用脚踢小石子,互相将石头像皮球一样扔来扔去。

晓风看傻了,问我:"妈妈,他们为什么没有玩具?"

我说:"因为他们没有钱买。"

于是,晓风将自己带来的玩具拿出来,和美朵吉一起玩,玩一会儿就送给她一个,再玩一会儿又送给她一个。后来她包里面的"宝贝"几乎全都送给了美朵吉。旁边的小朋友羡慕得不得了,晓风就说:"美朵吉,我们和大家一起玩。"

在家的时候,晓风不让我们碰她的东西。可是在这里,看到小朋友们只能玩石头,也没有铅笔盒和橡皮,她就把自己带去的玩具、文具全部送给了美朵吉和周围的小朋友。我知道有很多东西她都是舍不得的,也是随身要用的,但她还是很大方地送出去了。

那次从青海回来以后,晓风知道生活的不容易了,也了解了同在一片蓝天下,还有许多孩子过着和她完全不一样的生活。她开始改掉大大咧咧、不爱惜东西的毛病,穿衣服变得很仔细,生活用品也不会随手乱扔,而是会在用后整理干净,收藏好。

一开始,我觉得是我们资助了那里的孩子,后来慢慢发觉,其实那里的孩子也影响了我们,影响了我们的孩子。

那里的生活明明很苦,但我们更多感到的却是美好。离开时,会留恋;不在时,会思念,甚至还会对那片遥远的土地生出一种向往,您说怪不怪?

这以后,我又去过直亥很多次,总觉得那里有什么东西吸引着我。每次去都觉得是一场精神上的洗礼,有一种心灵被净化的感觉。在周围物欲横流,看到太多尔虞我诈的时候,就会觉得那一片遥远的纯净很珍贵!

在青海,和孩子们的互动其实很有限,因为语言障碍,很难深入交流。刚和美朵吉结对的时候,她基本不会说汉语,我和她没法聊天,只能讲几句最简单的问候语。一开始，她叫我老板。她说："你好，老板！"也许她认为我能资助她，就是有钱人，有钱人就是老板，弄得我哭笑不得。虽然沟通不太顺畅，但我看得出来，美朵吉很想亲近我，我当然更心疼她，想像妈妈一样去爱她。

每次只要是我们去现场的捐助活动，美朵吉都会把自己打扮得漂漂亮亮的，穿上盛装——美丽的藏袍来见我。有一次，她穿着一身藏蓝色缎面上绣着小白花的藏袍，一根乌黑的大辫子垂在脑后，一脸腼腆地朝我走来，我立马跑过去抱住她。

穿上盛装走向小朱妈妈的美朵吉

她还会唱歌给我们听，唱很好听的藏族民歌。我记得有一张照片，是美朵吉和别的小朋友一边唱歌，一边跳锅庄。当时是月光提出的，邀请藏族孩子围着我们这些和他们结对的妈妈一起聊天、玩、唱歌。孩子们都不会说太多普通话，却会大大方方地唱歌跳舞。

美朵吉很害羞，不会多说什么话，有时想表达，说不出来，就会抹眼泪，但只要一唱歌，她就像换了一个人，变得很阳光、很自信，脸上笑得像一朵花。

美朵吉会用眼睛说话，她的眼睛很

月光妈妈

漂亮、很灵动，眼珠子一转起来，你会觉得里面很有故事。故事里自然有美朵吉的妈妈，两岁就失去爸爸的小女孩，妈妈就是她的天。

美朵吉的妈妈个子小小的，也是穿盛装过来的，然后远远地站在那儿，目不转睛地看着美朵吉。她四十几岁，却像一个干瘪的老妪，脸上布满皱纹、高原红。她家也是靠放牧为生，但家里没有牛，也没有马，只有几十只羊，与村里其他的牧民相比，没有牛马的人家，一定是更穷的。

我想，美朵吉的妈妈看着自己的女儿和其他同学在一起，心里肯定是欣慰的。她的眼神也告诉我们，女儿能继续读书，是她最大的愿望。

因为我总忍不住念叨美朵吉长、美朵吉短，慢慢地，我父母也觉得自己有个外孙女在青海，要去看看她。我怕父母年纪大有高反，劝他们不要去，他们说："哪有当妈的不让外公外婆见外孙女的？"我只好带他们去。他们看到美朵吉很激动，美朵吉见了外公外婆也亲得很。虽然互相听不懂对方说什么，但是彼此见面了，认识了，就很开心，就像家里人一样亲切自然。

有人说，做公益，不就是拿钱给赞助吗？我觉得不是这样的，并不是说你去洒个水，人家接受你的雨露恩惠，我们做公益是带着非常真切的情感的。被帮助的人，也是打心底将我们当作家人的，这种人与人之间的情感很真挚、很温暖、很美好。

后来有了晓风的妹妹晓澍，她因为常听姐姐说起直亥，说起美朵吉，问我能不能给她在直亥也找个妹妹。于是，我又用晓澍的名义结对了比她小几个月的羊吉措毛。

结对的那年夏天，晓澍说要去直亥看妹妹。月光说十岁以下的小朋友肺还没长好，不要上高原，我想着让孩子锻炼锻炼，应该没事。没想到，晓澍从直亥回来就得了肺炎，住了半个多月院，好一通折腾。

我这才体会到，青藏高原的高海拔，对常年生活在平原上的人，潜在的威胁真的不能小觑。月光之所以不让我带晓澍去，一定是她对高反的危险性有深切的了解和体会，而她自己免疫功能低下，身体常年不舒服，却每年都坚持上高原，这需要具有多大的毅力，历经多少艰辛啊！

一个人做点好事不难，难的是坚持。月光在直亥援建希望小学，结对资助青藏高原的贫困孩子，这件事情一做就坚持了十几年，而且结对资助的孩子越来越多，她得克服多少常人想象不到的困难啊！我希望自己能帮她，也希望更多的人参与进来，共同做这件事情。

于是，我介绍了好几个朋友加入月光的爱心助学团队，前后有七八个吧，北京的、上海的、杭州的都有。月光每年举办的赴青海和孩子们见面交流的爱心之旅活动，他们也会尽可能地参加。

而我自己只要能挤出时间，也一定会去，有美朵吉和羊吉措毛两个女儿在那里，直亥好像成了我在雪山脚下的另一个家。

小朱的讲述，让我想起了自己在2022年夏天，和她一起赴青海，参加爱心之旅的情景。

那一次，小朱给我留下深刻印象的有两件事：

第一件事，是在学校大礼堂给学生们发放助学金和捐赠物资的活动结束后，原先站在礼堂外面的家长们一下子都涌了进来，许多家长手里都捧着哈达，寻找跟自家孩子结对的爱心人士。那次许多结对的妈妈因出行不便没有来，家长手中的哈达便大多都挂到了月光和小朱的脖子上。因为除了月光，小朱大约是赴直亥次数最多的人。家长们都熟悉了她的面孔，知道学校的新课桌椅是她捐的；孩子们手中漂亮的保温杯也是她捐的；阅览室的图书，操场上的塑胶跑道，孩子们喜欢的乒乓桌、篮球架、足球网，她都出了力。小朱挂满哈达的身子，最后变成了一个金色和白色交织在一起的大圆桶，她脸上幸福的笑容就像灌了蜜一样。

第二件事，是我们一行人走访结对孩子家庭，快到美朵吉家时，小朱突然离开我们的队伍，飞快地跑到美朵吉家的房子前，然后站在门口的石阶上，和已经在那儿等我们的美朵吉、美朵吉妈妈一起迎候我们，嘴里还大声说着："到我家了，大家快进来！"

月光妈妈

我们进门后,小朱又说:"美朵吉,快给叔叔阿姨们倒酥油茶!"那神情,那姿态,完全融入了这个家庭,自然得就好像她是这个家庭的一分子。

那是我第一次见到美朵吉本人,瘦瘦高高的,个子已经赶上了小朱,两根乌黑的辫子垂在脑后,和那个我在"涓"一本书给青海孩子的海报上认识的,头发枯黄、脸上泛着高原红的小女孩,早已不可同日而语。

美朵吉很腼腆,话很少,但对小朱的依恋,却一眼就能看出来。小朱早早准备好了礼物。美朵吉刚刚考上了海南州最好的高中——第一民族中学,为了祝贺她,小朱给她包了一个2000元的大红包;另外,这个年纪的女孩已经知道爱美了,小朱又特意为她选购了一款水晶项链,希望她能在学习之余把自己打扮得更加漂亮。除了这些,前一天晚上小朱又专门到县里给她选购了一套运动装。当小朱把这些礼物拿出来,一样一样交给美朵吉时,小姑娘的眼圈红了。

美朵吉家的房子后面就是一座大山,每逢下大雨的时候,山上就会有石头和泥流滚落下来,砸到美朵吉家的房子上。

这一情况牵动着月光和小朱两位妈妈的神经。她们担心哪天碰上一场大暴雨,美朵吉家的房子会被山石砸坏,甚至被泥石流吞没。从美朵吉家出来以后,她们一直站在大山脚下商量怎么让美朵吉家的危房引起村里的重视。

我也产生了同样的担忧。我在丹巴采访杨英时,了解到杨英的爸爸就是在一个暴雨天,被从山谷中奔涌而下的滔天泥石流卷走的。

虽然陪同我们走访的村支书向我们解释,村里像这样住在山脚下的家庭有十几户,上面也在考虑给这些人家找新的地方盖房搬迁,但月光和小朱还是满脸不放心的模样,这让我深深感动。她们结对资助贫困孩子,早已不仅仅是捐钱捐物、不让孩子辍学,她们的爱,已经渗透到了受助孩子的家庭,就好像这些家庭中的每一个成员,都是和她们血脉相连的亲人!

2023年夏天,我和月光一起再次去回访那些已经陆续走出直亥雪山草原,开始进入省府、州府、县府的大学或中学上学的孩子。

充满自信的美朵吉

在海南州第一民族中学美丽的校园里,我们见到了正在这里读高一的美朵吉。

虽然来之前,月光和我说,她前一天刚和美朵吉通了电话,电话里小姑娘的声音一改以前的胆怯羞涩,透出开朗自信,但真正见到美朵吉,我还是有点惊讶于这孩子巨大的变化。

美朵吉穿着一身藏蓝色的校服,一双弯弯的月牙眼,在纤细修长的眉毛下,闪动着清澈透亮的光。她的发型没变,还是梳着两根乌黑的大辫子,但脱去藏袍,换上青春校服,这两根美丽的大辫子便有了不同的韵味。毕竟现在城里的女孩子梳辫子的太少了，它们让美朵吉保留了一缕来自草原的气息。

美朵吉是利用中午休息的时间出来和我们见面的，待的时间不能太长，我们也不愿意耽误她上课。之所以还要专门绕道来学校见她，是因为我听说这是海南州最好的高中，录取分数线相当高。美朵吉能以自己的实力被这所当地的名校录取，足以证明她有多优秀！我想看看这个第一次离开家乡，独自来到陌生城市上学的女孩，能否适应新的环境，无所畏惧地走入一个新世界。

现在，美朵吉眼里闪动的光，似乎已经回答了我。

我问美朵吉："能给我们唱一首歌吗？"

依我第一次见到美朵吉，她给我的印象——羞涩腼腆——来判断，我以为她起码会忸怩，甚至会沉默。没想到，她没有半点推辞，大大方方地唱了一首《彩云之南》：

　　彩云之南　我心的方向
　　孔雀飞去　回忆悠长
　　玉龙雪山　闪耀着银光
　　秀色丽江　人在路上

　　彩云之南　归去的地方
　　往事芬芳　随风飘扬
　　蝴蝶泉边　歌声在流淌
　　泸沽湖畔　心仍荡漾

　　记得那时那里的天多湛蓝
　　你的眼里闪着温柔的阳光
　　这世界变幻无常　如今你又在何方
　　原谅我无法陪你走那么长

别人的天堂不是我们的远方
…………

　　美朵吉的歌声很清幽，像一条轻轻流淌的小溪，但你分明又能从这清幽的歌声里，听到一种质朴的自信和内在的生气勃勃。她唱的时候，眼睛并不看我们，目光仿佛穿过我们身后的绿树投向了远方。

　　我觉得美朵吉的歌好像不是唱给我们听的，而是唱给自己听的，她沉浸在自己的歌声里，她不会去追逐别人的天堂，她心里有着自己向往的远方。

　　我问美朵吉："你歌唱得那么好，将来想不想报考艺术院校，当个歌唱家呢？"

　　美朵吉摇摇头，目光很坚定地对我说："我想报考青海大学，也许会选择艺术专业，但我的理想不是当歌唱家，而是回家乡做一名老师。我想带直亥村的孩子们去看外面的世界，更大更好的世界！"

　　那一刻，我真想给小朱打个电话，告诉她：你的藏地女儿美朵吉真的很棒！

我陪你慢慢长大

2023年夏天，由月光组建的青海希望小学爱心公益群一直像开了锅一般的热闹。

一是因为出行远游全面放开，想念直亥雪山已久的妈妈们，终于可以去那里看望自己的孩子啦！

月光在群里发起了"2023赴青海爱心之旅"的报名接龙，短时间内就有几十人报名；爱心团队的重要骨干，月光最得力的助手佳佳，也整天在群里忙乎，收集300多个被资助孩子的身高、体重、鞋码，以便统一采购衣物；那些因工作忙去不了青海的妈妈，也纷纷给自己结对的孩子准备了礼物，寄往月光在群里公布的收件地址，由团队一起运往青海；而佳佳则会每天将收到的包裹照片发在群里，一一核对登记寄件人和结对孩子的名单。

二是结对的直亥村孩子中，今年共有26人参加中考，大部分孩子成绩都很优秀。月光时不时收到家长报来的喜讯，而她则会第一时间在群里公布孩子的姓名和分数。有的家长因为出去放牧不在家，孩子又没有手机和电脑，不能及时查分，没得到信息的妈妈们不免着急，月光就不断地在群里说明情况、安慰大家，请她们耐心等待。有人在群里询问：高中的学杂费会不会提高，需不需要增加资助费用？还有人在群里表示，若有新增的需要资助的孩子，自己愿意再多结对几个。

我每天在群里看各种动态消息，时时被月光妈妈们温暖的爱心感动，也为那些努力学习的孩子没有辜负妈妈们的期望而兴奋！

没隔多久，月光就发布了群公告——

今年报名参加中考26人，其中：

800分以上1人（835分），

700分—800分2人，

600分—699分5人，

500分—599分9人，

475分（民族高中录取分数线）—499分1人，

350分（职业高中录取分数线）—474分6人，

350分以下1人（277分），

1人因病没有参加中考。

感谢各位朋友的关爱，今年直亥村的中考成绩创新高啦！所有成绩已出，如有疑问，请私信我。考了475分以上的孩子，大家愿意继续资助的可以汇款，350分以上可以上职高，高中及职高以上资助金2000元/年，请大家知晓！

群公告下，是月光的留言："前几天我和大家一样，等孩子们的成绩等得心焦。近日好消息传来，这届中考的孩子们表现太好啦！激动！"

紧跟在月光留言后面的，是一连串的鼓掌、鲜花、胜利和竖大拇指的表情包，看得出来，整个群都为孩子们取得的出色成绩沸腾了，所有爱心助学团队的成员都抑制不住地兴奋开怀，似乎比他们自己的孩子中了头榜还高兴！

这个成绩确实令人振奋！虽然在我的教育理念里，考分不是最重要的，但对于直亥的孩子们来说，能考出一个好的分数，上一所好的学校，仍然是目前最好的结果。

我事先就了解到，青海省海南州民族类高中录取分数线为475分，普通高中录取分数线是535分。直亥村被月光和她爱心助学团队的妈妈们资助的孩子，今

月光妈妈

年实际参加中考的25人中,有18人超过了民族类高中录取分数线,其中15人可以进入县里的重点高中;三个成绩在700分以上的孩子,更是有资格参加江苏省重点高中南京市江宁高级中学定向青海招生的民族班考试;那位考出835分的学霸,可以说走出直亥雪山,去往南京读优质重点高中,几乎已经没有任何悬念。即便是6个考了350分—474分的孩子,好几个的成绩也远远高于350分的职高录取分数线,基本上都可以稳稳地进入职高,学习一门自己喜欢的职业技能,为今后立足社会打好基础。

考出835分的学霸,正是月光一直挂在嘴边的"高情商女孩"仁青拉毛。2023年5月,我去贵南县第二民族中学采访部分直亥孩子时,在学校和她匆匆见了一面,却没有来得及深谈。

那一天,我们在校园里等了仁青拉毛一个多小时,之所以那么执着地等她,是因为月光对我转述了仁青拉毛和她的资助人秋芸的一段对话。

仁青拉毛对秋芸说:"芸姨,我们家里现在条件好了,您可以不资助我了。"

秋芸说:"仁青拉毛,我和你之间以后就不是资助人与被资助人的关系了,你就是我的女儿,我们是一家人。"

仁青拉毛又说:"我一直想问芸姨,您资助我这么多年,需要什么回报吗?"

秋芸说:"我不需要任何回报,我希望你长大以后,有能力了,也能去帮助需要帮助的人。"

在众多被资助的直亥孩子中,能这样坦率并直截了当地提出如此尖锐的问题的,仁青拉毛恐怕是唯一的一个。提出这个问题时,她还在读初中,但她的思考,显然已经超出了她的年龄。

自始至终,月光都没有向我提过仁青拉毛的智商有多出众、学习成绩有多优秀，她反复念叨的，倒是这孩子的情商特别高。

仁青拉毛是直亥村最早被结对的孩子之一。那是2012年，她还在幼儿园读中班。大约从她读小学二年级开始，每次月光到直亥村走访调研，或者带领爱心助学团队和孩子们见面交流时，仁青拉毛总会主动找她聊天，如果月光忙，她就在一旁默默地等着，或者帮做一些杂事，表现出比别的孩子更强的社交能力和主动精神。

所以，月光对仁青拉毛的印象很深刻。在她眼里，直亥的孩子由于常年生活在雪山草原，较少与外界接触，性格大多偏内向。相比之下，仁青拉毛的热情、开朗、阳光，对什么事情都不怵，都敢于尝试，就显得尤为难能可贵。

让我没想到的是，仁青拉毛不仅情商高，智商也出类拔萃，中考居然考出835分，之前模考还曾位居全县第一。这样优秀的孩子，我却没能深入采访，实在是太遗憾了！

就在我深感遗憾之时，月光在群里面公布了新的喜讯：分享一个好消息，今年参加中考获得835分的仁青拉毛同学，已经考上江苏南京市江宁高级中学民族班，成为从我们希望小学走出来考到南京的第一人。恭喜@秋芸！我们也一起祝福仁青拉毛！

很快，秋芸就发来一条信息：且听风吟，静待花开，有幸遇见，不负相遇，捷报传来，酷暑消退。

月光马上回复道：要感谢你一路以来的耐心关爱，引领作用很重要。

秋芸也迅速回复月光：首先要感谢你的大爱和引领，才有了这份缘。也感谢孩子的努力。

我注意到，月光和秋芸在群里对话时，都说到了"爱"和"引领"，这恐怕就是比爱心妈妈们年复一年为孩子们付出的财物更重要的精神资助吧？

于是，我给月光发短信，希望她和秋芸能和我聊聊"引领"的话题。

月光说："其实我告诉您的仁青拉毛和秋芸的对话，只是她们日常交流的冰山一角。据我所知，秋芸并不仅仅是每年资助仁青拉毛学杂费和生活费，还经常

月光妈妈

会通过电话和微信跟仁青拉毛交流，她们有时也会写信，或者视频……仁青拉毛有今天这个成绩，除了她自身的努力，我觉得和秋芸对她在精神上的引领，也是分不开的。"

通过月光，我很快就联系到了秋芸。当我向她提出"引领"这个话题时，秋芸笑了，她说："谈不上谁引领谁，在我心里，我和仁青拉毛不是资助与被资助的关系，她就是我没有血缘的女儿，我们彼此关爱，互相成就吧。她很懂事，也远比我们想象的要成熟，其实我相信并不只是她，所有直亥的孩子，其实心里都有自己的小宇宙，我们只有读懂他们，才有可能真正帮到他们。"

秋芸给我发了两段视频，那是仁青拉毛在2023年过年的时候发给她的。秋芸说，她看了视频后和仁青拉毛在线上聊了很长时间。仁青拉毛后来告诉她，自己把两人的交谈语音都转换成文字收藏了。这么有心的孩子，能不飞快地成长吗？

挂掉秋芸的电话后，我打开了仁青拉毛制作的视频，并将她在视频中说的话转换成了文字，除了藏族孩子说汉语有些地方可能不太准确，或者有点别扭，我在语法修辞上稍加编辑整理外，基本上保留了她的原话。

芸姨好！虽然已经过了初五，但我还是想跟您说一声"过年好"！

回想起来，上一次我给您写信，好像已经过去了很久，我也常常问自己，为什么这么久没给芸姨写信呢？仔细想想，可能我还是对自己的汉语书写不太满意，总觉得自己现在的文笔，还不足以达到见字如面的效果。

我想，可能录视频会更没有距离感。

但是直面镜头，我又很容易手足无措，老卡词。所以，我想还是用照片制作小视频，再用我的声音，来讲述我想对您说的话吧！

大年三十那一晚，就只有我和奶奶在看烟花。奶奶似乎很爱烟花，她让我拍了很多视频和照片。

其实我也是一个很爱记录生活的人，但我不习惯把镜头对准自己。

直亥·化为风景

视频连线化解思念

月光妈妈

打开窗户，小区的院子里，到处都在放烟花。五彩缤纷的烟花在黑暗中绽放时，夜空被点亮了，震耳欲聋的鞭炮声此起彼伏。我觉得人们不是要放烟花爆竹，而是要释放积累已久的郁闷，好像要把小区都炸了！春晚的歌舞声，仿佛只能给不绝于耳的烟花爆竹声做背景音乐了。

所有的压力、烦恼，不得不面对的现实，总能在过年这几天，被人们选择性地遗忘。

对了，芸姨，我想给您介绍一下我的两个弟弟：大弟弟扎德多杰，已经上初一了，我们两个上的是同一所学校。他升入初中后的第一年，是在线上度过的——在家上网课。他最喜欢干的事情就是打篮球，可家里哪有篮球场和篮球架呢？扎德已经长得比我还高了，因为之前我一直比他高，猛然发现姐姐比弟弟个头矮了，心情还蛮复杂的，芸姨您理解吗？小弟弟冷本扎西，今年读小学四年级，是个调皮的鬼精灵，但他的成绩不差哦！

芸姨，在我们没见面的这几年里，我长大了，学到了更多的知识，了解了更多的事情，我开始慢慢地认识了自己，也能够更加坦然地接受我的所有——好的、坏的，所有的一切。

上初中后，在与人交往的过程中，我发现自己有点社恐，而且很脸盲，我更喜欢也更容易享受独处时的快乐。说实话，即使我现在算是长大了，但我依然像小时候一样，很期待过年。我期待的不是过年本身，而是一家人能够团聚。

您看我这身盛装，漂亮吗？其实我在大年初一没能穿上这身盛装。因为我长大了，要做的事情比以前多了，我要帮助妈妈干家务，过年每天都有刷不完的碗，还得跟着长辈迎送宾客。

现在我特意穿起了节日里都没有机会穿的盛装——藏袍，我是专门穿给您看的。因为奶奶亲手为您缝制了一件藏袍，我希望您会喜欢。

对了，芸姨，今年暑假，我有幸在学校的安排下，去参加了一个夏令营。我感觉自己很喜欢那种脱离学校和家庭的感觉，好像放飞了自我。

还有一件大事，就是我的大表姐结婚了。她是我们家族里第一个大学生，当年高分考上了青海大学藏医系。记得上一次我们待在一起，还是她高三那年暑假，给我和两个弟弟辅导功课。她是我最喜欢的姐姐，也是我心中的偶像，虽然我祝福她当上了美丽的新娘，但说心里话，我真的不希望她这么早就嫁人！

　　今年过年最开心的事情，就是昨天我和奶奶、妈妈一起上县城逛街。我看到她们两个走得很远，第一反应就是，她们不会讲普通话，我得去帮她们。我感觉自己长大了、有用了，能帮助奶奶和妈妈了。

　　我们还吃了肯德基，这对我们来说意义非凡，因为这是我们第一次吃洋快餐。吃完后，弟弟很想吃榴梿，结果买了个榴梿，比我们那天买的所有的东西加起来还贵，真是惊到了！

　　这张照片是在2018年拍的，感觉这几年，我们对时间的感受变得很奇怪了，我觉得我的时间观念，还停留在2020年。您如果对我说2018年，我会下意识地觉得，这不是两年前吗？但是掰着指头算了算，它竟然是五年前。

　　现在要给您看我和心爱的Kitty猫的合影了。这是Kitty猫的现状，它一点也没变，大脑袋还是雪白雪白的，头上那朵粉红色的蝴蝶结，还是那么鲜艳漂亮。您一定奇怪，五六年过去了，Kitty猫怎么还像新的一样？那是因为我奶奶一直不让我轻易碰它，逢年过节才让我抱一抱。奶奶说，这是一个值得纪念的有意义的东西，不是玩具，要好好收藏。虽然我有点生气，但我又觉得奶奶是对的，因为那是我人生中第一次收到礼物，是芸姨您送给我的呀！

　　当您说今年夏天要来看我的时候，我的第一反应是很开心，但紧接着就有点紧张，因为我担心自己不够好，我怕现在的我和您第一次见到的我有巨大反差，不如您的预期，会让您有失落感。我可能不像当年那个……嗯，满脸笑容、热情似火的小姑娘了。

　　我找出了您第一次来看我时，我们一起留下的合影，我穿着一件粉红色的藏袍，戴着一顶大红的毡帽，抱着Kitty猫依偎在您身边。您一手搂着我，一手搂着扎德和扎西弟弟，就像我们的妈妈一样。我想说的是，谁把照片P得这么狠啊？

月光妈妈

让照片上的我那么漂亮可爱，脸上的笑容那么灿烂！对比今天的我，都打击到我的自信了！

那一次您和月光妈妈，还有其他好多爱心妈妈和希望小学的孩子拍了好多照片，照片上大家都很开心，我也很开心。

怀念是老生常谈了，但我还是怀念小时候的自己，那时候的我从未跨出过草原一步，对外面的世界一无所知，我们的日子虽然穷困，但我眼里看到的是蓝天、白云、绿色草原上美丽的鲜花和悠闲的牛羊。

随着自己慢慢长大，我走出了雪山草地，到镇上去上初中，开始接触到一些人和事，也看到了外面世界的缤纷和驳杂，那都是我以前没有接触过的，我说不出是好是坏，只觉得应接不暇。今天的我似乎变得社恐，我会躲到人少的地方，在人群中我可能只会尴尬地假笑——其实只是我不擅长表达罢了。

这样的我，您会喜欢吗？虽然我担心您会失望，但还是很希望您来！

春节是一年中我最爱的一个时间点，这会儿妈妈正在给奶奶编头发，而我在她们身边问她们有关那些照片上的人、事、地点。我发现很多都是我不知道的。

看来，爱记录是一个好的习惯，它可以留住时光，让已经长大的我，到从前的时光里去寻找儿时的我。

感觉今年跟家里人讨论了很多事情，但让我觉得最满意的是，我向他们说明我的未来规划以及我的爱情观。我不想谈恋爱、不想结婚、不想生孩子，因为我想做的事情有很多。

芸姨，不知道您会不会觉得我还小，不应该去过早地讨论这些问题，但我觉得真的有必要去给家里人打一剂预防针，让他们知道我的想法和目标。

接下来我要说的，是困惑我很久很久的一件事情，就是我也不知道芸姨您和爱心助学团队的妈妈们，会不会觉得直亥村的生活条件已经不像当年那样贫困，对这个地方的资助好像已经足够了，没有必要继续资助下去？

因为之前我也听说过，有些资助我们的爱心人士看到希望小学门口排起长长的车队，那都是村民们的汽车和摩托车，他们会产生自我怀疑：自己的资助是不是有点多余？是不是该停下了？是不是该去资助更贫穷、更需要帮助的地方了？如果你们真的有这样的打算的话，我觉得我会理解并支持的。

我觉得按照入选被资助对象的要求，我现在已经算不上一个符合标准的资助对象了。因为在国家的扶持、父辈的努力，以及月光妈妈和芸姨你们的减压下，今天的我们，温饱完全没有问题，现代生活的一些便利条件和设施，也逐渐进入了我们的家庭。

我也不知道我为什么要说这些，如果我家里人或者我周围的亲戚朋友知道我说这样的话，可能不会赞成。他们会说我们的日子虽然比以前好了，但仍然不富裕，有人帮我们减压不是很好吗？

但我不这样想。

我们的生活其实已经在慢慢变好，而您的资助款依旧每年都会按时汇来，这让我常常会有一种负罪感，因为我看到了更多的苦难和那些更需要帮助的人！

这个问题其实困扰我很长时间了，我也不知道该怎么去解答。今天终于对芸姨说了出来，也是放下了压在心上的一块石头。

我将视频看了好几遍，又将仁青拉毛在视频中说的话转换成文字看了两遍。说实话，我有点惊着了！

在视频中，仁青拉毛说到自己的未来规划和爱情观，表达了自己想去做更多的事情的想法，完全不像一个生活在闭塞的雪域高原的小姑娘，倒像是读过很多书，见过世面，对事业有远大追求的都市女孩；尤其是视频的后半段，她说到自己很久以来的困惑，以及她在这种困惑中，对爱心人士资助贫困生这件事情的深层思考，更是远远超出了她的年龄和一个乡村女孩大多都会有的局限。

我不知道，面对这样一个有见地，且已经会独立思考的女孩，与她结对的秋芸，会如何与她对话，又会怎样引导她在社会变化和人心不古时，保持自己的纯净和良善。

月光妈妈

中考结束后的那个暑假，我加了仁青拉毛的微信，问她能不能把自己和芸姨的聊天记录发给我看看。

仁青拉毛很快就发过来了。

秋芸：

拉毛你好！今天是农历的正月初六，不管是藏年还是农历新年，我都在这里祝你和全家新年快乐。

昨天晚上看了你的视频，很多回忆涌上了心头，让我久久无法入睡。

我感觉你真的长大了，视频中的你比从前更漂亮，也更懂事了。你在视频中普通话说得那么好，几乎都听不出来你是一个藏族女孩。我也终于等到这一天，我们可以没有什么语言障碍，顺畅地交流了。

你记得吗？其实，我和你这个远方的女儿结缘，从2012年就开始了。那时候你很小，还在上幼儿园，不会说汉语，我怎么和你交流呢？

所以，那时候我没去青海看你。我想，我会等你慢慢长大。

我有一个儿子，很希望再有一个女儿。当我得知月光在青海直亥援建了希望小学，并陆续资助了一些因为贫穷而面临辍学的孩子，让他们重返课堂时，我很感动。于是，我找到了月光，提出我也想资助一个孩子，最好是女孩，年龄越小越好，我想将她当作自己的女儿，陪伴她慢慢长大。

月光给了我一份名单，将年龄比较小的女孩圈出来，让我自己勾选。

我当时从众多的名字中，一眼就相中了你——仁青拉毛。

虽然我不懂藏语，但当我决定要资助直亥的藏族孩子时，我还是事先对藏族的人名做了一番了解。我知道在藏语中，"仁青"是宝石的意思，而"拉毛"则有仙女的含义。我希望自己未来的女儿，也能像宝石一样闪闪发光，像仙女一样美丽动人。

月光事先一律不给资助人看孩子的照片，她说，每一个孩子都是上天送到人间的可爱天使，她希望每一个和孩子结对的远方妈妈，都把他们当作自己的宝贝，而不是以貌取人。

等到我确定和你结对时，月光才给我看了你的照片。

照片中的你，说不上有多好看，但是很可爱：红扑扑的小脸蛋，乱蓬蓬的头发，衣服也脏兮兮的。不过，你的眼睛很大、很亮，像两颗闪烁着光芒的小星星。

我一眼就喜欢上你了，觉得你就是我要找的女儿！

虽然头几年我一直没去青海看你，但我心里已经有了一种牵挂。这种牵挂不仅仅是每年给你汇资助款的时候想起你，也不仅仅是关注你哥哥学习时惦记你，更不仅仅是夜深人静时思念你，这种牵挂，是一个妈妈对远方的女儿，时时刻刻的放不下！

你问我为什么一直不来看你，是不是因为工作太忙。你问得既贴心又小心翼翼，让我又心酸又感动。我想，这个女孩怎么那么懂事？在我们周围，像你这个年龄的孩子，大多很自我，不太会考虑别人的感受，而你却已经像一个小大人那样善解人意了。

其实，工作忙是一方面，更重要的是，我想等你稍稍长大一点，对事物有自己的记忆，能用汉语和我交流。我觉得，那时候我们俩的见面才有意义，我们才能像真正的母女一样，彼此敞开心扉，促膝长谈。

2017年夏天，你读三年级了，从你给我发来的照片上看，你已经是一个漂亮的小姑娘了。你告诉我，你一直都在努力学习汉语，为的是有一天我去看你时，你可以用汉语和我无障碍地交谈，告诉我你藏在心里的小秘密。

我很开心，你终于从一个幼儿园的娃娃，变成一个小学生了！你也会用奶奶的手机给我发信息了，也许，我们可以对话了。

于是，我决定利用暑假的时间去看你。我参加了月光组织的赴青海直亥爱心之旅。临行之前，我一直在想，给我没见过面的女儿带什么礼物呢？最后我选了一个大大的Kitty猫，虽然它身形有点胖，占据了我行李箱小一半的面积，但它呆萌可爱的形象，我想你一定会喜欢。

月光妈妈

那一次的直亥雪山之行，给我留下了难忘的记忆。我认识了你的爸爸妈妈、你的两个弟弟，当然更认识了你，我们拍了好多好多照片。你知道吗？回来后我将自己和你的合影拿给朋友们看，朋友们都说，你长得很像我，我自己也这么觉得。只是我们的交流还是有一点点不通畅，这是因为我不懂藏语，而你的汉语也还不是那么流利。

我当时就告诉自己，要有耐心，我会等你慢慢长大，总有一天，我们一定可以无障碍地交流。

在你即将小学毕业的那一年，你问我能不能来参加你的毕业典礼。我当时工作特别忙，没敢答应你，但心里又觉得这是你人生跨越的第一道门槛，我应该去。纠结中，一直没有回答你。没隔多久，你再一次发来短信说：我的毕业典礼希望芸姨不要缺席。

正当我下决心安排好工作，准备去青海参加你的毕业典礼时，家里出了点状况，最终我还是缺席了。对此，我心里一直很内疚。

现在，我们来说说你的家人，因为他们都是你最亲的人，所以也是我的亲人。

首先，我祝爷爷奶奶健康长寿，扎西德勒！

其次，你的表姐好美，表姐的婚服也真的是好漂亮，祝他们百年好合。

最后，我很欣慰，你还是保持初心，在获取知识的最好年龄，那样刻苦执着地学习。在我们这里，像你这么大的女生，大多还在妈妈的庇护下撒娇，而你已经在思考自己的未来，你的目标，你的人生观、爱情观，这说明你是一个有理想、有担当、有目标的人。我深深地感到欣慰，因为我也觉得一个人一定要有独立思考的能力。在视频中我看到，现在的你已经开始具备这个能力。

最后一个问题，也是你说困扰你很久的问题。我和你，确实是从资助开始建立联系的，可我始终认为，我们彼此不是资助和被资助的关系。从我们见面开始，我就觉得我们俩可以是姐妹，可以是母女，也可以是忘年交。我们俩的关系，是一份长长久久的友情和亲情。

其实你小学毕业的时候，月光就对我说过，你家里已经不贫困了，资助可以结束了。那时，我和你爸爸通过电话，我说我还想尽一份心意，虽然我也知道你家里的条件已经很不错了，我的心意和资助对你们来说或许也微不足道，可我还是想通过这样的形式，继续我俩的缘分。

你也不要有什么压力，更不用有负罪感。我也没有任何目的，我只是希望我们的缘分不要断掉，因为在我心里，我很珍惜我们情同母女的关系。

我希望你好好学习，成为一个对社会有用的人，以后不管为了什么，都不要影响你的进步和发展。当你学成以后，你也可以弘扬自己民族的文化，与各民族有交流，甚至用藏文、汉文、英文做国际交流，都未尝不可。

这才是你应该考虑的问题，也是你学习的动力。希望你的目光远一些，视野开阔一些，你的心胸和格局也会随着年龄和学识的增长，慢慢地打开。

社会上对我们坚持做的这件事情确实有议论和不同的看法，也有人说一些被资助者不懂得感恩，没有责任心，没有回报，周围也确实有不少人会因此产生种种的困惑。你问我，是不是可以去帮助别的更困难的人，我觉得你不需要有这种压力，我用其他方式帮助别人，和我们之间的交往没有直接关系，我只是希望通过资助这样的形式，延续我们之间的情谊。

你问我这样善意的行为是否需要回报，目的又是什么，那我可以坦诚地告诉你，我们只是通过资助的形式相识了、结缘了、变成一家人了，如此而已。

当然，我也可以说，我要求有回报，这个回报，就是希望你好好学习，将来做一个对社会有用的人，当你有能力的时候，也能够去帮助需要帮助的人。因为你已经看到过更苦难的事、更苦难的人，所以，我希望你长大以后，有善心、有能力、有担当，去做一个爱的传承者。这就是我想看到的回报。

今年我会去看你。你要初中毕业了，我跟月光说，我一定要去参加你的毕业典礼，这样我觉得才有意义。

你就要参加中考了，月光说，如果考得好，你就有可能到南京来上高中，我

月光妈妈

很期待。你如果来南京上学，我们就离得近了，周末你可以来杭州玩，平时我也可以去南京看你。当然，不管你在哪儿读高中，我都希望我们的这份母女情分可以长长久久。你愿意吗？

好了，啰啰唆唆讲了那么多，我也不知道有没有解答你心中的困惑。

拉毛，现在最重要的是，你要心无旁骛，全力迎接中考的挑战。祝你中考顺利，考上你理想的高中，我会一直支持你。

仁青拉毛：

谢谢芸姨！听您对我说了那么多话，我很激动，也有点紧张。因为刚刚我没太敢打开您的语音，我怕我的听力跟不上您说话的节奏，我先转成文字看了一遍，但还想再听您的声音，又重新用语音播放了一遍，回复有点延迟。

我当然希望您来参加我的初中毕业典礼，但时间上可能我们的毕业典礼要比爱心之旅早一点。这个不重要，重要的是，到暑假的时候，您能来就可以了，我会很开心！

秋芸：

谢谢你，拉毛，谢谢你一直惦记我！

能不能参加你的毕业典礼，还要看机缘，因为我是随月光组织的爱心之旅大部队一起走，时间上不知能否赶得上。但无论如何，这个暑假我一定去看看你，因为我们很久没见面了，我也很想念你。

在你的学习路程上，每一个节点我都想和你分享，真的！因为杭州和青海距离比较遥远，有时候确实又有一些突发状况，我也不可控。所以，很遗憾，你小学毕业典礼我没有参加，你初中毕业我一定要过去。

仁青拉毛：

芸姨，您别这么说，我知道这么多年来，您心里一直惦记着我。我也很感谢您对我一些问题的解答，因为我不光是有这种负罪感，我还怕自己以后不够强大，做不了一个对社会有贡献，也能够去资助更弱者的一个人。

但我想，在新的一年里，我会有更大更远的目标以及规划，我希望能通过自己的努力，去实现这些。

谢谢芸姨！

秋芸：

拉毛，你记不记得你曾经说过，奶奶给我做了一件藏袍，因为我一直没来，你说要让月光带回来。我说不用，我下次自己来拿，这是因为我希望我们的缘分不要断掉。今年夏天我去看你，我就会有理由说，哎呀，我来看一下奶奶，我来穿上奶奶给我做的藏袍，你懂吗？

其实帮助别人，不是说一定要做很大很大的事，小事也可以。就像你说的，妈妈和奶奶不懂汉语，你可以用普通话帮助她们，这也是一种帮助，这也是一种能力。做善事，从点点滴滴的小事情开始，最终才能做成大事。

而在你这个年龄段，最重要的事情，当然是好好学习。

仁青拉毛：

芸姨，您说的，我都懂，那是一种跨越时间延续上的缘分。

我奶奶每年夏天必念叨的事情之一，就是您能不能来拿那件藏服。奶奶亲手缝制这件藏服已经好几年了，我们一直保留至今。

您每次给我发您的照片，我都会给奶奶看，我们一起讨论您的身高体形有没有变化，我担心奶奶为您缝制的藏服，您穿上不合身。我们希望能够做一件尺码精准的藏服，捧着它等您来，看到您美美地把它穿在身上。

秋芸：

好，我也很期待！

我们现在约定，今年暑假我们一定会在直亥雪山下相见的，我也希望到时去看望奶奶，穿上她老人家亲手为我缝制的藏袍。

月光妈妈

仁青拉毛：

　　芸姨，以前我很少主动和您进行交流，因为我很怕我们的关系是染指利益的，旁人只会说我们是资助者和被资助者，会觉得我去和资助人交流情感，是不是希图换回些什么。所以我宁愿只在新年的时候对您说一声过年好，也不愿意让人觉得我是带有什么目的去和资助人进行交流。

　　今天和您说出我的心里话，我觉得自己放下了包袱，心里轻松多了！以后我要是再遇到一些困惑，包括我在日常生活以及很多事情上碰到的难题，我也可以对您说一说，向您请教，对吧？

　　我现在是用我奶奶的手机给您发语音。我爸说，只要我考上了心仪的学校，他就会给我买手机，到时候我们就可以自由地进行交流了。

秋芸：

　　是的是的，我很高兴你放下了这个包袱，以前我一直不知道你有这么重的心理负担。

　　其实，我很愿意经常听到你说这样的话：哎呀芸姨，上次你给奶奶买的鞋子奶奶已经穿破了，你能再给她买双鞋子吗？听到这样的话，我会很开心，因为我觉得你对我不见外了，把我当成了自家人。

　　希望我们永远能这样，你有什么不方便对爸爸妈妈说的，也可以来跟我探讨，我以我的经验，或者说站在你的角度，帮你分析分析。你心里有什么想法，或者有什么疑惑，都可以和我说。这样，我觉得我们才真正像母女和朋友。

　　我就这么愉快地等待着，期盼着。

　　秋芸和仁青拉毛聊天，就像母女在拉家常，但细细品读，你又分明能感受到，她们的对话远不是家长里短那么简单，我们从中可以看到一个孩子的迷茫与思考，也可以体悟到一位爱心妈妈对孩子潜移默化的引导和期望。

　　现在，仁青拉毛如愿考上了南京市江宁高级中学民族班，秋芸激动得不行，说比她儿子当年考上大学更高兴！

更让秋芸开心和欣慰的是，仁青拉毛的努力也带动了她的两个弟弟。

大弟弟扎德多杰从大班开始就被资助结对，现在也在仁青拉毛曾经就读的贵南县第二民族中学上学，按他爸爸的话说，随着年龄的增长，贪玩的他越来越懂事了，看到姐姐那么出色，他也开始奋起直追，学习成绩提高很快。与此同时，扎德多杰显露出优秀的篮球天赋，他说自己将来或许会去报考体育学院的篮球专业，但他不会做那种"四肢发达、头脑简单"的运动员，他首先会学好各门基础知识，做一个有文化的人。

小弟弟冷本扎西，看到姐姐和哥哥都被资助，也一直眼巴巴地盼望着自己被结对，每年都要问爸爸，什么时候可以排上他。按规定，一个家庭最多只能结对两个孩子，因为姐姐、哥哥都已被结对，加上他们家的经济条件已经明显好转，所以他不在被结对的范围内了。没想到这孩子从一年级等到四年级，知道今年还是没有轮到自己，在家里伤心得哭个不停，因为被结对的孩子每年都会收到去学校参加爱心活动的通知，孩子们已经将其视为一个重大的节日。冷本扎西不明白，自己为什么一直被排除在门外，是自己学习不够好吗？冷本扎西的爸爸看到小儿子那么伤心，只好给月光打电话，央求她给冷本扎西安排一个形式上的结对，并表示资助款由他转给月光，主要是想从精神上鼓励孩子，因为在孩子眼里，能够被爱心助学团队结对，已经成了一种无上的荣耀，更重要的是，成了孩子们努力学习的巨大动力！

就在我写这篇稿子的时候，月光和她的爱心助学团队已经到达了青海直亥。我在月光的朋友圈和青海希望小学爱心公益群里，不断看到月光深情记录这趟爱心之旅的美好文字，以及爱心助学团队的妈妈们和孩子们现场活动的一段段视频。

十一年了，只和秋芸见过一面的仁青拉毛，今天更是激动，她和她的奶奶、妈妈都穿着盛装来到现场。因为她的芸姨，今天终于第二次来直亥看她了！

月光妈妈

展望未来的仁青拉毛

从2012年到现在，全家人都急切地期盼着和结对了十一年的亲人见面。这次仁青拉毛以高分被南京市江宁高级中学录取，令全家人欢欣鼓舞，但其实仁青拉毛最想把消息分享给芸姨。

奶奶带来了自己为仁青拉毛远方的妈妈亲手缝制的那件藏袍，一直等到秋芸完成爱心助学团队布置的工作后，亲手为秋芸穿上，还不让她自己动手。当奶奶为秋芸系腰带，仁青拉毛帮她挽袖口的时候，秋芸止不住热泪盈眶！那一刻，她真正觉得自己就是这个家庭的成员，奶奶就像自己的妈妈，拉毛就是自己的女儿。

当活动进入孩子们为回馈爱心人士而组织的节目表演阶段，六年级所有被资助的同学一起上场，他们表演的节目是《雪域之舞》。蓝天白云下，欢快的孩子们舞起一片闪亮的哈达波浪。

穿着藏袍的秋芸再也忍不住自己内心的激动，冲进跳舞的人群，甩起藏袍的长袖，载歌载舞，融入了欢快的孩子们中间。

秋芸事后对月光说："穿上藏袍后，奶奶说我特别像她年轻时的模样，拉毛和她妈妈一个劲儿夸我穿藏服好看，就像一个真正的藏族女子。那一刻，任何言语都无法表达我的心情，眼泪一直在我眼眶里打转，我情不自禁地和孩子们一起跳起了藏舞。我使劲儿挥动着手中的哈达，我想我只能以这样的形式，来表达我的欢喜和感激之情，我们是一家子，我们是亲人，而拉毛，永远都是我的女儿！"

此时此刻，我想起秋芸一直说的一句话："我会等你慢慢长大。"

现在，仁青拉毛真的长大了，美丽的直亥少女，将要离开雪山草原，前往大城市南京读高中了。我相信，秋芸的心中一定是幸福的，她也一定是为自己这个女儿骄傲的。

在我看来，这位爱心妈妈，其实不是在等待女儿长大，而是在陪伴女儿长大。虽然她们相距遥远，但她们的心却靠得很近。与"等待"相比，"陪伴"才是秋芸一直默默在做的事情，那是一种心灵的滋养。

而月光每年带着爱心助学团队更多的爱心妈妈去直亥雪山脚下，和孩子们面对面地交流，又何尝不是一种更广阔意义上的陪伴呢？

所以，在这篇文章结束的时候，我将原来的标题"我等你慢慢长大"，改成了"我陪你慢慢长大"。

藏红花与绿绒蒿

在月光结对资助并已考上大学的直亥村孩子们中间，也有一对美丽的姐妹花。

姐姐叫英措吉，就读于青海大学；妹妹叫德吉卓玛，是青海民族大学一年级学生。

最初拽住我目光的，是"德吉卓玛"这个名字。它让我想起了四川丹巴的另一对姐妹花：德吉拉姆和卓玛拉姆。青海直亥的德吉卓玛，恰恰将那两个遥远而陌生的丹巴女孩的名字合二为一。

而进一步引起我关注，并激发起我深入了解欲望的，是姐妹俩读的都是和医药相关的专业。姐姐英措吉学的是化工制药专业，而妹妹德吉卓玛的名字后面提供的信息是藏药学专业，这更引发了我的兴趣。

我一直对神秘的藏药充满了好奇。

我读小学三年级的时候，被少体校的射击队选中，成了一名业余射击队员。有一次去野外训练时，我不小心扭伤了脚踝，疼得坐在地上起不来，当时眼泪就掉下来了。带队的教练一边安慰我，一边从背包里拿出一个小瓶子，在掌心上倒了几滴瓶子里的液体，揉开，然后在我脚踝鼓包处来来回回使劲儿搓揉。一开始，我疼得直叫唤，没想到搓了一会儿，疼痛居然明显减轻了。教练把小瓶子交到我手里，让我每隔几分钟自己再搓揉几次。我看到瓶子上写着：藏药，红花油，专治跌打损伤，活血、化瘀、止痛。我又搓了几次，很快就能站起来了。

从那以后，我就记住了"藏红花"这味藏药。在我长长的人生旅途中，也似乎从未远离藏红花：痛经时，母亲用藏红花给我泡水喝，很快就能缓解；家里有一个大口瓶，母亲长期泡着藏红花白酒，谁受风寒了，喝一杯，谁头疼脑热了，用毛巾蘸点酒敷在脑袋上；姐姐有关节炎，她去北大荒插队时，母亲给她带了一大包藏红花，嘱咐她每天用藏红花煮水泡脚……

遗憾的是，年少时因藏红花萌发的对藏药的兴趣，却随着岁月的流逝渐行渐远。

今天，当一位学藏药专业的藏族女孩出现时，年少时的记忆像潮水一般扑面而来，我想，也许是天意吧！或许这个名叫德吉卓玛的大学生，会带我走进藏药的世界，弥补我多年前留下的人生遗憾。我甚至在心里暗暗地将藏红花和德吉卓玛联系在一起，我想若是可能，我一定要请她带我去雪域高原寻找盛开的藏红花！

她穿一件粉红色的拉链衫，戴同色系的发箍，乌黑的头发扎在脑后，是都市女孩常见的那种马尾辫。一副黑框眼镜架在高挺的鼻梁上，增添了几分知性和清冷。

这是从直亥雪山脚下，那个偏远落后的游牧村庄里走出来的藏族姑娘吗？这是从小跟着父母在草原上放牧，辗转迁徙的安多女孩吗？

等到她开口跟我打招呼时，我才从恍惚中回过神来。

昔日的贫穷和落后，早已经时过境迁，国家扶贫政策的阳光，普照着祖国大地的每一个角落，直亥村自然也不会被遗忘。而且，月光和她的爱心助学团队，毕竟在那片荒凉偏远的土地上坚持耕耘了十几年，她们在那里资助孩子们上学的同时，也将富庶江南的精气神，潜移默化地注入了那块贫瘠的土地。年复一年、由内向外，知识的武装、灵魂的锻造，已经在不知不觉中将他们从枯黄的小草，滋润培育成了翠绿的新苗。这是从根上发生的变化，眼前的德吉卓玛只是一个缩影，未来的日子里，这些新苗完全有可能长成参天大树！

那天晚上，月光请直亥村几个考上大学的孩子吃饭，正在读研二的数学才女宗吉，眼里满满的自信，已和我第一次见她时判若两人；进入青海民族大学读社会学的更欠智华，如约背来了扎念琴，为我们弹唱了一首在西藏日喀则特别流行的民间曲目《江洛康萨》；另一位从小喜欢唱歌，名叫南拉才让的校园歌手，用吉他弹唱了一曲《在那东山顶上》，婉转地表达了自己心中的音乐梦想。

与两位用乐器和歌声表达自己内心世界的男孩相比，德吉卓玛显得过于安静，坐在宗吉旁边，就像躲在姐姐羽翼下羞怯的小妹妹。她很少说话，问她什么，也只是简单地回答一两个字，有时甚至只是用点头或摇头表示。

我心里不免有点诧异。

青海民族大学是青海省排名靠前的高校，录取分数线不低，而学校与医学相关的专业，又比其他专业录取分数线要高出一截。德吉卓玛能被该大学的药学院藏药专业录取，可以想见其学习成绩的优秀。在我看来，这样优秀的孩子一般不会怯场或怕生，即便因为性格关系内向一点，也不至于如此沉默寡言，三句话问不出一个字。

为了打破僵局，我试着问德吉卓玛："能不能加你的微信？"

这一次德吉卓玛迅速地点头，掏出手机，打开了她的微信二维码。

我扫了她的微信二维码，手机上很快就跳出了她的微信头像，是一幅很有设计感的画面：一个戴着黑色棒球帽的女孩，面对着被灯光染成金红色的墙上映出的自己头像的剪影；一簇蓝色的满天星，紧贴着棒球帽下那乌黑的头发，虽然看不到女孩的面容，但青春的气息却蓬勃地从画面中溢散出来。

她的微信名叫"歆晨"，是汉语中很普通的女孩名字。

我问德吉卓玛："为什么给自己取了这样一个名字？"

她不再是简单回答一两个字，而是很清晰地说了整个晚上最长的一段话："'歆晨'是天上'星辰'的谐音，我向往星辰大海。在老家直亥的时候，我最喜欢躺在家乡的草原上，看夜空中亮闪闪的星星，遥远、未知，我将'星'改成了读音相近的字。"

我没有想到，看上去很腼腆、少言寡语的德吉卓玛，内心却这般辽阔，向往星辰大海，对遥远未知的世界有一种憧憬。

我问她："你为什么选择学藏药？这是一个蛮冷门的专业，将来的就业前景也没有那么广阔。而且，制作藏药的原材料一般都在雪山高原吧？女孩子学这个会不会很辛苦？"

她又恢复了惜字如金的状态，不说话，只是咧嘴笑了笑。

我又追问："你入学已经有一段时间了，学得怎么样，觉得藏药有意思吗？"

她沉默了一会儿，忽然吐出一句话："我爸爸是个藏医，他能用藏药给村民和牛羊治病。"

我愣住了，因为月光向我介绍这对姐妹花时，说到她们家有妈妈、姥姥、哥哥、姐姐，没有爸爸，因为爸爸已经离家多年了。

我还想再问，德吉卓玛已经低下了头，额前的一绺刘海落下来，遮住了她的眼睛。

我曾听说，在直亥草原上，许多牧民的家就驮在马背上，放牧的人随着羊群或牛群的足迹，转场、迁徙，男人的情爱和精血也是走到哪里撒到哪里。有了孩子，一般都跟着妈妈、姥姥或者姨妈，女人就像哺乳的奶牛，默默奉献，任劳任怨。一个女人没有丈夫不稀奇，一个家庭没有父亲很普遍。

德吉卓玛的眼睛告诉我，在她心目中，父亲并不是一个置家庭和孩子于不顾的浪子，而是一个有学识、会治病的医者，她并不掩饰自己对一个离家出走的父亲的尊敬和爱。

　　这显然是一个有故事的女孩，她的星空里一定有灿烂，内心才会有我们意想不到的辽阔；但她的心房里必然也有隐秘，那是不愿意让人触碰的伤痛。

　　我突然意识到，面对这样的女孩，最好不要去追问她背后的春夏秋冬，而只能抽丝剥茧、顺藤摸瓜地去寻觅她曾经走过的人生履痕。

　　不知是有心还是无意，那天聚会结束分别时，德吉卓玛对我说："其实我报考大学选择志愿时，还是有点迷茫的，最后填报药学院藏药专业，是我的表哥给了我很重要的指点。"

　　"你表哥？他叫什么名字？做什么工作？"我问。

　　"恩贝。他2010年大学毕业后，曾经回直亥村当了几年的老师，他也是我和姐姐成长道路上的引路人。"

　　这是德吉卓玛整个晚上说的第二个长句子，她的话给我提供了很重要的信息：首先，2010年前后，正是月光开始在直亥村援建希望小学的那段时间，恩贝正好在这个时候回乡当老师，那他应该是希望小学从建立到成长的见证人；其次，德吉卓玛称其为自己和姐姐的引路人，我意识到，这位表哥很可能是我走进这对姐妹花内心世界的一把钥匙。

　　德吉卓玛将她表哥恩贝的电话和微信发给了我，看得出来，她很愿意让我认识她的表哥。

　　第二天我就联系上了恩贝。

　　他的汉语很好，无论是在电话里还是在微信中，他的表达都很流畅，让你完全忘记了他是一个地地道道的藏族人。

　　通过采访恩贝，我不仅更清楚地了解了直亥村希望小学的前世今生，也明白了这位表哥为什么在这对姐妹花的心中，会有如此重的分量。

我是我们直亥村第一代大学生中的一个。和我同一年上大学的还有两个人，但只有我一个人回到了直亥村。

2010年我从青海大学毕业，同年9月被贵南县教育局聘用。分配工作时，或许是因为自己对家乡有一份牵挂和情怀，也为直亥村这么多年来教育的落后现状感到心酸，我就向局里请求，派我去直亥村。最后县教育局就将我分配到了直亥村幼儿园。

回直亥村时，我信心满满，准备大干一场。我在大学学的是行政管理，又经过了教育局组织的为期三个月的幼儿教育专业培训，我相信通过自己的努力，一定能够带动其他老师，改变直亥村的教育面貌。

我知道家乡落后，但实际上并不太了解落后到什么程度，因为我八岁就离家到贵南县城上学，只有寒暑假回村里转转。等我真正进入学校工作后，我傻眼了。幼儿园办在一座破旧的营房里，一共六间瓦房，两间做教室，教室里的桌子、凳子缺胳膊少腿。学生不多，好像一共也就六十几个。只有四名教职员工：园长、两位老师，还有一名厨师。

那时候，直亥村的村民大多是文盲。大家心目中有学问的人，就是寺院里的阿卡（安多藏语中对佛教僧人的一种尊称）和还俗人员。这些还俗人员，藏文水平相当于中学毕业生的水平，数学也有一定的基础。鉴于当时的教育状况和客观条件，县教育局聘请了两个还俗和尚到直亥学前教育学校任教。他们毕竟没有受过专业的幼儿教育培训，除了教孩子们藏语和十位数以内的加减法，剩下的就是带着孩子们唱歌跳舞。

中午学生和老师吃的一般是稀饭，菜就是白菜、土豆、萝卜，作料除了盐巴，啥都没有。

最让孩子们看着流口水的，就是厨房里一个铁架上挂着的肉。村里人宰杀了羊，剥掉羊皮，清除内脏，就把整只羊挂在上面，时间一长，羊肉就风干了。

刚开始吃风干羊肉的时候，还觉得挺好吃，吃上两个星期以后，肉的味道就完全变了，变成一种臭烘烘的怪味。干肉其实是要经过专门处理的，学校的厨师不会弄，直接把肉挂到铁架上，很快就发臭了。

蔬菜都是堆放在地上，因为气候干燥，白菜、萝卜很快就干瘪了，吃起来干巴巴的。草原上蔬菜本来就少，看着堆在地上的蔬菜水分不断蒸发，真是让人心疼！

我当初就想，要是学校有一个冰箱就好了。有了冰箱，肉就不会臭，蔬菜就可以保鲜。

可是，学校没有钱买冰箱。我一直琢磨着怎么给学校弄个冰箱。

就在这个时候，村里传来消息，遥远的浙江有一个女老板，要为村里建一所希望小学。冰箱似乎一下子变得不重要了，有了新的希望小学，冰箱算什么！

我跑到县教育局，打听这一重大消息的真实性，很快就得到了有关方面领导的证实。我马上又跑回村里，将这个好消息告诉孩子们。孩子们欢呼雀跃的情景，我至今记忆犹新。

接下来，希望小学建设的速度特别快，钱到位了，水泥、砖块、木料齐刷刷运来了，施工队进场了，蓝天白云下，新学校的砖墙每天都在升高，新学校一点一点露出雏形。

我和孩子们每天都会跑去工地打探新学校的建设进程，那成了大家最开心的时刻。有时候，我也会带领学生帮着搬砖、和泥，清扫建筑垃圾。

令人诧异的是，援建这所希望小学的人，在建校过程中始终没有出现，这也增加了她的神秘感和孩子们的好奇心。我知道，每个孩子都在心中描画着这位未曾见面的阿姨的形象。

新学校建起来以后，一共有九间房，各种配套设施也很齐全。这在当时贵南县所有村级学校当中，条件可能是数一数二的。因为据我所知，我们贵南县的村级小学和幼儿园，几乎都是利用之前的驻地部队或者马场留下的一些旧房子做学校校舍，还没有什么地方专门为学校盖新房子。新学校有了我心心念念的冰箱，插上电，冰冰凉凉，孩子们再也不用吃发臭的羊肉和干瘪的蔬菜了。

2011年8月19日，我到现在都没有忘记这个日子，直亥村举行了高宜钦希望小学竣工典礼，县委县政府的领导和过马营镇党政领导都专程赶到直亥村参加。

月光第一次现身直亥村，大家这才见到了一直在背后默默操持援建希望小学的真人。月光的作家丈夫大元也一同来到了竣工典礼现场，他们当场就结对了六名直亥村的贫困学生，并捐助了许多学习用品、生活用品和慰问金，同时还表示，今后将进一步在直亥村扩大帮扶范围，深化帮扶内容。

说实话，他们当时的这一番表示，谁也没有往心里去，大家沉浸在新学校落成的喜悦中，谁还会想到以后呢？谁会相信月光从这离开后会一次一次地再回来呢？

偏偏月光言而有信地做到了。德吉卓玛就是扩大结对资助范围后的受益者。

有一次，我去德吉卓玛家，正碰上她的母亲和几个邻居家的姆妈在聊月光，她们你一句我一句地说着月光好心肠、是大恩人之类的话。德吉卓玛的母亲说：月光不是一般人，是现实生活中的活菩萨。她不仅仅是资助德吉卓玛一个人，而是在资助整个直亥村。现在村里三百多户人家的孩子，几乎一多半都得到资助了。这样资助下去，再有钱也会变成穷光蛋的！

德吉母亲短短的几句话，可以说代表了全村妇女对月光的评价，体现了月光在她们心中的位置。

恩贝作为直亥村希望小学建设的见证人和参与者，经历了学校的前后变迁，显然对学校和孩子们投入了深厚的感情，他在向我讲述学校前世今生的过程中，还给我发来了一些照片。这些照片虽然清晰度不高，但还是让我看到了直亥村这所村级学校的前后变化。

让我印象尤为深刻的，是一张孩子们背着书包、踩着泥泞的小路行走在上学路上的照片，虽然照片上只有孩子们的背影，我却真切地感受到孩子们对上学

月光妈妈

的渴望!

还有一张照片,孩子们坐在石子地上,背后是破旧的老学校,我注意到没有一个孩子脸上有笑容,他们大部分都低着头,脸上的表情很木讷。

我对恩贝说:"你记录了历史。"

恩贝说,当时的手机像素不太高,但他就是觉得应该把那些场景留下来。

当我问及英措吉和德吉卓玛,并说起姐妹俩一直将他视为她们成长道路上的引路人时,恩贝在电话里爽朗地笑了。听得出来,他很喜欢这两个性格迥异的小表妹,对她们家里的情况和姐妹俩的现状,他也了如指掌。难怪寡言少语的德吉卓玛想让我认识她的这位表哥,也许她觉得表哥可以告诉我想知道的一切吧。

我问恩贝:"这些照片中的孩子,有英措吉和德吉卓玛吗?"

恩贝说:"英措吉和德吉卓玛当时都在过马营镇上学。她们家的经济状况很不好,生活来源基本上就靠家里的十几头牛和几十只羊。为了能够让姐妹俩继续上学,她们同母异父的哥哥姐姐都辍学了,哥哥在一个煤矿挖煤,姐姐上山挖冬虫夏草。"

我追问道:"那她们的爸爸呢?我知道她们的爸爸离家很久了,我想知道她们的父母是在姐妹俩多大的时候、因为什么原因离婚的。我在西宁见过卓玛,这孩子很内向,问她一句话,她就答一两个字,话很少。"

恩贝在电话里叹了一口气,沉默了一会儿,才说:"还是受单亲家庭的影响吧,父亲一直不在身边,心里肯定还是有阴影的。说来话长啊!"他又重重地叹了一口气,向我讲述了一段令人伤感的故事。

她们父母离婚的时候,姐妹俩还小,都在读小学。

英措吉和德吉卓玛的妈妈和我妈妈是亲姐妹,我叫她姨妈。姨妈和她的第一任丈夫分手后,带着一双儿女,日子过得很艰难。但她很坚强,也很乐观,靠着在草原上放牧牛羊,养活自己和孩子。

姨父原先当过和尚，还俗后过了合适的年纪还没结婚。有热心人对他说了姨妈的情况，他们的家只隔着一座山，他就翻过山，找到了姨妈家。

当时，国家按扶贫政策分配给姨妈家的四头种牛，正好经过长途跋涉刚刚到家，因为不适应直亥雪山几千米的海拔和寒冷的气候得了感冒，其中一头牛因为病情较重，不幸死去，剩下的三头牛也病恹恹的。

姨妈看着病牛心急如焚，却束手无策。这几头种牛，是国家给贫困家庭送来的福祉，她一心指望着它们繁殖更多的小牛，那是这个穷困家庭未来的希望。

姨父在关键时刻亮出了他的绝活。他上山采来了一大堆谁也叫不出名字的花花草草，捣鼓了几天，三头牛在他的精心照顾下，居然抬起了病恹恹的脑袋，眼睛里也有了光彩。

姨妈看姨父的眼神变得柔和，姨父也就此在姨妈家留下来，做了上门女婿。

消息传开后，姨父成了小有名气的村医，村里谁病了或谁家养的牲畜病了，村里人就会找他来开药。他没有行医执照，加之找他开药的都是村里的乡里乡亲，他也不太好意思开口收钱，最多就是病家给点肉干、酥油、糌粑之类的东西表表心意。所以，他实际上还是一个无业游民，基本没有什么收入。家里的生活来源，主要还是靠姨妈放牧。

姨妈和姨父生下了两个女儿，加上前面那一任丈夫留下来的一儿一女，还有她自己九十多岁高龄的老母亲，一大家子人围绕着她。身边有丈夫，膝下有孩子，尽管穷，但姨妈很知足。

三头种牛曾经很长时间怀不上胎。姨父赶着牛到村里一户一户地去试着配种，又把自己研制的草药拌在给牛吃的草里面，看着它们吃下去。后来这几头种牛都怀孕了，先后生下了七八头小牛，那是他们全家最开心的日子，也是姨父作为家里的男人最有成就感的时候。

可是，后来不知怎么了，日子过着过着就碎了。

过去姨妈一个人扛起这个家，独立惯了，在家里说一不二，虽然她对姨父挣

月光妈妈

不来钱并无怨言，但家境的贫困，让姨父觉得生活很无趣，也很无望，自己在家里似乎也说不上话，他觉得很憋屈。久而久之，彼此便生出嫌隙。

还有一个重要的原因，姨父其实是见过一些世面的，他的生活习惯、思想观念和为人处世的方式方法等，和在村里土生土长的姨妈相去甚远。尤其是两人之间明显的文化差距，让他们实在没有共同语言，遇到问题和困难，两人不同的思维方式和解决办法，常常是他们拌嘴的导火索。

尽管他们已经有了共同的女儿英措吉和德吉卓玛，但并没有因此保住他们破裂的婚姻。

终于有一天，姨父赶着羊群头也不回地走了，他把相对值钱一些的牛，留给了两个女儿和她们的母亲。

那一年，英措吉十三岁，已经很懂事了，她拉着妹妹的手找到我，对我说："哥哥，求求你了，你想个办法，让我爸妈和好吧！"

那时，我还在上大学，听到这个消息很吃惊，就赶回村里，找到我们当时的村支书，还有村里一位德高望重的老人，翻过山，到姨父家里劝他。

他开始一直不说话，最后说，和好也行，但是他不可能再回到直亥村了。

我们问他："为什么不能回到直亥村？"

他又沉默了，憋了半天才吐出一句话："直亥村太穷了！"

这回轮到我们沉默了。

他说得没错，直亥村是穷，而他们家在村里更算得上穷上加穷！他说他愿意把英措吉姐妹俩和她们的母亲接过来，这样日子就会好过得多。他在老家有四个兄弟，想做什么事情也有人帮衬。这边有盖房的宅基地，还有草场，如果英措吉的妈妈能放弃直亥的草场，搬到这边来，生活就不一样了。

话说到这个份儿上，我们都知道没法再劝了。

我将他的话带给了姨妈，自然是无功而返。

我对英措吉说："作为你的表哥，我尽力了！局外人是没法让你们父母和好的。这件事情只有由你们做女儿的出面，才有可能真正解决！但你和德吉卓玛现在太小，说话没有什么分量。你们只有努力读书，考上大学，将来找一份好工作，有自己的收入。等到那个时候，你们再说和父母，事情也许就办成了。"

听恩贝说完姐妹俩父母的故事，我也在心里重重地叹了一口气。

姐妹俩的父亲显然并不是一个不负责任的浪子，他对这个家庭曾经有过真心实意的付出，点点滴滴都在这个家里留下了痕迹；母亲一直是这个家的定海神针，养大前后两任丈夫留下的四个孩子，却从未怨天尤人，只是默默用自己柔弱的肩膀扛起了家里所有的沧桑与苦难。

谁都想过好日子，谁都有权利追求幸福的生活！我们似乎无法评判这一对劳燕分飞的夫妻谁对谁错。说到底，真正导致他们分手的，恐怕并不是感情的完全破裂，而是直亥村的贫穷落后，熬干了彼此间曾经有过的温馨。

不能说父亲就是被家里望不到头的穷日子吓跑了。渴求变化、向往未知，恐怕是每一个人的潜意识使然，是人性使然，只不过有人守住了自己，有人放纵了自己罢了。

英措吉的母亲没有答应去往她父亲的家乡，应该说是情有可原的。她无法拖儿带女到一个陌生的村庄，况且家里还有九十多岁的老母亲，她怎么可能将一辈子生长在直亥土地上的这棵老树连根拔起？

但是，我总觉得这仅仅是一部分的理由，除此之外，会不会还有更深层的原因？

我想去寻找背后的答案。

我们去了英措吉的家。

一路上，月光向我介绍了当初她和德吉卓玛结对时的情况。

那是2014年夏天，我带着爱心助学团队赴直亥村。村里面又报上来一批希望

月光妈妈

结对资助的学生，这中间就有德吉卓玛。

德吉卓玛不是希望小学的学生，而且暑假过后她就要去过马营上中学了，按理说，她不符合资助条件。但是村干部特别强调，她们家真的很困难，父亲甩下这个家走了，两个女孩德吉卓玛和英措吉成绩都很优秀，她们的母亲不想放弃其中任何一个，但同时供两个孩子上学，经济条件又不允许。村里也不想她俩中的任何一个辍学，所以将妹妹德吉卓玛的名字报了上来。

"成绩都很优秀"，这句话打动了我。接下来走访新报上来的贫困孩子的家庭时，我首先去了德吉卓玛家。虽然我提醒自己，不能轻易开这个口子，否则需要被资助的孩子数量将会成倍地上升，以自己现有的财力和爱心助学团队目前的人员组成状况，是否能应对这样巨大的需求，我心里没底；但我还是和往常一样带上了现金红包、衣服及学习用品。我知道在安多藏地有不少这样的家庭，特别心疼这种家庭的孩子。我想，这次即便不能和德吉卓玛结对，也不能冷了孩子的心，要给孩子带去温暖！

可是，一走进德吉卓玛的家，我的心就痛了。

一间红土砖房里，只有一铺炕，以前全家老少四代，包括姥姥、母亲、大哥、大姐、英措吉、德吉卓玛，还有大姐的女儿、大哥的女儿，八口人全部挤在一铺炕上睡觉。后来孩子长大了，实在挤不下，也不适合睡在一铺炕上了，只好在土砖房外面搭出一间窄长的玻璃房，在墙角用木板架起一张床，可以睡两三个人。

我走进玻璃房时，透明的玻璃房顶上飘着白云，躺在床上仿佛就能把白云摘下来。

天上的美景，挡不住现实生活的艰难。低矮的木板床上连床被子都没有，只铺了一条灰突突的毛毡，上面杂乱地堆着几团粗粝的麻袋，陪我家访的村干部说，那是用来当被子御寒的。

那天英措吉和德吉卓玛都在家，我当即在爱心结对卡上写上了自己的名字。

当年家访留下的合影

月光说到这里拿出手机，找出了当年走访时，在德吉卓玛家门口拍下的一张照片。

照片上，英措吉（左一）和德吉卓玛（右二）穿着各自的校服，两人都多少有点拘谨。一旁的母亲一手拎着月光带去的衣物、礼品，一手拿着爱心结对卡和现金红包，脸上露出了开心的笑容。

我看着照片上的德吉卓玛，想起前一晚见到她的模样，心想，读书是真的能改变人啊！

说话间，我们已经来到了德吉卓玛的家。

走进院子的时候，看见一辆白色货车停在院子中央，两个分别包着红头巾和蓝头巾的女人正和几

月光妈妈

个男人说着什么。

还没有等我们开口问话，从院子一角突然钻出两个小女孩，她们跑到我们面前，睁大眼睛上下打量着我们，那神情分明在问：你们是谁？来这儿干什么？

就在这时，正在说话的两个女人也看到了我们，那位包着蓝头巾、年纪大一些的应该就是英措吉和德吉卓玛的母亲了，她显然认出了月光，很快丢下那几个男人跑过来，一把拉住月光的手，紧紧握着，嘴里滔滔不绝地说着我听不懂的藏语，脸上满是藏不住的喜悦。

旁边那位包红头巾的肯定就是大姐了，她能说一些汉语。听月光介绍了我，了解了我们此行的来意以后，她告诉我们：院子里的那几个男人是来收购冬虫夏草的。家里现在的日子比以前好过多了，月光每年的资助，基本解决了德吉卓玛在学校的生活费，上大学的学费也可以向国家贷款，妈妈基本上没什么压力了。但两个妹妹在大城市西宁上学，花钱的地方多，作为姐姐，还是想再多挣点钱贴补她们，她现在经常上山挖冬虫夏草，可以赚点钱。

我问两个小女孩是谁，大姐说，一个是自己的女儿，叫彭毛叶忠，一个是大哥的女儿，叫仁青措毛，现在她俩都是直亥村希望小学四年级的学生。

两个孩子热情地拉我们到屋里去坐。

她们家的房子已经不是月光第一次来家访时，那一间正房加一条窄长的玻璃过廊了。现在有六间房，虽然仍然是简陋的红土砖玻璃房，但是干净、敞亮，屋里的家具和摆设，也明显比月光描述的好了许多。

德吉卓玛的母亲给我们斟上了滚烫的奶茶，她通过大姐告诉我们："新房子是这两年刚盖的，国家补助了四万，自己家又筹集了大约一半的钱。现在英措吉和德吉卓玛回家，也有自己的房间，日子正在一天天地好起来。"

我问月光："村里的状况比起你2011年刚来援建希望小学的时候，已经大不一样，英措吉和德吉卓玛的家庭条件也比你2014年来走访时改善了许多，接下来你还会继续资助下去吗？"

月光说："其实我也一直在考虑这个问题。西部经济逐渐发展，直亥村的条件也在一点点好起来，有些家庭的经济状况确实已经不需要再资助了。接下来，我打算慢慢减少一对一的结对资助方式，逐步把重心转移到提升希望小学的教育理念和教学水平上来。今年夏天的爱心之旅，我在准备带给孩子们的礼物时，也考虑了不要只是给他们送生活用品，还要为他们选择一些优质教材和教辅图书，尽可能地将我们东部，尤其是江浙一带优秀的教育资源，引到西部来。"

月光还告诉我："经济发达了，村民们的条件变好了，人心有时反而不像以前那样单纯朴实了，有些人还有那种资助不拿白不拿的心态，明明家里条件很好了，还想多结对拿资助。碰上这样的人，我有时候也会觉得生气和难受，产生一种挫败感，有时甚至闪过放弃的念头，但那毕竟是少数，绝大多数村民和被资助的人都是善良淳朴的，让我终究还是放不下！尤其是看到孩子们读书的劲头越来越大，成绩越来越好，我更是感到欣慰。"

月光说这话时，彭毛叶忠和仁青措毛一直扑闪着大眼睛看着我们。

月光搂过彭毛叶忠，爱抚地摸着她的头发，对我说："这个孩子目前是和我学校的一位员工的女儿结对。在我们的爱心助学团队中，有不少人都是以孩子的名义和贫困生结对的，一方面是想让孩子了解自己和边地孩子生活上的巨大差异，学会珍惜；另一方面是希望他们能和西部的孩子交上朋友，把扶助西部偏远地区的接力棒传下去。这样的交流，我觉得对两边孩子的成长都有好处。"

一直坐在旁边默默听我们说话的英措吉的母亲，不知是听懂了月光的话，还是自己内心就有想表达的愿望，说了很长的一通话。一旁的大姐告诉我们："妈妈说，我们周边许多村子的老百姓，都羡慕直亥村有这么好的希望小学，不仅因为学校有高大宽敞的教学楼和礼堂，有漂亮的操场和乒乓桌、篮球架，更重要的是，月光年年带着爱心助学团队来和学生们见面交流，和孩子们谈心，谈人生，谈理想，让他们见世面、长知识，知道了很多外面的事情！现在许多人都希望把自己的孩子送到直亥村的希望小学来上学呢！"

大姐翻译的这番话，有没有自己添加、整理的成分，我不敢说，但我相信，一定是母亲的肺腑之言，她为直亥村拥有这么好的希望小学感到自豪，也为自己的孩子能得到月光的资助及其爱心助学团队的帮扶，进而学到更多文化知识而感到骄傲。

我不知道这位母亲和姐妹俩的父亲分手的原因，除了贫穷，是否也有文化上的差距和隔膜。

我们离开的时候，母亲拉着彭毛叶忠和仁青措毛的手一直送我们到路边，她依依不舍的眼神，让我感受到她是一个情感细腻的女人。她现在已经有了第三代，一定希望第三代不要像自己那样没有文化，她愿意让她们有一个好的接受教育的环境，而直亥村希望小学在她心里就是这样一个地方，这是否也是她不愿意离开直亥村的一个重要原因呢？

接下来的几天，我们一直在直亥村采访其他受资助孩子的家庭，但我心里还是惦记着英措吉姐妹。虽然通过采访她们的表哥和走访她们家，这对姐妹花成长的轨迹已经很清晰了，但有一个问题还是没有得到真正的解答。

在采访中我注意到，安多藏地的单亲家庭现象的确很普遍，这些家庭的孩子，往往不会提及父亲。

但是德吉卓玛是个例外。这朵羞涩的"藏红花"，尽管寡言内向，却是第一个主动向我说到离异父亲的女孩。她说到父亲时的口吻明显带着骄傲，可以看出，这位父亲依然在女儿心中有着重要的位置。德吉卓玛如此，那么英措吉呢？

在青海的最后一天，我们去了青海大学。

这所位于西宁市中心的国家"双一流"建设高校、国家"211工程"重点建设大学，也是全国"中西部高校提升综合实力"工程入选高校之一。

学校很气派，门卫管理异常严格。我们恳求了半天，保安也不让我们进门。无奈之下，月光只好打电话让英措吉出来。

时值黄昏，斜阳的金辉照射在校门口一块巨大的暗红色大理石上，"青海大学"几个潇洒的毛体大字，在金辉里闪着光。

很快，我就看到一个活力四射的女孩，飞快地从校园深处跑过来。她穿着一件天蓝色的卡通卫衣，一条黑色的西装短裤，脚上蹬着一双灰白相间的旅游鞋，脑后高高扎起的马尾随着奔跑轻快地弹跳着，完全是一个时尚的都市女孩！

这会是英措吉吗？月光给我看的2014年在她家里照的那张合影上，英措吉可是胖乎乎、粗啦啦的，大圆脸上长着两块高原红啊！

还没等我缓过神来，时尚女孩已经冲出校门，笑着叫着和月光搂抱在一起了。

"英措吉你真是越来越漂亮了！要是在马路上碰见，我都不一定能认出你了呢！"月光说着，将自己给英措吉带来的礼物——一条美丽的真丝围巾送给她，英措吉迫不及待地将围巾系在脖子上，脸上笑开了花。

英措吉和她妹妹性格大相径庭，一看就是一个自信开朗、情商很高的女孩。她向门口的保安解释了我们的来意，看保安还有些犹疑，又立刻给辅导员打电话，请老师给保安说明情况。经过她的一番努力，我们登记完身份信息后，顺利地进入了青海大学的校园。

校园里好美啊！就像是一个巨大的植物园，绿树参天、草坪如茵，到处开满了梨花、海棠、山茶花和紫丁香，郁郁葱葱的草地上，摇曳着白色的蒲公英、金黄色的迎春和连翘。莘莘学子漫步花丛中，徜徉林荫间，在知识的海洋里遨游，那份幸福真是让人羡慕不已！

英措吉带着我们在一个有石凳石桌的僻静处坐了下来，很善解人意地对我们说，宿舍和教室里都有人进进出出，还是这里安静，没人打扰。

她说她前几天刚刚参加完贵德县的公务员考试，成绩已经出来了，两百多人参考，她排名八十几。这次招考只录取两位，前六名才能进入面试，她差得太远了！

我鼓励她说："两百多人考，排八十几名，已经很厉害了！不要泄气，你还没有毕业，还有别的机会。"

我顺势问英措吉："你不是学化工制药的吗？考公务员，以后做的事情不一定和专业对口，毕竟前后学了五年，会不会有点可惜？"

月光妈妈

英措吉说:"也许是受父亲的影响,我从小就向往成为一名医生。但医学专业录取分数线太高了,在报考青海大学时,为了求稳,我选报了化工制药专业。国家对少数民族学生格外体恤和关照,为了让我们在升入本科学习之前加强基础知识的学习,专门设置了民族预科班。我在预科班学习了一年,回到青海大学时,才知道自己原先填报的专业这一年不招生。无奈之下,我只好改读化工工程。读了以后才知道,化工工程与制药专业完全不搭界,和医学更是八竿子打不着。很长一段时间里,我学得云里雾里的,也实在提不起兴趣。我曾经想转专业,但老师说即便转,也只能在化工圈子里。我只能作罢,慢慢适应这个自己并不喜欢的专业,通过一门一门的考试。我相信,无论学习什么,付出的努力都不会白费!"

和德吉卓玛一样,英措吉也开口提到了父亲,而且毫不掩饰父亲对自己的影响。

我问英措吉:"父亲离开你们的时候,你才十三岁,为什么他能对你的人生方向产生影响?你愿意说说自己的父亲吗?"

英措吉没有半点迟疑,很爽快地说起了自己的父亲。

我不知道别人怎么样,在我看来,一个人最深刻的记忆,一定是儿时!

从我记事起,爸爸就是一个了不起的藏医,他会采集和制作各种藏药,不仅能治头疼脑热、腹泻、小儿风寒引起的惊厥等常见病,还会给人针灸、刮痧。

我八九岁的时候,爸爸第一次带我去山上采药。我们去了直亥雪山,攀爬一座很高的山,快到山顶的时候,我爬不动了,一屁股坐在地上不肯起来。爸爸让我在原地等,自己爬上去了。

不一会儿,我就听到爸爸在山顶大喊:"英措吉,快来看啊!这里有蓝色的绿绒蒿!"

我听到爸爸的喊叫,像打了强心针,一下子从地上蹦起来,很快就爬上了山顶。

一生只开一次花的绿绒蒿

月光妈妈

哇！山顶上有不少天蓝色的花，好美啊！它的花蕊是金黄的，绿色的茎叶上有密密的绒毛和尖细的小刺，花朵垂下脑袋时，就像活佛手里转动的铃铛。

我伸出手去要摘花，父亲拦住了我，拿出一副线手套给我戴上。

爸爸说："你别看这些刺很小，其实很尖很硬，摘多了，你的手会受伤。"

我问爸爸："这是什么花？为什么我以前从来没有见过？"

爸爸说："它的名字叫绿绒蒿，人们也称它为'高原女神''稀世之花'。绿绒蒿多为黄色，蓝色的极少见。因为它生长在高海拔的雪山顶上，寒冷恶劣的自然环境决定了它一生只开一次花，它需要积蓄很久的能量，才有可能绽放独属于自己的美丽。对绿绒蒿来说，生长已经十分不易，开花更是艰难，你看到的每一朵绿绒蒿，都是生命的绝唱，因为花开过后，绿绒蒿就会用尽全部力气结出无数颗小珠子一样的种子，然后静静地死去。"

爸爸还告诉我，正因为绿绒蒿一生只开一次花，所以它是一味很稀少、很珍贵的藏药材，能清热解毒，也能消炎，还能调理胃中反酸，治疗跌打损伤。我们的运气太好了，居然能碰上这么稀世珍贵的绿绒蒿！有的藏医行医一辈子，恐怕都未必能摘到一朵蓝色的绿绒蒿。

那一天，我和爸爸摘了一口袋的绿绒蒿。爸爸还带我认识了另外几种藏药，但它们都不如蓝色绿绒蒿那样美丽，也没有绿绒蒿一生只开一次花的那种悲壮，所以还没等下山，我就全忘了，独独记住了绿绒蒿。

回家的路上，爸爸用他那辆总是抛锚的旧摩托，载着我和绿绒蒿，一路哼着欢快的藏族民歌，我从来没有见他这么开心过。那是我第一次真正认识爸爸，觉得他肚子里装满了学问，不仅懂藏药，会看病，还会讲故事。

我想当医生的梦想，或许就是在那个时候种下了种子。等我长大一些，我自己也多次去爬过直亥雪山，但遗憾的是，我再也没有遇见过那种蓝色的绿绒蒿。

那以后，只要学校放假，爸爸去采藏药时，我一定会跟着一起去。回到家，爸爸总是要对采回来的藏药进行翻晒、研制、收藏，在这个过程中，我会在旁边帮忙，问这问那。

我相信，爸爸妈妈当年一定是因为爱情在一起的，否则，一个有文化、懂医术的小伙子，怎么会入赘一个拖着两个孩子的女人的家？

他们两人最终为什么会离异，我不明白，那时候我太小了，搞不懂大人之间的事情。

虽然我和德吉卓玛从小在单亲家庭长大，但父母的爱我们从未缺失过。

他俩分开后，爸爸回到了他的家乡，可能因为民间土郎中不太能得到别人的信任，赚不来钱吧，爸爸不行医了，开始了他艰辛的打工生涯。他自己省吃俭用，一分一毛挣来的钱，都供我和妹妹上学用。我和妹妹在过马营镇上小学的时候，他每隔三五天就会来看我们，来的时候买一包早餐饼干、两瓶牛奶，分给我和妹妹。走的时候还会跟我俩说，好好学习，过几天再来看我们。过了四五天他真的又来了，他说到的一定会做到。每逢寒暑假，爸爸也会接我和妹妹去他家住一段时间，给我们做好吃的，陪我们玩，带我们去草原上骑马，但他最关心的，常敦促的，还是我和妹妹的学习。他常用他的人生经历教育我们，点醒我们。爸爸说的每一句话都会让我体悟到，摆脱贫穷、改变命运的最好途径，就是上学、读书。

英措吉对我们说她爸爸的时候，语气中没有一丁点怨恨，话里话外反倒尽显对父亲的爱和敬佩。在这一点上，她和德吉卓玛倒是如出一辙。

我想，英措吉之所以那么阳光、开朗、自信，看来也和她从未缺失过父爱不无关系。

我问英措吉："你表哥告诉我，你小时候曾经求他帮忙让你父母和好，他说，只有你们自己强大了，才有可能尝试做成这件事情。现在你和德吉卓玛都长大了，上了大学，你觉得今天的你们有能力让父母重归于好吗？"

英措吉久久没有说话，眼神似乎穿过校园四周高大的绿树和雪白的梨花，飘向了很远的地方。沉默了一会儿，她突然问我："老师，您知道绿绒蒿的花语吗？"

月光妈妈

还没等我反应过来，英措吉就自己回答了："绿绒蒿的花语是'顽强的生命'。这是我上高中以后才知道的，当年爸爸教我认识绿绒蒿时，并没有告诉我。也许，就连爸爸也不一定知道吧。生活中有许多事情是要自己去认识的，没有人会事事在一旁告诉你应该怎么做。"

英措吉的这一番话并没有正面回答我的问题，或许她不想回答，又或许她无法回答。

我有些后悔自己的唐突，英措吉却没有在意，她完全沉浸在自己的思绪中，继续说道：

在我心里，我和妹妹有两个妈妈，一个是月光妈妈，一个是生我们养我们的妈妈。

月光妈妈是我们生命中的贵人，她在我们家最困难的时候雪中送炭，为我们草原牧区孩子坚持求学提供了坚强的后盾。那时，家里条件一年不如一年，我和妹妹两个人在外面上学的费用让妈妈不堪重负，村里人劝她保一个放弃一个，妈妈谁都不肯放弃。这时候，她显示了一位母亲的坚韧和果敢：一方面找村干部，请求把德吉卓玛的名字报上去；另一方面又鼓起勇气自己联系月光妈妈，并说明家里的困难情况。

月光妈妈来我们家调研的时候，对我和妹妹说了一番话，对我触动很大。她说："你不是告诉过我，你喜欢绿绒蒿吗？你妈妈就像开在雪山顶上的绿绒蒿，有着顽强的生命力！她一个人养大你们四个孩子，非常不容易。你们一定要好好学习，将来有出息了，好好报答她。"

我那爱笑的妈妈，从没有上过学，是一个平凡的家庭主妇，但她有着不平凡的生活精神。爸爸离家以后，家里的日子更加艰难，但她从来没有愁眉苦脸。每次我和妹妹放假回来，都能看到妈妈满是笑容的脸。

2015年，我们家被纳入建档立卡贫困户，从此更加彻底地解决了我和妹妹上大学的现实问题。我考上青海大学以后，收到了贵南县教育局发的三江源补助金

10000元、高中母校海南州第三民族高级中学奖励的5000元，还有月光妈妈每年给的资助。妈妈说这些钱得存下来，等毕业的时候还助学贷款。大学期间，我享受了一个学期2200元的国家助学金，还有国务院扶贫办（2021年改组为国家乡村振兴局）的雨露计划政策，第一年共有6000元，我用4000元购买了电脑——有了电脑，学习效率提高了很多——剩余的钱用作生活费，一点心理负担都没有了。第二年和第三年的钱我都给了妈妈，今年的钱还没发放，等发下来了，我还是打算都给妈妈。我和妹妹都会去勤工俭学，尽管父母不希望我们寒暑假去打工，但是妈妈从我们手里接过钱时，脸上露出的笑容，让我和妹妹都很有成就感。

我希望毕业后，可以通过自己的努力找一份稳定的工作，然后用自己挣的工资装修直亥的家，让妈妈也住进漂亮的新房子；我还要攒钱给爸爸买辆车，让他把那辆开了十几年的摩托扔了，再给他也盖个房子，让他老有所依；如果可能的话，我想帮爸爸开个小药房，让他把自己的藏药本领重新发挥出来；然后再给我妹妹补贴点生活费，让她在学校里可以不为钱发愁……

至于爸爸妈妈能否重新走到一起，我已经不纠结了，虽然他们分开后各自都没有再成家，但这不重要，重要的是，我希望他们分开了也要各自活得开心。

人生旅途中，谁都会遇到难以解决的难题，也总有人会建议你去这样那样地解决这些难题，但最后做出选择的，应该还是当事人自己，谁也不可能左右另外一个人的人生！

绿绒蒿一生不是只开一次花吗？就开一次花不是也活得很美丽吗？

从西宁返回杭州几天以后，我收到了英措吉发来的短信：

老师，我准备报考"西部计划"，它是由团中央、教育部、财政部、人力资源和社会保障部联合实施的，招募高等院校毕业生或在读研究生到西部基层开展为期1~3年的志愿服务。若是考上了，我就去当志愿者啦！

月光妈妈

我问英措吉:"志愿者去的地方,条件可能会很艰苦,而且据我所知,这种志愿服务没有工资,补贴待遇也不高。你不想找工作挣钱,给爸爸妈妈盖房子、买车啦?"

她没有再说什么,回了我一个泪中带笑的表情,上面压了一行字:我想月光妈妈啦!

我想我明白了英措吉的心意,她想做一个像月光那样去帮助别人的人。

我在心里默默为英措吉祝福,我相信她就像一朵美丽的绿绒蒿,不管最终开在哪一座雪山顶上,都会有让人意想不到的顽强的生命力!

雪山之歌

那天晚上，他背着吉他走在校园外清凉路上的背影，像雪山反射的一道光，穿过了幽蓝的夜色。校园里的梨花探出学校的围墙，将白色的花瓣撒落在他的身上。

他的身影渐渐远去，但他惆怅的歌声依然在我耳边回荡。

那是他自己作词作曲的一首歌，对着我们弹唱这首歌时，他脸上含着淡淡的笑，眼睛里却似乎飘过一丝忧郁。

歌是真的好听，但他的嗓音不知为何带了一点沙哑，这份沙哑似乎特别适合这首歌的意境和情绪，却让歌声里有着这个年龄不该有的沧桑。

展开梦想的翅膀

我是人间的客人

理想的天空很大

但经历着狂风骤雨

弱小的我难以承受

命运是寒冷的岁月

前方是那么地狭窄

看着世间的繁华

却未能拥有自由

弱小的我在悲伤中醉去

月光妈妈

他一曲唱完，在座的所有人都静默着，仿佛被他的歌声带入了一条忧伤的小溪，谁也不知道这条小溪会流向何方。

"这首歌叫什么名字？"我问。

他看了我一眼，停顿了一会儿才说："《弱小的心灵》。"

我说："今天我一看到你，就觉得你特别帅，而且是一个很阳光、开朗的小伙子，可是你这首《弱小的心灵》听上去蛮伤感的，调子也比较灰沉，和你给我的第一印象相距有点大。你是在什么样的心境下写出这首歌的？"

他嗫嚅着，没有马上回答我，却将求助的目光投向了一同来的更欠智华。

汉语流利的更欠智华对我解释说："老师，您的问题他能听懂，但以他现在的汉语水平，也许还不能一下子回答得清楚。"

他听了更欠智华的话，在一旁频频点头，还忍不住用藏语快速地说了一通，脸上急迫的表情让我能看出，他其实很想和我交流。

更欠智华告诉我："他说他能写，他用汉语写一点问题都没有，就是说不行。"

我笑了，其实我更喜欢用文字和人交流，尤其是彼此还比较陌生的时候，文字交流障碍更少，更容易敞开心扉。

我对他说："我听了你的歌，但我更想听你的故事，如果你愿意，就将你的故事写下来发给我，好吗？"

他点点头说："好的，我很快就可以写给您。"

我们彼此加了微信。

他说快，我没想到这么快。第二天，我就收到了他发来的《我的故事》。

我叫南拉才让，就读于青海建筑职业技术学院经济管理系物业管理专业，今年二十三岁。我家五口人，父母、姐姐、妹妹和我。我们三个孩子先后上学，姐姐现在在做护理工作，刚刚入职，所以收入不太稳定；妹妹今年即将高考。父母五十多岁了，不识字，也没有能力外出打工，家里的主要经济收入来源是放牧，家里有二十八头牛。虽然条件不好，我们姐弟读书却从没有受到过限制，父母非常支持，他们说，家里再困难，也一定要让我们上学。

从七岁开始，我就经常跟着表哥一起放牧，他每次带我去放牧，都会带着一把曼陀铃，一边赶着牛羊，一边弹唱。

在表哥的影响下，我也慢慢对曼陀铃产生了兴趣，表哥就教了我一些弹唱曼陀铃的基础知识，因为喜欢，我学得很用心。

我有一个叔叔，原来是村里小学校的校长，能歌善舞。他把村里爱唱爱跳的年轻人组织起来，成立了直亥村文化演出队，我表哥是演出队里最棒的歌手。

每天快到傍晚时，表哥就和演出队的年轻人一起背着曼陀铃，唱着歌，骑着摩托车来学校。我也是这个演出队的一个小成员，每天晚上和他们一起弹曼陀铃唱歌。晚上回家的时候，表哥骑摩托车带着我，我们一路仰望天空，数着星星，看月亮里面的玉兔是否清晰。有时候会有野狗蹿出来追着我们跑，我害怕得大叫，表哥会反手搂住我，说男子汉不能怕狗！

对我来说，那是童年生活中最快乐的时光。

有一次，在我们村过年的村会上，直亥村文化演出队进行了各种各样的表演。我是演出队里年纪最小的表演者，拿着曼陀铃弹唱了一首《妈妈的微笑》，得到了村里乡亲们的赞美，大家叫我"小歌手"。表哥也说我很有音乐天分，将来说不定能当一个歌唱家。

从那时起，我唱歌的梦想就被无限激发，总想着哪一天我能梦想成真，将来能靠唱歌养活自己。

我父母非常反对我唱歌，他们认为音乐不能当饭吃，希望我将来能有一份稳定的工作。尤其是父亲，他平时总对我和姐姐、妹妹说："你们都能找到一份拿稳定工资的工作，就是我这辈子最大的心愿！"

月光妈妈

演出队里年纪最小的表演者

2022年高考前夕，我告诉父亲，我想去参加艺考。

当时去参加艺考培训要4000元学费，当我试着问父亲要这笔学费时，他很不理解，一口回绝了。

我虽然没钱去培训，但我的梦想并没有就此熄灭。

我还是想为自己的梦想买单，打算偷偷去报考一下，虽然明知道一定会名落孙山，我也要撞一回南墙，不给自己留下遗憾。我瞒着父亲报了名，用自己平时积攒的钱，交了80元的报名费。

考试前，我给父亲打了个电话，说我还是来参加艺考了。我清晰地记得，父亲说的第一句话不是责骂我，而是要为我煨桑（用松柏枝焚起烟雾，是藏族人祭天地诸神的仪式）祈福，我当时眼泪就下来了。

父亲给了我500元钱，我揣着这500元就去参加考试了。

几天后，成绩下来了，可想而知，考试没通过。但我并不后悔，在基本的乐理知识都没好好学过的情况下，还考了70分，我已经很满足了。

理想很美好，现实很骨感。在那之

后，我放下了自己的梦想，参加了高考，根据录取分数线选择了现在的学校和专业。我对这个专业其实根本不感兴趣，但我不想父母担忧我未来的生活，只好向现实妥协。

我有时会为自己的出身感到郁闷，但每当看到父母为生活操劳的身影，我就觉得我没有权利因为自己的梦想而给他们增加负担。

从小到大，我只对父亲提过三个要求。

第一个要求，就是小时候让父亲给我买一把曼陀铃。那时候家里很穷，但父亲还是咬咬牙，给我买了当时最好的曼陀铃，这是我最难忘的。

第二个要求，是我初中毕业时想要个手机，我知道这个要求有点过分，但还是没忍住向父亲开了口。这一回父亲没有心软，他说，看手机耽误学习，另外我们三个人上学都需要开销，没钱给我买手机。父亲拒绝我的要求后，我决定依靠自己的努力去实现目标。我利用假期去一家餐馆当服务员，差不多干了一个月，老板给我开了2800元工资，我用这笔钱给自己交了高中第一学期的学费。父亲很高兴，觉得我长大了、懂事了，我也很满意自己能为父亲减轻一点负担。剩下的钱，我给自己买了一部手机，心里很爽。从那以后，每年暑假，我都会去干点能赚钱的事。我曾经进过电影制作剧组，担任过摄影助理，每天晚上睡在剧组，卸下来的摄像机、电表等设备，都由我来保管，那份工作让我付出了很多精力和时间，导致我常常睡眠不足，辛苦得很，但我都坚持下来了。在剧组打工的经历，不仅让我提前进入社会，培养了我吃苦耐劳的精神，也让我有机会提升汉语交际能力。当然，最重要的是每次都能赚个两三千块钱，用来交学费，减少对父母的依赖，解决好自己的生活问题。

第三个要求，是我今年向父亲提出来的，我说我想有一个书房。父亲当时没说行，也没说不行，我有点失望。没想到等我回家的时候，家里真的有了一个书房！父亲将原来的佛堂改成了书房，靠墙做了一大排漂亮的书柜，我和姐姐、妹

月光妈妈

妹从小学一年级开始的所有课本、作业本等，都被父亲整整齐齐地码在书柜上。更让我意外的是，我平时最爱听的表哥送给我的唱片、磁带、光盘，父亲专门给我放了两个格子，我心爱的曼陀铃和吉他，也高高地立在书柜上。虽然父亲平时反对我唱歌，但这一刻我感受到，他心里其实还是很在意我喜欢什么。这让我很感动，也很感谢父亲。

我小时候因为喜欢弹唱，为了看懂歌词，七岁时就去村里的寺庙学藏文。清晨，炊烟袅袅的小乡村空气清新，从家里走到寺庙的路上洒满阳光。到了寺院，上午和庙里的小和尚们一起诵读经文，下午和他们一起去寺庙旁的小河里游泳，游完后，像雨后的燕子一样湿淋淋地回家去。到了初中，受班主任的影响，我爱上了读书。老师经常会将自己的书借给我看，读书多了，以前最头疼的作文在不知不觉中变得下笔轻松自如，自己所写的文章也不断地受到老师的表扬。在学校的作文竞赛中我也得了一些奖，那些奖品和同学们钦羡的目光，更加鼓励我沉浸于读书和写作。从那时起，我读了很多藏文书，也养成了买书的习惯。高中的时候，我开始有了自己的思考，读书让我减少了盲目和急躁。我的性格变得安静，虽然有时候觉得自己很孤单，但人多热闹的地方我不愿意去，我更愿意一个人静静地思考。我开始把我生活中的零星感受写成诗，又尝试着给这些诗谱上曲。慢慢地，我自己写歌词，自己作曲，自己用吉他或曼陀铃将它们弹唱出来。我不在意这些歌会不会被人发现，能不能够流传，我只知道，我在创作这些歌曲时，心中是快乐的。还有什么比快乐更重要呢？

现在，当我回到家乡的时候，我不会因为自己的家境和出身而怨天尤人，我会尽力帮助父母，干一些力所能及的活。每次去放牧，我都会带着我想看的书，带上吉他或曼陀铃，旁若无人地在草原上放声歌唱，或弹拨一曲自己谱写的音乐，释放心中的烦闷与忧伤。我还有一个兴趣爱好，就是用手机拍视频，拍下家乡的雪山、草原、牛羊、树林，拍下生活中的点点滴滴。我觉得自己镜头中的世界，虽然只是一个小村庄的日常美景和最平凡的牧民生活，但它就像文学一样，能填补我心中的空白。

现在，我觉得理想离自己很遥远。不知怎么的，这个社会好像经常用考试的方式来决定人的命运。但考试真的就能公平地衡量一个人真正的才华吗？在这方面，我总觉得自己承受着一种无形的压力，而这种压力多是因为自己汉语口语表达能力差，使自己在走向外部世界的时候，与人沟通成了一道难以跨越的障碍。

比如昨天晚上，老师您问我问题的时候，我很想立刻回答，但我的舌尖上好像竖起了一道栅栏，我想说的话都被这道栅栏挡住了。其实，这道栅栏已经多次将出现在我面前的希望残忍地阻断了。

以后的路该怎么走，我真的很迷茫！那首《弱小的心灵》就是我在这样的心境下写出来的。老师，您说这首歌的歌词蛮伤感的，调子也比较灰沉，那其实是我内心某些时刻的真实写照。

读了南拉才让发来的《我的故事》，我很吃惊。我没有想到，一个还不能用汉语与人无障碍交流的藏族男生，书写却如此流畅。他的音乐才华和文学素养是一目了然的，但他渴望成为一名歌手的梦想遥不可及也是显而易见的。

现在的娱乐圈确实有形形色色的选秀，无名小卒一夜之间成为流量明星，也并非绝无仅有。但这里面，有多少人是凭着真才实学走红的，有多少人是资本运作出来的，又有多少人是靠运气碰出来的，谁又说得清呢？

一个来自雪山脚下的穷乡僻壤，没有背景、没有资源、没有钱财，甚至连汉语都说不利落的藏族青年，要想踏上一条通往理想的音乐之路，何其艰难！

我问月光："直亥村今年又报上来一批申请结对资助的学生，听说名单里就有南拉才让，这个男生要真是那么执着地追求自己的音乐梦想，那要往里砸的钱可能就不计其数了。你们会资助他吗？"

月光妈妈

月光说，她昨天把南拉才让用吉他弹唱的照片发给了大元。大元说："这可不像是一个家庭贫困的孩子，那么英俊帅气，把自己收拾得那么清爽精神，好像天生就是为舞台而生的。他家里真有那么贫穷吗？你还是要去实地调研一下。"

月光还告诉我，这次新报上来申请结对的学生有二十几个，他们的家庭情况全部要去走访调研，时间还是蛮紧张的。但她把南拉才让的名字排在了靠前的位置。

停顿了一下，她又说："我喜欢有梦想的孩子。"

心怀音乐梦想的南拉才让

我们随月光一起去了直亥村。

村委会的旦正陪同我们，按新报上来申请结对资助的名单，走访这些孩子的家庭。

这是我第三次来直亥村，感觉这个坐落在直亥雪山下的村庄，变化还是蛮大的。进村的路比以前宽阔平坦了，村民的房子比以前漂亮了，各家各户的条件也比以前好多了。

我们到达南拉才让家的时候，他的父亲已经在门口等我们了。

南拉才让的父亲看上去显老，五十出头的人却像六七十岁了，身形瘦削，皮肤黝黑，脸上有刀刻般的皱纹，让人想起罗中立著名的油画《父亲》。

我注意到他身上的衣服，很旧，胸襟和裤腿上沁出一层白花花的盐霜。他像极了生活中许多平凡而普通的父亲——勤劳、努力、坚韧，汗流浃背也不会说一个苦字，等到衣服被自己的身体烘干，那些盐霜汗迹才透露出他的疲惫。第二天太阳升起的时候，他又像从未劳累过一样，迎着阳光出发，投入更辛苦的劳作。只要孩子一天天长大，将来能有出息，他就永远毫无怨言。

与前面走访过的几户人家相比，南拉才让的家庭条件反而显得差一些，院子里还是高低不平的泥地，因为刚下过雨，泥地上有多个水洼，我们得踮着脚走路。

我问南拉才让的父亲："为什么不给院子的地铺上水泥？"

他让旦正告诉我："本来是要铺的，但因为南拉才让想有间书房，得花钱，铺地的事情就只好往后放放了。今年秋天，我卖掉了两头牛，花了五六千块钱，把原来家里的佛堂腾出来，给儿子改造了一间书房，光是那一排书柜，就花了将近四千块。在直亥村，我们家条件可能算比较差的，但我们家的书房肯定是数一数二的。"

南拉才让的父亲说这话时，脸上露出了满足和骄傲的神色。看得出来，读书在他心中是一件很神圣的事情。儿子要别的东西，他不一定给，但儿子要书房，他绝没有二话。

我们走进了他说的这间书房，除了看到南拉才让在发给我的文字中描述的书、唱片、磁带、曼陀铃和吉他以外，还看到书柜中央的格子上有一排南拉才让获得的各种证书和奖牌，最显眼的是一个金色的五角星旋转奖杯，底座上刻着"第六届校园十佳歌手"。虽然颁发者只是海南州第三民族高级中学校团委，但从奖杯摆放的显眼位置，可以看出它在南拉才让心中的分量，无论如何，这都是他人生梦想的起步！

月光从一沓2023年直亥村贫困学生结对情况调研表中找出南拉才让的那一张

表格，指着表格上南拉才让的名字，问他父亲："以前为什么一直没有给南拉才让申请资助？"

父亲迟疑了一会儿，看着旦正，似乎欲言又止。

旦正鼓励他有话直说，他这才让旦正转述了自己的真实想法："南拉才让曾经几次问我，我们村里被月光和她的爱心助学团队结对资助的孩子很多，为什么我们家不申请结对资助呢？我说谁挣钱都不容易，只要我不生病，就能放牧换钱，我们能自己解决的，尽量不要麻烦别人。从那以后，南拉才让没有再提申请结对资助的事情，假期里，他也总会自己去外面打工挣钱。"

父亲的话很朴实，却打动了月光。这样一个虽然已经脱贫，但条件依然不那么宽裕的家庭，显然无法负担一个有着音乐梦想的孩子所需要的花费。

月光还是想帮助南拉才让去追求他的梦想，即便这个梦想似乎有些虚无缥缈。

她在南拉才让的表格上打了一个大大的钩。

那天晚上回到宾馆，我久久无法入睡，脑海里总是浮现出南拉才让父亲那沧桑的面容，还有他衣服上沁出的大片盐霜。

我想起当我问这位父亲"是否会支持儿子的音乐梦想"时，他那句"精神上支持"虽然是笑着说的，但眼里的无奈还是蛮让人心酸的。

他不愿意儿子以唱歌为业，希望儿子好好读书，将来大学毕业后找一份能拿稳定工资的工作，这是一个扛着全家生活重担的父亲最朴实的愿望。但他看到书柜上儿子因为唱歌而获得的各种证书、奖牌和奖杯，眼里却分明又流露出掩饰不住的自豪。

一片贫瘠的土地上，却偏偏有一个男孩心怀"高贵"的梦想。这个梦想能否实现，谁也无法预料。

南拉才让写出《弱小的心灵》这样伤感的歌曲，并非偶然，迷茫一定在反复敲打着他心灵的门窗。

我突然想到了南拉才让的表哥，在南拉才让发给我的文字中，对这位表哥的描写篇幅虽然不长，却给我留下了极其深刻的印象。

表哥会弹曼陀铃，曾带着南拉才让在草原上放牧、唱歌，教他最基础的乐理知识。可以说，南拉才让最初的音乐启蒙，正是来自他的表哥。那么，这位表哥后来怎么样了？南拉才让小时候，表哥说他有音乐天分，那么现在呢？表哥还会一如既往地鼓励他去追求自己的梦想吗？

夜深人静时，我给南拉才让发了一条很长的微信，从《弱小的心灵》说到他的音乐梦想，从他的表哥说到他的父亲。我说："你当初艺考失败时，很理智地参加高考，并考取了职业技术学院，你是否想将此作为有一天转换人生跑道的基石和跳板？如果你最终不能圆梦，你还会一如既往地走下去吗？当你表哥听你唱出《弱小的心灵》这首歌里'弱小的我在悲伤中醉去'这句歌词时，他又会对你说什么呢？"

一连几天，南拉才让都没有回复我，我猜想是不是我说的"如果你最终不能圆梦"这句话伤到了他。就在我后悔自己应该更多地鼓励他，而不是提醒他现实的残酷时，我收到了南拉才让的微信："我想和您聊聊我的表哥，可以吗？"

我立马回复："当然可以啦！"

可是回复过后，南拉才让似乎又销声匿迹了，就好像我和他的微信对话从未发生过一样。

直到有一天，我突然接到南拉才让发来的一堆照片、几个视频还有断断续续的文字，我这才知道，原来他消失的这段时间，参加了学校组织的"弦歌不辍　芳华待灼"校园歌手大赛，不仅以一曲《在那东山顶上》进入"校园十佳歌手"的行列，还获得了大赛的亚军。

南拉才让发来的照片和视频中，既有大赛现场的舞台背景、决赛选手参赛曲目的排名表、他上台领奖的情形，还有奖杯、证书、颁奖辞。南拉才让还发来了自己的获奖感言。

在获奖感言中，他写道："这次获奖，似乎给自己弱小的心灵注入了新的活

月光妈妈

力,让我在追求音乐梦想的道路上本已迷茫和彷徨的心,得以重新变得丰盈、坚定。我告诉自己,无论未来梦想能否实现,我都不可以轻言放弃!"

获奖感言的最后,他说:"在此我要深深地感谢一个人,那就是我音乐之路上的引路人——我亲爱的表哥。"

我仔细看了那些并不连贯的文字。一个曾经有过音乐梦想,却被现实生活无情地砸碎,但依然对前路满怀热情的表哥的形象,清晰地浮现在我的面前。

我表哥叫索南扎西,比我大十三岁。

表哥是长子,要承担主要的家庭重担,所以没有机会上学。表哥不服,经过抗争,总算上了两年小学,但读完二年级,还是辍学了。辍学后,表哥的父亲将家里放牧的鞭子交到了他的手上。

那年夏天,七岁的我,第一次跟着表哥一起去放牧。我们赶着羊群,随着村里的牧民们去了很远的夏季草场。

夏季草场绿草茂盛,开满了各种美丽的鲜花。脱去厚重藏袍的牧民们,开始感受夏日的美好。

草原上的人喜欢唱歌、跳舞和弹琴。而在牧人眼中,能熟练地弹奏曼陀铃的男人,都显得格外英俊潇洒。

我被表哥手中漂亮精致的曼陀铃迷住了。

表哥的曼陀铃是他自己亲手做的,有八根琴弦,琴身大小适中,由一种带有清香的枫木材料制成,木皮呈金红色,上面有美丽的虎皮纹,大家都叫它鹦鹉扎念。

表哥是我们直亥村最擅长弹曼陀铃的人,他那悦耳的嗓音和手中漂亮的鹦鹉扎念,是放牧者们争相追逐的一道亮丽风景。

当时我最大的渴望,就是自己将来也能像表哥一样,拥有熟练使用曼陀铃弹唱的本领。

从那时候开始,表哥教我音乐的演奏和歌声的配合。现在回想起来,让我沉浸其中的，并不仅仅是琴弦发出的悦耳声音与和着琴音流动的动听歌声，更是一种无以言说的情绪。喜怒哀乐，都可以从不同的曲调中体悟到。

表哥最喜欢唱的一首歌是《阿克班玛》，唱得最好听、最感人的也是这首歌。只要他放开歌喉唱起它，草原上的牧人们就会从四面八方赶过来，围坐在表哥身旁，听得如痴如醉。

表哥唱的次数多了，我也学会了这首歌：

阿克班玛
你是展翅翱翔的雄鹰
你飞向云端是蓝天的荣耀
你飞落悬崖是山峰的骄傲
没有你心里总是空空荡荡

阿克班玛
你是金色羽毛的鸳鸯
你漫步湖边是绿茵的荣耀
你嬉戏水面是湖泊的骄傲
没有你心里总是空空荡荡

阿克班玛
你是雄壮威武的汉子
你转身离去是村庄的荣耀
你回头走来是同伴的骄傲
没有你心里总是空空荡荡

表哥的歌声和那动听的旋律，就这样渗透到我的灵魂里，融入我的血液中。

月光妈妈

音乐像是来自天上的精灵，带给我太多的奇思妙想。我觉得自己无法再留在原地，我的生活不应该像现在这样，但应该怎样，我也不知道。"梦想"的概念还没有在脑子里形成，自己到底想要什么也不确定。

那段时间，我很躁动，脑子也很混乱，读不进书，干不成事。

表哥看出了我的变化，但他说，他不知道怎么帮我，只有靠我自己想明白，走出来。

表哥继续放牧。他们家后来分到的草场在很偏远的地方，不管是夏天还是冬天，他几乎都在草场，只有过年时才会回到村里来。他的脸上布满了岁月的痕迹，看上去比同龄人要大许多，但他对生活的热情却没有消退。

我继续回学校上学，身在曹营心在汉，读书成绩平平。

每次回家时和表哥见面，他总会说，自己已经过了追逐梦想的年龄，唱歌和弹琴已经离他远去，但我不一样，我现在这个年纪，正是练习弹曼陀铃最好的阶段，不要荒废年轻的时光！

慢慢地，我的心态平和了下来。学校放假之后，我还是喜欢和表哥一起去放牧，目的就是跟他一起弹曼陀铃。但我发现，表哥的手和指甲都布满了裂痕，手指头变得又粗又硬，不像以前那么柔软灵活。他弹曼陀铃的时候，也弹不出像当年那样美妙的声音，旋律变得干巴、枯涩。

那一刻，我的心又变得很寒凉。

那年暑假的一个晚上，表哥回来了，让我去他家。

表哥给我看他收藏的不同功率的扬声器和许多唱片。唱片大多是我以前并不太了解的藏族歌手德白老师和南木卡老师的歌。表哥将两位老师的唱片一张一张放给我听。那是一场令人震撼的音乐洗礼，我们藏民族的歌手，唱出了我们民族的精神，那音乐里飘荡着的，是藏民族的魂灵。

整个暑假，我几乎每天都往表哥家跑，那些唱片听了一千遍也不嫌多。

暑假结束的时候，表哥将他的唱片和扬声器全部送给了我。

表哥说，他这辈子是没有可能做音乐梦了，因为没有机会读书，他永远失去了走出草原的可能性。但我不一样，我那么年轻，一切皆有可能，他在我的身上看到了自己年轻时的梦想，他希望这些伴随了自己多年的唱片能带给我力量，千万不要因为梦想遥远而放弃！

表哥说这些话时表面虽然很平静，但在我看来，他的内心就像一段优美的旋律，从雪山顶上呼啸而下，又流落到草原上，给人带来一种悲怆而又坚强的心灵体悟。

表哥才三十六岁，是一个男人最好的年龄，虽然生活的重压让他的容颜在草原的怀抱中渐渐老去，但他强大的内心和在磨难面前永不低头的精神，永远是支撑我在音乐之路上前行的动力！

我将《弱小的心灵》弹唱给表哥听，告诉他，这首歌是我考上大学以后写的。我现在所学的专业和音乐毫不相干，音乐梦想离自己越来越远，心中的苦闷无人可以诉说，只好在歌中倾吐。这是我第一次为自己的内心写下的歌词，我给这首歌取名"弱小的心灵"，就是想表达弱小的个体、弱小的生活、弱小的理想和弱小的前进，没有明确方向，只有矛盾的心理和百般的无奈。

我希望表哥给我指点。

表哥说："你现在是大学生，而我只读到小学二年级；你可以在学习之余唱歌，你还是'校园十佳歌手'，可以捧着奖杯上台，接受老师同学们的掌声和鲜花，而我的歌只能唱给草原听、唱给雪山听。你和我说苦闷、矛盾、无奈，你不觉得自己是无病呻吟吗？个体生命可以弱小，心灵必须强大。你要分清楚什么是梦想，什么是幻想。梦想是通过自己的努力可以实现的，幻想是需要别人给予的。"

表哥的话将我从自怨自艾中惊醒。与表哥相比，我的精神世界是多么虚弱和贫瘠呀！

我想，未来我会为表哥写一首歌，歌名就叫"雪山之歌"。表哥身上的定力，就像亘古不变的直亥雪山，那是我需要在自己的人生道路上去锻造的！

月光妈妈

美丽的直亥雪山

几天后，我在"青海希望小学爱心公益群"里，看到了月光发布的群公告，里面公布了今年需要新结对资助的学生名单，南拉才让的名字列在其中。

月光详细地介绍了每个孩子个人和家庭的情况，请群里近三百名爱心人士自愿结对认领。

月光曾经和我说过，通常情况下，她是不会提前发孩子的照片的，只有在志愿者认领之后，她才会把孩子的照片发给对方。但是，这一次月光破例了，她不仅将南拉才让小时候弹曼陀铃的照片和那天晚上弹着吉他唱《弱小的心灵》的照片都发在公益群里，还特意从南拉才让写给我的文字中摘取了几个段落一并发在群里，并留言说，希望大家帮助这个有音乐梦想的孩子。

二十几个孩子很快就被爱心人士认领完了。南拉才让的名字和照片刚发出来，他就被飞快地认领走了。由于在群里看不到认领者是谁，他的动作又那么神速，我不免有点好奇，便给月光发信息，想了解资助人的情况。

月光很快就回复我了：

南拉才让的结对者是浙江温岭一家电器厂的张厂长。

早在2012年，他在微博上看到我在落实青海一百多个贫困生的结对，就要求加入爱心助学团队。当时我跟他并不认识，所以我是很感动的，他是第一个在素不相识的情况下加入我们爱心助学团队的人。

加入进来后，他每年都会准时将资助款转给我。

2016年，他带着妻子参加了青海直亥爱心之旅，我们才第一次见面，两口子人都非常好，对直亥的贫困孩子充满爱心。2021年，他又帮我张罗购买了三百多双鞋子送给孩子们，因为每个孩子脚码都不同，男孩、女孩的鞋子款式也不一样，他就在每个孩子的名字上一一贴标签，分别采购，既有耐心又很细致。

这次他在群里一看到南拉才让的情况，马上跟我私聊，只说了几句话，就立刻决定和这个有音乐梦的孩子结对。

月光妈妈

  我为南拉才让高兴，更为月光和她的爱心助学团队喝彩！

  我相信，无论南拉才让最终能否实现他的音乐梦想，来自这个社会的人间大爱，都会温暖这颗"弱小的心灵"，让他不再迷茫。

不是尾声

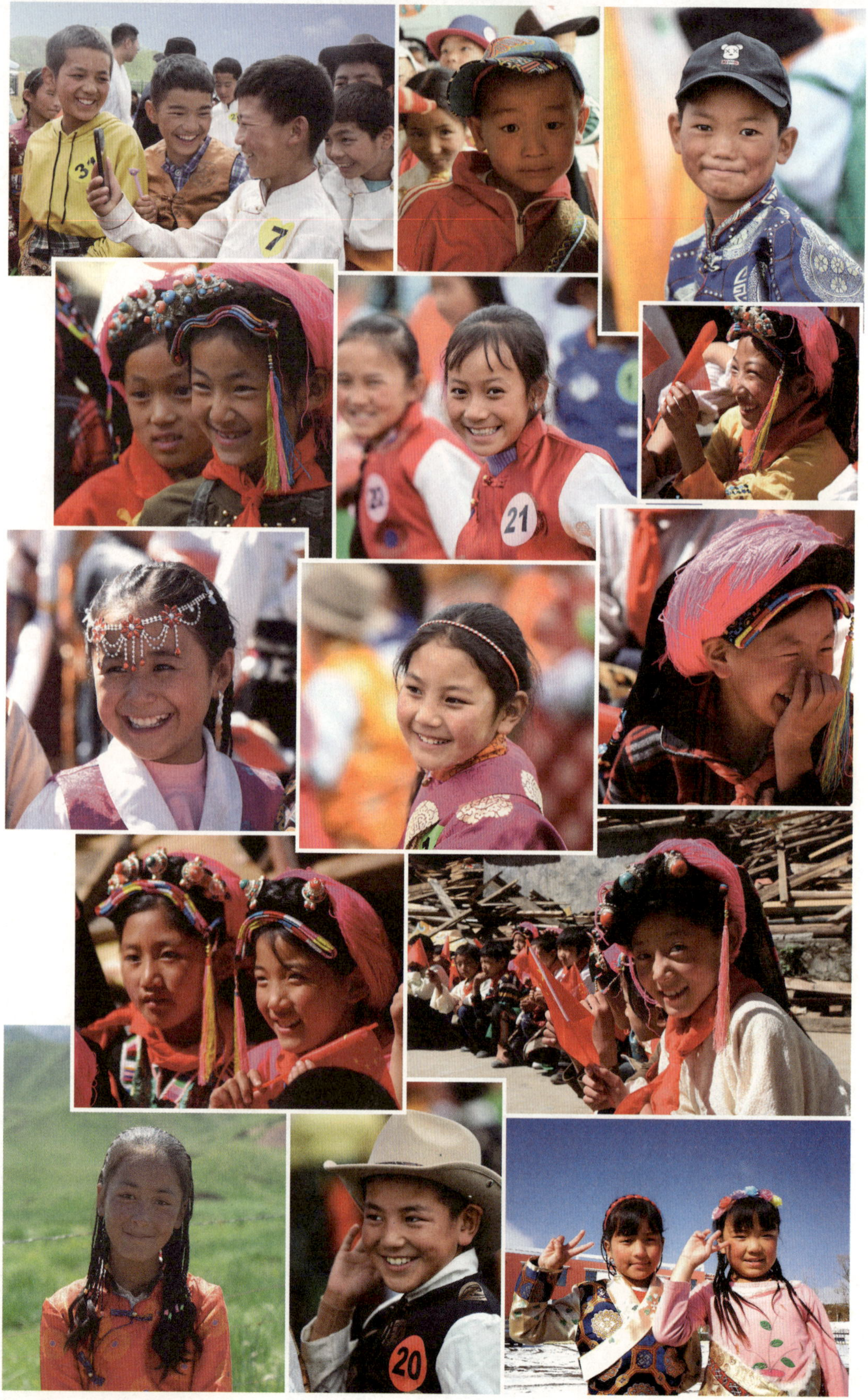
7
21
20

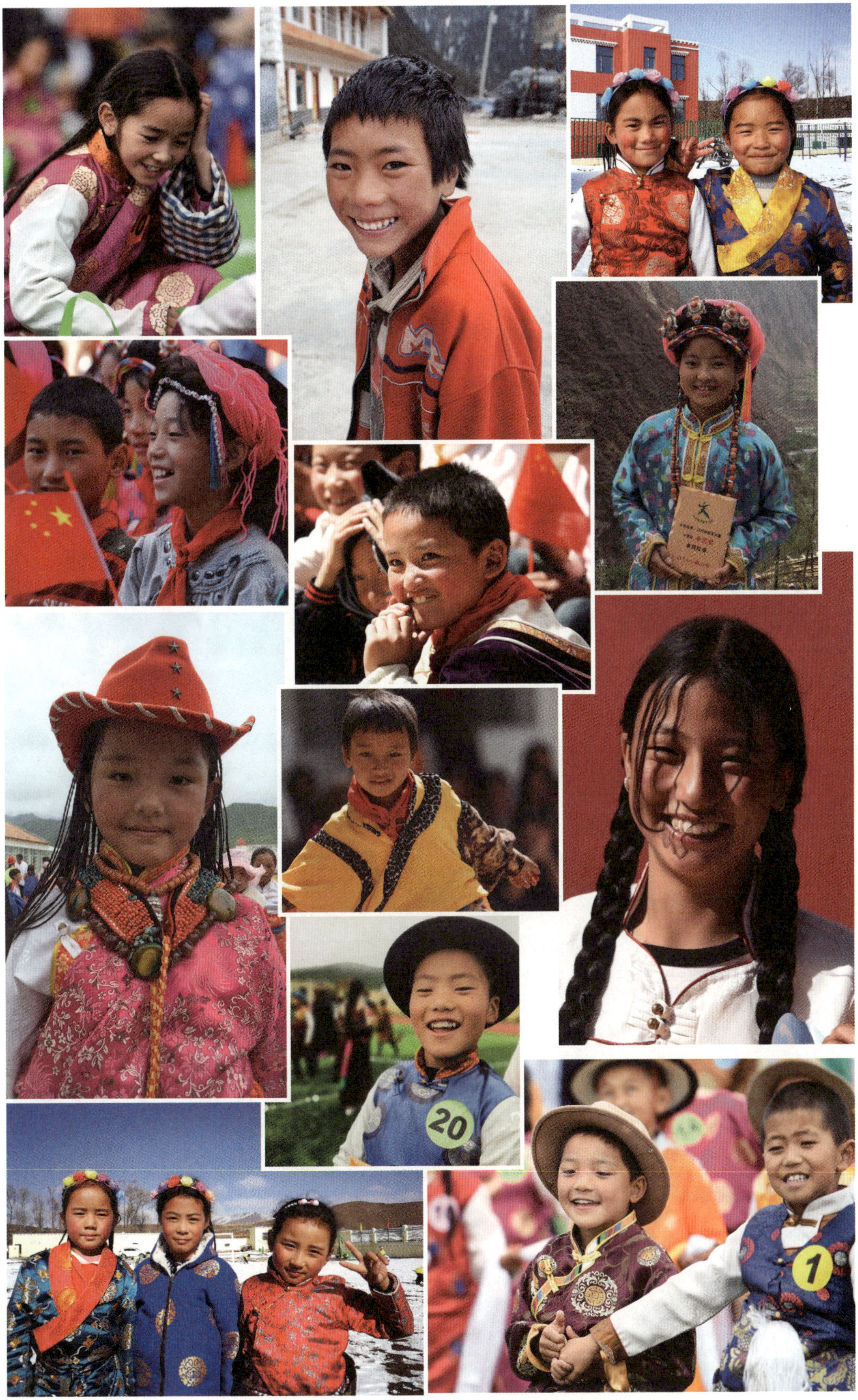
20
1

我们的努力和付出，

也许微不足道，

但我们始终相信真善美的力量。

让爱接力，

让爱流动，

让爱行走，

让爱循环！

将爱进行到底

《月光妈妈》的创作接近尾声之际，刚好月光及其爱心助学团队又一次赴青海直亥开展爱心活动。因为正值书稿冲刺的阶段，我未能离开书桌与他们同行，深感遗憾。

好在爱心之旅开启后，月光在她的朋友圈和公众号上，通过一篇篇温暖的文字、一张张动人的图片，记录了一路的精彩。我每天不间断地追着阅读，虽在千里之外，却仿佛亲临现场。

2023年7月，是月光和爱心助学团队第十三次奔向直亥的雪山草原。这一趟爱心之旅，一共有36位爱心人士前往直亥，和孩子们见面。

月光告诉我，这36名成员的年龄差异很大，跨越了整整七个年代，从"50后""60后""70后""80后""90后"到"00后""10后"。他们中有德高望重的教育家，有功成名就的企业家，也有普通的公务员、教师、个体劳动者，更有对世界充满了好奇的新生代、朝气蓬勃的年轻人……

这是一个美好的象征，是一场不仅有温暖加持，更富有传承意义的接力赛。这份跨越年龄、阶层、民族的爱，在阿尼直亥神山的怀抱里，闪耀着动人的光芒。

再过两个月，月光的藏地教育帮扶公益事业就满十四年了。时序更替，十四载光阴如白驹过隙。十四年来，从援建四川丹巴核桃坪希望小学，到援

月光妈妈

建青海直亥高宜钦希望小学，月光的爱心足迹从丹巴延伸到直亥。被结对资助的藏地孩子，从最初的八个，增长到了现在的几百个，他们都成了月光心中的牵挂；而月光的爱心助学团队，从最初的十几个人，逐渐上升为几十人，后来又增加到上百人，直至现在已发展到几百人。"月光妈妈"这个称谓，无形中也成了数百个和孩子们结对的资助者的代名词。

这几百个像月光一样牵挂那些藏地孩子的人，大多数都是月光的朋友、朋友的朋友、朋友的朋友的朋友……他们来自五湖四海，日常都在为各自的

牵挂孩子们的月光妈妈

生活和工作忙碌奔波。

除了月光、佳佳、初明、皮皮和她的姐姐、小朱、秋芸等几位具有代表性的爱心妈妈外，还有很多很多没有站在聚光灯下的无名英雄。

咏梅就是他们当中的一位。她经营着一家规模不大的理发店，小本生意，赚不到什么大钱，却一个人结对帮扶了五个孩子，坚持了十四年。咏梅的行为深深影响了她周围的人，她身边的小勤、晓英等十多个朋友也被她那份超越血缘的母爱感动，纷纷加入爱心助学团队，持续地资助真正需要帮助的孩子。

默默行动着的还有小贾，她是一位坚强的母亲，因故痛失爱女后，她收起哀伤，把全部的爱都给了自己结对的藏地女儿。月光告诉我，此次爱心之旅，小贾终于再次见到了她资助的孩子德吉卓玛（一个与英措吉的妹妹同名的孩子）。看着十年前结对的小姑娘现在个子比自己还高出一大截，小贾开怀地笑了。知道德吉卓玛明年要读高中，她给孩子准备了一个行李箱，里面装着满满当当的物品：涂色书、彩色画笔、龙猫抱枕、鞋子、棉帽、遮阳帽、保温杯、巧克力、夜灯……她说，那个行李箱里装着的不是物品，箱子里的点点滴滴都是她在跟孩子说话。

教育是一场爱的修行，是一项静待花开的事业。为了那一双双在困境中依然睁大着的求知的眼睛，为了那一颗颗渴望爱与温暖的心灵，月光和她的爱心助学团队持之以恒地付出的爱与善，令人动容。

一路走来，月光和她的爱心助学团队奉献的不仅仅是金钱与物资，更是难以计算的情感和心血！

月光多次说，其实，资助那些孩子，不仅仅是他们在付出，孩子们的纯真、向上和对他们的爱，也时时温暖着他们、感召着他们，是他们前行的力量！

月光还说，她坚持的这项教育帮扶事业能在丹巴和直亥落地生根、取得成果，离不开好的领路人和两地政府的大力支持。这一点，我在多年的追踪和采访中也深有感触。

2011年我第一次跟月光到核桃坪，见到了引荐她到丹巴援建希望小学的

月光妈妈

人——帅气的刘院,还有在背后默默支持月光工作、在丹巴县教育局工作的小段。当时我就非常想知道,汶川地震后,次灾区也不少,刘院为什么要向月光力荐丹巴?小段一个年轻的姑娘,本可以在丹巴县教育局的办公室做着相对轻松的工作,为什么偏偏要自讨苦吃,跋山涉水,去做艰辛的走访调研工作呢?

那一次,虽然我跟刘院是第一次见面,但当我向他和盘托出自己的疑问时,健谈的他很快就给了我答案——

我们这一代人都知道,当年红军到达四川时,丹巴是他们抛头颅、洒热血的地方。丹巴是红军长征途中驻留时间最长的藏地县域之一,丹巴县最美的乡村古镇甲居藏寨,至今仍保留着红五军团政治部遗址;丹巴县原有的十六个乡镇,也全部被政府批准为"革命老根据地"。

更让丹巴的老百姓引以为豪的,是红军第一支藏族武装——藏民独立师就诞生在丹巴,师长马骏在红军战斗史上威名赫赫。

马骏是一位骁勇善战,能说一口流利汉语的藏族青年,藏名叫麻孜·阿布,红军主力进入丹巴时,他自告奋勇为红军当翻译和向导,动员亲属朋友安排红军食宿,为红军强渡大渡河捐牛皮船、筹集军粮等。他对红军的热情,对革命的帮助,受到红军的高度赞扬,加之他熟悉当地情况,通晓汉藏文,于是被留在红军队伍里工作。加入红军后,红军首长根据他藏名"麻孜"的谐音,为他起了一个汉族名字"马骏",寓意为"藏族人民的骄傲"。

在红军的指导下,马骏以他在丹巴一带的声望,很快建立起一支以藏族青年为主体的八百多人的武装,红军将其命名为"丹巴番民独立团",马骏任团长,由他们担负起维护红军后方的地方治安、保护交通和为红军筹集粮草等任务。马骏的父亲是当地的头人,他在儿子的影响下,也全力支持红军,马骏的哥哥弟弟也都为红军做事。

由于丹巴战略位置重要,民间又藏有大量武器弹药,为更好地发挥地方民族

不是尾声

武装的作用,红军决定将"丹巴番民独立团"扩编为"丹巴藏民独立师",马骏出任师长。丹巴藏民独立师成立后,就配合红军主力对敌作战,为红军最后占领丹巴和整个甘孜地区,立下了汗马功劳。

20世纪90年代,我曾在丹巴挂职过一段时间,为了调研,我走遍了丹巴的乡镇。我发现,丹巴不仅具有优良的革命传统,更有丰富的自然景观和人文景观资源,有独特的嘉绒文化,老百姓热情、善良、勤劳,也都有早日奔小康的殷切期盼。

可让我震惊的是,新中国建设了那么多年,这个为中国革命做出过卓越贡献的地方,却仍然很贫困,老百姓的生活依旧很困难。

当年周恩来总理回延安时,面对革命老区依旧贫困的老百姓,潸然泪下,他说"我们对不起延安人民"。我到丹巴后,也常常想,我们是不是也愧对丹巴这个革命老区的人民。

我反复问自己:丹巴为什么会贫困呢?

后来,我终于发现了丹巴依然不富裕的原因:

第一,丹巴的道路险恶,交通落后。丹巴一直以来都被称为"大渡河畔第一城",当地叫"诺米章谷",意思就是山岩上的城。交通落后,是当地经济发展无法突破的瓶颈,多年来一直没有得到根本性的改善。"要致富,先修路",这句至理名言,在丹巴显得尤为重要。

第二,教育落后,人才匮乏,各行各业都缺少有文化、懂专业、会管理,适应现代化建设需要的人才。外面的人才大多不愿意来这个贫穷的地方,而本地优质教育资源稀缺、教育师资薄弱的状况,又遏制了人才的培养。

当月光告诉我她想来四川援建希望小学,并让我联系需要帮助的地方时,经过再三考虑,我向她推荐了两个地方,其中一个就是丹巴,尽管那时我已经离开丹巴十多年了。

她来丹巴考察的时候,我放下了手头的工作,全程陪同。我没想到,十多

月光妈妈

年过去了,丹巴的路况仍然没有发生根本性的改变。从成都到丹巴四百公里的路程,我们开车行走了九个多小时;从丹巴县城到核桃坪三十几公里的路程,也走了两三个小时;一路颠簸、陷进泥坑、汽车抛锚等险状,恍若当年!

当时我心里其实很害怕,怕汹涌的大渡河和险峻的山路给月光一个下马威,把她吓回去。一路上,我滔滔不绝地给她讲发生在丹巴这片土地上的红色故事,介绍丹巴的独特景观与特色文化……

我们考察完核桃坪回程时,途经天全县,由于路况实在太差,出了车祸,车子直接翻到了一条沟壑里,悬崖近在咫尺,稍微前行一点,就会翻下悬崖,后果不堪设想!

当救援人员把我们的车和人都救上来时,我看着脸上、身上都有擦伤的月光,心里真的很纠结,我不知道让她到这样一片土地上来援建希望小学,未来等待她的还会有多少艰难险阻。我在内心问自己:我把她带到这样的荒郊僻壤来援建希望小学,这样的教育扶贫,对一个柔弱的江南女子来说,是不是太残忍了?

让我没有想到的是,反倒是那次车祸,让月光坚定了到核桃坪援建希望小学的想法。她说,能为丹巴这样一个革命老区援建一所希望小学,是一件意义非凡的事,越是落后的地方越需要教育,教育搞好了,革命老区的发展步伐才会快起来!

后面的事情,我们大家都知道了,希望小学又好又快地建起来了,不仅核桃坪的孩子们从这里走出了大山,还有更多丹巴县的贫困孩子,得到了月光及其爱心助学团队的资助和引领。如今这些孩子已经陆陆续续成才,活跃在四川各地的各条战线上。

多年后,刘院听到这样的好消息,感到欣慰,感慨地说:"我想到了丹巴的美人谷也有了新的故事;想到了月光身上一直洋溢出来的真善美;想到了我在丹巴工作时,最喜欢听的一首当地藏族民歌《慈祥的母亲》,歌中唱道:慈祥的母亲，是美人中的美人……永远感谢月光和她的爱心助学团队对丹巴人民的大爱！"

2011年，我第一次到丹巴，在跟小段交流的时候，我又真切地感受到了丹巴县教育局对月光教育帮扶事业的支持。

我从师范学校毕业以后，先在乡下当了几年老师，然后进入教育局工作。在教育局，我是主动要求做贫困生资助这一块工作的，这和我的家庭有很大的关系——我的父母就是吃了没有上学、没有知识的亏，一辈子都在地里辛苦劳作。

所以，当我听说月光要来丹巴县核桃坪援建希望小学的时候，我很激动。2009年秋天，学校建好了，县教育局派我参加希望小学的开学典礼。看到孩子们从简易的地震棚搬进了明亮的新教学楼，月光又一下子就结对了八个贫困孩子，我感动得哭了，我为那些被结对的孩子感到幸运！

希望小学援建完成后，月光还着手在整个丹巴县开展贫困家庭的结对帮扶工作。我们教育局的领导得知此事后，非常重视，专门下达通知，要求全县各乡镇学校统计并上报贫困生的名单和材料，并研究制定了入选贫困生的具体标准。原则上规定按以下条件排序：

1.孤儿优先。

2.单亲家庭优先。

3.有残疾和重大疾病者优先。

除符合这三个条件的优先以外，所有申请资助者都须填报学校、年级、家庭人口、经济收入来源和数额、贫困原因等。

领导安排我和几个同事全力协助月光做好这件事情。我们知道，要做到把资助款送到真正需要帮助的孩子手里，并不那么简单，要做深入细致的调研工作。所以在筛选受资助孩子的时候，我和我的同事们还是下了很大功夫的。

月光妈妈

我们从一开始就制作了详细的贫困生资助申请表，发放到各个乡镇学校，由学校在申请人填好的表格上，签署情况是否属实、是否同意申报的意见，盖上公章；然后将表格转到申请人所在的村，由村委会审核盖章；最后报送乡镇政府相关部门盖章。经过三级审核盖章无误后，最后才统一报到县教育局。

申请表报上来以后，我们还要根据表格提供的信息，进行实地走访调研，核实情况：没有双亲的孤儿，父母离异或一方死亡的单亲家庭孩子，残疾的、生病的孩子，父母丧失劳动能力或无经济来源的孩子，等等。

经过长时间的摸排，整个丹巴县的贫困生和情况特殊的孩子，像断臂女孩许方燕、烧伤男孩冯孝涛等，我们的心里都有一张清晰的联络图，手里都有一份详尽的调研资料。贫困的，有详细的家庭人口结构、家庭年收入情况及家庭环境照片；生病的，有医院的病情证明及伤情照片；需要特殊照顾的，有其父母所在单位出具的情况说明意见……

这样做，一方面是要对献爱心的资助人负责，把助学金送到真正贫困的孩子手上，防止出现弄虚作假的情况；另一方面也是通过实地走访，掌握第一手材料，便于比较和平衡，努力做到公平、公正。

因为我是具体管这项工作的，跑得就会比别人更多一些，这都是我应该做的，我心里想的就是怎样才能真正帮到需要帮助的家庭和孩子们。

那个时候，这项工作涉及的方方面面，领导都非常支持。比如说，当我们收到月光转过来的助学款或给孩子们寄过来的物资时，领导会马上派车、派驾驶员，再派一两位同事，跟我一起下去发放。当时月光将自己和爱心助学团队的资助款统一转到县教育局专门的账户上，我们这边收到后，先取出来，然后下到各个乡镇，当面将现金发放到每一个被结对资助的贫困生家长手里。这个工作量确实很大，也很麻烦琐碎，它不属于上级安排的日常工作范畴，如果需要工作日去做这件事，领导会让我们把其他工作放一放，先把这件事落实到位。

平时我们若有空闲时间了，领导还会嘱咐我们下去做一些回访。领导说，钱

不是尾声

发下去以后不能就石沉大海，要我们经常下去了解一下孩子们的学习情况。除了家访，也可以经常去被资助孩子的学校跑一跑，和他们的老师建立联系。

有一次，我们到半扇门中学了解被资助孩子情况的时候，校长就对我们说："我们上报的贫困生，规定只能是在成绩中上水平的学生里筛。如果学生的成绩都倒数第一二名了，即便是家庭非常困难，也没有资格申请资助。因为这样的学生都没有好好读书，凭什么让人家爱心人士年复一年地对他奉献爱心？"

这一点对促进丹巴的孩子们努力学习，还是起到了积极作用的。丹巴的教学质量没有先富起来的地区高，学习成绩特别出挑的学生不是很多。自从结对资助贫困生也要参考其学习成绩后，全县各个学校的学习氛围有了很大的变化，孩子们学习的劲头明显更足了；有些原本打算让孩子辍学的家长，也放弃了这个念头，鼓励孩子好好念书；有些成绩落后，做一天和尚撞一天钟的学生，开始努力学习……

2022年秋天，得知我又一次深入丹巴采访，小段通过微信告诉我："十多年过去了，月光和她的爱心助学团队结对资助的那些贫困学生，很多都改变了自己的命运，成了建设家乡的主力军。他们有的考上了公务员，有的当上了老师，还有的成了医生、护士，也有人自己创业成功，带动了家乡的就业……作为一个亲历者和见证者，我非常清楚月光和她的爱心助学团队是一种什么样的存在。他们不只是一群普通的奉献爱心的人，更是一群心怀大爱的人，是一束照亮大山里贫困孩子前路的光。"

如果一定要再做一次印证，断臂女孩许方燕就是最好的例子。2023年夏天，当月光在青海直亥完成了一年一度的爱心之旅后，又专程赶往成都，看望从丹巴走出来的孩子们。在成都工作的许方燕再次用她傲人的成绩惊艳到了月光——

2023年6月2日，成都国际非遗文化马术节在成都国际非遗博览园开幕，由温

月光妈妈

江区残联承训的全国唯一一支残疾人马术队——成都市残疾人马术队,在盛装舞步项目上首次亮相。许方燕作为五名残疾队员之一参加了这次比赛,与十几位肢体健全的马术运动员同台竞技,获得了唯一一个金奖。

许方燕把比赛现场的照片和视频发给了月光,她迫不及待地想让月光妈妈看到她身穿燕尾服,脚蹬马靴,在悠扬的乐曲声中,与爱马默契配合完成一组组动作的飒爽英姿。

马术,盛装舞步,这在全世界范围内都是一项

握紧命运的缰绳

不是尾声

稀罕的运动项目啊！而那个从丹巴小山村走出来的断臂女孩，第一次比赛就摘得了金奖。不愧是革命烈士和红军的后代，镌刻在血脉中的坚韧不拔的基因让她再次大放异彩！

看着许方燕在领奖台上如花的笑靥，月光止不住流下了激动的泪水，哽咽着说："这个倔强的女孩有着我们意想不到的毅力和能量，她想做到的事一定能做到！"

当我给许方燕发去祝贺短信，问她是怎么做到这一切时，她说："月光妈妈早就告诉过我，不论经历了什么，都要握紧命运的缰绳，在自己生命的旷野里驰骋。"

同样是援建希望小学，同样是结对帮扶贫困家庭的孩子，但直亥的情况又不相同，月光不能照搬丹巴的模式，只能一点点探索新路。

月光遵循父亲的心愿，经过深入走访和调研，最终将希望小学援建在直亥村这个既偏远落后又秀美如画的村落。高宜钦希望小学的出现和直亥村教育状况的巨大改变，让当地政府充分意识到，撤村并镇的办学政策不能一刀切，他们及时调整策略，在直亥村投入2000万元建成了直亥村寄宿制小学，让边远牧区的孩子，从幼儿园到小学阶段都能在村里上学，都能坐在窗明几净的教室里得到知识的滋养。

新校舍的落成，为牧区的孩子提供了更好的上学条件，而真正要让一代又一代的孩子通过学习改变命运，还得从根上下功夫——改变他们的思想和观念，从"要我上学"变成"我要上学"。

设立助学金，影响更多爱心人士加入爱心助学团队，严格规定申领助学金和物资的条件，每年和爱心人士深入牧区进行家访……用月光自己的话，十几年的爱心之旅，说到底，就是这些看似简单的事情重复做、持续做。在这份坚定的守护下，不仅直亥村的教育状况逐年得到了有效改善，而且从村里走出去的孩子，

月光妈妈

整体素质和学习成绩也令人刮目相看。中学生，很普通；大学生，不稀奇；甚至还有人考上了重点大学的硕士研究生……

直亥村今非昔比的教育生态，呈现出一片欣欣向荣的景象，这让为之付出巨大心血的月光倍感欣慰，也让她对那些大力支持她和团队的公益事业的人更加念念不忘。

青海政府的重视和支持，让我们的教育扶贫之路走得更为顺畅。当时在贵南县分管教育的副县长对我们的帮助尤其让人难忘。

认识这位副县长大约是2010年春天吧，在青海作家风马的牵线搭桥下，我去贵南县考察落实援建希望小学的事项，意想不到的是，副县长竟从贵南县赶到西宁来接我，并且整整两天陪我深入贵南县各地考察。

副县长热情、美丽、飒爽，十几年来，我一路看着她在不同的岗位上叱咤风云，却一直是那个初见时就让人觉得平易近人的大姐姐。她在贵南县分管教育的时候，每次都陪着我到直亥做公益；即使她离开了贵南，仍关注着我们的爱心助学工作，每年知道我们要去直亥了，总是想方设法抽出时间，赶过来看望我们，工作忙，实在没时间来，也要打电话问候，关心我们是否需要协助。

说实话，贵南县委县政府的重视，是我和我的爱心助学团队顺利推行教育帮扶事业的关键。回想在直亥做教育公益的这十几年，我们得到了许许多多像这位副县长这样的当地政府工作人员的支持和帮助——

我们进村子调研在当地住宿，县委书记督促给我们买新被子；要建新的寄宿制小学了，分管教育的副县长跑到直亥，向我们介绍新学校的规划设计，陪我们看新学校的施工现场，探讨新学校下一步的教育方向……

两任教育局副局长，接力支持我们的爱心助学工作。我们有什么需要，他们高效配合解决；有什么困难，及时帮助处理。

记得有一次去直亥村，我们经常走的那条路因暴雨塌方被冲毁，爱心助学

不是尾声

团队的大巴被堵在贵德方向，副局长立马从县里调来越野车，把大家从另一条小路安全接送到希望小学；内地人到高原，身体经常会不适应，高反啦，肠胃不舒服啦，等等，总会有些小状况，副局长每年都细心地安排医务人员在现场随时待命；当爱心助学团队忙着发放助学金和物资的时候，副局长会细心地照顾身体不舒服的团员……

随着贵南县教育局重视程度的不断加大、爱心助学团队的逐年壮大，直亥村教育氛围越来越好，辍学率不断下降，越来越多的孩子与爱心人士结缘，被资助的贫困生从最初的6人，上升到现在的350多人；从小学到初中，从初中到高中，从高中到大学，甚至研究生，这些孩子的学校、年级、班级、学籍、身高、体重、鞋码，每年都要做一次更新，特别烦琐。

自从踏实内敛的新任副局长接任后，我拿到的数据越来越翔实可靠，他把登记表格分发到各个学校，直接对接校长落实这项工作，有不合理的申报，他也会及时提醒我。有一年我说我要去村子里实地调研家访，他专门安排人陪我进草原，跑学校，深入贫困家庭，整整一周，任劳任怨。

2020年5月，得知资金缺口的我在朋友圈发起为希望小学援建田径场的倡议，提出要为孩子们建一个像内地学校那样标准的田径场，且要在秋季开学前一个月建成。除了我们募集到的40万元，其他的需要副局长负责去解决落实。从申请财政配套资金，走立项程序，到公开招投标，审核调研施工单位的资质……一连串烦琐具体的工作，副局长一步步有条不紊地迅速推进。那时候副局长一有时间就去施工现场监工，并不时给我发来建设进度的照片。从贵南县城到直亥村单程开车就要三个小时，一位教育局的副局长，白天还有自己繁忙的工作，我无法想象他那段时间辛苦付出了多少，但我知道，一切都是为了雪山下的孩子们！

还有时任贵南县教育局局长，前几年他任过马营镇镇长，上任后做的第一件事情，就是带队和教育局的同志、直亥村的村干部一行六人，代表贵南县委、县政府，专程来杭州看我。他们不远千里带来了一块蓝底金框匾额，上面用汉藏两

月光妈妈

种文字刻着一句熠熠闪光的话：

润泽桃李学子，博爱情深似海

在我的想象中，一镇之长，首先肯定抓经济、抓农业，教育一般会让分管领导去抓，但他却说："全镇各项工作，教育是核心。我们是民族边远地区，人才匮乏，搞脱贫攻坚，没有人才，一切都是空谈。国家的帮扶政策是一方面，我们自己也要自立、自强，真正从根上脱贫，还是得靠人才和知识。人才怎么培养？知识怎么获得？只能靠教育！你们为我县的教育事业十几年如一日地奉献爱心，让那些辍学的孩子重返课堂，让一代又一代牧区的家长懂得受教育的意义，让一代又一代牧区的孩子爱上学、好学、学有所成，我们要感恩啊！"

那一刻，我不禁热泪盈眶。

如今，这块饱含贵南县委、县政府和老百姓感谢之情的匾额，一直挂在月光的办公室里，成为她和她的爱心助学团队继教育扶贫后，坚持走教育振兴乡村之路的巨大动力！

在我看来，无论是丹巴的刘院、小段，还是贵南县各级政府工作人员，他们何尝不是像月光一样温暖人心，一心为边地孩子们改善教育的熠熠生辉的月光！

连续十四年的追踪，在不同的阶段深入藏地，我和月光及其爱心助学团队一起领略了自然界最纯净的眼泪，也遇见了人世间最清澈的眼睛。

丹巴的爱心之路，一铺就是十四年。月光和她的爱心助学团队在丹巴累计结对帮扶451人次，发放助学款725300元，捐赠价值30多万元的物资。

直亥希望小学的希望之路，持续行进了十三年。月光和她的爱心助学团队在

不是尾声

直亥村累计结对帮扶2609人次，发放助学款3130300元，捐赠价值971007元的物资。

这些实实在在的数据，凝聚了月光和她的爱心助学团队300多位爱心人士十几年的爱。

这是两条温暖之路，也是两条布满荆棘、充满艰难的路。

如何坚持继续走下去？

一年又一年，月光频繁地穿梭在东部沿海城市与西部雪域高原，常常嗟叹时间之吝啬和自己身体的力不从心，她在有意识地培养佳佳作为她的接班人，好让年轻一代把这份公益事业传承下去。深受月光影响的佳佳，心细、经验足，她每年都主动把重担挑过去——给丹巴和青海的孩子们采购衣服、鞋子，一人一个尺码；收集爱心人士邮寄给孩子们的礼物，一人一份。十多年下来，一一对应，几无差错。每次月光带队去希望小学，佳佳都协助她给孩子们发放助学金、物资，拍摄照片，记录孩子们的成长，并及时反馈给没能到现场的资助者……

如何在教育振兴西部乡村的事业中注入新的内容？

月光和她的爱心助学团队也一直在思考、在摸索、在探究，更有一幅美好的蓝图，在他们心中默默描摹着——

把东部的现代文明元素和优质教育资源引入西部；把西部绝美的自然风光和深厚的人文底蕴介绍给东部；同时让东西部的孩子有更进一步的接触与融合，彼此在反差巨大的切身体验中，感受和体悟生活的美好与人生的真谛……

写到这里，我想起月光发在朋友圈的一段话：

我未必光芒万丈，
但始终温暖有光。
我们的努力和付出，
也许微不足道，

月光妈妈

但我们始终相信真善美的力量。

让爱接力，

让爱流动，

让爱行走，

让爱循环！

我知道，在当地政府的大力支持下，月光妈妈们的教育扶贫事业虽然已经结出了硕果，教育振兴乡村之路也已经开启了，但在他们心里，这只是开始，远不是尾声！